TEMPESTADE DE CRISTAL

A QUEDA DOS REINOS VOL. 5

TEMPESTADE DE CRISTAL

MORGAN RHODES

Tradução
FLÁVIA SOUTO MAIOR

SEGUINTE
O selo jovem da Companhia das Letras

Copyright © 2016 by Penguin Random House LLC.

Todos os direitos reservados, inclusive o de reprodução total ou parcial em qualquer meio.
Publicado mediante acordo com Razorbill, um selo do Penguin Young Readers Group, uma divisão da Penguin Randon House LLC.

O selo Seguinte pertence à Editora Schwarcz S.A.

Grafia atualizada segundo o Acordo Ortográfico da Língua Portuguesa de 1990, que entrou em vigor no Brasil em 2009.

TÍTULO ORIGINAL Crystal Storm
CAPA Anthony Elder
ARTE DE CAPA Shane Rebenschied
PREPARAÇÃO Alyne Azuma
REVISÃO Renato Potenza Rodrigues e Giovanna Serra

Dados Internacionais de Catalogação na Publicação (CIP)
(Câmara Brasileira do Livro, SP, Brasil)

Rhodes, Morgan
    Tempestade de cristal / Morgan Rhodes ; tradução Flávia Souto Maior. — 1ª ed. — São Paulo : Seguinte, 2017.

    Título original: Crystal Storm.
    ISBN 978-85-5534-034-5

    1. Ficção — Literatura juvenil I. Título. II. Série.

17-02008   CDD-028.5

    Índice para catálogo sistemático:
1. Ficção : Literatura juvenil 028.5

[2017]
Todos os direitos desta edição reservados à
EDITORA SCHWARCZ S.A.
Rua Bandeira Paulista, 702, cj. 32
04532-002 — São Paulo — SP
Telefone: (11) 3707-3500
www.seguinte.com.br
contato@seguinte.com.br

/editoraseguinte
@editoraseguinte
Editora Seguinte
editoraseguinte
editoraseguinteoficial

*Talvez nem o amor mais puro tenha chance
contra a magia mais forte dos mundos...*

IMPÉRIO
KRAESHIANO

JOIA
DO
IMPÉRIO

M

PRAT

MAR

DE

AMARANTO

VENEAS

IMPÉRIO
KRAESHIANO

Mítica

MAR DO NORTE

MAR DE TINGUE

MAR DO

LIMEROS
- Costa do Ferro
- Costa do Granito
- Glaciares
- Pico do Corvo
- Templo de Valoria
- Scalia
- Palácio limeriano
- Estrada Imperial

- Porto Negro

PAELSIA
- Basilia
- Complexo do chefe Basilius
- Montanhas Proibidas

- Porto do Comércio
- Porto Real
- Terras Selvagens
- Templo de Cleiona

AURANOS
- Castelo Bellos / Cidade de Ouro
- Pico do Falcão
- Encosta dos Anciãos
- Costa Radiante

ILHA DE LUKAS

TERREA

PERSONAGENS

LIMEROS

Magnus Lukas Damora	Príncipe
Lucia Eva Damora	Princesa e feiticeira
Gaius Damora	Rei de Mítica
Felix Graebas	Ex-assassino
Gareth Cirillo	Grão-vassalo do rei
Kurtis Cirillo	Filho de lorde Gareth
Milo Iagaris	Guarda do palácio
Enzo	Guarda do palácio
Selia Damora	Mãe de Gaius

PAELSIA

Jonas Agallon	Líder rebelde
Dariah Gallo	Bruxa

AURANOS

Cleiona (Cleo) Aurora Bellos	Princesa de Auranos
Nicolo (Nic) Cassian	Melhor amigo de Cleo
Nerissa Florens	Criada de Cleo
Taran Ranus	Rebelde

KRAESHIA

Ashur Cortas   Príncipe
Amara Cortas   Princesa
Carlos   Capitão da guarda

SANTUÁRIO

Timotheus   Vigilante ancião
Olivia   Vigilante
Kyan   Tétrade do fogo
Mia   Vigilante

PRÓLOGO

Dezessete anos antes

Depois de ler a mensagem, Gaius amassou o pergaminho e caiu de joelhos. Uma confusão de pensamentos e lembranças dominava sua mente. Tantas escolhas. Tantas perdas.

Tantos arrependimentos.

Ele não sabia quanto tempo levara para o som reverberante de passos tirá-lo de seu devaneio doloroso. A mãozinha de seu filho de dois anos, Magnus, tocou seu braço. Sua esposa, Althea, estava do outro lado do quarto, bloqueando a luz da janela.

— Papai?

Com a vista embaçada, Gaius olhou para Magnus. Em vez de responder, ele puxou o pequeno corpo do garoto para perto e tentou se consolar no abraço do filho.

— O que estava escrito naquela mensagem para chateá-lo tanto? — Althea perguntou com frieza, olhando para Gaius com ar de superioridade.

A garganta dele ficou apertada, como se lutasse para falar a verdade. Finalmente, ele se afastou do filho e olhou para a esposa.

— Ela está morta — disse Gaius, com palavras secas e frágeis como folhas secas.

— Quem está morta?

Ele não queria responder. Não queria falar com a esposa naquele momento, principalmente sobre aquele assunto.

— Papai? — Magnus chamou de novo, confuso, e Gaius encarou os olhos brilhantes do filho. — Por que está tão triste, papai?

Ele envolveu o rosto da criança com suas mãos.

— Está tudo bem — ele garantiu ao menino. — Está tudo bem, meu filho.

Althea rangeu os dentes, com um olhar desprovido de bondade.

— Recomponha-se para que nenhum criado o veja desse jeito, Gaius.

E se algum visse?, ele pensou. Althea sempre se preocupava demais com aparências e opiniões alheias, não importava de quem. O apreço de Gaius pela atenção aos detalhes e pela compostura majestosa da esposa com frequência se sobressaía à apatia generalizada que sentia por ela, mas, naquele momento, só conseguia odiá-la.

— Leve Magnus — ele disse, levantando-se e encarando a mulher com severidade. — E mande chamar minha mãe. Preciso vê-la imediatamente.

Ela franziu a testa.

— Mas, Gaius...

— *Agora* — ele gritou.

Com um suspiro impaciente, Althea pegou Magnus pela mão e o tirou do quarto.

Gaius começou a andar de um lado para o outro, da pesada porta de carvalho com a doutrina limeriana "força, fé, e sabedoria" entalhada na superfície até as janelas com vista para o Mar Prateado. Finalmente, ele parou e olhou em silêncio para as águas frias que batiam nos penhascos logo abaixo da janela do palácio.

Não demorou muito para a porta se abrir, e ele se virou para encarar sua mãe. A expressão de sofrimento em seu rosto deixava as sobrancelhas franzidas. Linhas finas abriam-se ao redor de seus olhos acinzentados.

— Meu querido — Selia Damora disse. — O que aconteceu?

Ele mostrou o pergaminho amassado. Sua mãe se aproximou, pegou a correspondência da mão dele e passou os olhos pela curta mensagem.

— Entendo — ela disse, com uma expressão fechada.

— Queime isso.

— Muito bem. — Usando magia do fogo, ela incendiou o pergaminho. Gaius observou a mensagem se transformar em cinzas e cair no chão.

— Como posso ajudar? — ela perguntou com um tom de voz calmo e suave.

— A senhora me ofereceu uma coisa uma vez, uma coisa poderosa... — ele respondeu, agarrando o tecido da camisa sobre o peito. — A senhora disse que poderia remover essa maldita fraqueza de mim de uma vez por todas. Para me ajudar a esquecer... *ela*.

O olhar solene de Selia encontrou o dele.

— Ela morreu dando à luz uma filha de outro homem. Um homem que ela escolheu bem depois que vocês se distanciaram. Estou surpresa que você não tenha conseguido superar tudo isso.

— Mesmo assim, não consigo. — Ele não ia implorar. Não se humilharia daquela forma diante da mulher mais forte e mais poderosa que conhecia. — Vai me ajudar ou não? É uma pergunta simples, mãe.

Selia cerrou os lábios.

— Não, não é nada simples. Toda magia tem um preço, principalmente esse tipo de magia negra.

— Não importa. Eu pago qualquer preço. Quero ser forte diante de qualquer desafio que se apresentar. Quero ser tão forte quanto a senhora sempre acreditou que eu poderia ser.

Sua mãe ficou em silêncio por um instante. Ela se virou na direção das janelas.

— Tem certeza absoluta? — ela perguntou.

— Sim. — A palavra saiu como o sibilo de uma cobra.

Ela assentiu e saiu do quarto para pegar o que Gaius havia pedido — ou melhor, *implorado*. Ao voltar, segurava o mesmo frasco de poção que havia lhe oferecido anos atrás — uma poção, ela dissera, que tornaria forte tanto seu corpo quanto sua mente. Eliminaria sua fraqueza. Afiaria seu foco e o ajudaria a obter tudo o que sempre quis.

E, o mais importante, a poção também o ajudaria a deixar seu amor por Elena Corso definitivamente onde deveria ficar: no passado.

Ele pegou o recipiente que a mãe segurava e encarou o frasco de vidro azul. Para um objeto tão pequeno, parecia incrivelmente pesado em sua mão.

— Você precisa ter certeza — Selia lhe disse com seriedade. — Os efeitos dessa poção o acompanharão até o dia de sua morte. Assim que tomá-la, nunca mais vai se sentir como se sente agora. A mudança será irrevogável.

— Sim — ele assentiu, rangendo os dentes. — Uma mudança para melhor.

Ele abriu o frasco, levou-o aos lábios e, antes que se permitisse duvidar, bebeu o líquido denso e morno em um só gole.

— A dor vai durar apenas um instante — Selia explicou.

Ele franziu a testa.

— Dor?

E lá estava: uma queimação repentina, como se ele tivesse engolido lava derretida. A magia negra fluiu por seu corpo, queimando tudo o que havia de fraco e desprezível. Ele ouviu os próprios gritos de angústia quando o frasco caiu de sua mão e se partiu no chão de pedra.

Gaius Damora tentou aceitar cada momento de agonia enquanto suas fraquezas remanescentes eram queimadas, suas lembranças de Elena transformavam-se em brasas, e o desejo pelo poder supremo crescia dentro dele como uma fênix renascendo das cinzas.

1
JONAS

KRAESHIA

Do outro lado do mar, em Mítica, havia uma princesa dourada que Jonas queria salvar.

E um deus do fogo que ele precisava destruir.

No entanto, havia um obstáculo em seu caminho nas docas kraeshianas, consumindo um tempo que Jonas não podia perder.

— Achei que você tinha dito que ele havia sido morto pela irmã — Jonas disse a Nic em voz baixa.

— E foi. — A voz de Nic não era mais que um sussurro, enquanto passava as duas mãos pelos cabelos ruivos e despenteados. — Eu vi com meus próprios olhos.

— Então como isso é possível?

— Eu... eu não sei.

O príncipe Ashur Cortas parou a apenas alguns passos de distância. Encarou Jonas e Nic com seus olhos azul-prateados semicerrados, que contrastavam com a pele escura como o brilho de uma lâmina ao anoitecer.

Os únicos sons ouvidos por um longo momento foram o grasnado de uma ave marinha que mergulhava para pegar um peixe e a batida constante da água contra o navio limeriano, com suas velas pretas e vermelhas.

— Nicolo — o príncipe de cabelos negros disse com um aceno de cabeça. — Sei que deve estar confuso em me ver novamente.

— Eu... eu... o quê...? — Foi a única resposta de Nic. As sardas em seu nariz e em suas bochechas se destacavam sobre a pele branca. Ele respirou fundo, trêmulo. — Não é possível.

Ashur arqueou a sobrancelha escura para o garoto, hesitando apenas um segundo antes de falar:

— Em meus vinte e um anos de vida, aprendi que pouquíssimas coisas neste mundo são impossíveis.

— Eu vi você *morrer*. — A última palavra soou como se tivesse sido arrancada dolorosamente da garganta de Nic. — O que foi aquilo? Apenas mais uma mentira? Mais um truque? Mais um plano que não sentiu necessidade de me contar?

Jonas ficou surpreso que Nic ousasse falar com tanta insolência com um membro da realeza. Não que ele respeitasse muito os membros da família real, mas Nic tinha passado tempo o bastante no palácio auraniano, lado a lado com a princesa, para saber que não era prudente ser grosseiro.

— Não foi mentira. O que aconteceu no templo não foi nenhum truque. — Ashur passou os olhos pelo navio limeriano, pronto para partir das docas cheias e movimentadas de Joia do Império. — Explico melhor quando nós estivermos no mar.

Jonas arregalou os olhos diante do tom autoritário e confiante do príncipe.

— Quando *nós* estivermos no mar? — ele repetiu.

— Sim, eu vou com vocês.

— Se pretende fazer isso — Jonas disse, cruzando os braços —, vai ter que se explicar melhor *agora*.

Ashur olhou para ele.

— Quem é você?

Jonas não desviou o olhar.

— Sou a pessoa que decide quem entra neste navio. E quem não entra.

— Você sabe quem eu sou? — Ashur perguntou.

— Sei muito bem. Você é o irmão de Amara Cortas, que aparentemente se tornou a imperatriz sanguinária de grande parte deste mundo maldito. E, de acordo com o Nic, você deveria estar morto.

Uma figura familiar apareceu atrás de Ashur, chamando a atenção de Jonas.

Taran Ranus havia deixado as docas apenas alguns minutos antes, para se preparar rapidamente para uma viagem não planejada a Mítica. Mas já estava de volta. Conforme se aproximava, o rebelde desembainhou uma espada da cintura.

— Ora, ora — Taran disse ao levar a ponta da espada até a garganta de Ashur. — Príncipe Ashur. Que surpresa agradável tê-lo entre nós esta manhã, justo quando meus amigos estão trabalhando para derrubar o reinado de sua família.

— Deu para perceber que estão trabalhando mesmo com o caos generalizado por toda Joia — Ashur comentou, com tom e conduta surpreendentemente serenos.

— Por que voltou? Por que não ficou no exterior buscando tesouros sem sentido como todos dizem que aprecia fazer?

Buscando tesouros? Jonas trocou um olhar ansioso com Nic. Parecia que poucos estavam cientes de que o príncipe tinha sido dado como morto.

— As circunstâncias do meu retorno não são da sua conta.

— Você está em Kraeshia por causa do... — Nic começou, mas hesitou logo em seguida. — Do... do que aconteceu com sua família? Deve estar sabendo, não?

— Sim, estou. — A expressão de Ashur obscureceu. — Mas não é por isso que estou aqui.

Taran riu.

— Como verdadeiro herdeiro do trono, talvez você seja uma excelente ferramenta de negociação com sua avó, agora que sua irmã se casou com o inimigo e viajou.

Ashur achou graça.

— Se é o que você pensa, então não conhece nada sobre o desejo de poder dela nem de minha irmã. É fácil ver que seus rebeldes estão em desvantagem numérica. O levante de vocês vai ser tão efetivo quanto o piado de um passarinho recém-nascido à sombra de um gato selvagem. O que vocês realmente precisam fazer é entrar neste navio e partir enquanto podem.

O sorriso irônico de Taran desapareceu. Seus olhos castanhos se encheram de indignação.

— Você não pode me dizer o que fazer.

Jonas estava desconfortável com o comportamento de Ashur. Ele não parecia afetado pelas últimas notícias sobre o massacre de quase toda sua família. Não era possível dizer se Ashur sofria pela perda ou se a celebrava. Ou será que ele apenas não sentia nada?

— Abaixe a arma, Taran — Jonas resmungou, depois soltou um suspiro. — Por que voltou tão cedo, afinal? Não tinha pertences para buscar?

Taran não cedeu. Manteve a ponta afiada da espada pressionada contra a garganta de Ashur.

— As estradas estão bloqueadas. Vovó Cortas decidiu que todos os rebeldes devem ser assassinados imediatamente. Como explodimos o calabouço da cidade ontem, não há local para deixar os prisioneiros.

— Mais um motivo para irmos embora agora — Nic insistiu.

— Concordo com Nicolo — Ashur disse.

O grasnado furioso de um pássaro chamou a atenção de Jonas. Ele protegeu os olhos do sol e virou para o falcão dourado que sobrevoava o navio.

Olivia estava ficando impaciente. E não era a única.

Ele se esforçou para se manter calmo. Não podia correr o risco de tomar decisões precipitadas.

No mesmo instante, uma imagem de Lysandra surgiu em sua mente, junto com o som de sua risada. "Sem decisões precipitadas? Desde quando?", ela teria dito.

Desde que eu não consegui salvá-la e você morreu.

Dispersando a dor, Jonas voltou sua concentração para o príncipe.

— Se pretende embarcar neste navio — ele disse —, explique como conseguiu ressurgir dos mortos e chegar até um grupo de rebeldes como se tivesse saído apenas para tomar uma caneca de cerveja.

— Ressurgir dos mortos? — Taran repetiu, passando de furioso a confuso.

Ignorando Taran, Jonas procurou sinais de intimidação no comportamento do príncipe. Algo que indicasse que ele temia pela própria vida, que estava desesperado para fugir de sua terra natal. Mas seus olhos claros só mostravam serenidade.

Era perturbador, na verdade.

— Já ouviu falar da lenda da fênix? — Ashur perguntou com naturalidade.

— Claro que sim — Nic respondeu. — É um pássaro mítico que ressurgiu das cinzas das chamas que originalmente o mataram. É o símbolo de Kraeshia, que mostra a força do império e sua capacidade de desafiar a própria morte.

Ashur assentiu.

— Sim.

Jonas arqueou as sobrancelhas.

— Sério? — ele disse.

Nic deu de ombros.

— Fiz uma aula sobre mitos estrangeiros com Cleo uma vez. Prestei mais atenção do que ela. — Ele lançou um olhar desconfiado para Ashur. — O que tem essa lenda?

— Existe também uma lenda sobre um mortal destinado a fazer o mesmo: voltar dos mortos para unir o mundo. Minha avó sempre acreditou que minha irmã seria essa fênix. Quando Amara era bebê, ela morreu por um breve instante, mas voltou à vida, graças a uma poção de ressurreição que nossa mãe lhe deu. Pouco tempo atrás, quando fiquei sabendo dessa história, encomendei a mesma poção para mim. Não tenho certeza se de fato acreditava que funcionaria, mas funcionou. E quando levantei ao amanhecer, no templo onde havia morrido na noite anterior pelas mãos de minha irmã, me dei conta da verdade.

— Que verdade? — Jonas questionou quando Ashur ficou em silêncio.

Ashur o encarou nos olhos.

— *Eu* sou a fênix. É a minha sina salvar este mundo de seu atual destino, e preciso começar contendo minha irmã e sua necessidade sinistra de seguir cegamente os passos de meu pai.

O príncipe ficou em silêncio de novo enquanto seus três ouvintes o encaravam. Taran foi o primeiro a rir.

— Membros da família real sempre se acham tão importantes — ele zombou. — Lendas sobre heróis que desafiam a morte são tão antigas quanto as lendas sobre os próprios Vigilantes. — Taran olhou para Jonas. — Vou cortar a cabeça dele. Se ele levantar depois disso, aí passo a acreditar.

Jonas não achou que Taran estivesse falando sério, mas não quis arriscar.

— Abaixe a arma — Jonas resmungou. — Não vou falar de novo.

Taran inclinou a cabeça.

— Não recebo ordens suas.

— Quer viajar neste navio? Então, sim, você *recebe* ordens minhas.

Ainda assim, Taran não cedeu, e seu olhar se tornou ainda mais desafiador.

— Está causando problemas para Jonas, Ranus? — A voz de Felix ecoou pouco antes de ele parar ao lado de Jonas.

Jonas ficou grato por Felix Gaebras — com toda sua altura e seus músculos — estar a seu lado. Ex-membro do Clã da Naja, grupo de assassinos que trabalhava para o rei Gaius, não por acaso Felix conseguia produzir uma sombra letal e intimidadora.

Mas Taran era igualmente letal e intimidador.

— Quer saber dos meus problemas? — Taran finalmente abaixou a espada, depois indicou com a cabeça o príncipe ressuscitado. — Este é o príncipe Ashur Cortas.

Com o olho bom, Felix contemplou o príncipe com ceticismo. Depois de passar a última semana preso, sendo torturado sem dó nem piedade por envenenar a família real kraeshiana — crime pelo qual Amara o havia culpado —, aquele era seu único olho; o outro estava coberto por um tapa-olho preto.

— Você não devia estar morto?

— Ele está. — Até então, Nic tinha ficado bem quieto, sem tirar os olhos do príncipe, com uma expressão ao mesmo tempo perplexa e confusa.

— Não estou — Ashur explicou pacientemente a Nic.

— Pode ser um truque. — Nic franziu a testa, concentrado, enquanto observava o príncipe com cuidado. — Talvez você tenha feito alguma bruxaria com magia do ar suficiente para mudar sua aparência.

Ashur arqueou uma das sobrancelhas escuras, como se achasse graça.

— Acho difícil.

— Bruxaria é coisa de mulher — Taran argumentou.

— Nem sempre — Ashur respondeu. — Existiram algumas exceções notáveis no decorrer dos séculos.

— Você está tentando soar convincente ou não? — Jonas perguntou com firmeza.

— Ele é irmão de Amara — Felix vociferou. — Vamos matá-lo de uma vez e acabar logo com isso.

— Sim — Taran assentiu. — Nisso estamos de acordo.

Ashur suspirou, e, pela primeira vez, percebeu-se um quê de impaciência. Apesar das ameaças, ele manteve a atenção em Nic.

— Entendo sua hesitação em acreditar em mim, Nicolo. Me lembro de sua hesitação aquele dia na Cidade de Ouro, quando saiu da taverna... A Fera, acho que esse era o nome. Você estava bêbado, perdido, e olhou para mim naquela viela como se eu pudesse matá-lo com as duas lâminas que carregava. Mas não matei, não é mesmo? Em vez disso, você se lembra do que eu fiz?

O rosto pálido de Nic corou instantaneamente, e ele limpou a garganta.

— É ele — Nic disse rapidamente. — Não sei como, mas... é ele. Vamos.

Jonas analisou o rosto de Nic, sem saber se deveria acreditar naquela afirmação, mesmo vindo de alguém em quem havia começado a confiar. Seus instintos lhe diziam que Nic não estava mentindo.

E se Ashur queria dar um basta aos planos nefastos da irmã, acreditando ser a tal fênix lendária ressurgida dos mortos, fosse verdade ou não, poderia muito bem ser um elemento vantajoso para o grupo.

Ele ficou imaginando o que Lys diria sobre *aquela* situação.

Não, Jonas sabia. Ela provavelmente teria cravado uma flecha no príncipe assim que ele aparecesse.

O brilho da espada de Taran chamou sua atenção mais uma vez.

— Se não abaixar essa arma, vou ter que pedir para o Felix cortar seu braço.

Taran riu, um som oscilante que cortou o ar frio da manhã.

— Gostaria de vê-lo tentar.

— Gostaria mesmo? — Felix perguntou. — Minha visão não está tão boa quanto era, mas eu acho... na verdade, eu *sei* que poderia fazer isso bem rápido. Talvez você nem sentisse dor. — Ele deu uma risada sinistra enquanto desembainhava a espada. — Espera aí, o que estou falando? É claro que a dor vai ser terrível! Não sou aliado de nenhum Cortas, mas se Jonas quer que o príncipe continue respirando, ele vai continuar respirando. Entendeu?

Os dois jovens se encararam durante minutos tensos. Finalmente, Taran guardou a espada.

— Está bem — ele disse por entre dentes. O sorriso forçado não combinava com a fúria intensa em seus olhos.

Sem dizer mais nenhuma palavra, ele passou por Felix e embarcou.

— Obrigado — Jonas disse a Felix em voz baixa.

Felix observou a partida de Taran com um olhar desgostoso.

— Você sabe que ele vai ser um problema, não sabe?

— Sei.

— Ótimo. — Felix olhou para o navio limeriano. — A propósito, mencionei que fico muito enjoado no mar, principalmente ao pensar no irmão morto-vivo de Amara a bordo? Então, se nosso novo amigo Taran tentar cortar minha garganta enquanto eu estiver vomitando, vou culpar você.

— Entendido. — Jonas olhou para Nic e para Ashur com desconfiança. — Muito bem, seja qual for o destino que nos aguarda, vamos partir para Mítica. Todos nós.

— Achei que você não acreditasse em destino — Nic murmurou enquanto subiam pela prancha de embarque.

— Não acredito — Jonas disse.

Mas, para ser sincero, apenas uma pequena parte dele ainda pensava assim.

2
MAGNUS

LIMEROS

O sol nascia no leste enquanto Magnus esperava o pai morrer ao pé do íngreme penhasco. Ele observava tenso enquanto a poça de sangue que se formava ao redor da cabeça do rei aumentava, tornando-se uma enorme mancha carmesim sobre a superfície do lago congelado.

Magnus tentou invocar algum sentimento além do ódio que tinha por Gaius Damora. Mas não conseguiu.

Seu pai tinha sido um tirano sádico durante toda a vida. Tinha entregado seu reino para um inimigo como se não passasse de uma bugiganga sem importância. Tinha ordenado em segredo o assassinato da própria esposa, mãe de Magnus, porque ela estava no caminho do poder que ele ansiava. E, pouco antes de cair do penhasco, o rei estava prestes a acabar com a vida do próprio filho e herdeiro.

Magnus deu um pulo quando a mão de Cleo encostou nele.

— Não podemos ficar aqui — ela disse em voz baixa. — Não vai demorar até sermos descobertos.

— Eu sei. — Magnus olhou para os quatro guardas limerianos que estavam por perto, aguardando ordens. Queria saber exatamente o que dizer a eles.

— Se nos apressarmos, podemos chegar às docas de Pico do Corvo no fim do dia. Chegaremos a Auranos em uma semana. Lá podemos conseguir a ajuda dos rebeldes que não vão ficar parados enquanto Amara tira tudo de nós.

— Isso faz de mim um rebelde também? — ele perguntou, quase conseguindo achar graça daquela declaração.

— Acho que você é um rebelde há mais tempo do que gostaria de admitir. Mas, sim, podemos ser rebeldes juntos.

Algo se agitou dentro de Magnus ao ouvir as palavras dela, um calor que ele reprimia havia muito tempo.

O rei — com a ajuda de Magnus — tinha destruído a vida de Cleo, e ainda assim ela ficou ao lado dele. Destemida. Corajosa.

Esperançosa.

Magnus se perguntava se aquilo não passava de um sonho febril, se aquela versão perfeita da princesa podia desaparecer assim que o sol surgisse no céu. Mas quando amanhecia, ela ainda estava a seu lado. Cleo não era um sonho.

Magnus olhou para ela. O dia anterior tinha sido uma mistura de desespero e medo. Tinha sido o pior dia de sua vida, virado de cabeça para baixo no momento em que ele finalmente a encontrou no bosque, viva e lutando com todas as forças para sobreviver.

Ele tinha confessado seu amor por Cleo em um conjunto patético de palavras confusas, e ela não dera as costas a ele enojada. A linda princesa dourada que tinha perdido tanto… ela tinha dito que o amava também.

Ainda não parecia possível.

— Magnus? — Cleo o chamou gentilmente quando ele não respondeu de imediato. — O que você acha? Devemos ir para Pico do Corvo?

Ele estava prestes a responder, quando o rei soltou um suspiro trêmulo.

— Magnus…

Ele se virou imediatamente para o rosto do pai. Os olhos do rei estavam abertos, e o braço, alguns centímetros levantados, como se tentasse alcançar o filho.

Impossível. Magnus se obrigou a não cambalear para longe do homem em choque.

— Você já devia estar morto — Magnus disse, a garganta dolorosamente apertada.

O rei emitiu um som estranho, parecido com uma tosse, e se Magnus não estivesse vendo a situação, juraria que parecia uma risada.

— Receio... que não seja... tão simples — o rei disse, nervoso.

Magnus podia ver os olhos de Cleo queimando de ódio ao virar para o homem.

— Por que disse o nome da minha mãe?

O rei virou para ela com os olhos semicerrados. Ele passou a língua sobre os lábios secos, mas não respondeu.

Magnus olhou para Cleo surpreso. O rei tinha dito o nome de Elena no que pareciam seus últimos suspiros. Será que estava mesmo se referindo à rainha Elena Bellos?

— Responda — ela exigiu. — Por que disse o nome dela quando olhou para mim? Você disse que sentia muito. Sente muito por quê? O que fez com ela para precisar se desculpar?

— Ah, querida princesa... se você soubesse... — As palavras do rei já não soavam como suspiros moribundos, e sim como uma declaração letárgica de alguém que estava acordando de um sono profundo.

Os guardas tinham se aproximado ao ouvir a voz do rei.

Enzo ficou boquiaberto quando o rei Gaius pressionou as mãos contra a neve manchada de sangue e levantou a cabeça do solo gelado.

— Que magia negra é essa? — O guarda virou os olhos arregalados para Magnus e abaixou a cabeça imediatamente. — Peço perdão, vossa alteza.

— Não é necessário se desculpar. É um questionamento excelente. — Relutante, Magnus puxou a espada e a segurou com o máximo de firmeza possível junto ao peito do rei. — Você deveria estar irreparavelmente acabado, como um pássaro que bateu no vidro de uma janela. Que tipo de magia negra é *essa*, pai? E é forte o bastante para salvá-lo de uma lâmina de aço afiada?

O rei o encarou com um sorriso forçado.

— Você acabaria tão facilmente com um homem cuja vida está por um fio?

— Se esse homem for você, sim — Magnus respondeu.

Seu pai estava indefeso, fraco, machucado e ensanguentado. Seria a morte mais fácil da vida de Magnus. E merecida. Muito merecida.

Um golpe, um pequeno gesto, poderia acabar com aquilo. Por que, então, o braço com que segurava a espada parecia preso a uma pedra, incapaz de se mover?

— O cristal da terra... — Cleo sussurrou, tocando o bolso do próprio manto, onde havia guardado a esfera. — Ele o curou. É isso que ele faz?

— Eu não sei — Magnus admitiu.

— Acho que a magia da Tétrade não tem nada a ver com isso. — O rei já estava sentado, as pernas esticadas. Ele olhou para as próprias mãos arranhadas, ensanguentadas por segurar a beirada do penhasco. Gaius tirou um par de luvas pretas do manto rasgado. Vestiu-as, fazendo uma careta pelo esforço. — Quando caí, senti as terras sombrias tentando me alcançar, prontas para reivindicar outro demônio para o lado delas. Quando cheguei ao chão, senti meus ossos estilhaçando. Você tem razão: eu deveria estar morto.

— Mas, ainda assim, está sentado e falando — Cleo disse sem rodeios.

— Estou. — O rei se virou para ela. — Você deve estar se esforçando muito para se conter nesse momento, princesa, para não implorar para meu filho acabar com a minha vida.

Ela franziu a testa.

— Se eu não achasse que seus guardas o matariam logo depois, faria isso.

Magnus olhou para os guardas silenciosos que os cercavam. Todos tinham a espada em punho e uma expressão tensa.

— Belo argumento. — O rei respirou fundo. — Guardas, ouçam: vocês vão obedecer aos comandos de Magnus Damora a partir de agora. Ele não será considerado responsável por nada que aconteceu, ou vai acontecer, comigo.

Os guardas se encararam, confusos, até que Enzo assentiu.

— Muito bem, vossa alteza — ele disse.

— Que farsa é essa? — Cleo vociferou. — Acha que nós vamos acreditar em alguma coisa que diz?

O rei sorriu.

— *Nós.* Que adorável que vocês dois tenham atravessado esse perigoso labirinto juntos e saído dele de mãos dadas. Há quanto tempo estão tramando contra mim? Não tinha ideia de que fui tão cego.

Magnus ignorou a tentativa do rei de desestabilizá-lo.

— Se isso não tem a ver com a magia da Tétrade, o que é?

Desconsiderado a espada que Magnus segurava, o rei, trêmulo, levantou-se devagar.

— Melenia disse que eu estava destinado à imortalidade, que eu seria um deus. — Ele soltou uma risada curta e amarga. — Por um tempo, realmente acreditei nela.

— Responda à droga da minha pergunta — Magnus resmungou. Ele forçou a lâmina para a frente, deixando um leve arranhão no pescoço do rei.

Gaius recuou, e sua expressão ficou sombria por um instante.

— Existe apenas uma pessoa responsável pela magia que me ajudou a sobreviver hoje. Sua avó.

Magnus não acreditou nele.

— Que bruxa comum poderia possuir uma magia tão forte assim?

— Nunca houve nada comum em Selia Damora.

— Espera que acreditemos em alguma coisa que diz? — Cleo perguntou.

O rei olhou para a garota sem um pingo de bondade nos olhos.

— Não, eu não esperaria que uma criança entendesse as complexidades da vida e da morte.

— Ah, não? — Ela estava com os punhos cerrados. — Se tivesse uma espada neste momento, eu o mataria com minhas próprias mãos.

O rei riu.

— Você com certeza poderia tentar.

— Você já parece morto. — Magnus se deu conta da verdade de suas palavras enquanto as pronunciava. Seu pai estava pálido como um cadáver. A pele solta, em tom acinzentado, os hematomas em matizes de marrom e roxo, o sangue tão escuro que parecia preto. — Acho que a magia de cura da minha avó não era tão forte quanto você gostaria de acreditar.

— Isso não é magia de cura. — Sua testa brilhava com suor, apesar do ar gelado da manhã. — Apenas prolongou o inevitável.

Magnus franziu a testa.

— Explique.

— Quando o pouco de magia que resta em mim desaparecer, vou morrer.

A declaração direta de seu pai o deixou ainda mais confuso.

— Ele está mentindo — Cleo disse por entre os dentes. — Não se deixe enganar. Se não é magia da terra, então é magia de sangue que mantém o coração dele batendo.

Magnus virou para os guardas e observou as expressões confusas antes de voltar sua atenção ao pai.

— Se isso é verdade, quanto tempo ainda tem?

— Não sei. — Ele inspirou, e Magnus ouviu de novo indícios de dor em sua respiração. — Com sorte, tempo suficiente para consertar alguns erros que cometi. Pelo menos os mais recentes.

Magnus virou o rosto, indignado.

— Infelizmente, não temos tempo para repassar uma lista interminável como essa.

— Você tem razão. — Gaius encarou Magnus por sobre a espada. — Talvez eu só consiga consertar um, então. Para derrotar Amara e recuperar Mítica, vamos precisar liberar o poder total da Tétrade.

— Precisamos do sangue de Lucia e do sangue de um imortal para isso.

— Sim.

— Não tenho ideia de onde encontrá-la.

A decepção tomou conta do rosto pálido do rei.

— Preciso visitar minha mãe imediatamente. Ela vai usar sua magia para encontrar Lucia. Eu não confiaria em nenhuma outra bruxa.

— Visitá-la imediatamente? Como? — Magnus franziu a testa. — A vovó está morta há mais de doze anos.

— Não, ela está bem viva.

Ele olhou para o rei, em choque. As lembranças que tinha de sua avó eram escassas, vislumbres indistintos de sua infância e de uma mulher com cabelo preto e olhar frio. Uma mulher que tinha falecido pouco depois da morte de seu avô.

— Ele está tentando confundir você. — Cleo pegou a mão de Magnus, afastando-o do pai o suficiente para que ele e os guardas não pudessem ouvi-los. — Precisamos ir para Auranos. Lá vamos conseguir ajuda. Ajuda de quem podemos confiar, sem questionamentos nem dúvidas. As pessoas leais ao meu pai não vão considerá-lo culpado pelos crimes do rei, eu prometo.

Ele balançou a cabeça.

— Esta não é uma guerra que pode ser vencida por alguns rebeldes. Amara se tornou muito poderosa, conseguiu muita coisa sem esforço. Precisamos encontrar Lucia.

— E se conseguirmos encontrá-la? O que vai acontecer? Ela nos odeia.

— Ela está confusa — Magnus disse, com o rosto de sua irmã mais nova em mente. — Sofrendo. Ela se sente traída e enganada. Se souber que seu lar está em risco, ela vai nos ajudar.

— Tem certeza?

Se Magnus fosse sincero consigo mesmo, teria de admitir que não tinha certeza de mais nada.

— Você deve ir para Auranos sem mim — ele pronunciou as palavras, ao mesmo tempo desagradáveis e necessárias. — Ainda não posso ir. Preciso cuidar disso até o fim.

Ela assentiu.

— Parece um bom plano.

O coração dele se contorceu em um nó odioso.

— Estou feliz que tenha concordado.

— Está mesmo, não está? — Os olhos azul-celeste de Cleo brilhavam um fogo frio, e Magnus quase se assustou com as duras palavras que vieram em seguida. — Você acha que depois de tudo isso...? — Ela jogou as mãos para o alto em vez de finalizar a sentença. — Você é completamente *impossível*, sabia? Não vou sair daqui sem você, seu idiota.

Ele arqueou as sobrancelhas.

— Idiota?

— E estamos conversados. Entendeu?

Magnus a encarou, mais uma vez perplexo com a garota e tudo o que ela dizia.

— Cleo...

— Não, chega de discussão — ela o interrompeu abruptamente. — Agora, se me der licença, preciso esfriar a cabeça. Longe *dele*.

— Cleo lançou a última palavra para o rei e, com um olhar feroz, foi embora com os braços cruzados.

— Agora vejo a paixão que existe entre vocês — o rei disse ao se aproximar do filho, retorcendo os lábios de desgosto. — Que adorável.

— Cale a boca — Magnus vociferou.

O rei manteve o olhar na princesa, que andava de um lado para o outro, nervosa, mas perto. Depois, virou-se para os guardas.

— Preciso falar com meu filho em particular. Saiam.

Os quatro guardas obedeceram a ordem imediatamente e se afastaram.

— Em particular? — Magnus zombou. — Não acho que nada que me disser agora vá ficar entre nós.

— Não? Mesmo se for a respeito de sua princesa dourada?

Magnus levou a mão ao punho da espada no mesmo instante, tomado pela fúria.

— Se ousar ameaçar a vida dela de novo...

— É um alerta, não uma ameaça. — Seu pai o observava com pouca paciência. — A garota é amaldiçoada.

Magnus teve certeza de que não tinha ouvido direito.

— Amaldiçoada?

— Muitos anos atrás, o pai dela se envolveu com uma bruxa poderosa. Uma bruxa que não aceitou muito bem a notícia do casamento dele com Elena Corso. Ela a amaldiçoou e a seus futuros filhos com a morte no parto. Elena quase morreu dando à luz a primeira filha.

— Mas não morreu.

— Não, ela morreu no parto da segunda.

Magnus já tinha ouvido sobre o trágico destino da ex-rainha de Auranos e visto retratos da linda mãe de Cleo nos corredores do palácio dourado. Mas aquilo não podia ser verdade.

— Dizem que ela sofreu muito até finalmente falecer. — A voz do rei estava extremamente rouca. — Mas ela foi forte o suficiente para ver o rosto de sua recém-nascida e dar a ela o nome de uma deusa desprezível e hedonista antes de ser levada pela morte. E a maldição da bruxa sem dúvida foi passada para a filha.

Magnus encarou o pai com total descrença.

— Você está mentindo.

O rei franziu a testa para Magnus.

— Por que eu mentiria?

— Por que você mentiria?! — ele repetiu, com uma risada seca subindo pela garganta. — Ah, não sei. Talvez porque deseje me manipular constantemente, apenas para sua satisfação?

— Se é o que pensa... — O rei apontou na direção de Cleo, que conversava com Enzo e lançava olhares impacientes para Magnus e ele. A barra do vestido vermelho que usava aparecia sob o tecido verde-escuro do manto roubado de um guarda kraeshiano na noite anterior. — Engravide-a e vai testemunhar sua morte agonizante, deitada sobre uma grande poça do próprio sangue, ao trazer ao mundo sua prole.

Magnus quase parou de respirar. O que o pai afirmava não podia ser verdade.

Mas e se fosse?

Cleo começou a andar na direção deles, sem capuz, o longo cabelo loiro sobre os ombros.

— Bruxas lançam feitiços — Gaius disse a Magnus em voz baixa. — Mas bruxas também são conhecidas por quebrar feitiços. Mais um motivo para vocês virem visitar sua avó comigo.

— Você tentou nos matar.

— Sim, tentei. Então a decisão do que fazer cabe a você.

Cleo parou ao lado de Magnus com Enzo e franziu a testa, alternando o olhar entre pai e filho.

— O que foi? Sem planos para me esconder em Auranos, espero.

A terrível imagem de Cleo deitada sobre lençóis ensanguentados não saía da cabeça de Magnus. Ela com o olhar vidrado, sem vida, enquanto um bebê de olhos azul-celeste não parava de chorar pela mãe.

— Não, princesa — Magnus disse. — Você deixou sua opinião sobre isso bem clara, mesmo que eu discorde completamente. Quero reencontrar minha avó depois de todos esses anos. Ela vai usar sua magia para nos ajudar a encontrar Lucia, o que vai nos ajudar a recuperar Mítica. Está de acordo?

Cleo não disse nada por um instante, pensativa.

— Sim, acho que faz sentido procurar a ajuda de outra Damora, embora a ideia me cause extrema repulsa. — Ela piscou. — Magnus, você ficou muito pálido. Está tudo bem?

— Está — ele disse com rigidez. — Vamos partir agora.

— Amara com certeza vai querer saber onde eu fui parar — disse o rei. — Isso pode causar problemas.

Magnus suspirou.

— Muito bem. Invente desculpas para deixar a companhia de sua noiva. No entanto, se tentar me enganar, pai, garanto que sua morte virá muito antes do previsto.

3
AMARA

LIMEROS

A imperatriz Amara Cortas estava sentada em uma cadeira dourada entalhada, no salão principal — menor do que o tolerável — da quinta. Era um trono temporário, mas servia bem para ela olhar com facilidade para baixo, na direção dos dois homens muito diferentes que se ajoelhavam em sua presença.

Carlos era o capitão da guarda kraeshiana, um homem de pele bronzeada, cabelo preto e ombros muito largos. Ele tinha mais músculos do que os suficientes para preencher o uniforme kraeshiano verde-escuro. Os fechos dourados, que prendiam a capa preta, brilhavam à luz das velas.

Lorde Kurtis Cirillo era mais jovem, mais magro, mais pálido, com cabelo escuro e olhos verdes. Embora Amara preferisse um castelo maior para passar seus dias, aquela quinta tinha a melhor casa em quilômetros, e pertencia ao pai de Kurtis, lorde Gareth.

— Levantem-se — ela ordenou, e os homens a obedeceram.

Os dois aguardavam o sinal para dar as últimas notícias sobre o cerco do dia anterior e a tomada do palácio limeriano.

Enquanto reorganizava seus pensamentos, Amara se encolheu por causa do doloroso machucado atrás da cabeça, adquirido na noite anterior. O gelo que segurava junto ao ferimento tinha começado a derreter.

— Dentre as doze baixas, havia alguém importante? — ela finalmente perguntou. Ela se virou para Kurtis, que saberia distinguir nobres de homens de menor importância muito melhor do que o guarda.

— Não, vossa graça — Kurtis respondeu de imediato. — A maioria era de soldados e guardas limerianos, alguns criados. Apenas aqueles que tentaram fazer oposição.

— Ótimo.

Doze mortos não era um número inaceitável, considerando quantas pessoas supostamente estiveram no palácio para testemunhar o discurso da princesa Cleiona na hora do cerco. Pelo relato de Carlos, três mil cidadãos de vilarejos próximos haviam se deslocado para ouvir aquela garota odiosa espalhar mais de suas mentiras.

Ela passou os olhos pelas faixas vermelhas e pretas que ocupavam as paredes de pedra com o brasão da família Cirillo: três cobras entrelaçadas. Para um reino de gelo e neve, com pouca vida selvagem até onde Amara tinha notado, os limerianos pareciam valorizar muito as imagens de serpentes.

— Vossa graça... — Kurtis chamou com uma voz estridente.

— Sim, lorde Kurtis?

O jovem parecia aflito — sua boca retorcida já tinha se tornado familiar a Amara em seu pouco tempo em Mítica. Ela se perguntou se aquela era a expressão permanente do grão-vassalo ou se era resultado do desafortunado ferimento que sofrera pouco antes de se conhecerem. Havia curativos novos no coto sangrento em seu punho, onde antes ficava a mão direita.

— Estou hesitante em tocar em um assunto com que Carlos acredita que não devemos incomodá-la.

— Há? — Ela olhou surpresa para o guarda, que virou para Kurtis com ódio explícito. — O que é?

— Ouvi conversas preocupantes sobre seu reinado entre seus soldados...

— Meu lorde — Carlos chamou —, se há algum problema com os homens que comando, eu mesmo posso falar com a imperatriz. Essa questão não requer a opinião de um limeriano.

Kurtis zombou dele, como se insultado pela brusquidão de Carlos.

— A imperatriz não merece saber que seus próprios soldados dizem que preferem abandonar os postos em vez de serem governados por... — ele hesitou, mas apenas por um instante — ... uma *mulher*?

Amara se esforçou para manter a calma enquanto entregava o saco com gelo derretido para uma criada.

— Carlos, isso é verdade?

O guarda parecia pronto para cuspir fogo.

— Sim, vossa graça.

— E ainda acha que não é motivo de preocupação?

— Conversas são conversas. Ninguém tomou nenhuma atitude até agora para deixar esta missão e voltar a Kraeshia. E se alguém fizer isso, será severamente punido.

Ela analisou o rosto do militar, um homem que tinha sido leal a seu pai não muito tempo atrás.

— Como você se sente em me ver como a primeira governante de Kraeshia? Vai continuar obedecendo minhas ordens sem desejar abandonar o posto?

Ele endireitou os ombros gigantescos.

— Sou leal a Kraeshia, vossa graça, então sou leal a quem estiver ocupando o trono. Posso garantir que tenho controle sobre meus homens.

— Sim, mas a questão é: eu tenho? — Era esse o motivo de ela ainda não ter comemorado a vitória ao se tornar imperatriz. O controle que exercia parecia frágil, como gelo recém-congelado sobre um lago. Não havia como saber ao certo se arrebentaria no instante em que fosse submetido a alguma pressão.

Mais uma razão pela qual necessitava que a magia de seu cristal da água fosse libertada. A pequena esfera de água-marinha escondida no bolso de um de seus vestidos no guarda-roupa não tinha nenhuma utilidade no momento. Ela precisava descobrir como desencadear a poderosa magia de seu interior.

— Vossa graça — Kurtis chamou, e ela não pôde deixar de notar que a expressão dele havia se suavizado um pouco depois de dar a notícia que Carlos preferia esconder. — Também ouvi os soldados falando sobre uma possível volta do príncipe Ashur de suas viagens.

— Ah, é? E o que tem isso? — A dor irradiou do ferimento em sua cabeça. Ela queria deitar pelo resto do dia, descansar e se curar, mas uma imperatriz não podia demonstrar nem mesmo uma parcela mínima de fraqueza.

— Por ser seu irmão mais velho, acreditam que o príncipe Ashur vai assumir como imperador. Acreditam que sua posição é apenas temporária. E acham que, assim que a notícia sobre as mortes de sua família chegar aos ouvidos dele, onde quer que esteja, Ashur retornará sem hesitação.

Amara respirou fundo e contou mentalmente até dez, bem devagar.

Depois contou até vinte antes de colocar um pequeno sorriso no rosto.

— Isso também é verdade? — ela perguntou a Carlos com a maior gentileza que conseguiu.

O rosto do guarda parecia ter virado pedra.

— É, vossa graça.

— Sinceramente, espero que estejam certos — ela disse. — Ashur certamente é o primeiro na linha de sucessão para o trono, antes de mim. Então é claro que vou abdicar do título no instante em que ele aparecer. Poderemos fazer o luto pela perda de nossa família juntos.

— Vossa graça — Carlos disse, fazendo uma reverência, as sobrancelhas grudadas. — Seu luto é compartilhado por todos nós. Seu pai e seus irmãos eram todos grandes homens.

— De fato eram.

Mas mesmo grandes homens podiam ser vencidos pelo veneno.

Amara estava tentando ao máximo não se sentir um escorpião peçonhento que atraía vítimas inocentes para sua toca. Ela sabia que não era a vilã na história de sua vida. Era a heroína. Uma rainha. Uma imperatriz.

Mas sem o respeito dos soldados de que necessitava para expandir seu reino, ela não tinha nada. Carlos podia não acreditar na importância de alguns boatos divergentes, mas logo virariam a voz de uma rebelião completa.

Por enquanto, apesar de seu título, Amara tinha que agir com cuidado até ter a magia necessária para dar conta de seu recém-descoberto poder.

Um dia, muito em breve, Amara Cortas não responderia a nenhum homem, nunca mais. Eles responderiam a ela.

E se estavam contando com o retorno de seu irmão para expulsar a garota do trono que havia tomado com força e sacrifício, ficariam extremamente decepcionados.

Afinal, um dos sacrifícios havia sido o próprio Ashur.

— Estou grata que tenha decidido me contar isso — ela se dirigiu a Kurtis de novo. — E se meu irmão chegar, por favor, saibam que o receberei de braços abertos. — Quando Kurtis se curvou, ela voltou o olhar decepcionado para o guarda que pretendia manter as conversas sobre traição em segredo. — Carlos, qual o status da busca pela princesa Cleiona?

— Doze homens, incluindo o rei, ainda estão procurando, vossa graça.

Menos de um ano atrás, antes de ser incorporada à família real que conquistou seu reino ao se casar com Magnus, Cleo era uma princesa mimada que vivia uma vida de excessos em Aurelia. Amara sabia que ela era, na verdade, uma garota exigente e difícil, apesar do comportamento alegre e radiante que apresentava socialmente.

Na noite anterior, a nova imperatriz tinha cometido o erro de subestimar a princesa e lhe oferecer sua amizade. Amara rapidamente se arrependera.

O ímpeto de sobrevivência de Cleo quase se igualava ao seu próprio.

— Dobre o número de guardas — ela instruiu. — Ela não pode ter ido muito longe.

Carlos se curvou.

— Como desejar, vossa alteza.

— Na verdade, tenho certeza de que a princesa congelou e está sob um metro de neve agora. — A voz do rei Gaius roubou a atenção de Amara. Ela ergueu os olhos para ver que o homem havia entrado no salão e se aproximava devagar, acompanhado de dois de seus guardas.

Kurtis e Carlos imediatamente se curvaram diante do rei.

Amara vislumbrou Gaius e arregalou os olhos, chocada. O rosto dele estava machucado, cheio de cortes e arranhões. Havia uma palidez doentia em sua pele. O pescoço estava sujo de sangue, que também estava presente nas dobras das mãos e debaixo das unhas, já seco.

— Carlos, vá buscar um médico agora! — ela ordenou ao se levantar do trono para encontrar o rei no meio do grande salão.

— Não — Gaius disse, levantando a mão. — Isso não será necessário.

Na noite anterior, quando saiu para procurar a princesa, ele era um homem bonito, alto e forte, com cabelo escuro e olhos castanhos profundos, embora às vezes cruéis; mas naquele momento parecia ter saído da própria cova.

Amara acenou com a cabeça para Carlos fazer o que ela havia pedido, e o guarda saiu do salão no mesmo instante.

— O que aconteceu com você? — ela perguntou, acrescentando preocupação, e não apenas choque, a seu tom de voz.

O rei massageou o ombro, demonstrando muita dor.

— Sofri uma queda horrível enquanto procurava a princesa. — Ele ficou tenso. — Mas estou bem.

Uma mentira deslavada.

Gaius passou os olhos pelo grão-vassalo, atendo-se ao ferimento.

— Pelo amor da deusa, rapaz! O que aconteceu com você?

Kurtis olhou para o coto envolto em curativos, e seu rosto corou, trêmulo.

— Ontem, quando tentei escoltar a esposa de seu filho para fora do palácio, ele tentou me impedir.

— Ele cortou sua mão.

— Sim — Kurtis admitiu. — E acredito que seja um crime digno de punição. Afinal, eu só estava seguindo suas ordens.

— Preciso sentar. — Gaius fez sinal para um dos guardas de uniforme vermelho lhe trazer uma cadeira e praticamente desabou sobre ela. Amara o observava, cada vez mais surpresa. Aquele não era um homem que costumava demonstrar qualquer tipo de fraqueza. Aquilo teria sido o resultado de uma queda?

Se estivesse à beira da morte por qualquer motivo, ela precisava que Gaius lhe dissesse como revelar a magia do cristal da Tétrade antes que fosse tarde demais.

— Sim — Gaius continuou, com uma voz fraca. — Magnus certamente tomou algumas decisões questionáveis nos últimos tempos.

Amara tentou mais uma vez.

— Gaius, insisto que seja examinado por um médico.

— E insisto que estou bem. Vamos mudar de assunto, para um

muito mais interessante. — Ele fez sinal para um dos guardas. — Enzo, traga a garota.

O guarda deixou o salão e voltou alguns instantes depois com uma bela jovem de cabelo curto e escuro.

— Esta — o rei passou os olhos pela garota — é Nerissa Florens.

Amara arregalou os olhos, encontrando certo humor na apresentação inesperada.

— Nunca ganhei uma garota de presente antes.

— Você precisa de uma criada. Nerissa cuidava da princesa Cleiona e era muito habilidosa em sua função, ouvi dizer.

Em vez do incômodo provocado por ter sido presenteada com uma pessoa qualquer, Amara descobriu-se curiosa.

— Suponho que isso signifique que você é leal à princesa.

— Pelo contrário, vossa alteza — Nerissa respondeu com firmeza. — Sou leal apenas a meu rei.

Amara observou a garota com atenção e a analisou de cima a baixo. Cabelo curto não era um estilo comum nem em Kraeshia nem em Mítica. Transmitia a imagem de alguém que não tinha tempo para vaidade. Ainda assim, Nerissa era bastante atraente. Ela tinha um nariz delicado, olhos grandes e determinados, e um rubor no rosto bronzeado. Tinha uma postura altiva, muito mais altiva do que qualquer criada que Amara já tinha visto.

Ela finalmente assentiu.

— Muito bem, Nerissa, estou mesmo precisando de uma criada habilidosa. No entanto, se você diz que é leal apena ao rei, vou precisar que transfira essa lealdade para mim agora. Gaius?

— Sim, é claro — o rei respondeu sem hesitar. — Nerissa, Amara é sua única preocupação a partir de agora. Cuide dela e satisfaça todas as suas necessidades.

Nerissa abaixou a cabeça.

— Sim, vossa alteza.

Amara continuou a avaliar a garota, que não devia ser muito mais velha do que ela própria com seus dezenove anos.

— Você não parece ter medo de mim.

— Deveria, vossa alteza?

— O palácio onde você ganhava seu sustento foi tomado por um exército inimigo; seu príncipe e sua princesa foram depostos. E aqui está você, diante de seus conquistadores. Sim, acho que deveria demonstrar um pouco de medo.

— Aprendi há muito tempo, vossa graça, que não importa o que eu possa estar sentindo, devo demonstrar apenas força. Peço desculpas se essa filosofia não for aceitável.

Amara observou a garota por mais alguns instantes, pensando que as duas tinham muito em comum.

— Tudo bem, Nerissa. Estou ansiosa para saber mais sobre sua temporada com a princesa.

— Sim, vossa graça.

— Ótimo — disse o rei. — Agora que isso está resolvido, lorde Kurtis...

— Sim, vossa majestade? — Kurtis endireitou a postura como um soldado sob os holofotes.

— Enquanto eu estiver fora, gostaria que cuidasse dos preparativos para realocar a imperatriz no palácio limeriano. A quinta de seu pai pode ficar um pouco apertada e, claro, não tem o tipo de acomodação que minha esposa merece. Quando eu voltar, espero encontrá-los lá.

Kurtis se curvou.

— Farei exatamente o que está pedindo, vossa majestade.

Amara observava o rei cada vez mais confusa.

— Aonde você vai?

Gaius gemeu ao levantar da cadeira, fazendo o esforço de um homem com o dobro de sua idade para ficar de pé.

— Preciso liderar a busca pelo meu filho.

— Muito pelo contrário — ela disse. — O que você precisa é descansar na cama e deixar o tempo curá-lo da queda.

— Mais uma vez — ele disse com firmeza —, me vejo em desacordo com minha nova esposa.

Ela manteve um sorriso no rosto.

— Posso falar com você? A sós? — Amara pediu com o máximo de doçura possível.

— É claro — ele disse, sinalizando para um guarda, que logo abriu a porta e escoltou todos para fora. Quando a sala ficou vazia, Amara fechou os olhos e respirou fundo várias vezes, tentando se obrigar a conduzir a conversa com delicadeza.

— Se insiste em sair nessa busca — ela disse —, acho que deve deixar o cristal do ar comigo, por segurança.

Talvez a *delicadeza* estivesse além de suas habilidades específicas. Mas Gaius não se deixou intimidar.

— Acho que não — ele apenas respondeu.

Amara sentiu um nó nas entranhas.

— Por que não?

Ele arqueou a sobrancelha escura.

— Ah, por favor! Admito que posso não estar em minha melhor forma no momento, mas não sou idiota.

Era o que parecia.

— Você não confia em mim.

— Não, nem um pouco, na verdade.

Amara tentou conter a frustração. O rei não fazia ideia de que ela também possuía uma parte da Tétrade, e ela não tinha a menor intenção de contar.

— Vou conquistar sua confiança.

— E vou conquistar a sua. Um dia.

Ela diminuiu a pequena distância que havia entre eles e segurou as mãos do rei, notando a expressão de dor.

— Podemos começar hoje. Compartilhe comigo o segredo para liberar a magia. A resposta está aqui, sei disso. Aqui em Mítica.

— Não tentei esconder isso.

Ela não tinha parado de pensar no assunto durante a viagem, enquanto atravessavam o Mar Prateado. Tanto tempo para pensar, para se preocupar, para planejar...

— Só posso imaginar que sua filha seja parte disso, assim como foi essencial para encontrar os cristais no início.

A expressão dele se fechou.

— É isso que você acha?

— Sim. — Ela não temeria aquele homem e sua reputação violenta quando contrariado. Amara era a única a ser temida naquela sala, naquele reino e, um dia, em todo o mundo. — Talvez seja Lucia e não Magnus que você esteja procurando nessa jornada inoportuna.

— Minha filha fugiu para se casar com o tutor e pode estar em qualquer lugar.

— Estou certa, não estou? — Um sorriso tomou conta de seu rosto. — Lucia é a chave de tudo. Sua profecia vai muito além do que eu já imaginava. Não fique carrancudo, Gaius. Eu disse que você podia confiar em mim, e pode. Vou provar. Vamos encontrá-la juntos.

— Quero encontrá-la, mas garanto que minha filha não é a peça que falta nesse quebra-cabeça que você busca.

Amara não conseguiria uma confirmação dele sobre essa questão. Não hoje, e talvez nunca. Ela se forçou a sorrir com doçura e assentir.

— Muito bem. Serei paciente, então, e vou me concentrar na mudança para o palácio enquanto você estiver fora.

Ele a observou com atenção, encarando seus olhos com tanta intensidade que ela não conseguia saber se Gaius estava tentando memorizar seu rosto ou ler seus pensamentos. Amara prendeu a respiração enquanto esperava ele falar.

— Volto assim que possível. — Ele a puxou para mais perto e lhe deu um beijo no rosto. Ela se forçou a não se esquivar diante do cheiro evidente de morte que exalava dele.

Gaius manteve o olhar fixo nela por mais um instante, depois virou e saiu da sala sem dizer mais nada.

Ela sentou no trono, esperando Carlos voltar com ajuda médica. Assim que o guarda entrou com uma médica, Amara dispensou a mulher e o chamou.

Carlos se ajoelhou a seus pés, fitando o chão.

— Vossa graça, percebo que devia ter lhe contado o que lorde Kurtis contou. Garanto que está tudo bem e não acredito que haja motivos para se preocupar.

— Levante. — Quando ele obedeceu, Amara não se deu ao trabalho de sorrir. Sorrisos eram exaustivos quando não eram genuínos. — Você vai me contar tudo de agora em diante, mesmo o que não parecer importante. Se tal transgressão se repetir... — As palavras "mando arrancar sua pele" estavam na ponta de sua língua, mas ela optou por não as dizer em voz alta. — ... vou ficar muito zangada.

— Sim, vossa graça. — Ele piscou. — Isso é tudo?

— Não. — Irritada, ela passou a mão pelo machucado em sua cabeça, imaginando quanto tempo demoraria para melhorar. — O rei vai partir em breve para procurar o filho. Quero que mande dois ou três de nossos melhores homens atrás dele.

— Para ajudar?

— Não. — Aquilo mereceu um sorriso genuíno. — Para dar um flagra na mentira de meu novo marido.

4
LUCIA

SANTUÁRIO

Conforme se aproximava aos poucos da cidade de cristal, que até então só tinha visto em sonhos, Lucia se lembrou de um conselho de sua mãe. Tinha sido dado antes de um banquete. Ela não tinha mais de dez anos e queria desesperadamente ficar em seu quarto lendo em vez de comparecer ao evento. Lucia sempre evitara ao máximo reuniões sociais, certa de que ninguém gostava dela, de que todos achavam a filha do rei Gaius uma garota estranha e pouco interessante, com quem não desejavam perder seu tempo valioso.

"É quando estamos mais inseguros", sua mãe havia lhe dito, "que devemos parecer mais confiantes. Demonstrar fraqueza é permitir que os outros se aproveitem disso. Agora, penteie o cabelo, levante a cabeça e finja que é a pessoa mais poderosa do salão."

Lucia agora se dava conta, com um baque inesperado de solidariedade no coração, de que aquilo era exatamente o que a rainha Althea Damora tinha feito todos os dias de sua vida.

Ela não percebera na época, mas era um conselho de fato excelente.

Levantando a cabeça, endireitando os ombros e pensando que era mais poderosa e confiante do que qualquer um poderia imaginar, Lucia apertou o passo e atravessou a paisagem verde e viçosa do Santuário, na direção da cidade, onde encontraria Timotheus e pediria sua ajuda.

Se ele dissesse não e a mandasse embora, o mundo mortal certamente pereceria.

Quanto mais se aproximava, mais a cidade se tornava impressionante. Ela não sabia como os cidadãos do Santuário chamavam esse lugar, nem mesmo se tinha nome. Ela o chamava de cidade de cristal porque, de longe, no prado em que caminhava, a metrópole parecia se elevar da grama verde-esmeralda, reluzindo como um tesouro inesperado em contraste com o céu azul sem nuvens. Não era um tesouro como as pessoas consideravam ser o palácio auraniano, feito com filamentos de ouro. Em vez disso, a cidade era branca e cintilante, etérea de ponta a ponta, composta por pináculos e torres de várias alturas. A imagem diante dela parecia uma ilustração intricada tirada de um livro de histórias roubado.

Ela se esforçou para manter a compostura, mesmo que quisesse ficar ali parada, boquiaberta com a vista.

Lucia se permitia pensar apenas em uma coisa naquele momento: encontrar Timotheus.

O imortal a havia alertado sobre Kyan. Foi um alerta que ela tolamente ignorara. Kyan a havia convencido totalmente de suas próprias dificuldades — dificuldades que, naquele momento, Lucia havia comparado às suas próprias. Ela estava tão cega pela sede de vingança e pelo ódio quando finalmente encontrara Timotheus que nem mesmo a verdade mais gritante poderia ter atravessado a parede de aço que ela havia construído em volta de si, muito menos chegado ao seu coração ou à sua mente.

Não, ela não estava pronta para ouvir a verdade naquele momento.

Se ao menos pudesse ter mais certeza de que estava pronta para ouvi-la agora...

Ela chegou ao fim do prado e parou diante da passagem que levava à cidade de cristal. Por um instante, Lucia simplesmente ficou parada ali, de olhos fechados, respirando.

— Timotheus despreza você — ela sussurrou. Então, depois de respirar fundo mais uma vez, ela deu um passo em frente e entrou na cidade. — E, se for necessário, você vai se ajoelhar e implorar pela ajuda dele.

A ideia de implorar não lhe caía muito bem. Como filha do rei Gaius, Lucia nunca havia precisado implorar por nada nem uma única vez em seus dezessete anos de vida. Sentia um gosto amargo só de pensar em precisar fazer isso.

Mas ela engoliria o resto de orgulho que lhe restava e o faria. Não havia outra opção.

A própria passagem arqueada e brilhante que levava à cidade a fazia se sentir pequena e, ao atravessá-la, Lucia viu seus olhos arregalados refletidos sobre a superfície. O arco tinha símbolos gravados — rabiscos e linhas que ela não compreendia, mas lhe faziam sentir alguma coisa. Um calafrio e um tremor percorreram seu corpo da cabeça aos pés, paralisando-a por um instante. Depois ela se aproximou mais da superfície da passagem, pressionando a mão hesitantemente sobre uma das marcas.

Teve a mesma sensação mais uma vez — ela sentiu o poder do portal na ponta dos dedos. Lucia recolheu a mão, lembrando o monólito de cristal nas Montanhas Proibidas, com a diferença de que tinha sentido uma onda quente daquela vez. Ela sabia que podia ter absorvido aquela magia para ajudar Kyan a retirar Timotheus do Santuário, para sua ruína.

A magia que estava ali era o oposto — fria em vez de quente. Se deixasse a mão sobre a superfície da passagem, ela poderia ter roubado a magia do mesmo modo como Ioannes a ensinara a roubar a de Melenia?

O pensamento a fez estremecer, mas Lucia ignorou e seguiu em frente, passando sob o arco e entrando de vez na cidade de cristal.

À primeira vista, era difícil absorver a paisagem da cidade. Era tão brilhante que ela protegeu os olhos da luz com as mãos. De longe, a cidade parecia feita de diamantes. Ao se aproximar, Lucia viu uma cidade com construções brancas e estruturas que iam até o céu. Os caminhos eram cobertos por pequenas pedras iridescentes, e ela seguiu uma das trilhas para adentrar mais na cidade.

Ainda não tinha visto nenhum ser vivo naquele lugar, nem pássaro nem pessoa. Ela notou uma estranheza ali. Um silêncio que desafiava até as regras mais rígidas do funcionário mais severo da biblioteca do palácio limeriano.

O único som que conseguia ouvir eram as batidas do próprio coração.

— Onde está todo mundo? — Seu sussurro soou mais como um grito, quase a assustando.

Lucia apertou as mãos e se lembrou mais uma vez do conselho de sua mãe: fingir estar confiante.

Então continuou andando pelo lugar. Todas as construções pareciam quase idênticas, polidas e brilhantes, mas Lucia não conseguia distinguir o que era cada uma.

Ainda assim, a cidade parecia estranhamente familiar.

O labirinto de gelo, ela pensou. A cidade parecia uma versão maior do labirinto de gelo das terras do palácio limeriano, que um amigo de seu pai tinha lhe dado de presente em seu aniversário de dez anos.

E, dando-se conta com uma sensação ruim, Lucia já estava perdida nele.

— Quem é você, mortal? E como chegou aqui?

Lucia se assustou com a voz, como se um trovão a acordasse de um sono profundo. Em uma fração de segundos, ela virou e invocou sua magia sem pensar.

No mesmo instante, uma chama se acendeu em seu punho direito. Ela tentou não ficar consternada por escolher, inconscientemente, se defender com o elemento de Kyan.

O motivo de seus instintos de defesa estava diante dela: uma jovem assustada, vestindo uma longa túnica branca, a observava. Seu cabelo era vermelho como o fogo que ardia na mão de Lucia.

Uma imortal, bela e eternamente jovem.

Assim que a imortal viu o fogo, seus olhos se arregalaram em choque.

— Eu sei quem você é.

Dando um passo trêmulo para trás, Lucia extinguiu as chamas.

— Sabe? Então quem eu sou?

Quando o fogo deu lugar à fumaça, a garota pareceu se recompor, piscando rapidamente.

— A feiticeira renascida.

— Talvez eu seja apenas uma bruxa.

— Uma bruxa mortal nunca conseguiria entrar na cidade sagrada. Nenhum mortal jamais entrou nesta cidade.

A última coisa que ela queria era assustar alguém, especialmente a imortal que poderia ajudá-la a encontrar Timotheus naquela cidade labiríntica. Nas últimas semanas, violência e intimidação — sem contar sua recém-adquirida habilidade mágica de extrair a verdade dos mortais — tinham sido as ferramentas cruciais para sobreviver, e parecia que ela ainda estava muito longe de acabar com aquele hábito.

— Então não há motivos para negar quem eu sou — Lucia respondeu devagar e cuidadosamente.

Um sorriso se abriu no rosto da imortal, espantando o medo dela.

— Melenia disse que você andaria entre nós de novo.

O nome deixou Lucia tensa.

— Disse?

A imortal assentiu.

— Ela prometeu que vamos poder sair daqui em breve e ser livres para ir e vir como desejarmos, finalmente, depois de todos esses séculos.

Melenia parecia ter feito muitas promessas para muitas pessoas.

Antes de Lucia matá-la.

Ela respirou fundo, tentando esquecer as lembranças da imortal má para se concentrar por completo no momento presente.

— Qual é o seu nome? — ela perguntou.

— Mia.

Embora a garota parecesse doce e amigável até então, Lucia não se permitiria esquecer que Mia era uma imortal que não envelhecia, uma Vigilante que não nascera de uma relação humana, mas criada a partir da magia elementar.

— Meu nome é Lucia. — Ela endireitou os ombros, levantou a cabeça e tentou se sentir poderosa. — Estou aqui porque preciso falar com Timotheus. Sabe onde ele está?

— Sei, claro. — Mia assentiu, mas a menção àquele nome ofuscou seu olhar e uma expressão de desgosto apareceu em seu belo rosto. — Estou indo agora para a praça da cidade, onde ele convocou uma reunião. Timotheus concordou em sair de sua vida de solidão e nos dar alguns instantes de seu tempo para responder nossas perguntas — ela comentou com um desdém que Lucia não teria deixado de notar nem se fosse surda.

A confirmação de que ele estava ali, de que o imortal não havia desaparecido de repente justo quando ela mais precisava dele, fez Lucia suspirar aliviada.

— Quero estar lá para ouvir o que ele vai dizer — Lucia disse. Talvez ele fosse alertar os outros a respeito dela, se já não o tivesse feito, assim como a ameaça do deus do fogo.

Ela sabia que os imortais tinham visões sobre o futuro e podiam receber profecias, um dom — ou maldição, Timotheus pensava — que ela havia herdado de Eva, a feiticeira original. Timotheus podia até entrar nos sonhos de Lucia, como Ioannes fazia, e nesses sonhos podia ler a mente dela. Era possível que o imortal soubesse de tudo o que ela já tinha feito, que tivesse seguido todos os passos que ela já havia dado.

O pensamento a fez se retrair de vergonha e constrangimento.

— Não quero que Timotheus me veja ainda — ela disse a Mia. — E não quero alarmar nenhum de seus amigos com minha presença repentina em seu mundo. Pode me ajudar?

Mia concordou.

— Claro que sim. No entanto, para que não seja notada, vou ter que lhe emprestar minha túnica.

Lucia olhou para si mesma. O manto vermelho-escuro com que viajava estava rasgado e chamuscado graças a sua batalha com Kyan, e a fazia se destacar naquela cidade luminosa, como uma mancha de sangue sobre a neve.

— Sim, isso ajudaria.

Mia tirou dos ombros a linda túnica branca, feita de um tecido brilhante elaborado com primor. Embaixo, usava um vestido prateado igualmente delicado, com pequenos cristais bordados, que revelavam seus braços e envolviam seu corpo.

Lucia olhou para ela surpresa.

— Você se veste de maneira muito mais requintada do que qualquer pessoa que eu já tenha visto em banquetes luxuosos.

— É mesmo? — Mia sorriu, e seus olhos brilharam de prazer. — Já testemunhei reuniões de mortais na forma de falcão, mas nunca cheguei perto o suficiente para de fato vivenciar esses grandes eventos.

— Talvez eu leve você a um desses eventos algum dia, em agradecimento pela ajuda de hoje — Lucia disse, vestindo rapidamente a túnica sobre a roupa.

— Seria maravilhoso. — Mia hesitou, como se não soubesse ao certo o que fazer em seguida, depois deu o braço para Lucia. — Venha comigo.

Se soubesse pelo que era responsável, Lucia duvidava que Mia seria tão receptiva. Em todos os lugares onde estivera com Kyan, Lucia havia deixado um rastro de morte e destruição. Ela tinha fugido de sua família, odiando-os por esconder verdades importantes durante toda sua vida — sobre a profecia e sua magia, e sobre o fato de ter sido roubada de sua família biológica. Ela não tinha amigos nem aliados, não tinha posses além das roupas que vestia — roupas mais apropriadas a uma camponesa do que a uma princesa.

Não, não era totalmente verdade. Ela tinha outra posse muito importante: seu anel. Lucia olhou para o dedo indicador, no qual usava um anel de filigrana com uma grande pedra roxa.

Se não fosse pelo anel, estaria morta.

Mais um motivo para estar ali e ter a oportunidade de conversar com Timotheus pessoalmente.

Mia a conduziu para o interior da cidade. Ela a seguiu, vestindo o capuz da túnica branca sobre o longo cabelo escuro. As duas caminharam sozinhas por um bom tempo até que, finalmente, Lucia começou a ver outras pessoas. Muitas usavam túnicas como a que Mia havia lhe dado, e todas iam na mesma direção. Disfarçada como um deles, ninguém prestou atenção nela. Lucia pôde continuar a observar os imortais e sua cidade radiante sem interrupção.

Todos os seres ali eram belos, um mais do que o outro. Nem mesmo o mais atraente dos mortais podia competir com essas criaturas. A pele deles, de todos os tons, do mais pálido alabastro até o mais intenso ébano, irradiava uma luz que parecia brilhar de dentro para fora. Os olhos eram como joias brilhantes de todas as cores, e os cabelos pareciam finos fios dos metais mais preciosos.

Como deve ser estranho viver em um mundo em que todas as pessoas e todas as coisas são perfeitas, ela pensou.

Ioannes era belo assim — ela tinha visto em seus sonhos. Quando ele se exilou e se tornou mortal, aquele brilho desapareceu. Ele se tornou mais tridimensional, com ângulos mais tortos. Tornou-se mais real.

Ela agora percebia que tinha gostado daquilo — da transformação do Ioannes imortal para o Ioannes real — mais do que tinha se dado conta na época. Estar apaixonada por alguém tão perfeito teria se tornado cansativo depois de um tempo.

Lucia rangeu os dentes quando levas de lembranças espontâneas emergiam. Uma onda de luto e raiva tomou conta dela enquanto era confrontada pelas mesmas lembranças que havia tentando esquecer nas últimas semanas.

Ioannes, por fim, tinha sacrificado a própria vida para salvar a dela.

Mas do momento em que o conheceu, do primeiro sonho para o qual a atraiu, ele a estava enganando e usando por ordens mágicas de Melenia, tentando descobrir seus segredos e a manipulando para despertar a Tétrade.

Não, ela pensou, e com aquela única palavra firme, forçou as lembranças a desaparecer. Lucia jurou que não pensaria nele. Nem agora, nem nunca mais. Não se pudesse evitar.

Elas chegaram a uma grande clareira no centro da cidade. O chão era pavimentado com ladrilhos refletores. Lucia se lembrou do espelho em seus aposentos no palácio, no qual se olhava enquanto as criadas a arrumavam até sua beleza ser do agrado de sua mãe. Sem tirar o capuz, ficou observando enquanto duzentos imortais convergiam para a clareira.

— Este lugar é como a praça pública de onde venho — ela disse em voz baixa.

— Nos encontramos aqui para as reuniões, e Melenia costumava falar da torre regularmente, para animar nossos dias. Até que ela desapareceu...

Lucia mordeu a língua. Nem mesmo o tom confuso e temeroso de Mia a faria se arrepender de ter acabado com a vida da imortal anciã.

Ela olhou para o cilindro de cristal liso no centro da clareira. A estrutura era tão alta que não era possível enxergar o topo.

— O que é isso?

— Os anciãos moram nessa torre. Timotheus não sai desde que Ioannes se exilou para o mundo mortal. Muitos acreditam que ele esteja de luto.

Dessa vez, os dentes de Lucia se cravaram tão fundo na língua que quase tiraram sangue.

— Quantos anciãos vivem aqui? — ela perguntou. Lucia percebeu que aprender sobre esse novo lugar a estava ajudando a acalmar a mente e a impedindo de pensar no passado.

— Originalmente, eram seis.

— E agora?

— É uma das perguntas que temos para Timotheus. — A expressão de Mia ficou severa. — E é bom que hoje ele tenha respostas.

— Ou o quê? O que acontece se Timotheus não aparecer com as respostas certas? E se essa multidão não ficar satisfeita?

Mia observou os outros que cercavam a base da torre de cristal, ocupando apenas uma fração do espaço disponível na praça.

— Muitos acham que o tempo dos anciãos já chegou ao fim. Por ordens deles, procuramos a Tétrade, e para muitos isso não passou de uma missão inútil, com a intenção apenas de nos distrair da verdade.

— Que verdade?

Mia balançou a cabeça, parecendo tensa.

— O fato de você estar aqui me dá esperança de estarem errados.

Lucia estava prestes a fazer mais perguntas, tentando descobrir o que Mia ocultava, mas, antes que pudesse dizer qualquer outra coisa, ouviu-se uma agitação entre as pessoas e gritos zangados.

Ela levantou os olhos, com a cabeça ainda coberta pelo capuz. Quase perdeu o fôlego quando a superfície lisa da torre de cristal piscou e se encheu de luz. Então a imagem clara de Timotheus apareceu sobre a superfície clara, com o rosto tão grande quanto a altura de três homens.

Ela ficou boquiaberta ao ver a inesperada projeção mágica.

A imagem de Timotheus levantou as mãos, com o rosto sério,

quando a multidão de Vigilantes, incluindo Mia, começou a entoar algumas palavras que Lucia não conseguia entender, em uma língua que nunca tinha ouvido antes. O som fez os arrepios que sentiu nos portões retornarem, e ela envolveu o corpo com os braços, tentando não tremer.

Timotheus esperou até o cântico terminar e o grupo se calar.

— Vocês pediram para me ver — ele disse, em voz alta e confiante. — Aqui estou. Sei que têm perguntas e preocupações. Espero acalmar a mente de vocês.

A multidão tinha ficado em silêncio após o cântico; a cidade parecia tão parada e vazia quanto quando ela chegou.

— Vocês querem saber mais sobre o paradeiro de anciãos e imortais desaparecidos. Querem saber por que inutilizei o portal para o mundo mortal, de modo que vocês não podem mais sair daqui, mesmo na forma de falcão. Querem saber por que não saí desta torre nos últimos dias.

Lucia observou o rosto de Mia e dos outros imortais, os olhares petrificados sobre a imagem gigantesca e brilhante de Timotheus, como se fosse um deus onipotente que os havia transformado em estátuas de mármore mudas e imóveis.

Ela nunca tinha pensado em perguntar a Ioannes qual era a diferença entre a magia de um ancião e a de outros imortais. Mas agora via que anciãos como Timotheus exerciam domínio total sobre os outros. A multidão estava hipnotizada por ele — todos completamente parados enquanto ele falava.

Ainda assim, ele não tinha controle sobre a resistência que brilhava naqueles olhos.

A imagem de Timotheus não tremeluzia como uma vela; ela se mantinha sólida e clara. E Lucia lembrou de novo que ele se parecia tanto com Ioannes que os dois, se fossem mortais, poderiam ser confundidos como irmãos de sangue.

— Danaus e Stephanos. Melenia. Phaedra, Ioannes e Olivia. Todos subtraídos de nossos já diminutos números. Vocês temem que eu tenha planejado todos esses desaparecimentos recentes, mas estão errados. Vocês acreditam que deveríamos estar procurando nossos desaparecidos no mundo mortal, mas eu não os deixo sair. O que estou fazendo — Timotheus continuou —, o que eu fiz... se deve a um grande perigo que surgiu no mundo mortal, um perigo que afeta tudo o que nos esforçamos tanto para proteger. Considerando que restam tão poucos de nós, fiz apenas o necessário para proteger vocês. E só peço que confiem em mim por mais um tempo, antes que tudo seja revelado.

Suas palavras não ajudaram a suavizar o olhar ardente no rosto dos imortais. Lucia não ficou surpresa. Ela tinha escutado centenas de discursos de seu pai no decorrer dos anos. Ele era um verdadeiro mestre na arte da oratória, mesmo quando estava diante de uma multidão que o desprezava.

O rei Gaius sabia quando mentir, quando dar falsas esperanças e quando fazer promessas de ouro que, frequentemente, não significavam nada.

Ainda assim, esses discursos, realizados em momentos-chave, eram mais do que suficientes para evitar motins. Mais do que suficientes para manter os limerianos sob controle e o número de rebeldes baixo.

As pessoas se apegavam à possibilidade de esperança.

Timotheus não falava de esperança. Ele dizia a verdade, mas sem dar detalhes, fazendo-o soar mais como um mentiroso tentando ocultar suas transgressões do que o Rei Sanguinário soaria.

E, ao que parecia, ele ainda não tinha terminado.

— Todos vocês viram com os próprios olhos que nosso mundo está morrendo. Cada dia mais, as folhas estão ficando marrons e secas. Apesar das profecias sobre a magia de Eva retornar para nós, vocês começaram a acreditar nisso como um sinal do fim. Mas vocês estão errados. A feiticeira renasceu. E, neste exato momento, ela está entre vocês.

Lucia ficou boquiaberta quando os grandes olhos projetados de Timotheus pareceram encará-la diretamente.

E os imortais que não tinham se movido nem falado desde o início do discurso de Timotheus começaram a arregalar os olhos, em choque.

Uma onda de pânico tomou conta de Lucia, e de repente foi como se não existisse uma quantidade de vestimentas brancas suficiente capaz de impedi-la de se sentir completamente nua.

— Antes do fardo das visões ser carregado por mim — Timotheus disse para a multidão —, era Eva que carregava esse peso e previu que uma menina nascida no mundo mortal se tornaria tão poderosa quanto uma feiticeira imortal. Agora posso confirmar que Lucia Eva Damora é a feiticeira que esperamos por um milênio. Lucia, revele-se.

O silêncio continuou a reinar na praça espelhada, uma inquietação assombrosa que parecia consumir Lucia, pressionando-a por todos os lados. Um fio frio de suor escorria por suas costas.

Com o coração acelerado, ela mais uma vez apegou-se fortemente ao conselho de sua mãe — um conselho que lhe causara ressentimentos por muitos anos.

Finja estar confiante mesmo quando não estiver.

Finja ser corajosa mesmo quando estiver com tanto medo a ponto de só querer fugir.

Seja convincente nessa atuação, e ninguém notará a diferença.

Com esse pensamento, Lucia levantou a cabeça e abaixou o capuz da túnica emprestada. Todos os olhos pararam sobre ela no mesmo instante, seguidos de um espanto coletivo quando os imortais foram libertados da magia que Timotheus tinha usado para deixá-los tão imóveis e silenciosos.

Então, um por um, os rostos belos e reluzentes encheram-se de admiração. Cada imortal, incluindo Mia, surpreenderam Lucia ao caírem de joelhos diante dela.

5
CLEO

LIMEROS

Cleo, Magnus e os outros dois guardas atravessaram cuidadosamente a superfície do lago congelado até o alto do penhasco. Lá, Cleo fez uma careta ao olhar para o barranco e calcular a queda do rei até o fundo — uma queda que ela também teria sofrido se Magnus não a tivesse puxado de volta.

Ela se virou para Magnus, pronta para expor suas preocupações sobre os planos do rei em voz alta, mas algo a impediu. Magnus estava sangrando.

Ela imediatamente puxou uma tira de tecido da barra do vestido vermelho — que, graças às desventuras do dia anterior, já tinha vários rasgos — e pegou o braço machucado dele.

Magnus se virou, surpreso.

— O que foi?

— Você está machucado.

Ele olhou para a manga de seu manto preto, rasgada até a pele, e relaxou.

— É só um arranhão.

Cleo olhou para os guardas de uniforme vermelho que combinavam perfeitamente com a cor de seu vestido. Eles estavam a uns dez passos de distância, conversando em voz baixa. Ela podia imaginar os assuntos: poções de bruxas, magia elemental, reis mortos voltando à vida...

A princesa preferia se concentrar em algo tangível naquele momento.

— Fique parado — ela disse, ignorando o protesto de Magnus. — Na verdade, deixe-me ver melhor o ferimento. Quero ter certeza de que não é muito sério.

Relutante, Magnus tirou o manto dos ombros e arregaçou a manga da túnica. Cleo recuou involuntariamente ao ver o machucado sangrando, mas se recompôs em um instante e começou a cobri-lo com a faixa de seda.

Ele a observava com interesse.

— Você tem muito mais jeito com isso do que eu imaginava. Já tratou de ferimentos antes?

— Uma vez. — Foi tudo o que ela disse, preferindo se concentrar na tarefa.

— *Uma vez* — ele repetiu. — Você fez curativos no ferimento de quem?

Cleo ajeitou com cuidado as pontas do tecido no curativo improvisado e encarou os olhos do príncipe.

— Ninguém importante.

— Então vou tentar adivinhar. Jonas? Parece que ele é a pessoa com maior probabilidade de se machucar a qualquer momento.

Ela limpou a garganta.

— Acho que há assuntos mais urgentes para discutirmos no momento do que o rebelde.

— Então *foi* Jonas. — Ele soltou um suspiro. — Muito bem, isso é assunto para outro momento.

— Ou nunca — ela disse.

— Ou nunca — ele concordou.

O rei tinha deixado instruções. Dirigindo-se somente para Magnus — para Cleo, apenas lançou olhares de desprezo — ele dissera que os encontraria aquela noite em uma hospedaria do vilarejo a meio dia de viagem em sentido leste. Gaius explicara que o vilarejo ficava no caminho para onde estava sua mãe.

Para Cleo, tudo o que o rei dizia eram mentiras.

— Tem certeza de que não posso convencê-la a ir para Auranos? — Magnus perguntou, admirando o curativo improvisado que ela havia feito em seu braço. — Você ficaria mais segura lá.

— Ah, sim, é tudo o que quero no momento. Ficar sã e salva e totalmente fora do caminho. Talvez você possa mandar esses guardas comigo para garantir que eu faça exatamente o que mandarem.

Ele arqueou as sobrancelhas e voltou a atenção para o rosto dela, em vez das mãos.

— Sei que está chateada.

Ela só conseguiu soltar uma risada vazia diante do eufemismo.

— Aquele homem — ela apontou na direção em que o rei e os guardas tinham seguido para voltar à quinta onde Amara estava — será responsável pela morte de nós dois. Na verdade, ele quase já foi!

— Eu sei.

— Ah, sabe? Que maravilha! É de fato maravilhoso. — Ela começou a andar de um lado para o outro com passos curtos e preocupados. — Ele está mentindo para nós. Você deve saber disso.

— Acho que conheço meu pai. Melhor do que qualquer outra pessoa, com certeza.

— E então? Está esperando que ele sinta peso na consciência? Que de repente decida mudar seus hábitos? Que, magicamente, escolha ser a solução para todos os nossos problemas?

— Não. Eu disse que o *conheço*, o que significa que não confio nele. As pessoas não mudam, não tão rápido. Não sem antes terem provado que são capazes de mudar. Ele foi duro, cruel e ambicioso durante toda minha vida... — Ele franziu a testa e ficou em silêncio de novo, percorrendo o lago congelado lá embaixo com o olhar.

— O que foi? — Cleo perguntou com o máximo de delicadeza

para não o desencorajar. O modo como franziu a testa... ele devia ter se lembrado de alguma coisa.

— Tenho essas lembranças... São muito confusas e distantes. Nem consigo ter certeza se são lembranças ou sonhos. Eu era pequeno, mal conseguia andar sozinho. Lembro de ter um pai que não era nem um pouco frio como minha mãe. Que me contava histórias antes de dormir.

— Histórias sobre demônios, guerras e tortura?

— Não. Na verdade... — Ele voltou a franzir a testa. — Lembro de uma sobre... um dragão. Mas era um dragão cordial.

Ela o encarou sem entender.

— Um dragão *cordial*?

Ele deu de ombros.

— Talvez tenha sido apenas um sonho. Muitas coisas do meu passado parecem sonhos agora... — Ele parou de falar, e sua expressão ficou séria. — Não quero que se envolva nisso. Como posso convencê-la a ir para Auranos?

— Não pode, e essa é a última vez que falaremos sobre isso. Estou nessa jornada com você, Magnus. Não importa o que acontecer.

— Por quê?

Cleo olhou para ele, sentimental.

— Você sabe por quê — ela disse com suavidade.

O rosto dele foi tomado pela dor.

— Essa linguagem cifrada sempre me confundiu. Talvez você ainda não confie o suficiente em mim para falar com clareza.

— Achei que já tivéssemos deixado essas preocupações de lado.

— Em parte, talvez. Mas está tentando me convencer de que não achou que eu não fosse obedecer ao comando do meu pai e acabar com sua vida na beira daquele penhasco? Porque não vai conseguir. Eu vi nos seus olhos o medo, a decepção. Você acreditou que eu a mataria só para cair nas graças dele de novo.

Os guardas não estavam perto o suficiente para ouvir, mas mesmo assim aquela discussão parecia mais apropriada para um momento mais privado.

De qualquer forma, ele tinha pedido para Cleo ser franca.

— Admito, você foi muito convincente.

— Eu estava tentando ser convincente, uma vez que a vida de nós dois estava em risco. Mas você não me ouviu? Eu a chamei de *Cleiona*, e esperava que percebesse isso como um sinal para não duvidar de mim. — Ele balançou a cabeça. — Mas, ao mesmo tempo, por que não duvidaria? Não dei muitos motivos para confiar em mim.

Magnus encarou o chão, a testa franzida, até levantar a cabeça e encará-la nos olhos.

— Você está determinada a ir comigo até minha avó.

Cleo assentiu.

— Ela pode ser a resposta para tudo.

Ele rangeu os dentes.

— Espero que esteja certa.

Então a bruxa encontraria sua irmã, eles iriam atrás dela e implorariam para Lucia ajudá-los a livrar Mítica de Amara. Cleo tinha que admitir que não gostava da ideia de contar com a ajuda da jovem feiticeira.

— Você realmente acha que sua irmã vai nos ajudar? — ela perguntou. — Da última vez que a vimos... — Ela estremeceu ao se lembrar de Lucia e Kyan chegando de surpresa no palácio limeriano. Kyan quase matou Magnus com sua magia do fogo.

Lucia o havia impedido, mas depois virou as costas para o irmão quando ele lhe pediu para ficar.

— Espero que ela ajude — Magnus respondeu com firmeza. — Essa escuridão que surgiu com a magia de Lucia... não é ela de verdade. A irmã que eu conheço é gentil e doce. Ela vai bem nos estudos, muito melhor do que eu, e devora todos os livros que vê pela frente.

E sei que ela se preocupa com Mítica e seu povo. Quando souber de tudo o que Amara está pretendendo, ela vai usar seus *elementia* para acabar com isso.

— Bem — Cleo disse, esforçando-se muito para ignorar o veneno que vazava de seu peito ao ouvir tais elogios fraternos —, ela parece perfeita, não é?

— É claro que ela não é perfeita. Ninguém é. — Ele esboçou um sorriso. — Mas Lucia Damora chega bem perto disso.

— Que pena, então, que ela esteja sob a influência de Kyan atualmente.

— Sim. — A pequena alegria que havia em seu olhar desapareceu e foi substituída por dureza. — Ele está com o cristal do fogo. Você, com o da terra. Amara tem o da água. Meu pai está com o do ar há um bom tempo.

De repente, Cleo deixou de se preocupar com todas as outras coisas.

— Há quanto tempo ele está com o cristal? Ou talvez seja melhor perguntar: por que eu não sabia disso até agora?

Magnus piscou.

— Tenho certeza de que já mencionei isso antes.

— Não, sem dúvida não.

— Hum... Sei que alguém estava presente quando recebi a notícia. Nic, talvez.

Ela não conseguia acreditar no que estava ouvindo.

— *Nic* sabe que o rei está com o cristal do ar, e nenhum de vocês me falou?

— Jonas também sabe.

Ela ficou boquiaberta.

— Isso é inaceitável!

— Peço desculpas, princesa, mas faz menos de um dia que concordamos em compartilhar mais do que ódio e desconfiança.

As lembranças do chalé no bosque voltaram a ela no mesmo instante: uma noite de medo e sobrevivência que levou a um encontro muito inesperado.

Cleo mordeu o lábio, deixando de lado sua indignação.

— Minha cabeça ainda está girando com tudo o que aconteceu.

— A minha também.

Ela olhou para os guardas e viu que um deles andava de um lado para o outro, agitado.

— Vamos para o ponto de encontro — ela disse com firmeza. Abriu a parte da frente do manto e olhou para o vestido carmim. — Espero encontrar roupas novas no vilarejo. Isso é tudo o que tenho, e está rasgado.

Magnus passou os olhos devagar por ela.

— Sim. Me lembro de rasgar esse vestido.

O rosto de Cleo ficou quente.

— Ele devia ser queimado.

— Não, esse vestido nunca será destruído. Será exibido por toda a eternidade. — Ele curvou os lábios em um sorriso. — Mas concordo, você precisa de vestimentas melhores para viajar. A cor é um tanto quanto... chamativa.

Ela sentiu o calor de Magnus quando ele deslizou a mão por seu braço, observando o vestido que Nerissa tinha encontrado no palácio para Cleo usar durante o discurso.

Quanto mais Magnus se aproximava, mais o coração dela acelerava.

— Talvez possamos discutir isso mais tarde, na hospedaria, ou em nosso... quarto? — ela disse em voz baixa.

Então, de uma hora para a outra, Magnus tirou as mãos dela. Ela sentiu uma onda repentina de ar frio quando ele deu um passo para trás.

— Na verdade, vou garantir que nos deem aposentos separados.

Ela franziu a testa:

— Separados?

— Eu e você não dividiremos o quarto tão cedo.

Cleo o encarou confusa por um longo momento, sem encontrar sentido em suas palavras.

— Não entendo. Por quê? Depois da noite passada, eu achei...

— Achou errado. — O rosto dele ficou muito pálido. — Eu não colocaria sua vida em risco.

Magnus falava em enigmas que ela não conseguia decifrar.

— Por que minha vida estaria em risco se compartilhássemos um quarto? — Ela observou a expressão atormentada dele, que passou a mão pelo cabelo. — Magnus, converse comigo. Qual é o problema?

— Você não sabe?

— É óbvio que não. Me diga!

Com relutância, ele atendeu o pedido.

— Sua mãe morreu no parto por causa da maldição de uma bruxa. E é por causa dessa maldição que você também vai morrer se ficar grávida.

Cleo só conseguiu encará-lo, absolutamente chocada.

— Seu pai disse isso?

Ele assentiu, tenso.

— E você simplesmente acreditou nessa história ridícula?

— Não fale como se fosse uma tolice qualquer. Não sou idiota, sei que existe a possibilidade de que ele esteja mentindo. Mas ainda assim me recuso a correr o risco.

— Que risco? — Ela franziu a testa, sentindo-se idiota por não entender.

Ele a segurou pelos ombros com firmeza, encarando-a com intensidade.

— O risco de perder você.

A confusão dela se desfez, substituída por um calor crescente no coração.

— Ah...

— Minha avó é uma bruxa. Se existe mesmo uma maldição em você, ela vai desfazê-la.

Parecia impossível que ela nunca tivesse ouvido falar de algo tão sério, mas seu pai sempre fora reservado, em especial no que dizia respeito à magia. Ele nunca havia contado a Cleo que tinha mandado uma bruxa lançar um feitiço de proteção sobre a entrada do palácio auraniano, o qual Lucia foi poderosa o bastante para quebrar.

Talvez tivesse lidado com esse assunto da mesma forma.

Cleo começou a pensar em sua mãe, e seu coração se partiu ao lembrar da mulher que nunca conheceu, destinada a morrer dando vida a ela.

— Se isso for verdade — ela disse depois de um instante, ainda se recusando a acreditar por completo em uma possibilidade tão absurda —, ouvi falar de outros métodos para evitar uma gravidez.

— Não vou arriscar sua vida até a maldição ser quebrada. E não dou a mínima se meu pai estiver mentindo para mim. Não vou correr o risco de que ele esteja certo. Entendeu? — A voz de Magnus ficou mais grave e baixa, fazendo-a sentir um arrepio.

Ela assentiu.

— Entendi.

Poderia ser verdade? Ela odiava pensar que a mínima possibilidade pudesse existir. Por que seu pai não tinha mencionado algo tão horrível?

Ela precisava de respostas, tanto quanto Magnus. Mais um motivo para visitarem a avó bruxa.

Cleo notou que o guarda que estava agitado de repente se aproximou deles.

— Vossa alteza... — ele chamou.

Cleo tirou os olhos de Magnus para virar para o guarda, chocada ao ver que ele havia desembainhado a espada e a apontava para eles.

Magnus deixou Cleo atrás de si.

— O que é isso? — ele perguntou.

O guarda balançou a cabeça, parecendo tenso e um pouco exaltado.

— Acho que não posso cumprir as ordens do rei. A imperatriz e seu exército estão no controle de Mítica agora. Os limerianos não têm mais influência sobre seu próprio futuro. Continuar aliado àqueles que enganam e se opõem à imperatriz seria cometer traição. Dessa forma, preciso entregá-los a ela.

Cleo o encarou com perplexidade.

— Seu covarde repugnante!

Ele lançou um olhar seco para ela.

— Sou limeriano. Você é inimiga, não importa com quem tenha se casado. Você — ele disse, retorcendo a palavra com desgosto — é o motivo de tudo o que cultivamos em Limeros por gerações ter sido destruído.

— Minha nossa, você me atribui muito mais poder do que de fato tenho. — Ela endireitou os ombros e semicerrou os olhos. — Abaixe a espada imediatamente e talvez eu não exija sua execução.

— Não recebo ordens de nenhum auraniano.

— Você recebe ordens de mim? — Magnus perguntou em um tom ácido.

— Receberia — o guarda respondeu. — Se tivesse algum poder por aqui.

Com os punhos cerrados, Magnus deu um passo à frente, mas o guarda respondeu encostando a espada no pescoço da princesa. O medo deixou Cleo boquiaberta.

— Ao menos sabe o meu nome, vossa alteza? — O guarda olhou para ele com desprezo. — A imperatriz sabe. Ela sabe o nome de todo mundo.

— Amara Cortas sem dúvida tem uma habilidade incrível de lembrar fatos inúteis. — Magnus olhou para ele com raiva. — E então?

Pretende nos fazer marchar até ela? Espera que ela aceite o generoso presente de braços abertos e o indique para capitão da guarda? Não seja idiota.

— Não sou idiota. Não mais. Agora, venham comigo. Se resistirem, vão morrer.

O guarda então gemeu quando a ponta de uma espada atravessou seu peito. Ele perdeu o equilíbrio e caiu no chão.

Atrás dele estava o outro guarda, limpando de sua espada o sangue do colega com um lenço. Ele olhou para o guarda caído com repulsa.

— Criatura fraca. Tive que ouvir suas baboseiras, seus planos... Discordei de tudo. Por favor, perdoe sua deslealdade, vossa alteza.

Embora estivesse tão aliviada que suas pernas quase cederam, Cleo trocou um olhar preocupado com Magnus.

— Qual é o seu nome? — Magnus perguntou ao guarda de cabelo escuro.

— Milo Iagaris, vossa alteza.

— Você tem minha mais profunda gratidão por essa intervenção. Suponho que possamos contar com a *sua* lealdade?

Milo assentiu.

— Até o fim.

Cleo soltou a respiração que nem tinha percebido que estava segurando.

— Obrigada, Milo — ela disse, lançando um olhar de ódio para o guarda morto caído a seus pés. — Agora, vamos deixar esse traidor para trás.

Cleo usou o manto verde para esconder o vermelho chamativo de seu vestido e o cabelo claro durante a jornada até o vilarejo.

Depois de horas de viagem incluindo várias formas de transporte, como caminhada, carroça e cavalo, ela, Magnus e Milo chegaram ao seu destino, exaustos. Por sorte, a esposa do dono da hospedaria era costureira, e Cleo conseguiu algumas roupas simples com ela. Então, mantendo sua palavra, Magnus acompanhou Cleo a seu quarto individual.

Exausta demais para discutir mais sobre a maldição, Cleo trancou a porta, caiu sobre a cama dura e adormeceu no mesmo instante.

A luz do sol da manhã a acordou de maneira abrupta e, assim que abriu os olhos, Cleo os protegeu bloqueando a claridade com as mãos. Logo depois, a costureira bateu na porta, trazendo uma bacia de água morna para ela se lavar. Cleo ficou grata por finalmente poder se livrar da sujeira que havia se acumulado em sua pele durante as andanças. Depois de limpa, ela colocou seu novo e simples vestido de algodão e passou os minutos seguintes se esforçando para desembaraçar o cabelo com um pente de prata deixado ao lado da bacia.

Quando terminou, a princesa olhou para o próprio reflexo, esperando se deparar com alguém completamente diferente. Parecia que muita coisa havia mudado em poucos dias. Mas ali, no espelho, viu apenas a mesma Cleo de sempre. Cabelo dourado, olhos azuis-esverdeados que tinham perdido apenas um pouco do cansaço que começou a tomar conta deles apenas um ano atrás, aos dezessete anos recém-completados.

Ela deu as costas para o espelho com um suspiro e estendeu a mão até a cadeira onde estava pendurado o manto roubado de um guarda kraeshiano durante a fuga da quinta que Amara tinha tomado emprestada. Ela o inspecionou sob a claridade, procurando rasgos, mas ficou satisfeita ao ver que estava intacto.

Suas únicas posses eram um vestido emprestado, um manto roubado e uma esfera de obsidiana.

E, claro, as lembranças.

Antes que tivesse a oportunidade de considerar tudo o que havia perdido no decorrer do último ano, foi interrompida por um ronco forte do estômago.

Quando foi a última vez que ela tinha comido? Para ser sincera, não conseguia se lembrar.

Cleo saiu do quarto e espiou o corredor, tentando adivinhar em que quarto Magnus estaria. Ela protegeu o rosto com o capuz do manto, caso alguém que estivesse por ali naquele início de manhã a reconhecesse, depois desceu a escadaria de madeira rangente que levava ao andar de baixo da hospedaria, em busca do desjejum.

A primeira pessoa que encontrou na sala de jantar vazia era alta, tinha ombros largos e cabelo escuro. Vestia um manto preto e, de costas para ela, observava o centro do vilarejo pelas janelas da frente.

Magnus.

Ela logo foi na direção dele e tocou seu braço.

Em vez de Magnus, o rei Gaius se virou para ela. Cleo recolheu a mão como se tivesse sido queimada. E imediatamente deu um passo para trás, para em seguida conseguir conter o choque inicial e retomar a compostura.

— Bom dia, princesa — ele disse. Seu rosto estava tão pálido quanto no dia anterior, ainda machucado, com círculos escuros sob os olhos.

Fale, ela ordenou a si mesma. *Diga alguma coisa para ele não achar que você está com medo.*

Gaius arqueou a sobrancelha escura.

— O gato comeu sua língua?

Droga, ele se parecia tanto com Magnus nas sombras da hospedaria... Só de pensar, o estômago dela se revirava de repulsa.

— Não — ela disse sem se abalar enquanto ajustava melhor o manto sobre os ombros. — Mas eu o aconselharia a manter distância se quiser conservar a sua.

— Uma ameaça vazia — ele disse, irônico. — Que previsível.

— Se me der licença, vou voltar para meu quarto.

— Você até poderia. — Ele foi até a mesa mais próxima, que logo seria ocupada por hóspedes famintos, e sentou, gemendo como se o movimento lhe causasse dor. — Ou talvez seja uma boa hora para conversarmos.

— Não existe boa hora para isso.

O rei recostou na cadeira e a observou em silêncio por um instante.

— Emilia foi a abençoada com a beleza singular da mãe dela. Mas você... você certamente herdou seu fogo.

Ouvir aquela cobra mencionar o nome de sua mãe mais uma vez revirou seu estômago.

— Você não respondeu à minha pergunta antes. Como conheceu minha mãe? Por que o nome dela estava em seus lábios em seus últimos instantes de vida?

Ele sorriu.

— Dizer o nome dela foi um erro.

— Ainda está evitando a pergunta.

— Acredito que talvez essa seja a conversa mais longa que já tivemos, princesa.

— Diga a verdade — ela o interrompeu. — Ou será que não consegue?

— Ah, a curiosidade... É uma fera perigosa que leva as pessoas por vielas escuras até um destino incerto. — Ele passou os olhos pelo rosto dela, franzindo o cenho. — Elena e eu já fomos amigos.

Cleo riu, surpreendendo-se com o som agudo da própria risada.

— Amigos?

— Não acredita em mim?

— Não acredito que tenha *qualquer* amigo, muito menos que minha mãe tenha sido um deles.

— Era uma outra época, antes de eu ser rei ou ela ser rainha. Às vezes parece que faz um milhão de anos.

— Não acredito que foi amigo da minha mãe.

— Não importa se acredita ou não. Acabou há muito tempo.

Cleo virou as costas, indignada por ele ousar tentar alegar algo do tipo. Sua mãe nunca escolheria passar seu tempo com alguém tão vil quanto Gaius Damora.

— Agora sou eu que vou fazer uma pergunta, princesa — ele disse, levantando e se posicionando entre ela e a escadaria.

Cleo se virou devagar e lançou um olhar com o máximo de arrogância possível.

— O quê?

— O que você quer com meu filho? — ele perguntou.

Ela o encarou.

— Como é que é?

— Você me ouviu. Pretende continuar usando Magnus para benefício próprio? Se sim, meus parabéns. Você fez um ótimo trabalho voltando-o contra mim. As várias fraquezas dele sempre foram uma decepção, mas isso... — Ele balançou a cabeça. — Você tem alguma ideia do que ele abriu mão por você?

— Você não sabe nada sobre isso.

Gaius zombou dela.

— Sei que pouco tempo atrás meu filho aspirava ser um líder, disposto a fazer o que fosse preciso para atingir seu maior potencial algum dia. Não sou cego. Vi como a cabeça dele foi virada rapidamente por sua beleza. Mas a beleza é fugaz, e o poder é para sempre. Esse sacrifício, essas escolhas centradas em *você* que ele fez nos últimos tempos... Não entendo a lógica dele. Não mesmo.

— Então talvez você *seja* cego.

— Ele não enxerga tudo que está em jogo. Só enxerga o que está acontecendo no momento, diante de seus olhos. Mas você enxerga, não é? Você sabe como quer que sua vida seja daqui a dez, vinte, cinquenta anos... Você nunca desistiu do desejo de recuperar o trono. Admito que subestimei sua determinação, o que foi um erro grave.

— Por que eu não desejaria retomar o que é meu por direito?

— Cuidado, princesa — ele disse.

— Não é a primeira vez que me diz isso. Não sei se está fazendo um alerta ou uma ameaça desta vez.

— É um alerta.

— Assim como o alerta sobre a maldição que minha mãe passou para mim?

— Sim, exatamente. Você não acredita? — Ele se aproximou. — Me encare nos olhos e me diga se estou mentindo sobre algo tão importante. Sua mãe foi amaldiçoada por uma bruxa odiosa e morreu dando à luz a você por causa dessa maldição.

Cleo parou um momento para analisar o rei que mentia com tanta facilidade. Se fosse outra pessoa, qualquer um, ela estaria preocupada com sua saúde. Mesmo durante a conversa curta e desagradável que tiveram, o rosto dele ficou mais pálido, a voz, mais seca e rouca. Seus ombros largos estavam curvados.

Ela comemorou seu declínio assim como comemoraria sua morte. Se o rei esperava algo diferente dela, ficaria extremamente decepcionado.

Mas seus olhos — nítidos, firmes, cruéis — não traziam nenhuma decepção visível.

— Você consegue ver a verdade — ele disse com a voz áspera. — Elena podia também, frequentemente, quando se tratava de mim. Ela me conhecia melhor do que qualquer um.

— Você não merece falar o nome dela.

— Essa é uma acusação séria, princesa. Principalmente considerando que foi *você* que a matou.

Os olhos de Cleo começaram a arder quando o peso da culpa que ela sempre carregou dentro de si — de que sua vida tenha custado a morte de sua mãe — surgiu em seu peito e a sufocou.

— Se o que está dizendo é verdade, foi a maldição que a matou.

— A maldição sem dúvida ajudou. Mas foi você que tirou a vida de Elena. Sua irmã não conseguiu, mas *você*, sim.

Cada palavra era como um golpe.

— Chega! Não vou ficar nem mais um segundo aqui, permitindo que me insulte, me intimide e minta para mim. Escute com atenção: se tentar fazer algum mal a mim ou a Magnus de novo, prometo matá-lo com minhas próprias mãos.

Com isso, Cleo se virou e foi na direção das escadas, sem se preocupar se teria que esperar mais uma eternidade pelo desjejum. Ela se recusava a ficar um segundo sequer na presença hostil do Rei Sanguinário.

— E você *me* escute, princesa. — A voz de Gaius a perseguiu como um odor malcheiroso. — Esse amor que acha que sente por meu filho? Vai chegar o dia em que você terá que escolher entre Magnus e o poder. E eu sei, sem sombra de dúvida, que vai escolher o poder.

6
JONAS

MAR PRATEADO

No terceiro dia no mar, Jonas estava com Nic na proa do navio do Rei Sanguinário, as velas pretas e vermelhas recebendo o vento que os levaria de volta a Mítica em mais quatro dias. Olivia, em forma de falcão, o vigiava de cima, como fazia durante a maior parte do dia, com as grandes asas prateadas abertas enquanto planava.

Ele desejava se transformar em falcão também para poder retornar bem mais rápido. A vida a bordo de um navio não era para ele; o balanço constante sob seus pés era desnorteante e fazia seu estômago revirar. Mas, era preciso admitir, estava melhor do que alguns outros. Felix estava pendurado na amurada à direita, o rosto com um péssimo tom esverdeado.

— Ele não estava brincando quando disse que enjoava em navios — Nic disse.

— Não mesmo — Jonas respondeu.

— Estou com pena dele.

— Ele vai sobreviver.

— Assassino terrível, você disse? Ele não era matador de aluguel do rei Gaius?

— Isso mesmo. Ex-assassino terrível que trabalhava para o rei Gaius. Atualmente luta por uma boa causa ao embarcar em um caminho longo e árduo rumo à redenção. E também vomita o café da manhã no mar como oferenda para os peixes que possam nos ajudar.

— Vocês sabem que estou ouvindo tudo, não sabem? — Felix conseguiu dizer, ainda agarrado à amurada do navio.

Jonas tentou conter um sorriso, o primeiro que surgia em muito tempo.

— Sim, nós sabemos.

— Não tem graça — Felix resmungou.

— Não estou rindo. Não alto, pelo menos.

Felix disse algo ininteligível, mas inquestionavelmente desagradável, depois resmungou:

— Alguém pode, por favor, me matar e acabar com esse sofrimento?

— Eu me ofereço — disse Taran ao descer da gávea. Ele tinha insistido em subir a bordo, tirando o lugar de um membro da tripulação, para ficar de olho em qualquer navio kraeshiano.

— Cale a boca — Felix retrucou. Em seguida, sua expressão ficou tensa, e ele se jogou de novo contra a amurada para vomitar.

Jonas fez uma careta.

— Posso fazer alguma coisa para ajudar?

— Apenas... me deixe... morrer...

— Muito bem. — Ele deu as costas para o amigo mareado e viu Taran pegar a espada que tinha deixado perto do mastro. — O que você pretende fazer agora, posso perguntar?

— Vou afiar minha espada.

— Parece que está afiando essa lâmina desde que zarpamos.

Taran olhou para ele.

— E...?

— Deve ser a lâmina mais afiada do mundo, pronta para matar quem merece — Nic disse, compartilhando um olhar de cumplicidade com Taran. — Muito bem.

Jonas suspirou e pegou Nic pelo braço, levando-o para onde Taran não pudesse ouvir.

— Precisamos conversar.

Nic se desvencilhou de Jonas.

— Conversar sobre o quê?

— Seu ódio por Magnus está te consumindo, e isso está se tornando um problema.

A expressão de Nic se fechou.

— Sério? Que estranho você dizer isso, uma vez que não menciono o nome daquele canalha há dias. Além disso, desde quando você se tornou guarda-costas de *sua majestade*?

A ideia soava ridícula.

— Não sou nada disso. Mas o príncipe me mandou para Kraeshia para matar o pai. Estamos aliados a ele.

— Você pode estar aliado àquele monstro, mas eu não estou. — O rosto de Nic corou ao apontar na direção de Taran. — Magnus matou o irmão dele. Sua suposta aliança não tem nada a ver comigo nem com ele.

Jonas tinha ouvido falar sobre a morte de Theon Ranus e de como o ex-guarda auraniano estava envolvido com Cleo antes de Magnus matá-lo pelas costas.

Mais um motivo para Cleo desprezar Magnus, ele pensou. Ele não fazia ideia de nada disso, mas o fato de Cleo ter perdido alguém importante... assim como Jonas perdera Lys... só o fazia se sentir mais próximo dela.

Taran tinha todo o direito de querer se vingar do príncipe, mas aquilo não passava de uma distração do problema maior, Amara e o rei, as três esferas mágicas de cristal que aprisionavam deuses elementares, e a necessidade do próprio Jonas de se vingar do deus do fogo por matar Lysandra.

— Tudo bem — Jonas disse, coçando o peito distraidamente. —

Você e Taran podem fazer o que quiserem com o príncipe. Mas não quero me envolver nisso.

— Combinado.

Jonas passou os olhos pelo convés e avistou Taran, Felix e alguns membros da tripulação, mas notou que faltava uma pessoa.

— Onde está aquele outro príncipe com quem temos que nos preocupar?

Nic não respondeu por um instante.

— Deve estar em seus aposentos, meditando ou o que quer que a fênix da profecia faça para passar o tempo quando está em alto-mar.

A cada dia que passava, Jonas tinha mais certeza de que permitir a presença de Ashur no navio tinha sido um erro. Na melhor das hipóteses, ele era apenas o irmão desorientado da imperatriz louca por poder, que tinha usado e manipulado Felix até quase matá-lo. Na pior, ele era completamente maluco e acabaria matando todos.

Jonas nunca tinha sido muito otimista.

— Você acredita que a lenda é verdadeira? — Jonas perguntou.

— Não sei — Nic disse, revelando exaustão e tristeza na voz. — A única certeza que tenho é que o vi morrer, e agora ele está aqui, vivo, a bordo do mesmo navio que nós.

— Você já ouviu aquela lenda antes? De alguém que voltou dos mortos para ser o salvador do mundo?

Nic deu de ombros.

— Quando eu era criança, lembro de ter lido uma história parecida. Mas existem milhares de lendas que não são verdadeiras.

— A lenda dos Vigilantes é verdadeira — Jonas comentou.

— Sim, e é possível que essa história da fênix também seja. — Ele notou que Jonas ainda coçava o peito. — Você está com alergia?

Jonas fez uma careta.

— Não. Acho que esta longa viagem a Mítica está me fazendo coçar de impaciência. — Ele fez uma pausa. — Ouça, você conhece o príncipe Ashur melhor do que qualquer um de nós, não conhece?

— Bem, eu o conheço *há mais tempo* — Nic explicou.

— Preciso saber mais sobre os planos dele. Se ele o vir como amigo, vai confiar em você. Você precisa descobrir o verdadeiro motivo para ele não ter simplesmente ido atrás da irmã malvada e tomado seu lugar de direito como imperador.

— Posso dizer o motivo: Amara tentaria matá-lo mais uma vez. Além disso, acho que ele não vai gostar de ser interrompido enquanto está meditando.

A palavra "meditando" enfurecia Jonas. Era o que o chefe Basilius dizia estar fazendo quando acreditava ser um feiticeiro profetizado que salvaria o mundo.

Ele tinha certeza de que a crença do chefe tinha a ver com a profecia da princesa Lucia, mas talvez essa lenda da fênix tivesse um alcance maior em Paelsia.

— Fale com Ashur — Jonas disse. — Peça orientação a ele. Recupere a amizade de vocês.

— Está dizendo que quer que eu o espione para você.

— Sim, exatamente.

Nic soltou um suspiro longo e trêmulo.

Jonas franziu a testa.

— A menos que haja algum motivo para você preferir evitá-lo. Preciso saber de alguma coisa?

— Não, não — Nic disse, talvez um pouco rápido demais, Jonas achou. — Vou fazer isso agora mesmo. Vou ver quais os planos dele. Pode contar comigo Jonas. Tudo o que eu tiver que fazer para garantir a segurança de Cleo, farei.

Jonas assentiu.

— Fico feliz em saber.

Ele observou Nic assentir e sair, com passos hesitantes no início, mas mais resolutos ao virar um corredor e desaparecer.

— Tem alguma coisa entre esses dois — Felix disse, chegando por trás de Jonas. — Não sei o que é, mas vou descobrir.

O cheiro azedo de vômito atingiu Jonas como um tapa e, instintivamente, ele cobriu o nariz com a manga da camisa e olhou feio para o amigo.

— Você está fedendo — ele disse.

Felix deu de ombros.

— Desculpe.

— Você disse que vai descobrir o que está acontecendo entre Nic e Ashur?

— Sim.

— Amizades podem ser confusas... Principalmente quando envolvem membros da realeza.

— Não posso opinar. Nunca fui amigo de ninguém da realeza.

— E Amara? — Jonas se arrependeu da pergunta assim que a proferiu. O rosto de Felix foi tomado por uma expressão dura, acabando com qualquer suavidade e alegria. — Peço desculpas. Esqueça que mencionei o nome dela.

— Gostaria de ser capaz de esquecer que ela *existe*. — Um músculo no lado direito do rosto de Felix se contraiu. Ele passou a mão pelo tapa-olho enquanto seu olho bom ficava vidrado e reflexivo.

Era o mesmo olhar perturbador e vazio que Jonas já tinha visto várias vezes no rosto do amigo. Era o olhar que Felix assumia pouco antes de matar alguém.

Olivia tinha curado os ferimentos superficiais de Felix, mas algumas feridas iam além da pele e dos ossos.

O jovem que Jonas tinha encontrado naquele calabouço escuro não era o Felix de que ele se lembrava. Quando foi resgatado, havia alívio em seu olhar, mas também uma angústia profunda. E aquela angústia permanecia.

— Se está preocupado que eu ainda tenha sentimentos por ela, pode ficar tranquilo — Felix finalmente disse. — Eu ficaria feliz em rasgá-la ao meio com minhas próprias mãos se tivesse a oportunidade.

Jonas apoiou a mão sobre o ombro de Felix.

— Você vai ter sua vingança.

Felix riu sem achar graça.

— Sim, esse é o plano. Se eu conseguir pôr as mãos nela, e depois pôr as mãos naquele cretino ser do fogo também ... Bom, seria tudo o que eu poderia esperar do que sobrou desta minha vida desgraçada.

— Kyan é perigoso. — Jonas ainda não tinha descoberto como lidar com o deus do fogo. Na verdade, ele ainda precisava se acostumar com a ideia de um cristal da Tétrade transfigurado em carne e osso.

— É? Eu também sou. — Felix estalou os dedos. — Só preciso de alguns minutos com ele. Se parece um homem, anda e fala como um homem, deve ter um coração como um homem, um que eu possa arrancar de dentro do peito.

— Você morreria antes de conseguir encostar um dedo nele.

— Então ficarei feliz de me encontrar com Lys no além muito antes do que imaginava.

Jonas surpreendeu a si mesmo ao soltar uma gargalhada, o que lhe rendeu um olhar julgador e fulminante de Felix.

— Lys ficaria surpresa em saber o quanto você se importava com ela.

— Não só me importava com Lys. Eu a *amava*.

— Claro que amava. — O que aconteceu com Lysandra ainda era uma ferida aberta. Até mesmo o nome dela dito por outra pessoa o fazia se encolher. — Você mal a conhecia.

— Eu sei o que sentia. Não acredita em mim?

Jonas sabia que seria melhor não perder a compostura entrando em uma discussão sobre Lys, mas temia estar perto demais do limite para se controlar.

— Se realmente a amava, talvez devesse ter ficado por perto para protegê-la.

Felix franziu a testa, tornando seu olhar ainda mais ameaçador.

— Você não vai querer discutir isso comigo agora.

— Talvez eu queira. Afinal, você de repente veio dizer que a amava. — Jonas o encarou por um instante longo e silencioso, e sua testa foi ficando quente. — Mas fui eu que tive que ficar lá e vê-la morrer.

— Sim, você a *viu* morrer. Se estivesse comigo, sabe que Lys ainda estaria viva. — Felix deu um passo ameaçador na direção dele, e Jonas viu seu olhar se tornar vazio como do assassino habilidoso que era.

Mas Jonas não sentiu medo. A conversa logo fez a indignação se acender dentro dele.

— Amor verdadeiro, não é? Estava pensando em Lys enquanto ia para a cama com Amara? Ou só fez isso depois que ficou sabendo que ela estava morta?

Ele só viu o punho de Felix depois que já tinha atingido seu nariz. Ouviu um estalo, sentiu uma onda de dor e depois o sangue quente escorrendo pelo rosto.

— Sabe o que é pior? Lys não me amava, ela amava *você* — Felix vociferou. — E você a deixou morrer, seu inútil de merda!

A dor intensa do nariz quebrado — das acusações de Felix, da lembrança dos terríveis momentos finais de Lys — atingiu Jonas como uma bola de canhão. Em vez de cair de joelhos devido à dor, ele cerrou os punhos e lançou um olhar de ódio puro para aquele que o acusava, por tornar tudo ainda mais doloroso do que já era.

De repente, sem Jonas fazer um único movimento, Felix começou a respirar com dificuldade. O olhar convencido desapareceu de seu rosto e então ele voou para trás, como se um gigante invisível o tivesse levantado do convés de madeira do navio e o arremessado como um boneco de pano. Felix teve que se segurar na amurada para não cair no mar.

— Que droga é essa? — A voz de Taran gritou atrás de Jonas. — O que aconteceu?

Jonas não conseguia encontrar palavras para responder. Só foi capaz de olhar para baixo, para seus punhos cerrados. Sob a fraca luz do anoitecer, ele percebeu, perplexo, que estavam brilhando.

Ele virou para Taran com os olhos arregalados. Taran, segurando a espada com pouca firmeza, encarou Felix, boquiaberto.

Ele não notou os punhos brilhantes de Jonas.

Felix se levantou com cuidado, sem tirar os olhos de Jonas, milhares de perguntas por fazer guardadas em sua expressão confusa.

Sem dizer nada, Jonas se virou e foi às pressas para sua cabine, tropeçando nos próprios pés.

Ele abriu a porta e no mesmo instante foi até um espelho manchado que ficava num canto do cômodo, perto da pequena escotilha.

Suas mãos, embora não brilhassem mais, tremiam violentamente.

O peito de Jonas queimava e se revirava, a sensação de um monte de vermes tentando perfurar seu coração. Ele agarrou a camisa e a rasgou, sem se preocupar em desabotoá-la, para expor as criaturas que o atormentavam.

Mas não havia nada.

Em vez disso, havia uma marca. Uma marca que não estava lá antes. Uma espiral do tamanho do punho de um homem, no centro de seu peito.

A marca de um Vigilante.

O som de um suspiro agudo desviou sua atenção do reflexo no espelho para a porta aberta. Lá estava Olivia, agora na forma mortal, envolta em uma túnica cinza-escuro.

— O que está acontecendo comigo, Olivia? — ele conseguiu perguntar.

Os olhos verde-esmeralda de Olivia estavam arregalados e brilhantes enquanto ela alternava o olhar entre o peito descoberto de Jonas e seu rosto.

— Ah, Jonas... — ela sussurrou. — Timotheus estava certo.

— O que é esta marca em mim?

Ela respirou fundo e fechou os olhos com uma calma forçada. Depois, levantou um pouco o queixo e o encarou bem nos olhos.

— Sinto muito.

Ele estava prestes a perguntar por que quando a imagem de Olivia ficou borrada e escurecida nas bordas.

Jonas percebeu ter caído, mas sentiu o chão duro no rosto por um breve momento antes de perder a consciência.

7
LUCIA

SANTUÁRIO

Antes que a imagem grande e brilhante de Timotheus desaparecesse da torre, ele pediu para Mia escoltar Lucia até o interior de sua morada. Enquanto outros imortais ajoelhavam diante dela, Lucia seguiu nervosa a Vigilante até a base da residência do ancião. Uma porta na superfície da torre, invisível antes que se chegasse a um braço de distância, se abriu.

A torre em si tinha cinquenta passos de circunferência e era desprovida de móveis no andar térreo. Aliás, era desprovida de tudo, à exceção de paredes lisas e brancas e de um piso espelhado igual ao que havia do lado de fora. Ela acompanhou Mia até uma sala tão pequena que era praticamente possível tocar todas as paredes abrindo os braços. Lucia olhou relutante para as portas de cristal opaco quando se fecharam.

— Você pode falar agora? — Lucia arriscou perguntar. — Ou ainda está sob o encanto de Timotheus?

— Posso falar — Mia disse em voz baixa. — E, no pouco tempo que temos juntas, devo insistir que tenha cuidado.

Lucia analisou o rosto da imortal, franzindo a testa para seu tom de voz preocupado.

— O que quer dizer com isso?

— Precisamos que a profecia seja verdadeira, que seja provada, e você finalmente chegou. Mas agora me preocupo que aconteça com você o que aconteceu com Melenia, seja lá o que Timotheus fez com ela. Tome cuidado com ele. Independentemente do que possa nos dizer, não confiamos mais nele.

Lucia se esforçou para encontrar as palavras certas, para acalmar a mente de Mia explicando que Timotheus não tinha ferido Melenia, que a anciã tinha escolhido o próprio destino ao ser gananciosa, maliciosa e cruel, mas as portas de cristal se abriram antes que ela pudesse dizer qualquer coisa.

As duas não estavam mais no andar térreo. Lucia passou pelas portas e entrou em outra sala branca, que era do tamanho de todos os aposentos de seu palácio combinados. Das janelas no outro extremo da sala, que iam do chão ao teto, Lucia podia ver toda a cidade — a praça espelhada, o labirinto intricado de construções de cristal e as colinas verdes para além dos portões.

A feiticeira se virou e viu apenas um vislumbre da imortal antes de as portas se fecharem. Ela correu até lá, pressionando as mãos contra a superfície lisa, tentando reabri-las.

— Como chegou até aqui, Lucia?

A voz de Timotheus a paralisou, até que ela se virou lentamente. Do outro lado da sala — e não mais em uma imagem bidimensional projetada — estava o último ancião imortal.

Ela não tinha certeza se devia ficar aliviada por estar em sua presença ou impressionada pela magia que tinha testemunhado naquele dia.

— Tenho certeza de que está surpreso em me ver aqui, mas...

Timotheus levantou a mão brilhante e, com um movimento, arremessou-a para a lateral direita em alta velocidade. Ela bateu com força contra a parede. Embora seus pés estivessem firmes no chão, Lucia descobriu que estava presa ali, como se uma força invisível a pressionasse.

Então Timotheus levantou a mão de novo com os olhos semicerrados, e os pés dela saíram do chão. Sua garganta ficou apertada, e de repente ela não conseguia respirar.

— Não sei que magia negra você usou para viajar até aqui — Timotheus vociferou —, mas achou mesmo que poderia simplesmente entrar na minha cidade e me matar? Que eu não tentaria me defender? Você é mais ingênua do que eu imaginava!

— Nã...não! — Lucia lutou contra o braço invisível que a estrangulava. — Não... foi... por... isso... — Ela tentou pronunciar as palavras, tentou se explicar, mas não tinha fôlego para falar.

Ele não demonstrava nenhuma bondade.

— Você já deixou seus planos bem claros para mim em seus sonhos. Mas você não sabe de nada, criança. Prefere acreditar nos devaneios de um monstro do que nos próprios olhos e ouvidos. E agora me vejo em uma situação um tanto difícil. Meus companheiros imortais acreditam que você é a salvação pela qual esperam há mil anos. Mal sabem que você não passa de uma decepção.

Com o fio de força que ainda tinha, Lucia invocou a própria magia. Cerrando os punhos, ela conjurou o fogo, e as chamas se elevaram de suas duas mãos enquanto ela olhava furiosamente para a figura que tinha acabado de arremessá-la como uma boneca de pano. Lembrando-se das lições mais importantes de Ioannes, ela focou inteiramente em absorver a magia de Timotheus, e não em resistir a ela. Respirando fundo, ela inspirou a magia do ar que a prendia à parede e, quando o aperto em seu pescoço começou a se afrouxar, descobriu que roubar a magia daquele imortal era quase tão fácil quanto cheirar uma rosa no pátio do palácio auraniano.

Pouco depois, seus pés estavam de volta ao chão.

Ela o observou com cuidado, os punhos flamejantes.

— Você pensa o pior de mim, e não posso culpá-lo por isso. Mas alguma vez teve alguma visão em que eu o matava?

— Vou extinguir suas chamas patéticas — ele disse, ignorando a pergunta dela. Um pequeno tornado de ar girava em volta das mãos dele.

— E vou roubar seu ar e sufocá-lo com ele pouco antes de incendiá-lo.

Um sinal de preocupação surgiu no olhar dele. Perceber que o imortal a temia aumentou a confiança de Lucia, e sua magia do fogo ardeu ainda mais.

— Kyan lhe ensinou muita coisa — ele disse.

— Sim. Mais do que imagina. E eu que achava que *você* sabia tudo!

— Estou lisonjeado que você achasse isso.

— Não fique. — Lucia se concentrou em controlar as trevas e então apagou as chamas. — Não vim aqui para matá-lo.

Ele inclinou a cabeça como único sinal de surpresa.

— Então por que veio, feiticeira? Como é *possível* que tenha vindo? E onde está seu querido amigo?

De novo, os olhos de Lucia começaram a arder, e ela ficou horrorizada ao perceber que estava prestes a chorar. Ela se forçou a conter as lágrimas, sabendo que o sucesso daquele encontro dependia de que se mantivesse forte.

— Kyan está morto — ela disse, apegando-se à sua determinação. — Eu vi quem ele realmente era... *o que* ele realmente era, e me dei conta de que estava errada. Todo esse tempo, eu estava errada sobre ele. Estava errada em ajudá-lo. Não sabia que ele queria destruir o mundo.

A expressão de Timotheus não mudou.

— Talvez não, mas sabia que ele queria me matar. E concordou em ajudá-lo.

— Não estou aqui para matar você, juro. Você tinha razão em me alertar. — Ela passou a mão pela pedra roxa e fria de seu anel. — Se não fosse por este anel, eu estaria morta. Ele destruiu a forma monstruosa de fogo que Kyan assumiu, e quando dei por mim... eu... eu estava aqui.

Lucia manteve um fluxo rápido de palavras sem deixar espaço para resposta, contando a Timotheus tudo o que podia sobre o tempo que passara com Kyan. Ela falara sobre a jornada nas Montanhas Proibidas no leste de Paelsia, onde encontraram o monólito de cristal escondido embaixo de uma cobertura de pedra negra. O monólito estava repleto de poder — um poder que Kyan queria usar para atrair Timotheus para fora do Santuário. Na fantasia de Kyan, Lucia drenaria a magia dele, como havia feito com a de Melenia, deixando-o vulnerável e fácil de matar. Então Kyan e seus irmãos elementares estariam livres das esferas de cristal para sempre, sem nenhum imortal ancião vivo para devolvê-los às suas prisões.

Lucia disse a Timotheus que tinha sentido pena de Kyan, usado por causa de sua magia durante toda sua existência. Que ansiava ter a família ao seu lado e a chance de realmente viver.

— Mas isso não era tudo o que ele queria — ela disse, quase sussurrando ao chegar ao fim da história. — Ele via fraqueza em todos os mortais, uma fraqueza que lhe causava repulsa. Queria queimar tudo, reduzir tudo e todos a cinzas, para que o mundo pudesse recomeçar como parte de sua busca pela perfeição. Os outros deuses da Tétrade com certeza querem a mesma coisa.

Finalmente, ela olhou para Timotheus, esperando encontrar um rosto chocado. Mas só encontrou cansaço e compreensão em seus olhos.

— Eu entendo — ele disse.

Sentindo-se fortificada pela reação gentil do imortal, Lucia continuou.

— Suponho que a explosão de magia que o matou tenha despertado algo no monólito, abrindo um portal que me trouxe até aqui. Quando me dei conta de onde estava, soube que precisava encontrar você. É o único que pode me ajudar.

— Ajudar com o quê, Lucia?

Ela sentiu as constrangedoras lágrimas quentes escorrendo pelo rosto.

— A consertar o que eu fiz — ela disse com a voz falha, rendendo-se ao choro. — Eu sinto muito... Sinto tanto. Estava errada e... quase ajudei Kyan a destruir tudo. Não sobraria nada no mundo, graças à minha estupidez. Não haveria lugar seguro no mundo para meu filho crescer.

Timotheus ficou em silêncio, olhando para Lucia com curiosidade.

— Seu *filho*?

Lucia fungou, e a surpresa à reação dele serviu para acalmar seu choro.

— Meu filho. Meu e de Ioannes.

Timotheus piscou.

— Você está grávida?

Lucia secou os olhos com a manga da túnica emprestada.

— Você não sabia? Foi você que indicou que essa seria a causa da minha magia estar desaparecendo. Você me disse no último sonho em que estivemos juntos que o poder de Eva desapareceu quando ela ficou grávida de um filho metade mortal. Deve ter previsto isso!

Timotheus piscou mais uma vez e sentou na cadeira branquíssima que havia ao seu lado.

— Não previ nada parecido com isso.

— Deve ser por isso que estou aqui. Certo? Sou mortal, mas o bebê... meu bebê pode ser metade imortal. — Ela balançou a cabeça. — O que não entendo direito, já que Ioannes se tornou mortal ao se exilar.

— Exilados ainda têm magia dentro de si em seu mundo, mesmo que ela comece a desaparecer no momento em que saem daqui. Isso, combinado à sua magia, é... possível. Mas não entendo por que não enxerguei isso antes. — Ele a encarou nos olhos enquanto se esforçava para levantar. — Usei minha magia em você. Posso tê-la ferido. Ferido o bebê. Você está bem? Precisa sentar?

Lucia recusou.

— Estou bem. — Ela passou a mão sobre a barriga reta. — Ainda está bem no início. Fico enjoada todas as manhãs, mas é só.

Timotheus abriu um pequeno sorriso.

— Você fez bem em me procurar.

Finalmente, ela relaxou a tensão que ainda restava em seus músculos.

— Fico feliz que concorde.

O raro sorriso dele logo sumiu.

— Kyan não está morto.

Ela o encarou.

— O quê?

Timotheus estendeu a mão. Um instante depois, uma chama surgiu sobre sua palma.

— O fogo é eterno. Não pode viver ou morrer; só pode ser contido. Kyan é a magia do fogo. E se a magia do fogo ainda existe, então ele também existe.

Lucia levou a mão à boca aberta, e seu coração, que tinha acabado de se acalmar, disparou de novo.

— O que vamos fazer? Como podemos detê-lo?

— Conter, não deter. Ele precisa ser aprisionado novamente.

— Como?

Ele não respondeu. Em vez disso, virou-se e foi até as grandes janelas. Lucia logo o seguiu.

Naquele instante, um pensamento terrível lhe ocorreu.

— Kyan acreditava que você era o único que poderia aprisioná-lo de novo. Mas você não sabe como fazer isso, não é? Eva devia saber, mas você não sabe.

Ela viu a tensão tomar conta dos ombros de Timotheus enquanto ele se mantinha em silêncio, os olhos fixos no Santuário, além das muralhas da cidade.

— Todo esse tempo... — ela murmurou, tentando conter sua frustração crescente por não ter todas as respostas de que precisava. — Todo esse tempo, pensei que suas pistas vagas e seus enigmas tinham a função de me irritar, de brincar comigo enquanto você esperava o momento exato para atacar. Mas agora entendo por que não podia me dizer nada real. Você não tem todas as respostas.

— Tenho muito menos do que gostaria de ter — ele disse por entre os dentes.

— Estamos correndo perigo, não estamos?

Timotheus olhou para a garota a seu lado.

— Sim, estamos. Como você acreditava em mim, eu acreditava que você saberia como deter essa magia que ameaça destruir a nós todos. Que o vasto conhecimento de Eva tivesse, de alguma forma, entrado em sua teimosa mente mortal.

Ele tinha um grande talento para fazer quase tudo o que dizia soar como um insulto. Lucia preferiu ignorar o último.

— Não entrou. Pelo menos não ainda.

Ele assentiu.

— Sei que seu anel é poderoso. Eva o usou enquanto lidava com a Tétrade e nunca foi corrompida por seus elementos.

— Corrompida... como Cleiona e Valoria. Tenho minha própria visão e vi... acho que vi que o que aconteceu. Elas tocaram os cristais e... a magia... ela... — Lucia balançou cabeça.

— A magia tomou conta delas — Timotheus completou a frase, assentindo. — A magia as modificou, e as jogou para fora de nosso mundo para sempre. Depois da grande batalha mil anos atrás, a Tétrade se perdeu entre os mundos. E os cristais continuaram perdidos durante todos esses séculos. Até você aparecer. Melenia também foi corrompida, mas de um modo diferente. Apesar de tantas alegações de poder e inteligência, quando ela tocou a esfera de âmbar, o ser que agora se autodenomina Kyan foi capaz de se comunicar com ela. Ele a manipulou a fazer o que queria.

Lucia mal podia acreditar nas palavras dele, mas depois de conhecer o deus do fogo, elas faziam sentido de uma maneira repugnante.

— Ela disse que o amava, que tinha esperado por ele durante todos esses séculos. Mas quando se encontraram, ele a descartou como se não significasse nada.

— Não estou nem um pouco surpreso. O fogo é incapaz de amar, ele apenas consome. — Timotheus a observou em silêncio por um instante. — Por causa de seu anel, Kyan vai estar enfraquecido. Você precisa encontrar a esfera de âmbar antes que ele recupere a força.

— Nunca vi essa esfera.

— Eu arriscaria dizer que Kyan manteria algo tão importante consigo. Aquela esfera é uma de suas poucas fraquezas, e permitir que ela caia nas mãos de outra pessoa seria criar uma oportunidade para seu aprisionamento. Portanto, você precisa encontrá-la. O primeiro lugar a procurar seria o local onde vocês travaram a batalha.

Ela assentiu com firmeza.

— Tem certeza disso?

— Receio que não existam certezas em situações como esta — ele admitiu.

— É o que estou aprendendo. Principalmente em relação a Melenia. — Ela se recusava a sentir qualquer empatia pela imortal de coração partido, mas agora a compreendia de uma maneira mais profunda. Ela não tinha se tornado uma deusa como Cleiona e Valoria. Sua corrupção tinha resultado em uma devoção a Kyan, o que a transformou em uma ferramenta manipulada e, quando não precisou mais dela, descartada como lixo.

Ioannes não tinha dispensado Lucia, mas ela conhecia muito bem a sensação de ser usada e manipulada.

— Melenia era esperta e talentosa antes de ser corrompida, muito antes de se voltar contra Eva — Timotheus continuou. — Ela era uma das poucas entre os que restaram que conhecia o segredo que devo guardar sobre esse mundo. O segredo que me mantém preso aqui.

— Que segredo?

— As folhas — ele disse. Ele tirou das dobras de seu manto uma única folha marrom, enrugada e morta. Lucia a pegou da mão dele, e a folha se desintegrou com a mínima pressão que suas mãos criaram.

Ela deu de ombros.

— Folhas secas. Acontece.

— Não aqui. É um sinal, um pequeno sinal, de que a magia está desaparecendo. Mesmo com a Tétrade encontrada e espalhada por Mítica, é tarde demais para impedir.

— Impedir o quê?

— Este mundo... O que restou dele... — Ele fez uma pausa, e quando Lucia estava certa de que o imortal não ia continuar, acompanhou o olhar dele na direção da vegetação que havia além dos arcos da cidade, das colinas e dos vales que pareciam não ter fim.

— O que restou dele? — ela repetiu, sem entender. — Não entendi bem o que isso quer dizer.

— Meus companheiros imortais entram em pânico ao ver uma folha morta, sem imaginar que podia ser muito, muito pior. — Ele virou para Lucia com uma expressão amarga, e ela o encarou. — Você precisa saber o que poderia acontecer com seu mundo. Olhe mais uma vez para o meu belo Santuário.

Lucia piscou, depois virou mais uma vez para aquela paisagem impecável. Só que agora, para além da cidade, o verde que tinha admirado já não ia tão longe quanto antes. Dois quilômetros, talvez três, depois dos portões da cidade, o solo se transformava em terra seca e escurecida. E, como a lateral irregular de um penhasco, desaparecia totalmente. O céu azul tinha se transformado em uma superfície de escuridão completa, sem nenhuma estrela.

O Santuário consistia na cidade e, talvez, menos de dois quilômetros de vegetação. Tudo o que ia além disso estava destruído.

— O que aconteceu? — ela disse com a voz abafada.

— Um imortal chamado Damen foi criado ao mesmo tempo que Eva, mas com o poder de matar. Ele agia apenas movido por uma necessidade ardente de destruição, assim como o deus do fogo. A única diferença é que Kyan não tem poder real de escolha sobre quem é e o que deseja. Damen teve escolha e optou por nos prejudicar. Tentou acabar conosco. E, finalmente, tantos anos depois de seu ataque, não sobrou magia suficiente aqui para sustentar o pouco que resta deste mundo em declínio. Sem a Tétrade para reabastecer a vida deste mundo, o Santuário reduziu-se a este mero fragmento, com apenas uma fração de minha espécie ainda existente. Uso minha magia para ocultar a verdade dos outros e tentar manter o que resta desse mundo pelo máximo de tempo que puder.

Ninguém deveria carregar um fardo tão terrível sozinho, ela pensou, nauseada só com a *ideia* que ele havia compartilhado.

— A Tétrade. Se os cristais forem trazidos de volta para cá, isso o ajudaria?

Ele inclinou a cabeça.

— Não vai consertar o que já se foi, mas salvaria o que restou.

Lucia assentiu, sentindo uma determinação crescer dentro dela.

— Então é isso que preciso fazer. Preciso encontrar e aprisionar Kyan, esteja onde estiver, localizar as outras esferas da Tétrade e trazê-las de volta para cá. Então meu mundo e o Santuário estarão a salvo.

É claro que ela sabia que não seria tão fácil quanto parecia.

Timotheus não sorriu com a sugestão, mas um vestígio de esperança brilhou em seus olhos.

— Você vai dizer alguma coisa? — Lucia perguntou quando Timotheus ficou tão silencioso e imóvel quanto seus companheiros imortais durante o discurso. — Ou vai me direcionar ao portal mais próximo para eu voltar ao mundo mortal?

— Você deve ter me ouvido dizer antes que desativei todos os portais.

Ela esperou.

— Então... *reative* um deles.

— Sem outros anciãos, vai demorar.

— Minha magia poderia ajudar.

— Não. Precisa ser a minha. Você deve poupar a sua para quando encontrar Kyan. — Ele fez um sinal com a cabeça, como se acenasse para si mesmo. — Você vai ficar aqui na torre. Descanse. Coma. Recupere suas forças. Assim que possível, prometo ajudá-la a retornar a seu mundo para tentar fazer o que for necessário para salvar a todos nós. Se é o que realmente deseja.

Era o que desejava. Lucia nunca tinha desejado alguma coisa com tanta certeza.

8
MAGNUS

LIMEROS

— Diga, pai — Magnus disse, segurando firme as rédeas do cavalo. — Você escondeu minha avó em um bloco de gelo? É onde ela viveu por todos esses anos?

O rei não respondeu, e Magnus não esperava que respondesse. Ele estava em silêncio desde o início da viagem, que já durava meio dia. Tinham conseguido cinco cavalos com o dono da hospedaria antes de partir naquela manhã, e cavalgavam em fila, com o rei e Milo à frente, Magnus no meio e Enzo e Cleo atrás.

Ele preferia cavalgar na frente da princesa. Sem observá-la o tempo todo, conseguia pensar sem se distrair. Até então, Magnus sabia que estavam seguindo na direção leste, mas não fazia ideia de qual seria o destino final.

Será que os quatro homens que os seguiam sabiam?

Quando o rei exigiu descansar perto de um rio, Enzo e Milo começaram a fazer uma pequena fogueira. Magnus desceu do cavalo e se aproximou do pai. Ele estava preocupado por que Gaius parecia pior — seu rosto estava pálido como a neve sobre a qual pisavam, tão branco que dava para ver as veias azuis e arroxeadas sob sua pele.

— Amara mandou alguns soldados nos seguir — ele disse.

— Eu sei — o rei respondeu.

— Pretende fazer alguma coisa a respeito? Imagino que sua nova esposa não ficaria feliz em saber que você mentiu sobre os motivos dessa viagem.

— Tenho certeza de que minha nova esposa ficaria surpresa se eu não tivesse mentido. — O rei fez um sinal com a cabeça para Enzo e Milo. — Cuidem deles.

Os guardas assentiram, montando os cavalos e saindo a galope sem perder tempo.

Magnus sabia perfeitamente bem o que "cuidem deles" significava, e não se opôs.

— Até onde vamos viajar? — ele perguntou.

— Estamos indo para os Glaciares — o rei respondeu.

Magnus arregalou os olhos.

— Os Glaciares? Então parece que minha teoria do bloco de gelo não estava tão errada, afinal.

Os Glaciares eram uma faixa de terra perto da Costa do Granito, composta basicamente por brejos congelados e vales gélidos. Era o lugar mais frio de Limeros. O gelo ali nunca derretia, nem quando os habitantes do oeste vivenciavam a breve estação temperada que chamavam de verão. Havia apenas um vilarejo localizado nos Glaciares, e Magnus presumiu que aquela cidadezinha congelada devia ser onde Selia Damora estivera escondida esse tempo todo.

O rei não deu mais informações. Ele virou as costas para Magnus e foi encher seu odre no rio. Magnus foi até Cleo, que protegia o rosto com o manto forrado de pele.

— Como você aguenta essa temperatura por tanto tempo? — ela perguntou.

Ele mal tinha notado o frio.

— Deve ser meu coração congelado.

— Pensei que o gelo tinha derretido pelo menos um pouco nas beiradas.

— Ah, não. — Magnus não conseguiu conter um sorriso. — Todos os limerianos têm corações congelados. Derretemos até virar poças d'água em locais como Auranos, com aquele calor implacável.

— Você está me fazendo sentir falta de Auranos. Eu adoro aquele calor. E as árvores, as flores... flores por todo lado. E o pátio do palácio... — A voz dela falhou, e Magnus pôde ver a melancolia em seus olhos. Ela sentou sobre um tronco caído, tirando as luvas para aquecer as mãos na fogueira. Magnus sentou ao lado dela, sem perder o pai de vista.

— Existem pátios em Limeros — ele disse.

Ela balançou a cabeça.

— Não é a mesma coisa. Nem chega perto.

— É verdade. Está com sede? — Ele ofereceu seu odre a Cleo.

Ela olhou com desconfiança.

— Isso está cheio de água ou vinho?

— Infelizmente, água.

— Que pena. Um pouco de vinho seria bom para aquecer.

— Concordo plenamente.

Os dedos enluvados de Magnus roçaram os de Cleo quando ela tirou o odre da mão dele. Ela deu um longo gole e o devolveu.

— Enzo e Milo foram matar os homens que estão nos seguindo, não foram?

— Foram. Isso incomoda você?

— Acho que você deve ter esquecido que não sou a mesma garota que eu era mais de um ano atrás, que teria tremido ao saber de tamanha violência.

Ele arqueou a sobrancelha.

— E agora?

— Sem mais tremores. Só um leve arrepio.

Magnus sentiu vontade de envolvê-la para ajudá-la a se aquecer, mas manteve o foco na fogueira diante deles.

— Não se preocupe. Logo voltaremos a montar os cavalos, rumo aos ainda mais gélidos Glaciares. — Ele pegou um graveto e atiçou a pequena fogueira com ele.

— Quanto tempo até chegarmos lá?

— Um dia. No máximo dois, se meu pai não cair do cavalo.

— Não me importaria de testemunhar isso.

Ele sorriu ao pensar naquela imagem.

— Nem eu.

— O que sabe sobre sua avó? Sei que não a vê há muitos anos, mas se lembra de alguma coisa que possa ser útil?

Ele tentou pensar em sua infância, época que ele não gostava de relembrar.

— Eu não tinha mais de cinco ou seis anos quando presumi que ela estava morta... Foi logo depois que meu avô foi enterrado. Não consigo me lembrar de ninguém me dizendo aquilo diretamente, mas eu já tinha percebido que quando as pessoas desapareciam de repente costumava significar que estavam mortas. Lembro de uma mulher de cabelo escuro e com uma mecha branca bem aqui... — Ele passou a mão em um cacho do cabelo de Cleo, caído sobre a testa, desejando não estar usando luvas de couro para poder tocá-la de verdade. — E lembro que ela sempre usava um pingente prateado de cobras entrelaçadas.

— Adorável.

— Na verdade, eu gostava.

— Eu já imaginava. — Ela abriu um sorriso, que desapareceu rapidamente. — Acha que seu pai está com o cristal do ar neste exato momento?

O rei estava agachado perto do rio, de cabeça baixa, como se não tivesse forças para mantê-la erguida. Magnus observava aquela versão frágil do homem que temera a vida toda.

— Provavelmente não. Deve tê-lo escondido em algum lugar antes de sair. — Ele inclinou a cabeça, reconsiderando a pergunta. — Mas, ao mesmo tempo, ele teria medo que alguém pudesse encontrá-lo, então é provável que o tenha trazido.

— Então quer dizer que não faz ideia.

— É exatamente isso que quero dizer. — Ele riu baixo. — Você está com o seu cristal, no entanto.

Cleo estendeu a mão para mostrar a esfera de obsidiana.

— Ele salvou nossa vida — ela afirmou, observando a pedra negra. — Sabemos que funciona. Nós o vimos causar dois terremotos. Mas preciso de mais. Precisamos de mais.

— Conseguiremos mais — ele garantiu. — Meu pai não nos traria até aqui se não achasse que minha avó poderia ser útil. E eu não teria vindo se não achasse que ela poderia ajudar a quebrar essa terrível maldição lançada sobre você.

O rosto dela se fechou com a lembrança.

— Veremos. Claramente é possível liberar a magia se Lucia estiver envolvida. Ela ajudou Kyan a canalizar o poder do cristal do fogo.

Pensar naquilo causava uma dor quase física em Magnus.

— Talvez. Mas não temos certeza disso.

— Não consigo pensar em outra razão para ele ser capaz de uma magia como aquela.

— Se for isso mesmo, Lucia poderia fazer o mesmo por nós — ele disse.

— Temo que você seja irremediavelmente otimista quando se trata de sua irmã.

Magnus engoliu em seco.

— Temo que você esteja certa, mas não quer dizer que eu esteja errado.

Não demorou para Enzo e Milo voltarem, indicando para o rei que a ordem havia sido cumprida.

Devagar e com a ajuda de Milo, Gaius voltou a montar o cavalo, e o grupo seguiu caminho.

Acabaram viajando por três dias, parando frequentemente para o rei descansar, e passando por pequenos vilarejos cobertos de neve e cidades incrustadas no gelo. Ainda não havia soldados de Amara patrulhando aquele extremo leste, então não foi preciso tentar se esconder daqueles que poderiam avisar a imperatriz que o rei Gaius estava viajando ao lado de Magnus e de Cleo.

Justo quando Magnus estava pronto para exigir mais respostas do pai — respostas que tinha certeza de que não receberia —, eles chegaram a um vilarejo nos Glaciares chamado Scalia. Não parecia diferente dos outros pelos quais haviam passado, mas, ainda assim, Magnus teve a sensação de que algo tinha mudado. Seu pai agora cavalgava com os ombros eretos.

Eles seguiram o rei, que os levava por uma fileira de casinhas de pedra idênticas. Saía fumaça de todas as chaminés, tão densa no ar frígido que parecia bolas de algodão.

O rei desmontou do cavalo e então olhou pra Magnus.

— Venha comigo.

— Parece que chegamos — Magnus disse a Cleo.

— Até que enfim — a princesa disse. Apesar do tom de voz seco, Magnus notou que havia esperança nos olhos dela.

Eles acompanharam o rei, que se aproximou da porta da segunda casa à esquerda. Gaius parou por um instante, endireitando a postura. Magnus ficou chocado ao ver hesitação em seu pai. Finalmente, o rei respirou fundo, levantou o punho fechado e bateu três vezes na porta.

Levou um tempo até a porta se abrir e uma mulher olhar para eles. Ela arregalou os olhos imediatamente.

— Gaius — ela disse, com uma voz fraca.

Era ela: a avó de Magnus. Estava diferente — mais velha, claro. O cabelo preto tinha ficado cinza-escuro, mas a mecha branca ainda estava lá.

— Mãe — Gaius respondeu, desprovido de emoção.

O olhar dela passou pelo rei e parou em Magnus e Cleo.

— Que surpresa.

— Sem dúvida — disse o rei.

O olhar de Selia retornou ao rei.

— Gaius, meu querido, o que aconteceu com você? — Antes que ele pudesse responder, ela abriu mais a porta. — Entrem, por favor. Todos vocês.

O rei fez sinal para Milo e Enzo esperarem do lado de fora, montando guarda, mas ele, Magnus e Cleo entraram na casinha.

— Por favor, sentem. — Selia indicou algumas cadeiras modestas em volta de uma pequena mesa de madeira. — Me diga por que parece tão doente.

O rei sentou rigidamente em uma das cadeiras.

— Primeiro, caso não o reconheça, este é seu neto.

— Magnus — ela disse, assentindo. — Claro, eu reconheceria você em qualquer lugar. Você mudou pouco. — Ela franziu a testa ao passar a mão pelo rosto dele, encarando a cicatriz.

— Acredite, eu mudei muito — ele disse. — Esta é a princesa Cleiona Bellos, de Auranos. Minha... esposa. — Pela primeira vez desde o casamento forçado dos dois, ele não sentiu amargura nem ressentimento ao dizer aquela palavra.

— Cleiona Bellos. — O olhar analítico da mulher seguiu devagar para a princesa. — Filha mais nova de Elena e Corvin.

— Sim — o rei sibilou.

Selia arqueou a sobrancelha.

— Você não adotou o nome Damora ao se casar com meu neto?

— Não. Preferi continuar honrando o nome de minha família, já que sou a última Bellos que sobrou — Cleo respondeu.

— Acho que é compreensível. — Selia voltou a atenção ao rei. — Agora, conte como ficou nesse estado deplorável, meu filho. Suponho que este seja o motivo desta visita tão inesperada.

Magnus não notou acusação na voz dela, apenas preocupação.

— Um dos motivos — o rei admitiu. Então, em seguida, contou rapidamente sobre sua queda do penhasco, sem dar detalhes específicos do *motivo* da queda.

Selia praticamente desabou sobre uma cadeira ao fim da história.

— Então temos muito pouco tempo. Eu temia que esse dia chegasse e só me restava rezar para a deusa para que viesse até mim quando acontecesse.

— Sabe o que fazer? — o rei perguntou.

— Acredito que sim. Só espero que possa ser feito a tempo.

— Por que está aqui? — Magnus finalmente verbalizou seus pensamentos. — Por que desapareceu durante todos esses anos para viver aqui, em Scalia, um dos lugares mais indesejáveis de Limeros?

Selia olhou para ele com perplexidade.

— Seu pai não te contou?

— Não. Mas, para falar a verdade, meu pai não é muito de falar. Pensei que a senhora estivesse morta. — Ele rangeu os dentes, zangado mais uma vez por não saber daquele segredo por tanto tempo. — Obviamente, não está.

— Não, não estou — ela concordou. — Estou exilada.

Magnus lançou um olhar para o rei.

— Por qual motivo?

— Foi escolha dela — o rei respondeu, enfraquecido. — Algumas pessoas do conselho real exigiram a execução dela; aqueles que acreditam até hoje que a execução foi feita de maneira privada. Em vez disso, sua avó veio morar aqui. E aqui ficou por todos esses anos sem que ninguém no vilarejo — ou no palácio — soubesse.

— Por que alguém exigiria sua execução? — Magnus perguntou, trocando olhares confusos com Cleo.

— Porque — Selia começou a explicar lentamente — eu confessei ter envenenado meu marido.

Magnus balançou a cabeça, perplexo.

— Mas eu vi meu pai envenená-lo!

— Viu? — Ela o observava com interesse. — Então viu o veneno que dei para ele. Gaius não podia levar a culpa e assumir o trono, então facilitei as coisas para que ele pudesse assumir o reinado de maneira muito melhor do que Davidus. — Ela explicou com tanta simplicidade que parecia falar sobre o clima. — Não tem sido tão ruim, na verdade. Às vezes esta cidadezinha é insuportavelmente fria, mas é agradável na maior parte dos dias. Tenho amigos aqui, o que me ajuda a passar o tempo depois da última visita rápida de meu filho. Quando foi, Gaius? Cinco anos atrás?

— Seis — Gaius respondeu.

— Sabina me visitou duas vezes desde então.

— A senhora era mentora dela. Não estou surpreso.

Cleo se manteve em silêncio, mas Magnus sabia que ela estava arquivando informações naquela linda cabecinha loira.

— Não temos mais tempo para conversas — Selia levantou. — Precisamos partir neste instante para a cidade de Basilia.

— O quê? — Magnus olhou para o pai.

— Fica no oeste de Paelsia.

O rei também pareceu surpreso.

— É uma longa viagem. E acabamos de chegar aqui.

— Sim, e agora precisamos partir. Tenho um amigo nessa cidade que pode fornecer a magia de que necessito para ajudar você antes que seja tarde demais.

— O que preciso mais do que isso, mãe, é sua magia para nos ajudar a encontrar Lucia. Ela desapareceu quando mais precisamos dela.

— Então a profecia era verdadeira — Selia sussurrou. — E você só me fala isso agora? Eu poderia tê-la ajudado como ajudei Sabina.

— Preferi tutores que não soubessem da profecia.

Ela não disse nada por um instante, depois assentiu.

— Você fez bem em ser cuidadoso com ela. No entanto, encontrar sua localização atual será um desafio. Depois de tantos anos me escondendo, minha magia foi enfraquecendo até quase se tornar inútil. A resposta para isso também está em Basilia. Vamos para lá obter o necessário para os próximos passos do plano. — Ela segurou as mãos do rei, sorrindo. — Finalmente tudo está entrando nos conformes. Mas preciso que você esteja bem.

— Nunca soube que a senhora era bruxa — Magnus disse, optando por permanecer o máximo possível em silêncio até aquele momento, observando e escutando.

Selia olhou para ele.

— Contei esse segredo a poucas pessoas.

— E a senhora acha que vai conseguir restaurar seus *elementia*?

Ela assentiu.

— Não senti necessidade de fazer isso por anos, mas, para encontrar minha neta, para conseguir a magia necessária para curar meu filho... vai valer a pena.

— Meu pai me contou há pouco tempo sobre uma maldição... — Ele olhou para Cleo, cuja expressão era lúgubre.

Selia arregalou os olhos.

— Sim, é claro. A trágica maldição sobre Elena Bellos. Sinto muito por sua perda, Cleiona.

Cleo aceitou os pêsames.

— Eu também. Gostaria muito de ter conhecido minha mãe.

— Claro que gostaria. Mesmo com minha magia enfraquecida, ainda posso sentir essa poderosa maldição à sua volta quando me concentro. Não vou dizer que vai ser fácil, mas prometo fazer todo o possível para quebrá-la quando minha magia se fortalecer.

O nó no peito de Magnus finalmente se afrouxou um pouco.

— Ótimo.

Ele viu alívio nos olhos de Cleo.

— Obrigada — ela disse.

— O que é essa magia que existe em Basilia e pode me ajudar? — Gaius perguntou enquanto Selia pegou uma sacola de lona e começou a enchê-la com alguns pertences.

— A magia que já pertenceu aos próprios imortais — ela respondeu. — Um objeto de muito poder que poucos sabem que existe.

— E que objeto é esse? — Magnus perguntou.

— Chama-se pedra sanguínea. Vamos encontrá-la juntos e, quando conseguirmos, tenho certeza de que vai devolver seu pai à sua antiga magnitude.

— Parece um tesouro valioso — o rei disse. — Que a senhora nunca mencionou para mim antes.

— Não contei tudo o que sei para você, Gaius.

— Tenho certeza de que não.

A voz deles se tornou um eco distante enquanto Magnus refletia sobre a existência dessa pedra sanguínea — outra pedra imbuída de grande poder e magia e que poderia, supostamente, curar até mesmo alguém que já parecia morto e enterrado.

Esqueça seu pai, Magnus pensou. Aquela era uma magia que ele queria para si próprio.

9

AMARA

LIMEROS

Desde criança, Amara sempre gostara de dar longas caminhadas no esplendor tropical de Joia do Império, desfrutando de suas cores vibrantes e do clima ameno, frequentemente com Ashur ao seu lado. O beijo da luz do sol lhe dava uma esperança renovada quando seu pai era muito cruel ou seus irmãos, Dastan e Elan, ignoravam sua existência. Em Kraeshia, ninguém precisava usar mantos forrados com pele grossa nem se aconchegar perto de fogueiras para não congelar.

Sim, ela sentia saudade de casa, desesperadamente, e desejava retornar assim que conseguisse o que procurava. Então daria adeus àquele reino congelado e implacável de uma vez por todas.

Amara virou as costas para a enorme janela do salão principal, emoldurada com cristais de gelo, que dava para as dependências cobertas de gelo da quinta, para encarar Kurtis. Ele tinha entrado no salão para trazer as notícias do dia e estava ajoelhado diante dela, os braços cheios de papéis.

— Levante e fale, lorde Kurtis — ela ordenou enquanto se dirigia ao pequeno trono.

— Os preparativos estão sendo feitos para sua mudança para o palácio limeriano amanhã, vossa graça — ele começou.

— Excelente. — Gaius tinha sugerido a mudança três dias atrás, antes de sua partida, e ela preferia não ficar na quinta mais tempo do que o necessário.

Ela se esforçou para ter paciência enquanto Kurtis lutava, com apenas uma mão, para examinar a pilha de papéis.

— Meus homens relataram alguma coisa sobre a localização atual de meu marido? — ela perguntou.

Ele passou os olhos por mais algumas folhas de pergaminho antes de responder.

— Não, vossa graça. Ainda não.

— É mesmo? Nada?

— Não. — Ele abriu um pequeno sorriso. — Mas tenho certeza de que ele ficaria satisfeito em saber que sua esposa está tão ansiosa por seu retorno.

— Sim, claro. — Amara o observou em silêncio por um instante, ainda tentando decidir se tinha passado a valorizar a presença dele nos últimos dias. Segundo Gaius, e o próprio Kurtis, o jovem tinha sido um grão-vassalo respeitável, que comandara Limeros durante meses até Magnus chegar e tirar todo o seu poder.

Amara observou o coto do braço direito de Kurtis. Apesar dos curativos novos, uma mancha de sangue começava a aparecer.

— Que outras notícias você tem aí? — ela perguntou, tomando um gole de sidra do cálice que Nerissa tinha providenciado mais cedo.

— Meu pai, lorde Gareth, enviou uma mensagem.

— Leia para mim.

Ele desenrolou o pergaminho, deixando vários outros papéis caírem no chão.

—"*Grande imperatriz, em primeiro lugar, minhas profundas congratulações pelo casamento com o rei Gaius, um verdadeiro e caro amigo meu. Ele me avisou sobre a atual situação em Mítica, e desejo que saiba que entendo e aproveito a chance para servir à minha gloriosa nova imperatriz de todas as formas que possa necessitar.*"

Sim, Amara pensou com ironia, *tenho certeza disso, já que a alternativa seria a morte ou a prisão.*

— "Por ora" — Kurtis continuou —, "a menos que exija meus serviços em outro lugar, vou permanecer no palácio auraniano, na Cidade de Ouro. Por favor, saiba que receberei todo e qualquer kraeshiano como amigo e aliado."

— Muito bem. — Amara presenteou Kurtis com um pequeno sorriso quando ele terminou. — Seu pai parece um bom homem, como você. Muito receptivo a mudanças inesperadas.

Kurtis retribuiu com um sorriso exagerado, indicando que tinha interpretado a observação irônica como um elogio.

— Ambos temos um talento especial para reconhecer a grandeza em um líder.

— Muito prudente de sua parte — ela comentou, já enojada pelo comentário bajulador de Kurtis.

De canto de olho, Amara viu Nerissa entrar no salão com uma bandeja com comida e vinho. A garota deixou-a calmamente sobre uma mesa. Quando Kurtis fez um sinal imediato para que ela saísse, Amara virou para a porta.

— Fique — Amara ordenou. — Quero falar com você.

Nerissa se curvou.

— Sim, imperatriz.

— Lorde Kurtis, isso é tudo o que tem para me dizer?

Kurtis ficou tenso.

— Tenho muitos outros papéis para ler.

— Sim, mas contêm algo importante? — Ela arqueou a sobrancelha e esperou. — Vital? Alguma notícia de meus soldados à beira de uma revolta? Ou notícias da chegada iminente do príncipe Ashur?

— Não, vossa graça.

— Então pode nos deixar a sós.

— Sim, vossa graça. — Sem dizer mais nada, Kurtis abaixou a

cabeça e saiu da sala. Nos poucos dias desde que conhecera o grão-
-vassalo, Amara havia notado uma coisa importante: ele acatava ordens muito bem.

Nerissa aguardava na porta.

Amara levantou do trono e alisou a saia ao se aproximar da garota.

— Traga o vinho e venha comigo.

Nerissa fez o que lhe foi pedido, e Amara a conduziu a seus aposentos, uma série de cômodos muito mais confortáveis e menos formais.

— Por favor, sente — ela disse.

Nerissa hesitou por alguns instantes antes de sentar ao lado de Amara, que tinha escolhido uma poltrona estofada de veludo em frente ao espelho da penteadeira.

Cleo sabia muita coisa sobre a Tétrade. Havia uma possibilidade de sua criada ter escutado algo que pudesse ajudar Amara, principalmente sobre a importância de Lucia. Amara pretendia arrancar tudo o que Nerissa pudesse saber.

— Não tivemos chance de conversar em particular desde que foi destinada a me servir — Amara disse. — Tem muita coisa em você que me deixa curiosa, Nerissa Florens.

— É uma honra que esteja curiosa a respeito de alguém como eu — Nerissa respondeu com educação.

— *Florens*... É um nome incomum para um mítico, não é?

— Um tanto quanto incomum, sim. Mas minha família não é de Mítica. Não originalmente. Minha mãe me trouxe para cá quando eu era pequena.

— E seu pai?

— Foi morto em uma batalha quando minha cidade natal foi invadida.

Amara ficou um pouco boquiaberta.

— Você fala com tanta franqueza e sem emoção. Parece kraeshiana como eu.

Os cantos da boca de Nerissa se retorceram, quase formando um sorriso.

— Minhas origens não são mais kraeshianas que míticas, ainda que seu pai tenha feito o possível para mudar isso. Minha família era das Ilhas Gavenos.

— Ah, sim. — Aquilo fazia muito sentido. "Florens" parecia muito com os sobrenomes comuns nas Ilhas Gavenos, um grupo de pequenos reinos que o pai de Amara tinha conquistado com facilidade quando ela era criança. — Fico surpresa que tenha decidido revelar isso para mim.

— Não fique, vossa majestade. Não guardo rancor de algo que seu pai fez mais de quinze anos atrás. — Nerissa suspirou. — Segundo minha mãe, nossa terra era um lugar horrível antes de se tornar parte do Império Kraeshiano. A guerra nos deu um motivo para partir.

— Mas seu pai...

— Ele era um bruto. Espancava minha mãe com frequência. Fazia o mesmo comigo quando eu era pequena. Embora, felizmente, eu não tenha lembranças disso. Foi uma benção e não uma maldição termos sido obrigadas a começar uma nova vida em Mítica.

— Sua mãe deve ser uma mulher muito corajosa para assumir um desafio desses sozinha.

— Ela era. — Nerissa sorriu um pouco, e seus olhos castanho-claros foram para longe ao se lembrar. — Ela me ensinou tudo o que sei. Infelizmente, faleceu há quatro anos.

— Sinto muito por sua perda — Amara disse com sinceridade. — Estou curiosa para saber o que, especificamente, essa mulher tão formidável lhe ensinou.

Nerissa arregalou os olhos.

— Posso ser sincera, imperatriz?

— Sempre — Amara respondeu e teve que se forçar a não se aproximar muito da nova companheira.

— A coisa mais importante que ela me ensinou foi a como conseguir tudo o que eu quiser.

— É uma habilidade muito valiosa.

— Sim, sem dúvida se provou útil.

— E como ela sugeria que você fizesse isso? — Amara perguntou com curiosidade.

— Dando aos homens o que eles querem *primeiro* — Nerissa disse com um sorriso. — Depois que fugimos das ilhas, minha mãe virou cortesã. Uma cortesã muito bem-sucedida. — Vendo o olhar chocado de Amara, ela deu de ombros. — Durante minha infância, um dia normal para ela era cheio de atividades que fariam a maioria das pessoas corarem.

Amara teve que rir.

— Bem, isso foi um tanto quanto inesperado, mas, para ser sincera, admirável. Acho que gostaria de ter conhecido sua mãe.

Amara também gostaria de ter conhecido a própria mãe, aquela que deu a vida por ela. Mulheres fortes e corajosas deviam ser celebradas e lembradas, e não descartadas e esquecidas.

Amara notava esse tipo de força em Nerissa. Afinal, ela devia ter feito alguma coisa certa para chegar tão longe ilesa.

— Preciso perguntar, presumindo que você estivesse no palácio durante o cerco, como veio parar aqui na quinta? O rei a trouxe para cá de imediato?

— Não, quem fez isso foi seu guarda, Enzo — Nerissa disse de maneira trivial. — Ele estava preocupado com meu bem-estar.

— Muito mais do que com o de todas as outras criadas do palácio?

— Ah, sim. — Nerissa olhou para ela com um sorriso travesso. — Depois da ocupação, Enzo me trouxe para cá para trabalhar em outra parte da quinta. Quando percebeu que eu estava aqui, o rei me escolheu para servi-la. Fazer Enzo acreditar que somos muito mais próximos do que na verdade somos me beneficiou muito, não é verdade?

— De fato, eu diria que sim. — Amara começou a abrir um sorriso. — Temos mais em comum do que eu poderia imaginar.

— Temos?

Amara assentiu.

— Eu gostaria de usar essa sua habilidade especial para conhecer melhor meus soldados e descobrir o que dizem sobre mim. Para ser específica, gostaria de saber se têm alguma intenção de desafiar uma ordem vinda de uma imperatriz, e não de um imperador.

Nerissa franziu os lábios por um breve momento antes de falar.

— Os homens kraeshianos não são tão abertos a essas mudanças, são?

— Acho que só vou descobrir isso com o tempo, mas gostaria muito de ter conhecimento prévio de qualquer motim.

— Com certeza farei o possível.

— Obrigada. — Amara observou Nerissa, esperando ver sinais de relutância ou hesitação diante do que havia pedido, mas não notou nada. — Entendo por que os homens gostam de você, Nerissa. Você é muito bonita.

— Obrigada, vossa graça. — Nerissa ergueu o olhar e fitou Amara. — Devo servir o vinho?

— Sim, por favor. Sirva uma taça para cada uma de nós. — Amara ficou observando enquanto a garota cumpria a ordem, imaginando-a fazer o mesmo por Cleo e Magnus. — Quantas criadas Cleo tinha?

— Em Auranos, várias garotas limerianas foram designadas a ela, mas nenhuma era de seu agrado. Depois que cheguei, ela não precisou de mais ninguém.

— Claro. Me conte, ela está apaixonada pelo príncipe Magnus? Eu achava que não, já que pouco tempo atrás ele era inimigo dela, mas agora não tenho tanta certeza, tendo em vista os rumos de seu último discurso.

Nerissa entregou um cálice de vinho a Amara e recostou no assento, bebendo do próprio cálice.

— Apaixonada? Não tenho certeza. Atração, sem dúvida. Apesar de parecer inocente, sei que a princesa é uma excelente manipuladora. — Ela desviou o olhar. — Eu não devia estar dizendo essas coisas.

Amara tocou a mão dela.

— Não, por favor. Você deve falar livremente comigo. Nada do que diz será usado contra você. Está bem?

Nerissa assentiu.

— Sim, vossa graça.

— Diga, a princesa alguma vez mencionou alguma coisa sobre onde está Lucia Damora? Elas estiveram em contato em algum momento desde que Lucia fugiu para se casar?

Nerissa franziu a testa.

— Só sei que a princesa Lucia fugiu com seu tutor e que foi um grande escândalo. Que eu saiba, ninguém mais a viu desde então... A menos que se dê ouvido aos rumores.

Amara tirou os olhos do vinho e encarou o rosto da adorável garota.

— Que rumores?

— De que o rei escondeu a verdade durante todos esses anos, de que sua filha é uma bruxa. E há rumores recentes sobre uma bruxa que está viajando por Mítica e matando todos os que aparecem em seu caminho, queimando vilarejos inteiros.

Amara também tinha ouvido tais rumores.

— Acha que é Lucia?

A garota deu de ombros.

— É mais provável que seja exagero dos aldeãos, procurando formas de explicar uma fagulha perdida que incendiou a cidade. Mas não tenho certeza de nada, claro.

A garota não tinha nenhuma informação útil no momento, mas Amara tinha apreciado a conversa. Ela estendeu o braço e segurou a mão de Nerissa.

— Obrigada por conversar comigo. Com certeza você me provou seu valor hoje, e prometo não esquecer disso.

Em um movimento fluido, ao mesmo tempo gracioso e ousado, Nerissa entrelaçou os dedos aos de Amara.

— Fico feliz em ajudar como for necessário, imperatriz.

Amara olhou em choque para as mãos dadas, mas não recuou. O calor de Nerissa penetrou sua pele, e ela se deu conta de como tinha passado frio aquela manhã.

— É muito bom saber disso. — Amara fez uma pausa, considerando, cada vez mais interessada, a adorável jovem diante dela. — Os próximos dias serão desafiadores, e é bom saber que tenho alguém em quem posso confiar.

— Tem, sim.

Finalmente, e com um pouco de relutância, Amara soltou a mão de Nerissa e a apoiou com delicadeza sobre o cálice.

— Pode ir agora.

Nerissa abaixou a cabeça. Amara a viu se levantar de maneira graciosa e seguir devagar na direção da porta. Ela parou e olhou para trás.

— Estarei por perto, caso precise. Sempre que precisar.

Sem dizer outra palavra, a garota saiu.

Amara ficou ali sentada por um tempo, refletindo sobre sua conversa com a intrigante Nerissa enquanto terminava de tomar seu cálice de vinho.

Sozinha em seus aposentos pela primeira vez naquele dia, Amara levantou e foi até o guarda-roupa. Passou a mão pelas dobras de seu manto verde-esmeralda e tirou o maior tesouro que possuía. Segurando-a com as duas mãos, encarou a esfera de água-marinha.

O cristal da água.

— Exatamente da mesma cor dos olhos de Cleo — Amara disse em voz alta, notando essa semelhança no tom azul brilhante do cristal pela primeira vez. — Que irritante.

Ela observou os filamentos pretos e sombreados de pura magia da água girando dentro da esfera.

— Lucia sabe como libertá-lo? — ela sussurrou junto ao tesouro. — Ou você não passa de uma pedra tão decepcionantemente inútil quanto tentadora?

Algo quente roçou seus ombros. Ela agarrou o cristal frio e passou os olhos pelo quarto, franzindo a testa.

— O que foi isso? — disse em voz alta.

Lá estava de novo: uma brisa quente passando e a acariciando, dessa vez na direção oposta.

— *Imperatriz...*

O coração dela disparou.

Rapidamente, Amara guardou a esfera no esconderijo. Andou pelo quarto, procurando a origem daquela voz assustadora e da brisa quente que arrepiou os pelos de sua nuca.

Ela ouviu um estrondo vindo da lareira no canto do quarto. Amara se virou e ficou boquiaberta. O fogo que os criados tinham acendido ao amanhecer tinha se reduzido a brasas. Agora, ardia novamente, com uma força maior do que ela já havia visto. O olhar trêmulo de Amara foi para além da lareira. Uma chama dançava sobre o pavio de todas as velas do aparador — as velas, de algum modo, tinham se acendido sozinhas.

Amara respirou fundo desesperada e depois se esqueceu por completo de como respirar. A visão que tivera no navio que a levara a Limeros voltou a aparecer em sua mente, vívida, nítida e assombrosa. Ashur, o irmão que ela tinha matado, voltando dos mortos para se vingar.

— Ashur? — ela perguntou com cautela.

— *Não sou Ashur.*

Amara ficou imóvel como um cadáver ao ouvir a voz grave e masculina que ecoava por seu quarto misteriosamente tomado pelo fogo.

Era uma voz sem corpo — a única coisa de que Amara tinha certeza era de que não havia mais ninguém no quarto com ela.

— Quem é você? — ela perguntou.

— *Você possui o cristal da água.*

A coluna de Amara congelou como se tivesse sido atingida por uma adaga de gelo. Agora tinha certeza: a voz não era nem um pouco abafada, como se alguém estivesse falando do lado de fora da pesada porta de aço e madeira. A voz estava vindo de dentro do quarto.

Superando o som das batidas de seu coração disparado, Amara conseguiu dizer:

— Não sei do que está falando.

— *Não me insulte com mentiras.*

Ela queria gritar por ajuda, mas contra o quê? Não. Primeiro precisava saber com o que estava lidando.

— Diga quem você é e o que quer — ela disse, ofegante. — Estou no comando aqui e me recuso a ser intimidada por uma voz sem corpo.

— *Ah, minha pequena imperatriz* — a voz provocou. — *Acredite, sou muito mais do que apenas uma voz.*

Sem aviso, as chamas aumentaram, e Amara se encostou contra a parede. O fogo brilhava tanto que ela precisou proteger os olhos da ofuscante luz branca.

— *Veja com os próprios olhos.*

Graças às várias camadas de saias que ajudavam a esconder o tremor de seus joelhos, Amara se aproximou das chamas. Mais cautelosa do que já havia sido com qualquer tarefa, ela as encarou. Não vendo nada além de chamas devoradoras, ela chegou mais perto, até sentir o calor ameaçando queimar sua pele. Então... lá estava. Amara jurou que podia ver alguma coisa — *alguém* — olhando para ela.

Um grito escapou de sua garganta enquanto se afastava do fogo. Ela se apoiou em uma cadeira para não cair.

— *Eu sou Kyan* — disse o rosto que aparecia nas chamas. — *Sou a divindade do fogo, libertado de minha prisão de âmbar. E posso ajudá-la a encontrar o que procura.*

Seu corpo tremeu. Amara tinha certeza de que só podia ser uma ilusão ou um sonho. Hesitante, estendeu o braço na direção das chamas, sentindo o calor palpável, e tentou falar com a ousadia necessária para ocultar o medo.

— Você... — ela começou a dizer com a voz rouca. — Você é o deus do fogo.

— *Sou.*

Amara sentiu que todo o seu mundo havia mudado.

— Você pode falar — ela disse.

— *Garanto que posso fazer muito mais que isso. Diga, pequena imperatriz, o que você quer?*

Ela demorou mais um momento para se recompor e tentar assumir o controle da situação.

— Quero encontrar Lucia Damora — ela disse ao rosto de chamas.

— *Porque acredita que ela pode liberar a magia do cristal que você possui. E com essa magia você será mais poderosa do que já é.*

— Sim. — Ela ficou sem fôlego. — Essa magia, a magia do cristal da água, é como você? Consciente, sagaz, pensante...?

— *Sim. Isso a assusta?* — Havia um toque de divertimento naquela voz grave.

Ela endireitou os ombros.

— Não tenho medo. Possuo o cristal da água, o que significa que a magia dentro dele...

— *Pertence a você* — Kyan completou.

Ela esperou, quase sem fôlego, até a voz falar novamente.

— *Posso ajudá-la a conquistar tudo o que sempre desejou, pequena imperatriz. Mas primeiro você precisa me ajudar.*

— Como?

— A feiticeira cujo nome você pronunciou destruiu minha forma física, acreditando que assim me destruiria também. Mas o fogo não pode ser destruído. No entanto, só posso continuar neste mundo como um mero esboço de minha verdadeira forma. Com sua ajuda, serei totalmente restaurado à minha força anterior, e então lhe darei mais do que já sonhou ser possível.

Ele fez uma pausa, como se quisesse deixá-la assimilar o que tinha acabado de dizer.

O que ele dizia vinha direto de uma lenda kraeshiana, uma criatura mágica de outro mundo que prometia conceder desejos a alguém.

Uma mistura intoxicante de medo e curiosidade a consumia. A ideia de que possuía, durante todo esse tempo, uma esfera de cristal com uma entidade como ele a deixava aturdida. Magia elementar... mas com consciência própria. *Incrível*, ela pensou.

Ainda assim, Amara tinha dúvidas.

— Você faz grandes promessas, mas não mostra nada tangível.

A chama aumentou mais, e ela deu um salto para trás.

— *Posso recorrer a outras pessoas; pessoas que concordariam com o que peço sem hesitar. Ainda assim, escolhi você porque vejo com clareza que é mais grandiosa do que todas as pessoas juntas. Você tomou o poder com força e inteligência que vão além daquelas de qualquer homem que já existiu. Você é melhor, mais forte, mais inteligente do que seus inimigos, e mais merecedora da glória do que a feiticeira.*

O rosto de Amara corou. As palavras dele eram como um bálsamo de cura para a fraca esperança que tinha para o futuro.

— Fale mais. Conte como libertar o ser mágico que há dentro do cristal da água para me ajudar a solidificar meu reinado como imperatriz.

Kyan não disse nada por um instante, e Amara procurou seu rosto nas chamas. Ele surgia e sumia enquanto o fogo queimava. Parecia que o deus do fogo podia aparecer e desaparecer quando quisesse.

— Sangue e magia. É disso que você precisa, que nós dois precisamos. O sangue da feiticeira e a magia de uma bruxa poderosa. Quando as peças estiverem no lugar, serei restaurado à minha antiga glória; e você, pequena imperatriz, terá poder infinito.

Um tremor de satisfação percorreu suas costas enquanto ela encarava as chamas.

— O que preciso fazer?

— *A pergunta correta é: aonde você precisa ir?*

Ela respirou fundo e assentiu.

— Aonde?

As chamas se agitaram, os tons de vermelho e laranja, branco e azul, ficaram mais fortes, mais vibrantes.

— *Paelsia.*

10

LUCIA

SANTUÁRIO

Lucia descobriu que a torre em que Timotheus morava se chamava Palácio de Cristal. Houve um tempo em que todos os seis anciãos originais moravam lá. Agora ele era o único que restava.

— Deve ser solitário — Lucia ponderou, falando mais para si mesma. — Ficar aqui sozinho com o fardo de todos esses segredos.

— É, sim — ele respondeu, mas quando Lucia tentou encará-lo nos olhos, ele já havia desviado o rosto.

— Quero ver os aposentos de Melenia.

— Por quê?

— Porque... — Ela pensou em como racionalizar a necessidade de ver onde sua inimiga, a mulher que havia tramado sua morte antes mesmo de Lucia nascer, tinha vivido. — Apenas preciso vê-los.

Lucia achou que ele argumentaria, mas, em vez disso, Timotheus concordou.

— Muito bem. Venha comigo.

Ele a conduziu por um longo corredor com portas que se abriam sozinhas quando se aproximavam e se fechavam com suavidade depois que passavam e seguiam em frente. Lucia passou a ponta dos dedos nas paredes brancas. Dava para sentir o olhar de Timotheus sobre ela enquanto caminhavam.

— Você tem perguntas, muitas perguntas — ele disse.

— Uma vida inteira delas — ela concordou.

— Não posso contar tudo, Lucia. Apesar de ter estendido uma mão amiga hoje...

— Você ainda não confia em mim — ela o interrompeu. — Eu sei.

— Não é isso. Não exatamente, pelo menos. Muitos segredos morreram com os outros anciãos, e, agora que sou o único, esses segredos são uma das poucas armas que tenho para me proteger.

— Eu compreendo — ela disse. — De verdade.

Timotheus franziu a testa.

— Como você conseguiu amadurecer tanto em tão pouco tempo?

Ela quase riu.

— Não fale como se fosse tão absurdo.

— A nova vida que cresce em seu ventre deve ter feito toda diferença para ajudar a mudar seu comportamento infantil e mimado e os acessos de raiva que estou acostumado a ver em você.

— Timotheus, todos esses elogios vão acabar me subindo à cabeça.

Ele deu uma leve gargalhada quando se aproximaram de portas douradas e brilhantes. Timotheus as abriu e revelou os aposentos de Melenia.

Lucia ficou boquiaberta ao ver o espaço enorme, do tamanho daquele em que tinha se encontrado com Timotheus. Mas o cômodo dele era austero e desprovido de qualquer toque pessoal. Esse era o extremo oposto.

Era como entrar nos aposentos de uma rainha no mais luxuoso dos palácios. Havia uma majestosa área de estar no centro, com sofás macios de veludo branco. No alto, um lustre de cristal reluzia, refletindo a luz que entrava pelas janelas que iam do chão ao teto e davam a volta no cômodo. Lucia olhou para baixo enquanto caminhava, observando o piso intricado de prata e joias incrustadas.

Havia flores de todas as cores imagináveis, frescas como se tivessem acabado de ser colhidas. Elas estavam em uma dúzia de vasos grandes deixados sobre mesas de vidro espalhadas pelo cômodo.

Lucia andou por todo aquele luxo e foi até a parede oposta. Estava recoberta por um padrão quadriculado de prata e vidro. Os símbolos elementares estavam gravados nos ladrilhos de prata — uma espiral simples para o ar, um triângulo para o fogo, um círculo dentro de outro círculo para a terra e duas linhas onduladas paralelas para a água.

— Um templo — Timotheus explicou. — Muitos imortais têm um em casa, para poderem rezar para os elementos.

— Ouvi dizer que algumas bruxas mais velhas também fazem isso — Lucia murmurou, passando os dedos pelo símbolo do fogo.

— Não exatamente assim — ele disse. — Mas parecido.

— Melenia rezava aqui para Kyan, desejando que voltasse para ela.

— Claro.

— E ele conseguia falar com ela, dentro de sua mente, contando mentiras. Fazendo promessas de que ficariam juntos quando fosse libertado, se ela o ajudasse. — Timotheus não respondeu. Nem precisava. — Odeio sentir um pouco de pena dela, agora que sei como Kyan a manipulava. Era tão mais fácil simplesmente odiá-la.

— Não sinta pena de Melenia. Ela poderia ter lutado com mais afinco contra ele.

— Como sabe disso? Talvez ela tenha tentado e fracassado.

— Talvez — ele reconheceu.

Lucia tocou os outros símbolos elementares.

— Os outros três deuses da Tétrade já foram libertados alguma vez?

— Não que eu saiba. Não na forma física, pelo menos.

Será que Ioannes sabia disso?, ela se perguntou. Ele devia se encontrar com Melenia ali. Era ali que a bela anciã tinha dito a ele o que fazer. Ele tinha sido corrompido pelas palavras e pela magia dela naquele lugar. Ainda assim, Ioannes lutou no final.

Lucia queria acreditar que ele tinha lutado desde o início.

— Você me disse que Ioannes era seu amigo — ela comentou.

— Era como um familiar para mim.

— Eu não disse antes, mas sinto muito por sua perda.

— E sinto muito pela sua.

Ela engoliu o nó que se formava em sua garganta, tentando se concentrar em outra coisa. E apoiou a mão sobre a barriga.

— Estive pensando em como chamar o bebê e estou com dificuldade para encontrar algum nome que combine com ele. Quero escolher um forte, digno. Um nome que meu filho ou filha aprecie quando crescer.

— Você tem muito tempo para decidir.

— É, acho que sim. — Lucia pegou distraidamente um pequeno baú dourado que estava sobre uma mesa de vidro. Era mais ou menos do tamanho de um porta-joias que tinha encontrado nos aposentos da princesa Cleo no palácio auraniano. Ela abriu a tampa e encontrou uma adaga de ouro brilhante. Pegou a lâmina e a observou.

— Foi isso que Melenia usou para entalhar o feitiço de obediência nele? — ela perguntou, sem fôlego.

Com um movimento suave, Timotheus tirou a adaga da mão dela, colocou-a de volta na caixa e fechou a tampa.

— Foi — ele respondeu, olhando para a caixa com a testa franzida. — Se eu a destruir, temo que liberte a magia negra presa dentro dela. É melhor guardá-la em outro lugar, onde ninguém consiga encontrá-la de novo. Os mundos ficarão mais seguros dessa forma. — Ele fez uma pausa. — Já terminou de olhar o espaço? Garanto que não vai encontrar nada aqui além de lembranças desagradáveis e arrependimentos. Sei disso melhor do que qualquer um.

Lucia soltou um suspiro trêmulo e assentiu.

— Terminei.

— Então vou pedir para Mia lhe mostrar a cidade. Depois de meu inesperado anúncio, meus companheiros imortais vão querer vê-la mais uma vez antes de você voltar para casa.

Como em um passe de mágica — e Lucia não tinha por que acreditar que era outra coisa — Mia a estava esperando na base da torre. Ela já sabia o que Timotheus havia sugerido. E parecia nervosa. Apesar de seus vários séculos — ou milênios — de idade, parecia mais jovem que Lucia, que sorriu para ela.

Mia retribuiu o sorriso e, segurando o braço de Lucia, acompanhou-a até o lado de fora.

Embora a pressão de encontrar Kyan quando retornasse pesasse bastante em sua mente, Lucia estava curiosa para saber mais sobre aquela cidade e seus ocupantes — incluindo o que os imortais faziam para passar o tempo.

Ela observou a paisagem enquanto caminhavam. Algumas dezenas de Vigilantes estavam agachados, trabalhavam com cuidado para criar uma extensa obra de arte diretamente na praça espelhada, posicionando minúsculos fragmentos de cristais em padrões intricados.

— Essa obra representa o ar, e eles finalmente a terminaram — Mia explicou, levando Lucia até o alto de uma construção para que pudessem observar a obra de arte de cima. — Não é lindo?

— Muito — Lucia concordou. Eram espirais detalhadas em muitos tons diferentes de azul e branco, e remeteu Lucia a um belo mosaico que vira na parede da biblioteca do palácio auraniano. Só que essa obra era dez vezes maior, e os responsáveis deviam ter demorado meses para produzi-la.

Os artistas se afastaram do trabalho, sorrindo uns para os outros e secando o suor da testa.

Então, para a surpresa de Lucia, cada um pegou uma vassoura de cabo dourado e começou a varrer os pedacinhos de cristal, destruindo aquela obra impressionante.

— O que estão fazendo? — ela exclamou.

Mia simplesmente olhou para ela, franzindo a testa.

— Limpando o espaço para poderem começar de novo, é claro.

— É um desperdício de uma bela obra de arte!

— Não, não. É assim que deve ser. Isso mostra que tudo o que existe deve mudar um dia, mas o que é destruído pode ser recriado com paciência e dedicação.

Enquanto refletia sobre aquilo, ainda perturbada que uma incrível e bela obra não fosse feita para durar, Mia levou Lucia até o grupo de imortais. Os olhos se encheram de esperança ao vê-la, e eles perguntaram se Lucia gostaria de ter a honra de iniciar o próximo mosaico. Ela escolheu um punhado de cristais vermelhos finos como areia em uma bandeja dourada e comprida. Espalhou alguns no centro da área, olhando para Mia para ver se estava fazendo a coisa corretamente.

Mia sorriu e aplaudiu.

— Excelente. Tenho certeza de que agora você os inspirou a fazer uma incrível homenagem ao símbolo do fogo.

Lucia sentiu um golpe no estômago ao pensar que, inconscientemente, tinha escolhido o vermelho entre as cores.

Bem, é claro que escolhi, ela pensou. *Não tem nada a ver com Kyan. É a cor de Limeros.*

— Você deve estar com fome — Mia disse, levando Lucia para um pátio externo onde frutas pendiam das árvores. Lucia observou o entorno. Percebendo que estava com muita fome, levantou o braço e tirou uma maçã vermelho-escura de um galho. Mia fez o mesmo, dando uma grande mordida na fruta e incentivando Lucia a fazer o mesmo.

Quando cravou os dentes na casca crocante, o sabor da maçã a fez arregalar os olhos, chocada. Ela nunca havia experimentado algo tão doce, puro e delicioso.

— É a melhor coisa que já provei! — Lucia disse em voz alta, quase eufórica.

Ela devorou a fruta com rapidez, tendo que se conter para não comer também as sementes. Quando estava prestes a pegar outra, sentiu uma pontada aguda e inesperada na barriga. Lucia levou a mão ao ventre e olhou para baixo, franzindo a testa.

— O que foi isso? — murmurou.

— Você está bem? — Mia perguntou, preocupada.

A dor foi apenas momentânea, e Lucia a ignorou.

— Estou bem. Meu estômago deve apenas estar expressando gratidão por receber alimento depois de tanto tempo.

Lucia decidiu tirar forças daquela maçã, dos imortais que a olhavam com esperança — e não com medo — e da amizade de Timotheus e de Mia, enquanto esperava impacientemente para voltar para casa.

Era impossível avaliar a passagem dos dias em um lugar que estava sempre iluminado, mas Lucia desfrutou duas vezes de um sono profundo enquanto estava na Cidade de Cristal.

Depois Timotheus instruiu Mia a levá-la de volta para a torre. Lucia segurou a mão da nova amiga.

— Obrigada por me ajudar.

— Não. — Mia balançou a cabeça, encarando Lucia com tanta sinceridade que quase tirou seu fôlego. — Eu é que agradeço por ter vindo até aqui. Obrigada por ser alguém em quem podemos acreditar. Sei que vamos nos reencontrar um dia.

— Espero que esteja certa. — Com relutância, Lucia soltou Mia e acompanhou Timotheus até a torre de cristal.

Dessa vez, as portas para onde ele a conduziu abriram para um lugar escuro e cavernoso.

— Estamos no subterrâneo — Lucia arriscou.

— Estamos.

Ela estava prestes a fazer outra pergunta quando viu, a uns quinze passos de distância, um objeto que brilhava com uma luz violeta. Quando se aproximaram, Lucia entendeu o que era.

— Um monólito — ela disse, boquiaberta. — Como o que havia nas montanhas.

Timotheus assentiu, os traços sombreados pela luz irregular.

— Existe um em cada um dos sete mundos. O meu e o seu são apenas dois deles.

— Sete? — Lucia o encarou. — Está dizendo que existem mais cinco mundos além dos nossos?

— Suas habilidades matemáticas são realmente impressionantes. — Ele arqueou a sobrancelha. — Sim, sete mundos, Lucia. Minha espécie foi criada para zelar por esses mundos antes de Damen destruir tudo o que estimávamos. Agora apenas zelamos pelo seu mundo. — A expressão dele obscureceu ao citar o imortal perverso. — Esses monólitos foram criados para permitir a viagem entre os mundos. Damen drenou a magia deles para poder transitar com facilidade entre os mundos quando quisesse. Essa destruição foi o que deixou as montanhas sem vida, e é a causa da transformação de Limeros em gelo e de Paelsia em pedra.

Lucia o encarou enquanto ele revelava a enorme peça do misterioso quebra-cabeça de Mítica.

— Por que, então, Auranos ainda é uma região bela?

— Por causa da deusa que eles adoravam, que alguns ainda adoram. A deusa que já foi uma imortal anciã, como eu.

— Cleiona.

Ele assentiu.

— Ela conseguiu proteger o reino que tinha reivindicado, enquanto Valoria não tinha conseguido fazer o mesmo. Às vezes parece que foi ontem que vi as duas pela última vez. Todos perdemos muito, e nunca vamos recuperar... — Timotheus fez uma careta ao falar das deusas. Depois piscou várias vezes, como se precisasse clarear a mente. — Você está aqui há tempo suficiente, Lucia. Agora deve ir tentar deter Kyan.

Lucia quase riu de seu tom severo de sempre.

— Acho que vou sentir falta de sua franqueza. E não vou *tentar* detê-lo, *vou* detê-lo.

— Espero, pelo bem de todos, que esteja certa.

Ela olhou para o monólito brilhante.

— Como posso usar isso para voltar?

— Pressione as mãos sobre a superfície e a magia de passagem fará o resto. — Quando Lucia hesitou, ele levantou uma sobrancelha. — Não diga que está duvidando da minha palavra.

— Se eu achasse que está mentindo para mim, você já estaria morto. — Um pequeno sorriso se formou no rosto dela quando ele arregalou os olhos. — Também sei ser sincera, Timotheus.

— De fato.

— Adeus — ela disse, pronta para partir. Pronta para voltar para casa, encontrar sua família e garantir que Kyan nunca mais prejudicasse nenhuma alma.

A expressão de surpresa de Timotheus desapareceu, substituída por uma que Lucia só conseguia descrever como de tristeza.

— Adeus, Lucia.

Ela pressionou a palma das mãos contra o monólito de cristal frio e brilhante. A luz que emanava dele logo se intensificou, transformando-se num brilho branco e puro. Lucia se esforçou para continuar pressionando enquanto fechava bem os olhos.

No instante seguinte, estava caída no chão, sem fôlego. Tentando respirar e um tanto confusa, ela rapidamente levantou da terra seca e quebradiça e se virou para procurar Timotheus.

Mas ela não estava mais no Santuário. Uma rápida olhada ao redor deixou claro que tinha voltado ao lugar nas montanhas onde tinha lutado contra Kyan. Embora fosse dia, ela ainda reconhecia o local, e o ar estava tão frio quanto da última vez em que estivera ali. Frio e carregado com uma sensação inquietante que ela sabia por instinto se tratar da morte iminente.

Damen, um imortal, tinha causado isso ao drenar a magia do monólito. Seu toque devia ter sido o suficiente para cobrir o monólito de pedras, ocultando sua magia por todos esses anos, até Kyan queimar a pedra. Não havia nada ali — nenhum pássaro, nenhum mamífero, nem mesmo um único inseto rastejando sobre a terra. Não havia árvores nem arbustos de nenhum tipo, à exceção de um pequeno oásis onde ficava o monólito.

Por um instante, ela sentiu tanto temor no coração que parecia ter certeza de que Kyan estivera ali o tempo todo, esperando seu retorno. Ela ficou paralisada, observando ao redor, os punhos cerrados e prontos para lutar.

Mas não havia nada ali. Nem ninguém. Apenas Lucia.

E já tinha passado da hora de ela partir.

Ao caminhar pelo solo queimado repleto de rochas, ela encontrou, com um vislumbre de felicidade: a bolsa que pensara ter perdido. Nela, ainda havia moedas suficientes para pagar várias noites em uma hospedaria.

Continuando a caminhada, deparou com o buraco no chão onde Kyan havia explodido. No fundo da profunda depressão na rocha, alguma coisa brilhava, mesmo com a pouca luz que alcançava aquele ponto nas montanhas.

Nada nunca brilhava ali.

Lucia foi na direção da luz, hesitante, inclinando-se para pegar a fonte do estranho brilho: uma pedra lisa. Lucia tirou uma camada densa de cinzas da superfície. Cambaleou para trás, levando a mão à boca quando viu o que havia embaixo.

Uma esfera de âmbar.

A prisão de Kyan não era maior do que a maçã que ela havia comido no santuário.

— Oh! — Ela ficou surpresa, virando a cabeça para todas as direções para, mais uma vez, ter certeza de que estava mesmo sozinha.

Ela levantou a esfera, semicerrando os olhos para tentar enxergá-la com a pouca luz do dia que conseguia passar por uma cortina de nuvens sobre as montanhas. O cristal de âmbar era todo transparente: não tinha rachaduras, anormalidades nem imperfeições.

Antes, Lucia consideraria tal tesouro algo belo. Agora, não. Esse tesouro, não. Mas era um sinal de que estava saindo na frente, e sentia-se grata.

Se estivesse com o cristal, teria os meios para deter Kyan antes que ele colocasse os planos para destruir o mundo em ação.

Depois de se permitir um pequeno sorriso para comemorar a pequena vitória, Lucia seguiu seu caminho para sair das montanhas e iniciar uma viagem de muitas horas a oeste, rumo a um pequeno vilarejo que conhecia, onde ela e Kyan tinham feito planos para adentrar as montanhas. Lá saberia se alguém tinha visto ou ouvido falar de Kyan desde a última vez em que estiveram no local.

Ela se redimiria dos erros do passado. Ter se aliado ao deus do fogo, de longe, havia sido o maior erro de todos.

Perto de anoitecer, Lucia finalmente entrou na hospedaria familiar e observou com cautela a taverna lotada, quase esperando encontrar Kyan tomando uma tigela de sopa.

Exausta da caminhada, ela ocupou a mesma mesa que tinha compartilhado com Kyan na manhã seguinte à que ela descobriu que estava grávida.

— Lembro de você — disse uma voz feminina. — Bem-vinda de volta.

Lucia olhou para a atendente que se aproximava da mesa.

— E lembro de você. Sera, não é?

A atendente tinha visto Lucia e Kyan juntos. Foi ela que contou a eles que as respostas que procuravam poderiam ser encontradas nas montanhas — e estava certa.

— Sim, esse é o meu nome — Sera disse com um sorriso. — Onde está seu belo amigo?

— Nos separamos durantes nossas viagens. Ele voltou desde que saímos daqui?

— Receio que não.

— Tem certeza?

— Pode acreditar, eu me lembraria dele. — A garota piscou. — Gostaria de uma bebida?

— Sim — ela disse, dando-se conta de repente de que estava com muita sede. — Vou querer... suco de pêssego.

— Só temos suco de uva.

— Pode ser.

— Mais alguma coisa? Algo para comer, talvez?

Lucia sentiu uma pontada na barriga ao ouvir a sugestão.

— Sim, seria ótimo.

Sera olhou para uma mesa cheia de homens barulhentos, que, Lucia agora via, vestiam uniformes verdes idênticos.

— Peço desculpas se demorar um pouco para servi-la hoje à noite — ela disse. — Sou a única por aqui, e preciso garantir que nossos outros clientes sejam bem atendidos. Talvez seja uma boa ideia mantê-los bêbados e felizes, não acha?

— Acho que sim. — Lucia olhou para os homens com curiosidade. — Quem são eles?

Sera virou para ela, surpresa.

— Você saiu daqui há poucos dias. Com certeza deve saber sobre os kraeshianos.

Lucia lançou um olhar rápido para Sera.

— Kraeshianos?

Sera assentiu.

— Estamos sob ocupação kraeshiana, com milhares de homens enviados para cá para impor suas leis sobre toda Mítica, incluindo este pequeno vilarejo sem importância. Esses homens chegaram aqui ontem.

— Enviados pelo imperador Cortas? — O peito de Lucia ficava mais apertado a cada instante, até começar a sentir dificuldade para respirar.

Sera arqueou as sobrancelhas.

— Esses soldados me disseram que o imperador e dois de seus filhos foram mortos por um rebelde que foi capturado e punido. Apenas sua filha, Amara, sobreviveu. Ela é a imperatriz de Kraeshia... e de Mítica. Pelo menos até seu irmão Ashur retornar de suas viagens, dizem.

O coração de Lucia quase parou. Ela agarrou a lateral da mesa com tanta força que achou que fosse parti-la ao meio.

Lucia se esforçou para controlar as emoções que irrompiam dentro de si. A pior coisa que poderia fazer no momento seria estragar seu disfarce perdendo o controle de sua magia e causando danos pelos quais teria que pagar depois.

— E onde está o rei? — Lucia perguntou.

— Não sei.

Lucia se lembrou de ter ousado revelar sua magia na frente da princesa kraeshiana, mas Amara tinha agido com muita calma em relação àquilo. Até mesmo a encorajado. Lucia tinha decidido que lidaria com quaisquer ramificações da confirmação dos rumores a respeito de sua magia da próxima vez que visse a garota, mas nunca mais aconteceu.

E agora Amara era imperatriz.

Havia algo extremamente errado, e ela precisava saber o que tinha acontecido com sua família.

— Sera — Lucia chamou, dissipando a névoa do choque em sua busca por respostas. — Você ouviu alguma coisa sobre o príncipe? O príncipe Magnus?

— Receio que as notícias sejam escassas por aqui, mas com todo esse sangue novo na região — Sera sorriu para a mesa de soldados kraeshianos —, estamos conseguindo algumas informações. Aparentemente, o príncipe tentou roubar o trono do pai enquanto o rei estava fora, em Kraeshia. Ouvi dizer que ele foi executado por traição, junto com sua esposa.

Por um longo momento, Lucia só conseguiu encarar a garota.

— Não — ela finalmente disse, com voz falha.

Sera franziu a testa.

— O quê?

— Ele não pode estar... — ela disse, ofegante. — Ele não pode estar morto. — Lucia levantou, arrastando a cadeira. — Preciso encontrá-los... Meu pai. Meu irmão. Isso não está certo, nada disso. E ninguém sabe o perigo real que está por vir. Ninguém sabe o tamanho do problema em que está metido.

Enquanto murmurava freneticamente, a mesa de soldados começou a olhar, um por um. Logo ela ganhou a atenção completa deles, e alguns se levantaram da mesa e se aproximaram.

— Está tudo bem, senhorita? — um dos soldados perguntou. Ele era o maior homem do grupo, com olhos acinzentados e cabelo castanho-escuro.

— Está tudo ótimo — Sera respondeu rapidamente, acenando e sorrido. — Não se incomodem com a moça. Ela só está muito cansada depois de uma viagem longa.

O soldado a ignorou, concentrando-se apenas em Lucia.

— Não veio aqui com planos de causar algum problema para a imperatriz, veio?

A imperatriz. A ideia de Amara ter tanto Kraeshia quanto Mítica sobre seu poder deixava Lucia com náuseas.

— Problema? — ela disse por entre dentes cerrados. — Espero que não. Mas vai depender da rapidez com que vocês e sua imperatriz decidirem sair de Mítica e nunca mais voltar.

O guarda riu e olhou para os compatriotas.

— E com certeza você, sozinha, vai nos obrigar a sair, não é?

Com cuidado, como se estivesse com medo de assustar uma fera, Sera tocou o braço de Lucia.

— Por favor, sente — ela sussurrou em seu ouvido. — Vou buscar sua comida. Esses soldados foram gentis conosco até agora e prometeram que a imperatriz Amara vai garantir um futuro brilhante para os paelsianos. A imperatriz aprecia nosso vinho e tem um plano para começar a exportá-lo para o exterior. Logo vamos nos tornar tão prósperos quanto os auranianos!

— Promessas... — Lucia disse, tensa. — Promessas tolas, nada além de palavras. Sabe o que mais se faz com palavras? Mentiras.

— Garotinha — o soldado disse —, faça o que sua amiga está sugerindo e volte a sentar. Temos ordens de deter qualquer um com tendências rebeldes. Acho que não vai querer isso, não é?

Uma risada sombria saiu do fundo da garganta de Lucia.

— *Garotinha* — ela repetiu com desprezo. — Você não sabe com quem está falando.

O soldado riu também, abaixando-se para observar bem o rosto dela.

— Sei exatamente com quem estou falando. Apenas uma criança que, claramente, tomou vinho demais. Vou avisar uma vez só. Sente e não teremos problemas.

Lucia cerrou o punho direito, pronta para invocar o fogo. Ela transformaria aqueles homens insolentes em cinzas, sem se preocupar em avisar antes.

Esse reino pertencia aos Damora. Não a Amara Cortas.

Sera segurou as mãos dela.

— Por favor, faça o que ele está dizendo. Sente e não cause mais problemas.

— Você acha que isso é problema? Eu ainda nem *comecei* a causar...

E, em uma onda rápida e violenta, uma dor aguda explodiu no centro do corpo de Lucia. Ela gritou, achando, a princípio, que tinha sido perfurada por alguma coisa, e seu profundo lamento queimou sua garganta quando ela segurou a própria barriga e caiu no chão.

— O que foi? — Sera perguntou, assustada.

— Meu... Ah, não. *Não!* — Lucia berrou, a agonia repentina era algo que não conseguia suportar.

E então o mundo à sua volta se transformou em escuridão.

Quando Lucia acordou, estava em uma sala escura, deitada sobre um catre duro. Sentada em uma cadeira a seu lado, estava Sera, segurando um pano frio sobre sua testa.

Lucia tentou levantar, mas não conseguiu. Seu corpo estava fraco, os músculos estavam doloridos como se tivesse tentado atravessar três reinos em um único dia.

Sera a observava preocupada.

— Achei que você fosse morrer.

Lucia a encarou, e as coisas terríveis que tinha descoberto na taverna começaram a voltar à sua mente em fragmentos irregulares e cortantes.

— Ainda estou viva. Acho.

— Ah, você está bem viva. E também tem muita sorte. Quando os kraeshianos chegaram ontem, havia um homem, um paelsiano que frequentava a taverna quase todas as noites, que enfrentou os soldados, contra a ocupação. Adivinha o que fizeram para recompensar a coragem dele? Eles o afogaram em um balde de água. Depois disso ninguém mais ousou dizer nenhuma tolice.

Lucia lançou um olhar horrorizado para ela.

— Isso está errado. Aqueles soldados... Amara... não deviam estar aqui. Eles *não podem* estar aqui. Preciso detê-los.

— Acho que você tem coisas mais importantes para pensar como encontrar seu amigo, não é?

Ela observou a garota com atenção.

— Como sabe que encontrá-lo é tão importante para mim?

Sera suspirou, depois removeu o pano úmido. Ela o deixou ao lado de uma bacia, depois pegou um copo de água, que levou aos lábios de Lucia. Esquecendo momentaneamente a desconfiança em relação à preocupação de Sera com Kyan, Lucia bebeu com avidez, grata por sorver o líquido frio, que tinha sabor de vida em sua garganta seca.

— Entendo por que pode estar zangada com ele — Sera disse. — Homens são idiotas e egoístas. Não são eles que precisam ser responsáveis. Eles podem se divertir com quem quiserem e depois ir atrás da próxima garota que olhar por mais de um minuto.

— Acredite — Lucia disse em um tom contido de zombaria —, minha relação com Kyan não era desse tipo.

Sera pegou o copo de água vazio e colocou um pano limpo na testa de Lucia.

— Então você engravidou magicamente?

Lucia a encarou, boquiaberta.

— Como você...?

— Como eu sei? — Sera riu com nervosismo. — Eu ajudei você a se deitar. Tirei suas roupas para que não ficasse quente demais. A condição em que se encontra seria óbvia até mesmo aos olhos de um cego.

Lucia ficou encarando a garota por mais um tempo, enquanto Sera colocava a mão direita em sua barriga. Ela observou a mão de Sera e, quando viu a silhueta do próprio corpo coberto com o lençol, arregalou os olhos.

Da última vez que tinha examinado sua barriga, ela estava reta, e a diminuição gradual de sua magia e os enjoos matinais eram os únicos indicativos da gravidez.

Mas algo havia mudado entre o instante em que encontrara o cristal de Kyan e entrara na taverna. Porque, no momento, Lucia olhava horrorizada para a mesma barriga, mas que não estava mais reta como quando deixou o Santuário.

O que via era um grande inchaço no meio de seu corpo, uma barriga gigantesca. E pertencia a ela.

11
JONAS

MAR PRATEADO

Devagar, a luz voltou a seu mundo, e Jonas abriu os olhos. Olivia o encarava com ternura e alívio.

— Fico feliz de ver que finalmente voltou para nós — ela disse.

Ele resmungou e estendeu os braços.

— Fiquei inconsciente por quanto tempo?

— Quatro dias.

Ele arregalou os olhos e sentou com um pulo.

— Quatro dias?

Ela fez uma careta.

— Você não ficou inconsciente o tempo todo, se isso melhora a situação. Acordou algumas vezes, delirante e agitado.

— Não, isso não melhora em nada, na verdade. — Jonas levantou do catre e cambaleou até o espelho. A estranha espiral ainda estava em seu corpo, agora muito mais intricada e com um desenho muito mais detalhado do que o símbolo simples da magia do ar. Ele tinha esperanças de que não tivesse passado de um pesadelo.

— Eu tenho a marca de um Vigilante — ele disse.

— Então você sabe o que é.

— Phaedra tinha uma. — A Vigilante que tinha sacrificado a vida imortal para salvar a dele tinha provado quem (e o que) era ao mostrar sua marca a Jonas. Mas a dela era diferente. Tinha a mesma forma, mas era uma marca dourada que se movimentava em círculos sobre a pele, como se quisesse provar suas origens mágicas. — E sei que você tem uma também.

— Tenho. — Olivia abriu um pouco o manto e mostrou um pequeno pedaço de uma marca dourada sobre a pele escura. Ele havia tido apenas alguns vislumbres da espiral, quando Olivia se transformava em falcão.

Jonas deu as costas para o espelho para encarar os olhos cor de esmeralda da Vigilante.

— Não vou implorar, Olivia. Vou simplesmente pedir para você, por favor, falar mais sobre isso, sobre a profecia que existe sobre mim. Tentei negar que fosse real, mas agora preciso saber. O que está acontecendo comigo? Eu estou... — Ele se esforçou para verbalizar os pensamentos. — Estou me transformando em um de vocês?

A ideia soava tão absurda que Jonas se arrependeu de suas palavras assim que as proferiu. Mas o que mais poderia pensar?

Ela torceu as mãos e, por um instante, Jonas achou que Olivia pudesse tentar escapar, assumir a forma de falcão e sair voando para evitar suas perguntas. Mas, em vez disso, ela suspirou e sentou na beirada do catre enquanto ele esperava em pé, tenso, perto da escotilha.

— Não exatamente — ela respondeu. — Mas você é, de fato, um mortal raro, Jonas Agallon. Tocado por nossa magia em dois momentos muito vulneráveis de sua vida, ambos quando estava muito perto da morte. Tocado por mim, quando curei seu ombro, e por Phaedra, depois que foi atingido pelo soldado limeriano. Você não sabe como isso é atípico.

Eram dois momentos da vida que ele preferia esquecer.

— Talvez eu não saiba mesmo. Então me conte.

— Eu estava lá quando Phaedra deu a vida pela sua. Observei do alto de outra barraca na forma de falcão.

Ele respirou fundo.

— Estava?

Ela assentiu, séria.

— Observei horrorizada quando Xanthus tirou a vida dela, e a vi retornar para a magia de que todos nós fomos criados. E vi um pouco dessa magia entrar em seu corpo, apenas segundos depois do momento em que você poderia ter morrido sem a intervenção dela.

— Eu... eu não senti nada.

— Não, não era para sentir. Não deveria sentir. E não faria diferença nenhuma se não fosse pela magia do próprio deus do fogo surgindo por perto. Acabou fortalecendo a magia de Phaedra dentro de você. Mas não seria suficiente para *isso* acontecer. — Olivia apontou para a marca, que ele coçava sem perceber. — Eu usei magia da terra para curar seu ombro quando você estava à beira da morte mais uma vez, e vi que a absorveu como uma esponja. Aquela magia ficou dentro de você, somando-se à de Phaedra, assim como Timotheus previra.

Jonas tentou entender, tentou negar, tentou impedir que seu coração batesse como as asas de um pássaro preso em seu peito. Mas então, de repente, lhe ocorreu que não deveria tentar negar uma notícia tão incrível.

— Tenho *elementia* dentro de mim — ele disse com uma voz rouca. — Isso significa que posso usá-los para combater Kyan e expulsar Amara de Mítica. — Quanto mais ele considerava essa possibilidade, mais animado ficava. — Preciso subir e contar para os outros. Eles devem estar tão confusos com o que aconteceu, com o que fiz com Felix... Mas isso é incrível, Olivia! Vai fazer toda a diferença.

Ele era um bruxo! Tinha negado a existência dos *elementia* e daqueles que os detinham durante toda sua vida, e agora tinha essa mesma magia na ponta dos dedos.

Olivia segurou seu braço quando ele foi na direção da porta.

— Não é tão fácil assim, Jonas. Timotheus não previu que você seria um praticante de magia, apenas um veículo para ela.

— Um veículo? Impossível. Você testemunhou o que fiz. Arremessei Felix pelo convés com... magia do ar, não foi?

— É verdade. Mas foi uma anomalia. Foi apenas um sinal de que a magia que existe dentro de você amadureceu. E aquele gasto de energia o deixou inconsciente durante quatro dias.

Jonas balançou a cabeça. A frustração tomou conta dele, acabando com sua empolgação.

— Não entendo.

Olivia afrouxou a mão que segurava seu braço.

— Eu sei, e peço desculpas pela confusão. Timotheus mantém seu conhecimento muito reservado, já que não confia em muitos imortais, nem mesmo em mim. Ele não compartilhou a extensão de sua profecia comigo por medo de que eu contasse para você e você tentasse evitá-la.

— Ela fechou a boca. — Já falei demais.

Ele resmungou.

— Você revelou o suficiente para me deixar louco de curiosidade e apreensão.

— Você não pode contar isso a ninguém.

— Não posso? — Ele apontou para a porta. — Todos me viram fazer aquilo no convés. O que devo fazer? Negar?

— Na verdade, sim. — Ela ergueu o queixo. — Expliquei a eles que fui a responsável. Que vi, do alto, Felix acertar você e que estou aqui justamente para protegê-lo. É claro que acreditaram em mim.

Jonas a encarou.

— Eles acreditaram que você interferiu com sua própria magia?

— Sim.

— E não posso falar nada sobre isso?

— Não. Nem uma palavra. — Ela ficou séria. — É perigoso demais. Alguns o perseguiriam se soubessem que é um mortal repleto de magia imortal.

— Magia imortal que não posso usar. — Ele observou o próprio punho, lembrando como havia brilhado no convés.

— Se não acredita em mim, você precisa ver com seus próprios olhos. — Ela apontou para a porta. — Tente abrir essa porta com a magia do ar que canalizou com tanta facilidade com Felix.

Parecia um desafio. Jonas olhou para além de Olivia e franziu a testa, concentrando-se, enquanto levantava a mão na direção da porta. Ele se esforçou tanto para tentar invocar a magia que existia dentro de si que sua mão começou a tremer, seu braço começou a oscilar... mas nada aconteceu.

— Isso não significa nada — ele resmungou. — Só preciso praticar.

— Talvez — Olivia disse com delicadeza. — Só sei o pouco que me contaram.

Decepcionado, Jonas deixou o braço cair.

— Claro, ninguém ia querer que as coisas fossem fáceis para mim. Ser um bruxo, utilizar os *elementia* à vontade... Ninguém ia querer isso, não é?

— Na verdade, seria incrivelmente útil para você.

Jonas lançou um olhar feio para ela.

— Você não está ajudando.

— Sinto muito. — Olivia fez uma careta. — Os outros estão preocupados com você. Ficarão felizes em saber que finalmente acordou.

Jonas foi até a escotilha e observou a imensidão do mar.

— Quanto falta para chegarmos em Paelsia?

— Estamos quase chegando.

— Dormi quase o caminho todo. — Ele soltou um suspiro trêmulo ao tentar aceitar tudo o que havia aprendido. Negar seria perder um tempo que eles não tinham. — O que eu perdi?

— Não muito, na verdade. Taran continua afiando a espada na expectativa de matar o príncipe Magnus, Felix ainda está sofrendo com enjoos, Ashur passa a maior parte do tempo em seus aposentos meditando, e Nic fica espreitando por aí. Quando o príncipe aparece, ele o observa de uma maneira um tanto curiosa.

— Pedi para o Nic ficar de olho em nosso príncipe residente. É melhor não confiar nos kraeshianos, nem mesmo naquele que diz não ser nosso inimigo.

Jonas suspirou enquanto apertava as amarras da camisa.

— Certo, estamos quase em Paelsia. Ótimo.

— Ótimo? — ela repetiu.

Ele assentiu com firmeza.

— Se existe uma profecia que exige que eu seja um veículo dos *elementia*, quero saber sobre ela o quanto antes. E isso não vai acontecer enquanto estivermos em alto-mar, vai?

— Não, não vai — ela concordou. — Mas, de verdade, Jonas, não sei nada além disso. Sinto muito.

Ele assentiu.

— Seja o que for, eu aguento. Tenho certeza de que já enfrentei coisa muito pior no passado.

Para isso, Olivia não tinha resposta.

Jonas tentou ao máximo não se preocupar.

12

MAGNUS

PAELSIA

Como a viagem dos Glaciares a Basilia levaria pelo menos três dias a cavalo, não havia tempo a perder com as paradas constantes de um rei moribundo e uma mulher velha. Selia arrumou uma carruagem fechada para levá-la junto com seu filho.

Quando Magnus sugeriu que Cleo fosse com eles e não montada num cavalo para não enfrentar o terrível frio, foi reprimido com um olhar cortante.

Aquilo queria dizer "não".

Gaius os orientou por um caminho que permitia que passassem toda noite em uma hospedaria de alguma cidadezinha, onde descansavam, comiam e dormiam em quartos separados e trancados.

Sete longas noites se passaram sem Magnus poder dormir com Cleo em seus braços, mas todas as noites sonhava com ela e com o chalé na floresta. Nos momentos em que estavam acordados, ele preferia não compartilhar essa informação com ela. Não queria que ficasse convencida demais por provocar tal efeito nele, então guardava para si o desejo constante de tocá-la e beijá-la.

No último vilarejo onde ficaram, Enzo e Milo foram encarregados de buscar roupas adequadas para todos se passarem por viajantes inofensivos de passagem por Paelsia. Conseguiram encontrar vestidos de algodão para Selia e Cleo e calças de couro simples e túnicas de lona para si mesmos, Magnus e Gaius.

Magnus olhou a própria túnica creme com repulsa.

— Não tinha nada preto?

— Não, vossa alteza — Enzo disse.

— Cinza-escuro?

— Não. Só essa cor e azul-claro. Achei que não ia gostar muito do azul. — Enzo limpou a garganta. — Mas posso voltar à loja.

Ele suspirou.

— Não, tudo bem. Fico com essa mesmo.

Pelo menos o manto e as calças eram pretos.

Ele saiu, pronto para dar início à última parte da viagem rumo à cidade da costa oeste, e encontrou Cleo, parecendo uma linda camponesa com seu vestido simples, sorrindo para ele ao lado de seu cavalo.

— Você parece um paelsiano — ela comentou.

— Não precisa me insultar, princesa — ele resmungou, contendo um sorriso quando montaram os cavalos e começaram a andar.

Praticamente uma pequena eternidade depois — que na verdade não passou de meio dia — finalmente e felizmente chegaram ao seu destino.

Magnus já tinha ouvido muitas histórias sobre Basilia, a cidade mais próxima de uma capital que Paelsia tinha. A cidade atendia aos navios que visitavam o Porto do Comércio e os membros da tripulação ávidos por desembarcar em busca de comida, bebida e mulheres.

As histórias eram verdadeiras.

À primeira vista — e ao primeiro cheiro — Basilia era superpovoada e fedia a dejetos humanos e putrefação. Havia dezenas de navios atracados no porto, com as tripulações inundando a costa e se misturando nas ruas, tavernas, hospedarias, nos mercados e bordéis da cidade litorânea. E, ao que parecia, tão quente quanto Auranos no ápice do verão.

— Repulsivo.

Magnus viu que o rei Gaius tinha aberto a janela da carruagem para espiar o centro da cidade com aversão. Seus olhos estavam vermelhos, e os círculos escuros sob eles pareciam hematomas recentes em contraste com a palidez da pele.

— Desprezo este lugar — ele comentou.

— Sério? — Magnus perguntou, conduzindo o cavalo ao lado da carruagem. — Acho encantador.

— Não acha, não.

— Acho. Eu gosto dessa... cor local.

— Você não mente tão bem quanto pensa.

— Acho que posso apenas aspirar chegar aos seus pés no quesito falsidade.

O rei olhou feio para ele, depois alternou o olhar para Cleo, que cavalgava em frente a Magnus e atrás dos guardas.

— Princesa, se lembro corretamente, foi em um mercado não muito longe desta cidade em que você esteve com lorde Aron e o filho do vendedor de vinhos que ele matou, não foi?

Magnus logo ficou tenso e observou a princesa esperando a resposta. Cleo demorou alguns segundos para responder, mas o príncipe podia ver a tensão em seus ombros pelo fino material do vestido.

— Isso faz muito tempo — ela disse finalmente.

— Imagine como as coisas teriam sido diferentes se você não tivesse ido atrás de vinho aquele dia — o rei continuou. — Nada seria como é agora, não é?

— Não — ela disse, olhando para trás. — Por exemplo, você não teria caído e quase morrido depois de perder seu reino para uma mulher. E eu não estaria vendo seu fracasso com tanta alegria no coração.

Magnus conteve um sorriso e olhou para o pai, aguardando a contestação.

A única resposta foi uma janela fechada, bloqueando a visão do rosto do rei.

A carruagem parou em uma hospedaria chamada Falcão e Lança

que, apesar de um leve cheiro de suor misturado a almíscar, Magnus considerou o estabelecimento mais aceitável da cidade. O rei Gaius desceu da carruagem com a ajuda de Milo e Enzo e entrou na hospedaria, seguido por Selia, e logo subornou o dono para expulsar todos os hóspedes para que o grupo real tivesse privacidade total.

Enquanto os hóspedes saíam com um desfile de resmungos, Magnus assistia à Cleo observar a sala de convivência da hospedaria paelsiana com reprovação. Era um cômodo grande, com teto baixo, com cadeiras de madeira desgastadas e mesas lascadas, onde os hóspedes podiam comer e passar o tempo.

— Não se enquadra no seu padrão de qualidade? — Magnus perguntou.

— Até que está bom — ela respondeu.

— Não é uma hospedaria auraniana com camas de pluma, lençóis importados e urinol dourado. Mas me parece aceitavelmente limpa e confortável.

Cleo virou as costas para uma mesa na qual alguém havia entalhado as próprias iniciais. Um sorriso brilhante passou por seus lábios.

— Sim, para um limeriano, acho que sim.

— De fato. — Os lábios da princesa eram uma distração grande demais, então Magnus virou e se juntou a seu pai e sua avó, que estavam parados perto das grandes janelas, olhando para os estábulos onde os cavalos estavam sendo acomodados.

— E agora? O que vamos fazer? — Magnus perguntou à avó.

— Pedi para a esposa do dono da hospedaria ir até a taverna no fim da estrada e entregar uma mensagem pedindo para uma velha amiga minha nos encontrar aqui — Selia disse.

— A senhora não poderia ter ido?

— Ela talvez não me reconhecesse. Além disso, não é uma conversa que ouvidos curiosos podem escutar. A magia que procuro deve ser protegida a qualquer custo. — Ela encostou a mão sobre o braço de

Gaius. Havia um brilho de suor na testa do rei, que estava apoiado na parede como se fosse a única coisa que o mantivesse de pé.

— E o que devemos fazer até ela chegar? — Gaius perguntou com uma voz enfraquecida substancialmente desde a chegada.

— Você vai descansar — Selia respondeu.

— Não há tempo para descanso — ele disse com raiva. — Talvez eu saia para procurar algum carpinteiro por perto para fazer um caixão para me transportar de volta para Limeros.

— Por favor, pai — Magnus disse, permitindo um pequeno sorriso. — Fico feliz em fazer isso por você. Deve fazer o que minha avó pediu e descansar.

O rei olhou feio para ele, mas não falou nada.

— Vou levá-lo ao seu quarto. — Selia envolveu o braço no filho, conduzindo-o pelo corredor na direção da escadaria, e subindo para os quartos no segundo andar.

— Excelente ideia — Cleo disse, bocejando. — Também vou subir para o meu quarto. Por favor, avise quando a amiga da sua avó chegar.

Magnus esperou que ela saísse, depois fez um sinal para Enzo segui-la. Ele pedira para o guarda tomar cuidado extra com a proteção da princesa. Enzo era um dos poucos em quem Magnus confiava para a tarefa.

— O que devo fazer? — Milo perguntou ao príncipe.

Magnus passou os olhos pelo salão, que também continha uma pequena estante com livros velhos, nada parecida com a vasta seleção que passou a valorizar na biblioteca do palácio auraniano.

— Patrulhe os arredores — Magnus disse, pegando um livro aleatório da estante. — Certifique-se de que ninguém tenha percebido que o antigo rei de Mítica está temporariamente por aqui.

Milo deixou a hospedaria e Magnus tentou se concentrar na leitura de um volume sobre a história da produção de vinho em Paelsia, que não mencionava nada sobre a magia da terra que com certeza era responsável pelo sabor da bebida, ou sobre as leis que proibiam sua exportação para outros lugares, à exceção de Auranos.

Depois de trinta páginas inúteis, a esposa do dono da hospedaria, uma mulher pequena que parecia ter um constante sorriso nervoso estampado no rosto, voltou com outra mulher mais velha, com rugas em volta dos olhos e da boca, de aparência extremamente comum, usando um vestido antiquado e desmazelado. Magnus pensou que devia ser a mulher que Selia tinha mandado chamar.

Quando a esposa do dono da hospedaria desapareceu na cozinha, a mulher mais velha observou o local que parecia vazio, até seu olhar recair sobre Magnus.

— Então a senhora é a resposta para todos os nossos problemas, não é? — ele perguntou.

— Depende de quais são seus problemas, meu jovem — ela respondeu sem rodeios. — Gostaria de saber por que me chamou aqui.

— Não foi ele, fui eu — Selia disse, descendo a escadaria de madeira do outro lado do corredor que levava aos quartos, no segundo andar. — E é porque estou em busca de uma velha amiga. Você me reconhece depois de todos esses anos?

Por um momento profundamente silencioso e agonizantemente longo, a mulher encarou Selia com uma mistura estranha de fogo e gelo no olhar. Justo quando Magnus começou a temer que tivessem cometido um erro ao confiar em sua avó, a mulher abriu um grande sorriso, com rugas de alegria aparecendo no canto dos olhos.

— Selia Damora — ela arrulhou com um tom de voz muito mais gentil do que ao entrar na hospedaria. — Pela deusa, como senti sua falta!

As duas mulheres correram uma na direção da outra e se abraçaram.

— Devo chamar os outros? — Magnus perguntou. Quanto antes sua avó conseguisse o que precisava da mulher, mais rápido poderiam sair daquele lugar.

— Não, isso não precisa ser discutido em grupo — Selia respondeu sem tirar os olhos da amiga. — Também senti sua falta, Dariah.

— Onde esteve durante todo esse tempo? Já perdi a conta de quantos anos se passaram!

— O que importa é que estou aqui agora. Para ser franca, estou um pouco surpresa por você ainda estar em Basilia.

— Nunca poderia abrir mão do lucro da minha taverna, cada ano é melhor do que o anterior. Tantos marinheiros com dinheiro para gastar e sede para matar...

— Muitos tipos de sede, sem dúvida.

Dariah piscou.

— Exatamente. — Ela se virou para Magnus. — E quem é esse jovem?

— É meu neto, Magnus. Magnus, esta é minha amiga Dariah Gallo.

— Muito prazer. — Magnus forçou o melhor sorriso que conseguiu, mas sabia que pareceria mais uma careta.

— Minha nossa! Seu neto ficou tão alto e bonito!

Selia sorriu.

— Sim, os netos às vezes fazem isso quando chegam aos dezoito anos.

Dariah passou os olhos enrugados por Magnus de alto a baixo.

— Se eu fosse mais nova...

— Se fosse mais nova, teria que lutar com a jovem esposa dele por sua atenção.

Dariah riu.

— E talvez eu vencesse.

Magnus teve uma vontade repentina de voltar à leitura do livro sobre vinho paelsiano.

Selia juntou-se à amiga nas risadas e depois voltou a adotar um tom sério, porém amigável.

— Não vim a Basilia apenas para reencontrar uma velha amiga. Preciso de informações sobre como conseguir a pedra sanguínea.

Dariah arregalou os olhos.

— Minha nossa, Selia, você não perde tempo.

— Não tenho tempo a perder. Meu poder foi diminuindo no decorrer dos anos e meu filho está morrendo.

No instante silencioso que se seguiu, Magnus ficou quieto. Essa pedra, se fosse real, parecia algo que poderia ajudá-lo a aumentar seu poder, como a Tétrade.

Selia levou Dariah na direção da estante. Fez sinal para que ela se sentasse em um banco de madeira ao seu lado, depois segurou as mãos da outra bruxa.

— Não tenho escolha. Preciso dela.

— Você sabe que não está comigo.

— Não está. Mas você sabe com quem está.

Dariah balançou a cabeça.

— Não posso fazer isso.

— Estou pedindo para você entrar em contato com ele. Sei que pode encontrá-lo. Ele precisa vir o mais rápido possível.

Mil perguntas surgiram na cabeça de Magnus, mas ele permaneceu em silêncio, escutando.

Um poder como esse entregue diretamente em suas mãos. Parecia muito mais simples do que o processo complicado de encontrar a Tétrade.

A expressão da bruxa se tornou sombria.

— Ele nunca vai permitir que você fique com ela, nem mesmo por um instante.

Selia apertou ainda mais a mão da amiga.

— Deixe que eu lide com ele quando chegar aqui.

— Eu não sei...

Selia semicerrou os olhos.

— Sei que já faz muito tempo, mas sinto que terei que mencionar o favor que você me deve. Favor que prometeu retribuir por completo.

Dariah ficou encarando o chão.

Magnus observava, quase sem respirar. Aos poucos, a bruxa levantou os olhos, o rosto pálido. Ela concordou com um pequeno aceno de cabeça.

— Vou levar um tempo para atraí-lo para cá.

— Ele tem três dias. Será um problema?

A bruxa ficou tensa ao levantar.

— Não.

— Obrigada. — Selia levantou e deu dois beijos no rosto de Dariah. — Eu sabia que você ia me ajudar.

O sorriso de quando se cumprimentaram agora já não passava de uma lembrança.

— Aviso assim que ele chegar.

Dariah não demorou — lançou um último olhar para Selia e Magnus e deixou a hospedaria.

— Bem... — Magnus disse depois que tudo voltou a ficar em silêncio. — A senhora deve ter feito um belo favor para sua amiga.

— De fato foi. — Selia olhou para Magnus com um pequeno sorriso no rosto. — Agora vou ver como seu pai está. A saúde dele é minha única preocupação no momento. Quando minha magia estiver restaurada e ele estiver bem novamente, podemos enfrentar os outros obstáculos que estão em nosso caminho.

— Vou me esforçar para ser paciente — Magnus disse, sabendo que com certeza fracassaria.

Àquela altura a noite já tinha caído, e Magnus se retirou para seu pequeno quarto. Havia uma cama de tamanho normal, e não os catres inaceitáveis do quarto comunitário no fim do corredor. A janela tinha vista para a rua iluminada com lampiões e ainda movimentada, com cidadãos e visitantes mesmo depois de anoitecer.

Ele ouviu uma batida fraca na porta.

— Entre — Magnus disse, sabendo que podia ser apenas uma das quatro pessoas com quem havia chegado a Paelsia.

A porta se abriu devagar e, quando o visitante se revelou, o coração de Magnus começou a bater mais rápido. Cleo o encarava.

Ele levantou e a encontrou na porta.

— A amiga da minha avó esteve aqui.

— Já? — Ela arqueou as sobrancelhas. — E?

— E... — Ele balançou a cabeça. — Parece que seremos obrigados a esperar mais três dias por aqui.

— Mas ela vai conseguir a pedra sanguínea?

— Sim — Magnus respondeu. — Reencontrei minha avó há pouco tempo, mas ela me parece o tipo de mulher que consegue praticamente tudo o que quer.

— E tudo para essa pedra mágica salvar a vida de seu pai — Cleo disse sem nenhuma emoção, mas com uma dureza no fundo dos olhos azuis.

— Ele não merece viver — Magnus afirmou, concordando com o que não tinha sido dito. — Mas essa pode ser uma medida necessária para alcançarmos nosso objetivo maior.

— Encontrar Lucia.

— Sim. E acabar com a sua maldição.

Cleo assentiu.

— Suponho que não haja outra forma.

Ele a observou cauteloso.

— Você veio ao meu quarto apenas em busca de informações ou tem mais alguma coisa que deseja esta noite?

Cleo levantou o queixo para encarar diretamente em seus olhos.

— Na verdade, preciso de sua ajuda.

— Com o quê?

— Todas essas andanças a cavalo acabaram com meu cabelo.

Magnus levantou uma sobrancelha.

— E você veio aqui para pedir minha ajuda para cortá-lo e, assim, ele deixar de ser um problema?

— Como se você fosse permitir. — Ela riu. — Você é obcecado pelo meu cabelo.

— Eu não chamaria de obsessão. — Ele enrolou um cacho daquela seda dourada no dedo. — É mais uma distração, muitas vezes dolorosa.

— Peço desculpas por seu sofrimento. Mas você não vai cortar meu cabelo, nem hoje, nem nunca. A esposa do dono da hospedaria foi gentil e me deu isso. — Ela mostrou uma escova de cabelo com cabo prateado.

Magnus pegou o objeto da mão dela, observando-o com um olhar examinador.

— Você quer que eu...?

Cleo assentiu.

— Escove meu cabelo.

A ideia era ridícula.

— Agora que fui obrigado a me vestir como um paelsiano comum você está me confundindo com um criado?

Ela lançou um olhar determinado para Magnus.

— Eu não poderia pedir para Milo ou Enzo... ou, pelo amor da deusa, para seu pai ou sua avó me ajudarem.

— E quanto à esposa do dono da hospedaria?

— Está bem. — Cleo arrancou a escova da mão dele, fazendo careta. — Vou pedir a ela.

— Não, não. — Ele soltou um suspiro, achando graça. — Eu ajudo.

Sem hesitar, ela devolveu a escova a Magnus.

— Fico feliz.

Ele abriu caminho para deixá-la passar. Cleo entrou, sentou na beirada da cama e olhou para ele cheia de expectativa.

— Feche a porta — ela disse.

— Não é uma boa ideia. — Magnus deixou a porta entreaberta e lentamente sentou ao lado dela. Meio sem jeito e receoso, como se estivesse prestes a limpar um animal pela primeira vez, ele levou a delicada escova aos cabelos dela.

— Nunca fiz isso antes.

— Para tudo existe uma primeira vez.

Que cena ridícula deve ter sido: Magnus Damora, filho do Rei Sanguinário, escovando o cabelo de uma jovem a seu pedido.

E ainda assim...

Sempre que Magnus assumia uma tarefa, preferia ser dedicado, usando suas habilidades da melhor maneira possível. Ele se empenhava da mesma forma naquele momento, ao pegar uma mecha do longo e sedoso cabelo de Cleo e deslizar a escova por ela. O calor das madeixas passava entre seus dedos, causando um arrepio prazeroso em suas costas.

— Você tem razão — ele disse em voz baixa. — Está terrivelmente embaraçado. Acho que de modo irreparável.

Magnus estava apenas provocando Cleo — seu cabelo estava perfeito, como sempre foi —, mas então ele chegou ao primeiro nó.

Ela se encolheu.

— Ai.

— Desculpe. — Ele ficou paralisado, mas depois franziu a testa. — Mas você me *pediu* para fazer isso.

— Sim, eu sei! — Ela suspirou. — Por favor, continue. Estou acostumada a ser torturada por minhas criadas, e elas estão acostumadas a ignorar meus gritos de dor. Você não vai conseguir me machucar mais. Só Nerissa tem capacidade de fazer isso sem causar dor.

— Sim, ouvi falar das habilidades de Nerissa — Magnus comentou, sem conseguir conter um sorriso. Agora, tendo uma imagem mais completa do histórico de penteados de Cleo, ele encarou a tarefa com mais determinação. — Tanto cabelo, tantas oportunidades para formar nós... Por que as mulheres se dão ao trabalho?

— Talvez eu devesse fazer tranças, como uma líder paelsiana?

— Sim, imagino que seria um estilo adequado a uma princesa auraniana, mesmo quando forçada a usar um horroroso vestido de algodão — ele respondeu com ironia, sem deixar transparecer como estava se divertindo com aquela imagem. — Todas as garotas de Mítica iam querer copiar. — Com o maior cuidado possível, ele foi passando a escova por outra parte do cabelo que parecia um ninho de passarinho amarelo-claro. — Você precisa saber que pretendo reivindicar a pedra sanguínea para mim.

— Eu já imaginava — ela respondeu.

Aquilo o surpreendeu.

— Imaginava?

Cleo assentiu, e os cabelos escaparam das mãos de Magnus, cobrindo a tentadora nuca dela.

— Vi em seus olhos quando Selia mencionou a pedra. Foi o mesmo olhar que vi em seu pai.

— E que olhar é esse?

— Não importa.

Magnus largou a escova. Com gentileza, tocou Cleo pelos ombros até praticamente fazê-la virar de frente para ele, depois segurou seu queixo com cuidado.

— Importa, sim. Que olhar eu e meu pai compartilhamos?

Ela o encarou nos olhos, cautelosa.

— Um olhar frio de ganância, como se fossem capazes de matar pela pedra.

— Entendo.

Cleo analisou o rosto dele, como se procurasse respostas.

— Naquele momento, você parecia tão frio quanto seu pai. E eu... eu não gostei.

A vida toda, disseram que ele se parecia muito com seu pai — tanto fisicamente quanto em temperamento. Com o tempo, ele aprendeu a não refutar as comparações, embora nunca tivessem deixado de incomodá-lo.

— Devo admitir, descobri há pouco tempo que *preciso* ser como meu pai. Há certas situações que praticamente exigem que eu seja o mais frio e brutal possível. Se eu fosse derramar lágrimas por cada vida que tirei no último ano, já estaria seco como uma casca de árvore. Então, sim, acho que sou como meu pai em muitos sentidos.

— Não — Cleo sacudiu a cabeça. — Não é possível.

— Por que está dizendo isso?

— Sinceramente? — Ela chegou mais perto, segurando seu rosto entre as mãos. — Porque eu nunca quis fazer isso com seu pai.

Ela roçou os lábios de leve nos dele. Um pequeno gemido de tortura emergiu do fundo da garganta de Magnus enquanto ele se forçava a cerrar os punhos para não a agarrar no mesmo instante.

— Princesa...

— *Cleiona*... — ela o corrigiu, os lábios ainda a uma distância perigosa. — Embora eu precise admitir que já não gosto tanto de ter recebido o nome de uma imortal que roubou e matou em nome do poder.

— Verdadeiros líderes costumam ser implacáveis o suficiente para roubar e matar. Se não o fizerem, outra pessoa o fará.

— Uma filosofia encantadora e, receio, muito verdadeira. Mas talvez possamos pensar em outro nome para você se referir a mim quando estivermos juntos.

Ele arqueou a sobrancelha.

— Vou pensar nisso.

— Ótimo. — Ela mordeu o lábio, chamando atenção de novo para sua boca. — Agora, feche a porta. Com chave.

— Essa é uma sugestão muito, muito perigosa.

— Ou deixe aberta. Talvez eu não me importe. — Cleo o beijou mais uma vez, abrindo os lábios. Ele sentiu sua compostura e seu comedimento se esvaindo em uma velocidade perigosa quando a língua dela encostou na sua.

— Realmente não quero dizer não — ele sussurrou junto aos lábios dela.

— Então não diga.

Magnus gemeu de novo quando as mãos dela desceram por seu peito e por baixo de sua túnica, deslizando sobre seu abdome e tórax sem nenhuma barreira. Ele a agarrou pela cintura e a pressionou na cama, cobrindo-a por completo com o próprio corpo. Cleo era tão pequena, mas, ainda assim, tão forte e apaixonada.

Como um mundo insensível pôde criar uma criatura tão linda? Se a beleza dela não fosse um presente da deusa, sem dúvida tinha sido um presente da mãe...

De repente, Magnus levantou em um pulo, cobrindo a boca com o dorso da mão.

— O que foi? — Cleo perguntou assustada, o rosto corado.

Ele ficou em pé e pegou seu manto.

— Preciso de uma bebida. Vou dar uma olhada na taverna no fim da estrada.

Cleo ficou deitada, observando-o, com os cachos dourados embaraçados caídos sobre os ombros até a cintura.

Profunda e *dolorosamente* tentadora.

— Eu entendo — ela disse em voz baixa.

Ele estava prestes a sair sem mais nenhuma palavra, mas virou-se para ela e disse:

— Antes de sair, quero que saiba de uma coisa. No dia em que essa maldição for quebrada, prometo que a porta de qualquer quarto em que estivermos será trancada, e não vou deixar nada nos interromper.

Com isso, Magnus virou as costas e a deixou lá, olhando para ele. Sim, ele precisava desesperadamente de uma bebida.

— Vinho — Magnus resmungou para o atendente quando entrou na taverna pobre, porém animada, conhecida como A Videira Púrpura. Ele colocou várias moedas sobre o balcão. — Fique atento e complete meu copo sempre que notar que está vazio — ele instruiu. — E nada de conversa.

O atendente abriu um sorriso forçado, depois recolheu as moedas do balcão com ganância, guardando-as em uma bolsa velha, caindo aos pedaços.

— Muito bem.

Ele fez o que Magnus pediu e prestou muita atenção ao nível de líquido da taça. Quando Magnus começou a beber gole após gole do doce vinho paelsiano, a noite começou a ficar muito mais clara. Da última vez que bebera vinho, tinha voltado para o palácio limeriano e encontrado sua esposa fazendo um discurso. Ela logo foi interrompida por inimigos que quase não o deixaram escapar com vida. Depois daquela experiência, ele tinha considerado renunciar completamente à bebida.

A visita de Cleo a seu quarto naquela noite com certeza o obrigava a revogar aquela promessa.

— Nossa atração de hoje vai deixá-lo mais animado, amigo — disse o atendente, apesar de Magnus ter pedido silêncio. Magnus estava prestes a repreendê-lo quando o homem indicou com a cabeça o meio da taverna. — Prometo que a Deusa das Serpentes será uma imagem espetacular para os olhos.

Deusa das Serpentes? Magnus revirou os olhos e apontou para a própria taça.

— Mais.

Alguém do outro lado da enorme taverna pediu silêncio para a multidão vociferante enquanto o atendente servia mais vinho para Magnus.

— Todos venerem nossa bela residente! — o homem berrou do outro lado do estabelecimento. — Curvem-se diante de seu incrível poder! E saúdem a Deusa das Serpentes!

A multidão reagiu com gritos e assovios quando uma jovem de cabelo escuro, pouca roupa e uma cobra pendurada no pescoço apareceu sobre o pequeno palco. Ao lado do palco havia um trio de músicos que começou a tocar uma canção exótica que, para Magnus, soava mais selvagem do que encantadora. Quando a música começou a crescer, a jovem passou a se contorcer no que poderia ser considerado um tipo de dança, mas para Magnus parecia mais a oferta de uma cortesã.

Ele esvaziou o copo sem saber ao certo quantas vezes tinha repetido o movimento desde que chegara, mas não importava. Não agora que as coisas pareciam tão melhores do que antes, quando o desejo por Cleo quase o cegou diante do perigo.

Talvez eles *pudessem* dividir um quarto, ele pensava enquanto assistia àquela mulher estranha se sacudir pelo palco. Talvez um elixir para evitar a gravidez fosse proteção suficiente.

Ou talvez ele devesse se concentrar no fato de seu reino ter sido roubado, seu pai estar à beira da morte enquanto sua avó tenta salvá-lo com uma pedra mágica, sua irmã estar aliada com um homem que pretendia conquistar Mítica à base do fogo, e Cleo carregar uma maldição. O fato de ele estar enlouquecendo de desejo por sua esposa de fato era a menor de suas preocupações.

De repente, alguma coisa chamou sua atenção: um lampejo de cabelo ruivo. Aquela cor de cabelo era mais rara em Paelsia do que a do cabelo de Cleo. Ele não conseguiu deixar de se lembrar de Nicolo Cassian, a única pessoa que ele conhecia com aquela cor infeliz de cabelo.

Magnus riu ao pensar naquilo. Não, Nic devia estava em segurança em Kraeshia — ou nem tão seguro assim, na verdade, mas Magnus não se importava. O idiota tinha se voluntariado para se juntar a Jonas em sua missão fracassada de matar o rei.

Ele voltou sua atenção para a Deusa das Serpentes. Quando pensou que estava começando a entender o ritmo de seus movimentos, ela parou, fazendo um sinal para os músicos pararem de tocar.

— É você? — ela perguntou. O salão agora estava em silêncio. A Deusa das Serpentes estava claramente se dirigindo a alguém específico, mas Magnus não conseguia ver de onde estava. Ele só conseguia ver a crescente empolgação no rosto pintado da dançarina enquanto sua expressão transparecia cada vez mais certeza. — Jonas! — ela gritava agora com mais confiança. — Jonas, é você mesmo? Meu querido, achei que estivesse morto!

Jonas?

Devia ser mais uma estranha coincidência.

A dançarina desceu do palco e se embrenhou no meio da multidão, de onde puxou um jovem de cabelo escuro.

Magnus ficou paralisado. Ele esticou o pescoço, tentando ver por entre as cabeças dos outros clientes. A dançarina jogou os braços em volta do jovem, rodopiando abraçada a seu visitante, até que ele se virou na direção de Magnus.

Chocado e boquiaberto, Magnus ficou observando fixamente aquela cena.

Era Jonas Agallon. Ali, na mesma taverna.

— Quem diria? — disse uma voz familiar ao lado dele, verbalizando seus próprios pensamentos. Uma onda de desgosto tomou conta de Magnus antes mesmo de se virar e descobrir o que já sabia: aquele ruivo, Nicolo Cassian, estava bem ao lado dele. — Você!

Nic cutucou o ombro dele, deixando escapar uma gargalhada quando derramou um pouco de cerveja de sua enorme caneca.

— Parece que o destino está finalmente lhe dando o troco, não acha, vossa alteza? E fico mais do que feliz de testemunhar isso.

— Estou vendo que sua visita a Kraeshia não ajudou a diminuir seu charme — Magnus disse, espantado por ter bebido a ponto de arrastar as palavras tanto quanto Nic.

Nic sorriu, mas seus olhos desfocados não demonstravam nenhum humor.

— Príncipe Magnus Damora, gostaria que conhecesse um amigo meu.

Irritado pelo uso de seu nome em um estabelecimento público, Magnus virou, esperando encontrar algum rebelde qualquer. Mas, em vez disso, encontrou um rosto que só via em pesadelos.

— Theon Ranus — ele exclamou. O calor agradável e o formigamento proporcionado pelo vinho desapareceram em um instante, deixando-o profunda e desoladamente frio ao encarar aquela aparição.

— Está enganado — disse o jovem, um lembrete fatal da primeira pessoa que Magnus havia matado na vida. Com um olhar frio repleto apenas de obstinação e ódio, ele puxou uma faca e a colocou junto à garganta de Magnus. — Sou o irmão dele, seu filho da puta.

13

CLEO

PAELSIA

— Aonde está indo, princesa?

As palavras a fizeram parar na porta principal da Hospedaria Falcão e Lança. Cleo olhou para trás e viu Enzo parado nas sombras.

— Vou à taverna no fim da estrada — ela disse. — Não que seja da sua conta.

— Está tarde.

— E...?

Enzo endireitou os ombros.

— Acho que seria melhor ficar aqui em segurança, princesa.

— Aprecio sua opinião, mas discordo. Magnus está lá. Estou surpresa, e um pouco consternada, por você não ter ido junto. E se ele for reconhecido?

— O príncipe deixou bem claro que meu único dever é garantir sua segurança, princesa.

Ela piscou rápido, como se tentasse disfarçar a surpresa daquela revelação interessante.

— Sério? Bem, isso torna as coisas muito mais fáceis. Você virá comigo buscar o príncipe e garantir que nenhum de nós corra perigo.

Cleo não lhe deu tempo para argumentar ao virar as costas e sair da hospedaria, deixando a porta aberta para Enzo segui-la e puxando o capuz do manto para cobrir o cabelo e proteger o rosto.

Enzo a seguiu sem dizer mais nada enquanto Cleo prestava atenção nas pessoas na rua, nas carruagens que passavam, no ruído do casco dos cavalos batendo na estrada de cascalho. Ela seguiu o som das risadas embriagadas e da música para chegar à taverna que sem dúvida tinha sido o destino de Magnus. Sobre as grandes portas de madeira havia uma escultura de bronze de alguns cachos de uva em uma videira.

Ela leu a placa:

— A Videira Púrpura. Que nome apropriado para uma taverna em Paelsia. E bastante óbvio.

O príncipe gostava tanto do sabor do vinho que não se importava com o que aconteceria se alguém o reconhecesse. Magnus adorava tanto beber que estava disposto a arriscar ser morto no meio de um bando de paelsianos. E que jeito idiota de morrer seria, Cleo pensou.

— Já ouvi falar desse lugar — Enzo disse, observando a entrada. — Nerissa já trabalhou aqui atendendo mesas.

Ela levantou uma sobrancelha.

— É mesmo?

Ele assentiu.

— Ela disse que foi uma experiência interessante.

— Eu não fazia ideia de que ela tinha morado em Paelsia.

— Nerissa morou em todos os lugares, ao que parece. Diferente de mim, que até agora nunca tinha me aventurado para fora de Limeros. Ela deve me achar tedioso.

— Posso garantir que ela não acha nada disso.

Ouvir Enzo falar de sua amiga fazia o coração de Cleo doer. Ela não tinha dúvidas de que Nerissa era capaz de se cuidar, melhor do que qualquer outra garota — e possivelmente garoto — que conhecia, mas... Cleo não conseguia deixar de se preocupar com a segurança dela. Odiava a ideia de que Nerissa pudesse correr perigo enquanto era forçada a trabalhar perto de Amara.

Cleo respirou fundo ao passar pelas portas com Enzo. Dentro da taverna havia pelo menos duzentos clientes fedorentos e sujos.

Ela observou os rostos, procurando Magnus na multidão.

Aquela taverna era diferente de todas que já havia visto em suas duas visitas anteriores a Paelsia. Seu conhecimento da região se limitava a dois mercados pobres, vilarejos decrépitos e uma vasta extensão de terras desertas.

E os galpões trancados de rebeldes raivosos e vingativos, ela lembrou a si mesma.

O lugar, apesar do interior rústico e decadente, parecia pertencer a Pico do Falcão, maior cidade de Auranos. Iluminando o espaço enorme havia dezenas e dezenas de velas e lampiões. No teto alto, várias rodas de madeira acomodavam mais velas. O chão era de terra batida; as mesas e cadeiras eram feitas de madeira mal esculpida.

À esquerda de Cleo havia um pequeno palco, sobre o qual uma jovem de cabelo preto e com faixas douradas pintadas sobre a pele bronzeada rebolava de uma forma bastante provocativa. Em volta de seu pescoço carregava uma jiboia enorme, do tipo que Cleo só tinha visto em livros ilustrados.

— Enzo, por favor, apenas me ajude a procurar Magnus. Comece pelas áreas com mais vinho.

— Sim, vossa alteza.

Cleo se cobriu melhor com o capuz do manto para esconder o cabelo e tentou ignorar os olhares atravessados da maioria dos brutamontes que passavam por ela. Quando sentiu alguém apertar seu traseiro, virou para dar um soco no ofensor, mas acertou apenas o ar.

Furiosa, ela tentou ver quem a havia tocado no meio da multidão, mas ficou paralisada quando ouviu alguém gritar um nome que ela conhecia.

— Jonas! — Era a mulher-cobra, interrompendo a apresentação

para correr na direção de um jovem que estava na plateia. — Jonas, é você mesmo?

Cleo, de olhos arregalados, se virou na direção do palco.

Jonas tinha voltado de Kraeshia. E, de todos os lugares de Mítica onde poderia estar, estava ali!

Como era possível?

Ela se virou para Enzo, mas outro rosto chamou sua atenção. Um jovem caminhava pela multidão, movendo-se na direção oposta ao mar de rostos virados para o palco.

Cabelo cor de bronze, pele morena, alto, músculos definidos...

Ela só conseguiu observar, certa de que seus olhos a enganavam.

— Theon — ela sussurrou o nome antes preso na garganta.

Ela então se lembrou de um tempo em que tudo parecia claro — ela o amava, e nada mais importava. Nem o posto dele, nem a reprovação de seu pai, nem o modo austero como Theon tinha olhado para ela antes de beijá-la, marcado pelo medo de pensar que poderia perdê-la para sempre.

E depois o som do casco dos cavalos quando Magnus e seus soldados chegaram.

O orgulho em seu coração quando Theon enfrentou os homens de Magnus e venceu.

E o horror quando viu a vida se esvair dos olhos dele para sempre quando Magnus o acertou pelas costas.

"Se seu guarda tivesse se afastado quando ordenei, isso não teria acontecido", o filho do Rei Sanguinário tinha dito.

"Ele não é só um guarda", ela havia sussurrado em resposta. "Não para mim."

Às vezes, parecia que tudo tinha acontecido mil anos antes. Outras, era como se tivesse sido no dia anterior.

Mas, lá estava ele.

— Princesa? — Enzo perguntou, franzindo a testa para a expressão de choque absoluto dela.

Cleo não respondeu. Suas pernas estavam dormentes quando começou a se mover sem pensar, abrindo caminho na multidão na direção dele.

Lágrimas quentes corriam por seu rosto, e ela as secava com violência.

A multidão diminuía quanto mais ela se afastava do palco, o que lhe permitiu manter o olhar no guarda assassinado. Em sua mão, ela viu o brilho de uma lâmina afiada.

E então ela viu Magnus.

O fantasma do jovem que havia amado — e perdido — aproximou-se de Magnus, que estava no bar, olhando para Theon com a mesma descrença de Cleo. Então, com uma rapidez que ela mal conseguiu acompanhar, Theon segurou Magnus com força e pressionou a lâmina contra sua garganta.

Ela gritou para dentro, seu corpo transformou-se em gelo em um instante. Ela olhava para Magnus, com sua expressão resoluta, os dentes cerrados e os olhos escuros desprovidos de emoção.

— Cleo? — Alguém estava bloqueando seu caminho; um garoto com sardas e cabelo ruivo. — Ah, Cleo! Você está aqui! Você está viva!

— Nic? — Ela o encarou por um segundo antes de agarrar e fincar os dedos em seus ombros. Atrás dele, viu o sangue escorrendo pela garganta de Magnus, onde o fantasma do passado enfiara sua adaga. — O que está havendo? Por que isso está acontecendo?

De repente, uma terceira pessoa aproximou-se do confronto silencioso entre Magnus e Theon, que até então tinha passado despercebido pelo resto dos clientes, cujos olhos estavam fixos no palco. Era um jovem de cabelo escuro, ombros largos e muitos músculos, com um tapa-olho preto.

Ele segurava um pedaço de pau e, com ele, atingiu o fantasma de Theon com força atrás da cabeça. A adaga caiu no chão, e o corpo da vítima desabou, inconsciente, ao lado dela.

— Magnus! — Cleo gritou.

Finalmente, Magnus tirou o olhar do jovem caído e virou para Cleo.

Ele semicerrou os olhos.

— Você não devia estar aqui.

Ela ficou chocada. Era *isso* que Magnus tinha a dizer em um momento como aquele?

O brutamontes apontou para o corpo.

— Ele não vai ficar feliz comigo quando acordar.

Cleo correu para o lado de Magnus, certificando-se rapidamente de que o ferimento no pescoço era superficial. Ela virou para o jovem de tapa-olho.

— Quem é você? — ela questionou.

Ele se curvou.

— Felix Gaebras, minha encantadora jovem. A seu dispor. E quem é você?

— Esta — Magnus disse, tocando o pescoço com cuidado — é a princesa Cleiona.

Felix arregalou os olhos.

— Ah, então *esta* é a princesa dourada. Tudo faz sentido agora.

— E quem é esse? — Ela apontou para o chão com o dedo trêmulo.

— Aquele — Felix respondeu — é Taran Ranus, irmão gêmeo de Theon.

Cleo sentiu seu corpo gelar.

— *Irmão gêmeo?*

Magnus estava tenso.

— Foi muito gentil da parte de Nic nos apresentar hoje à noite, não acha?

Ao lado dela, Nic olhou para o jovem inconsciente, depois para Cleo, que parecia chocada.

— Acho que todos nós precisamos conversar — ele disse.

— Com certeza!

— Concordo — Magnus disse com rigor. — Conheço um lugar muito mais discreto do que esse. Encontrem Jonas e venham comigo, todos vocês.

Felix se abaixou, pegou o companheiro inconsciente e o jogou sobre o ombro.

— Onde Jonas e os outros estão? A dançarina o amarrou com a cobra e o levou embora? Vou procurá-lo.

Cleo não esperou — ela precisava de ar fresco. Precisava respirar normalmente e deixar o coração bater em um ritmo natural.

Irmão gêmeo, ela pensou, estupefata. *O irmão gêmeo de Theon.*

E Theon nunca, em nenhum momento, tinha mencionado que tinha um irmão gêmeo.

Nic estava ao lado dela, cambaleando de leve a cada passo que dava enquanto Enzo a escoltava para fora da taverna. Ela olhou para trás para garantir que Magnus estava perto.

— Você está bêbado — disse Cleo, virando-se para Nic e percebendo que estava muito zangada com ele e com todos os presentes.

— Muito. E também muito feliz por saber que está aqui. — Ele deu um grande beijo desajeitado no rosto dela, fazendo-a lembrar do cachorrinho babão que seu pai trouxera para ela e para Emilia depois de um longo período de viagens. Quando seus batimentos cardíacos voltaram ao normal, ela se permitiu ceder à avassaladora sensação de alívio por Nic ter voltado de Kraeshia são e salvo — e por estar ao lado dela novamente.

Felix saiu da taverna carregando Taran Ranus.

Atrás dele veio Jonas, que observava a área até seus olhos recaírem sobre Cleo.

Ela o observava também quando um sorriso se abriu no belo rosto dele.

— Eu *sabia* que você estava viva. — Jonas apertou o passo para chegar até ela. Segurou-a pela cintura e a tirou do chão, girando-a no ar. — É tão bom ver você!

Em qualquer outro dia, ela estaria sorrindo tanto quanto o rebelde.

— Explique o que está acontecendo.

— Sim — Magnus disse, os olhos escuros fixos em Jonas. — Uma explicação para sua chegada nesta cidade, coincidindo com a *nossa* chegada, seria apreciável.

— Fico chocado em dizer, mas é quase bom ver você também, vossa alteza. — Jonas deu um meio sorriso para o príncipe.

Não foi correspondido.

— Nosso amigo aqui está ficando um pouco pesado — Felix comentou.

Magnus lançou um olhar azedo para o corpo que Felix carregava.

— Venham comigo.

Outra garota se juntou ao grupo, e Cleo a reconheceu de imediato — estava acompanhando Jonas e Lysandra da última vez em que estiveram no palácio limeriano.

Cleo se lembrava do nome dela: Olivia. Mas um cumprimento adequado poderia esperar.

Ela deu o braço para Nic enquanto o grupo acompanhava Magnus até a hospedaria.

— Por que está tão bêbado hoje?

— Ah... são muitas razões. Entre elas, recentemente passei a acreditar que estivesse morta. Por isso ia me afundar em cerveja para sufocar meu sofrimento.

— Estou bem viva.

— E fico muito feliz em saber.

Cleo sorriu para ele.

— Existem outros motivos para sua sede de álcool?

— Nenhum que esteja com a gente hoje, mas estou hesitante em mencioná-los. Você já teve choques demais por um dia. Tenho certeza de que ele vai acabar aparecendo. Ele faz dessas.

— Você não está falando coisa com coisa.

— Não, com certeza não estou.

Seu pequeno sorriso desapareceu quando ela olhou para Felix e seu fardo.

— Theon... — Ainda doía dizer o nome dele, mesmo depois de tanto tempo. — Alguma vez ele falou alguma coisa sobre ter um irmão gêmeo?

Nic negou.

— Nada. Quando vi Taran nas docas de Kraeshia, quase caí duro de choque. Taran não fala sobre isso, mas imagino que eles não tivessem contato. Ainda assim, não lidou bem com a notícia da morte do irmão.

— É, percebi. — Ela soltou um suspiro trêmulo. — Como ele ficou sabendo que foi Magnus que matou Theon?

Nic deu de ombros.

— Eu contei a ele, claro.

Ela sentiu uma pontada no estômago no exato momento em que a raiva começou a subir.

— Claro.

— Eu devia ter ficado a seu lado. — Ele pegou a mão dela e ficou sério, apesar da bebedeira. — Sinto muito por ter deixado você sozinha com ele todo esse tempo.

Nic não sabia sobre os sentimentos dela por Magnus. É claro que não sabia — Cleo tinha feito questão de negar os sentimentos que cresciam em seu peito por um ano.

— Não tem problema. Eu... dei um jeito.

— Onde devo deixá-lo? — Felix indicou o fardo que carregava quando chegaram à hospedaria.

— Tenho certeza de que vamos encontrar um buraco bem fundo — Magnus respondeu.

Cleo olhou feio para ele, depois virou para Felix.

— Tem alguns quartos vazios no segundo andar — ela disse.

Felix desapareceu e retornou rapidamente sem Taran.

Eles sentaram na sala de convivência e, quando Cleo olhou para o grupo, não sabia dizer se estava feliz ou horrorizada pelo modo como a noite havia se desenrolado.

Nic sentou ao lado dela, de frente para Jonas e Olivia. Felix e Magnus sentaram próximos à lareira, do outro lado da sala, perto da estante, enquanto Enzo ficou em pé ao lado de Cleo.

— Quando vocês chegaram? — Magnus perguntou.

— Hoje — Jonas respondeu. — Ainda estamos no escuro sobre o que está acontecendo aqui. A única informação que temos vem de um único soldado kraeshiano que se dispôs a falar.

— E?

— Ele sabia muito pouco. Ou, pelo menos, pouco que pudesse nos ajudar. No entanto, parece que você está fugindo, vossa alteza. E seu pai não está nada feliz com o modo como cuidou das coisas enquanto ele esteve fora.

— É o mínimo que se poderia dizer.

Cleo observava Magnus levemente surpresa. Apesar do tanto que devia ter bebido, parecia sóbrio como um sacerdote limeriano.

— O soldado — disse Jonas, apontando para Cleo com tristeza. — Ele nos disse que você tinha morrido. Que isso aconteceu depois que fugiu de Amara. Que morreu congelada.

— Isso poderia muito bem ter acontecido se eu não tivesse encontrado abrigo no momento certo. — Ela desviou os olhos, tentando não fazer contato visual com Magnus, apesar de ainda sentir o olhar dele ardendo em seu rosto.

— Você sempre foi uma sobrevivente — Jonas disse. — Nic se desesperou, mas eu tinha esperança. E aqui está você.

Nic deu de ombros.

— Eu me desespero. Sou desesperado.

— Temos muita coisa para contar a vocês — Jonas afirmou. — E com certeza vocês têm muita coisa para nos contar.

— Muito menos do que você pode imaginar — Magnus disse. — Amara acha que está governando o reino agora. Mas está errada. E será derrotada.

— E como você acha que vai derrotá-la? — Jonas perguntou.

— Acho que podemos começar com o cristal da terra que você deu à princesa — Magnus disse, e Jonas ficou tenso. — Você ainda tem aquele pedaço brilhante de obsidiana escondido em algum lugar, princesa?

Ah, sim, ela pensou enquanto se contraía. *Esse* era o Magnus que um dia ela desprezara — capaz de anunciar para todos, aparentemente por despeito, que ela estava em poder de um cristal da Tétrade. Ela precisaria se lembrar de agradecer pela lembrança.

Nic soltou um rosnado de repulsa.

— Cleo, não enlouqueceu ficando ao lado dele por tanto tempo? O fato de ter mantido essa aliança artificial... deve haver *algum* motivo por trás disso que não me contou.

— Por favor, Nic — Magnus disse. — Somos todos amigos aqui. Sinta-se à vontade para falar o que quiser.

— Acabei de fazer isso.

Magnus revirou os olhos.

— Não preocupe essa sua cabeça de cenoura, Nicolo. A princesa continua a me tolerar, ou quase, concentrando-se apenas em recuperar seu trono assim que Amara for derrotada e mandada para longe. Recentemente, sugeri que sua princesa dourada retornasse a Auranos, mas ela recusou. Nem pense em dizer que foi ideia minha.

Cleo virou para ele e enxergou uma expressão de desafio em seus olhos. Então percebeu o que Magnus estava fazendo.

Nic o odiava. Jonas tinha uma aliança fraca com ele. E o irmão gêmeo de Theon tinha acabado de tentar matá-lo.

Revelar que os dois eram mais do que aliados relutantes poderia causar um estresse desnecessário, principalmente agora que estavam todos juntos.

— Acredite em mim, Nic — ela disse finalmente. — E estou ansiosa pelo dia em que retornarei ao meu trono. Mas esse dia não é hoje.

— Bem, agora que isso está resolvido — Magnus disse —, vamos discutir como proceder. Pode ser?

Felix levantou a mão.

— Eu me voluntario com entusiasmo para matar a imperatriz.

Magnus o encarou com interesse.

— Como pretende fazer isso?

— Sei que alguns de vocês vão sugerir que eu use uma flecha apontada de longe — Felix disse com avidez. — Mas realmente preferiria uma abordagem mais pessoal. Com minhas próprias mãos, se possível. Só quero ver o olhar dela naquele rostinho lindo.

Magnus piscou.

— Acabei de lembrar que foi você que me enviou um pedaço de sua pele para provar sua lealdade.

— Fui eu mesmo, vossa majestade.

Cleo analisava aquele jovem com atenção, chocada com as palavras. Será que ele era louco?

No entanto, o sujeito *tinha* salvado a vida de Magnus na taverna, e ela devia muito a ele por isso, então imaginou que teria que passar um pouco mais de tempo perto dele, observando-o, para ver como ele realmente era.

Houve um tempo em que tinha desejado que Magnus morresse pelo que fizera com Theon, em que tinha desejado matá-lo com as próprias mãos.

Mas no momento em que a vida de Magnus correra perigo, não conseguira se concentrar em nada além do príncipe. Qualquer necessidade de vingança tinha desaparecido meses atrás, como se ela tivesse trocado de pele.

O sentimento era de perdão. Ela ainda odiava o garoto que Magnus tinha sido aquele dia.

Mas tinha passado a entendê-lo nos meses que se seguiram, talvez ainda melhor do que entendia a si mesma.

— Há uma ameaça muito maior do que Amara em Mítica nesse momento, sinto informar — Jonas revelou, interrompendo o devaneio de Cleo. Ele estava limpando as marcas de beijo da dançarina do rosto com um lenço que Olivia havia lhe dado, e Cleo não conseguiu deixar de achar engraçado o contraste entre os movimentos ridículos e o tom solene daquela declaração.

— Me deixe adivinhar — Magnus disse. — Você está falando da minha irmã? Sei que deve estar de luto por sua amiga, Jonas, mas não faz sentido gastar suas energias vingativas com Lucia nem com seu companheiro, Kyan.

Jonas encarou os olhos de Magnus.

— Vocês não sabem, não é?

— Não sabemos o quê?

— Vocês procuraram pela Tétrade. Pessoas morreram por esses cristais. Você já revelou diante de todos que Cleo está em poder de um deles, e sabemos que Amara está com o da água, e seu pai, com o do ar.

— Sim, sei disso tudo, rebelde. E já sabemos que Kyan está com o cristal do fogo.

— Errado — Jonas ficou tenso. — Kyan *é* a magia do fogo.

Cleo ficou encarando-o, certa de que tinha escutado errado.

— O que quer dizer com isso?

— A magia que vocês estão procurando, que todos estamos procurando, pode pensar. Pode falar. E pode matar sem remorso. E mais três iguais a Kyan estão aguardando para escapar de suas prisões. Os cristais não são pedras mágicas, princesa, mas deuses elementares.

A sala toda ficou em silêncio, e Cleo observou freneticamente o rosto dos outros, esperando encontrar alguém revirando os olhos. Esperando que aquilo não passasse de uma mentira engraçada para quebrar a tensão.

Não podia ser verdade.

Mas até Nic assentia pesaroso.

E naquele exato momento, dentro de seu bolso, estava uma daquelas prisões.

Ela olhou para Magnus, cuja testa franzida era o único sinal de surpresa.

— Lucia deve tê-lo ajudado a escapar da esfera de âmbar — Magnus disse.

— Acho que isso é óbvio — Jonas respondeu curto e grosso, o que lhe rendeu um olhar sombrio do príncipe.

Cleo juntou as mãos para impedi-las de tremer.

— Temos certeza de que os objetivos de Kyan, sejam quais forem, são perversos? A Tétrade ainda pode nos ajudar a derrotar Amara.

— Eu o vi queimar Lys até fazê-la desaparecer — Jonas grunhiu. — Nem uma única cinza restou quando ele acabou. — O rebelde virou para Magnus. — Kyan é perverso. Assim como a vadia da sua irmã.

Magnus levantou com os punhos cerrados.

— Não me importo com o que aconteceu, você não vai falar assim de Lucia na minha presença. Não vou permitir.

— Não? E você acha que pode me impedir? — Agora Jonas também estava com os punhos cerrados, e os dois se aproximavam.

— Talvez ele não o impeça — disse uma nova voz, interrompendo a conversa e paralisando o rebelde e o príncipe. — Mas eu com certeza estou disposto a tentar.

Com aquela promessa, o Rei Sanguinário entrou na sala.

14

JONAS

PAELSIA

Rei Gaius Damora. O Rei Sanguinário. Assassino. Sádico, torturador, escravocrata, traidor. Inimigo. Alvo.

E, naquele momento, estava na mesma sala que Jonas.

Muitas surpresas tinham acontecido naquela noite. Primeiro um encontro com Laelia Basilius, de quem Jonas tinha sido — por pouco tempo e com relutância — noivo. Mas essas surpresas desapareceram de sua mente assim que o rei entrou na sala.

Gaius observou o grupo e parou o olhar sobre Jonas.

— Jonas Agallon. Não vejo você há muito tempo. Acho que a última vez foi no casamento de meu filho.

Jonas percebeu que não conseguia fazer nada além de olhar para o homem que tinha matado e destruído tantos.

— Magnus... — Cleo disse do outro lado da sala.

— Ah, sim — Magnus disse, sem qualquer sinal de indignação pelas calúnias ditas contra a irmã. — Esqueci de dizer que estou viajando com meu pai?

— Esqueceu — Jonas respondeu, tenso.

— Sim — o rei concordou. — E é muito bom que meu filho traga seus novos amigos aqui sem avisar.

Jonas se esforçou para manter a compostura, para não mostrar como estava indignado.

— Não são tão novos quanto você pensa.

A pele do rei Gaius estava pálida, o rosto tinha hematomas como se tivesse sido espancado. Ele inclinou para a frente, como se agisse com normalidade, e se apoiou na parede ao lado da escada, mas algo ficou evidente na posição. Uma fraqueza e uma fragilidade que o rebelde nunca tinha notado no homem.

— Volte para o quarto — Magnus disse.

— Não acato ordens suas. — O rei sorriu, sem achar graça. — Magnus, seus amigos sabem que estamos todos do mesmo lado agora?

Só de pensar em uma aliança com Gaius, Jonas perdeu totalmente a fala. Os outros — Nic e Olivia — também permaneceram em silêncio, tensos.

— É mesmo? — Foi o rosnado ríspido de Felix, como o alerta de uma fera enjaulada, que quebrou o silêncio. — Você decidiu isso antes ou depois de permitir que Amara me deixasse levar a culpa por matar a família dela?

O rei levantou uma sobrancelha escura e observou Felix.

— Nunca permiti que Amara fizesse nada. Ela toma as próprias decisões. Quando soube o que tinha acontecido, já era tarde demais para intervir. Soube que você já estava morto. Caso contrário, teria feito o possível para libertar você.

Felix manteve o olhar fixo no rei, e em seu único olho não se via nada além de frieza e malícia.

— Claro que teria. Por que eu duvidaria de sua palavra, vossa alteza?

Suspirando, o rei abatido e aparentemente debilitado se virou para Jonas.

— Você tem todos os motivos para me odiar. Mas precisa me ouvir agora e perceber que juntos somos fortes. Temos um inimigo comum: Amara Cortas.

— Sua *esposa* — Jonas afirmou.

— Por conveniência e circunstância apenas. Não tenho dúvidas de que ela já está conspirando para me matar, em especial agora que assumiu o controle de Mítica e sabe que seus soldados são muito mais numerosos que os meus. Tenho me dedicado a consertar alguns de meus erros mais recentes, começando por tirar Amara deste reino.

— Me parece um bom começo — Jonas disse.

O rei caminhou devagar, fazendo careta ao sentir uma dor repentina com o movimento, e estendeu a mão.

— Peço que deixemos nossas diferenças de lado até esse objetivo ser alcançado. O que me diz?

Se não estivesse tão surpreso, Jonas teria gargalhado. O Rei Sanguinário tinha acabado de propor a ele — a mesma pessoa que o acusara de assassinar a Rainha Althea — uma aliança.

Jonas observou os outros ao redor, e em silêncio todos olhavam chocados para ele e o rei. Nic e Cleo estavam pálidos, e Felix entortava a boca de ódio. Olivia manteve o olhar desprovido de emoção e inescrutável, como sempre. Enzo, o guarda de Cleo, estava parado empunhando a espada. Em contraste, Magnus tinha sentado e recostado na cadeira, os braços cruzados à frente do peito, a cabeça inclinada.

Finalmente, Jonas estendeu a mão direita para o rei e aceitou o acordo, encarando diretamente seus olhos.

— O que posso dizer, vossa alteza? — Com a mão esquerda, ele cravou uma adaga decorada no coração do monstro. — Vá para as terras sombrias, filho da puta mentiroso.

O rei gemeu sem força, e pelo som, a dor parecia extremamente forte. Jonas girou a faca ainda mais fundo, até Gaius tombar para trás.

Jonas ouviu Nic comemorar assim que Enzo o acertou e o derrubou no chão. Felix chegou em um instante, puxando Enzo para longe. Outro dos guardas do rei apareceu e puxou os braços de Jonas para trás. Cabelos loiros apareceram na confusão — era Cleo tentando tirar o segundo guarda do rei de cima de Jonas. Magnus estava de pé com o olhar sério fixo no rei. Olivia estava dentro do campo de visão periférica de Jonas, esperando. Ela só interviria se ele corresse perigo de morte.

A raiva que sentia, o ódio que tinha pelo rei, zuniam dentro de Jonas, renovados, e o rebelde tremia. Enquanto observava o rei moribundo, não sentiu nem um pouco de arrependimento.

Finalmente tinha tido uma oportunidade. E a aproveitado.

— Viu? — ele disse, olhando para Magnus. — Cumpro minhas promessas.

— Sim, estou vendo — Magnus disse, prestando atenção no pai, como se estivesse curioso, e não grato pela atitude. — Só é uma pena que você não tenha feito isso antes.

— O que quer dizer com isso? — Jonas olhou para o príncipe, sem entender por que ele parecia decepcionado com a situação. Jonas tinha feito exatamente o que Magnus queria, tinha cumprido a tarefa que o tinha levado a Kraeshia.

— Milo, deixe Jonas levantar. — Cleo segurava o guarda desconhecido pelo braço.

— Ele assassinou o rei — Milo disse.

— Não — Magnus disse. — A morte decidiu demorar no que diz respeito ao meu pai.

— Jonas, olhe para ele — Felix pediu.

Gaius não estava mais deitado no chão, cheio de sangue. Milagrosamente, estava ajoelhado, sangrando muito sobre a madeira desgastada, o cabo da adaga no peito.

A expressão agonizante do rei estava fixa em Jonas.

— Ele não está morto — Nic murmurou, balançando a cabeça, incrédulo. — Por que não está morto?

Num movimento repentino e forçado, o rei Gaius segurou o cabo decorado da adaga. Ainda encarando Jonas com os olhos semicerrados, ele arrancou a lâmina, com um grito. A adaga caiu no chão, e ele levou as mãos à ferida.

— Isso é magia — Jonas conseguiu dizer em meio ao choque.

— Muito observador de sua parte. Impressionante — Magnus disse com seriedade.

— Explique o que está acontecendo!

Magnus meneou a cabeça para Milo.

— Solte o rebelde. Não posso conversar com alguém preso como um besouro pregado a uma placa de cortiça.

Milo parou de segurar o braço de Jonas, que imediatamente ficou de pé e lançou um olhar acusatório para Magnus, que encarou Cleo de um jeito pouco sutil e sério. Cleo rangeu os dentes, e Magnus revirou os olhos.

— Muito bem — o príncipe concordou. — Vou tentar ser breve em minha explicação. O que está acontecendo é o resultado de uma poção que o rei tomou muitos anos atrás, uma poção que permitiu que, não importa o golpe final e fatal que o destino desferir, ainda tem algum tempo para... resistir depois de ser morto.

— Não sei bem se é assim que funciona — Cleo disse pacientemente.

Magnus suspirou e fez um gesto para o pai.

— Mais ou menos isso?

— Acredito que sim. Minha nossa, Jonas, essa é a adaga de Aron? — Cleo perguntou, chocada. — Você realmente guardou essa coisa horrível por todo esse tempo?

— Responda à minha pergunta — ele disse, mais incisivo do que pretendia ao se dirigir à princesa. Finalmente Jonas tinha feito o que queria fazer havia muito tempo, mas mais uma vez o destino não permitia seu sucesso. Nem mesmo depois de um golpe fatal.

— Você não matou o rei — Cleo respondeu tensa — porque o rei já encontrou a morte dias atrás.

Enquanto Jonas tentava desesperadamente processar aquela afirmação incrível, uma mulher desceu a escada. Ela era mais velha, com rugas ao redor dos olhos, e usava um manto cinza-escuro que combinava com seu cabelo. Entrou na sala de convivência, observando todos os presentes com firmeza, até finalmente fixar o olhar em Gaius.

A mulher o observou por um momento muito breve e, em seguida, lançou um olhar intenso na direção de Jonas.

— Você fez isso com meu filho?

Um arrepio subiu por seus braços e seus ombros, e desceu pela coluna ao perceber a raiva controlada nas palavras dela.

Filho?

— Tudo bem — o rei disse assustado, segurando a manga da blusa da mulher que se apressou para ficar ao lado dele.

— Não está nada bem. Não mesmo. — Ela voltou a encarar Jonas, e com o olhar dela, veio a sensação de que ele estava sendo congelado. — Você ousaria tentar matar seu rei?

— Ele não é meu rei — Jonas respondeu irritado, recusando-se a demonstrar fraqueza ou dúvida. — Ele matou meus amigos em sua guerra doentia, executou aqueles que se recusaram a se submeter, e escravizou meu povo para construir sua preciosa Estrada Imperial. Nenhuma pessoa nesta sala diria que ele não merece morrer por seus crimes.

Ela cerrou o punho.

— Eu diria.

— Não, mãe — Gaius disse depressa. — Deixe-o em paz. Precisamos dele. Acredito que precisaremos de todos eles para reaver o que Amara pegou.

Devagar, o rei levantou, e Jonas só conseguiu dar um passo incerto para se afastar. O único sinal de que uma adaga tinha atravessado seu coração alguns momentos antes era a camisa rasgada e o sangue no chão.

— Só a magia mais sombria poderia tornar algo assim possível — uma nova voz disse.

Jonas virou de repente e viu que Ashur Cortas estava atrás deles na entrada da hospedaria.

— Ashur! — Cleo se surpreendeu. — Você está vivo! Mas... como?

Ashur arqueou as sobrancelhas escuras.

— Mais magia negra, receio.

Ela virou para Nic, cuja expressão era neutra.

— Você sabia disso?

Ele assentiu.

— Eu sei, é um choque.

— Um choque? Ele estava morto, Nic! Por que não me contou?

— Eu ia contar. Achei melhor esperar você lidar com a questão do Taran primeiro.

— Ah, obrigada — ela disse, a voz tensa. — Você é muito solícito mesmo.

— Não sei por quê, mas acho que você não está falando sério.

Jonas se virou para Magnus e viu que ele estava sério.

— Estou ficando muito cansado de magia — o príncipe murmurou. — E de absolutamente tudo sobre o que não tenho controle.

— Também é ótimo revê-lo, príncipe Magnus — Ashur disse com um meneio de cabeça.

— Muita gentileza sua nos encontrar, vossa graça — Nic se dirigiu a Ashur, a voz desprovida de qualquer respeito. — Pensei que tivesse criado guelras e cauda e começado a nadar de volta a Kraeshia.

— Hoje não, infelizmente — Ashur respondeu com rispidez.

— Talvez amanhã.

— Talvez.

— Contamos a todos sobre sua ressurreição de fênix agora ou mais tarde? — Nic perguntou.

A expressão de Ashur ficou tensa ao notar o tom ácido de Nic.

— Parece, Nicolo, que há assuntos mais urgente a tratar. Estou certo, não estou, rei Gaius?

O grupo voltou a atenção ao rei, que estava encolhido ao lado da mãe.

— Está, sim, príncipe Ashur.

— Uma aliança contra minha irmã.

— É um problema para você?

— Não. Contanto que não a matem, não vejo nenhum problema.

— Espere — Felix disse de onde estava, ao lado da lareira. — Você sabe que eu pretendia matá-la! Vai mesmo tirar isso de mim?

Ashur lançou um olhar severo para Felix.

— Tudo bem. É um assunto para outro dia — Felix respondeu.

— Príncipe Ashur, você é o herdeiro legítimo de seu pai — o rei explicou. — Tire o título de Amara e tudo isso pode acabar.

— E agora você é o marido dela, pelo que soube. Por que não está a seu lado, orientando suas decisões?

— Não é mais tão simples assim.

— Nada importante é simples, certo?

— O Rei Sanguinário quer que trabalhemos em equipe — Jonas disse, balançando a cabeça. — É a coisa mais ridícula que já ouvi. Não é o que quero.

Gaius bufou, frustrado.

— Sei muito bem o que você quer, rebelde. Você quer que eu morra. Bem, devo dizer que vou morrer em breve.

— Gaius... — a mãe sibilou. — Não vou permitir que fale assim. Não vou permitir!

Ele a silenciou com um aceno.

— Minha primeira prioridade é retomar o controle de meu reino. Mítica não pertence, nem pertencerá, ao Império Kraeshiano.

— Não fosse pela magia que dizem que está adormecida aqui —

Ashur disse —, posso garantir que nem Amara nem meu pai dariam tanta importância a essa ilhazinha.

— Acredito que você esteja ciente de que Amara envenenou seu pai e seus irmãos — o rei afirmou. — Ela não sente remorso quando vai em busca do que quer.

A risada sombria de Nic interrompeu a tensão na sala.

— Que engraçado... "Não sente remorso", ele disse, como se considerasse isso um defeito. O mesmo homem que quebrou o pescoço da minha irmã por estar no lugar errado na hora errada. — Ele parou de rir de repente. — Sua aparência está péssima, vossa majestade. Espero muito que esteja sofrendo neste momento.

— Não fale com o rei desse jeito, Cassian — Milo, o guarda, se manifestou.

Nic lançou um olhar para ele do outro lado da sala.

— O que vai fazer se eu falar? Vai pedir para seu amigo ajudá-lo a me bater?

Milo sorriu e estralou os dedos.

— Posso fazer isso sozinho sem problema.

— Pensei que você estivesse apodrecendo na masmorra.

O sorriso do guarda ficou tenso.

— Preciso lhe agradecer por isso, não?

— Precisa. — Nic semicerrou os olhos. — O que vai fazer em relação a isso, Milo?

— Muitas coisas. Só preciso de tempo.

— Milo, não é? Ouça bem o que vou dizer. — A voz de Ashur estava baixa, como o rosnado de uma fera enjaulada. — Se tentar machucar Nicolo, juro que eu mesmo vou arrancar sua pele.

Jonas virou para Milo. Viu que a única reação dele à ameaça foi piscar, surpreso.

Cleo falou com o rei, depois de lançar um olhar preocupado a Nic e ao guarda.

— Você deu Mítica a Amara — ela disse, deixando claro seu tom de insatisfação. — Não pode apenas pegá-la de volta?

— Você não entende — o rei disse. — Nenhum de vocês entende. O imperador Cortas teria tomado Mítica à força se eu não tivesse agido dessa forma. Dezenas... não, centenas de milhares teriam morrido na guerra se eu não tivesse feito minha proposta a ele.

— Ah, sim — Magnus disse. — Meu pai, o salvador de todos nós. Deveríamos construir estátuas em homenagem a ele. Uma pena já haver dezenas delas em Limeros. — Magnus arregalou os olhos. — É muita vaidade, pensando bem. A deusa Valoria não aprovaria.

— Para o inferno com a deusa e com todos os Vigilantes! — o rei rebateu. — Não precisamos da ajuda deles para nos livrarmos de Amara.

— Não esqueça Kyan — Jonas acrescentou.

O rei virou para ele.

— Quem é Kyan?

Jonas não conseguiu conter o riso.

— Adoraria ficar aqui para elaborarmos uma estratégia juntos, *vossa alteza*, mas cansei dessa farsa. Não vou trabalhar com você hoje, nem amanhã, nem nunca.

— Diga, vossa alteza — Felix disse devagar —, ainda está com o cristal do ar?

Gaius lançou um olhar sério.

— O cristal do ar! — a mãe dele exclamou. — Você está com ele? E não me contou?

— Estou, sim — ele respondeu.

— Onde?

— Em um lugar seguro.

Jonas tentou encarar Cleo nos olhos, mas ela parecia ocupada com uma conversa silenciosa com o príncipe. Quando se entreolhavam, o sorriso de Magnus desapareceu.

— Se for verdade, e quando eu tiver força suficiente para encontrar minha neta — a mulher anunciou —, a vitória será nossa.

Mais uma vez, Jonas riu com frieza.

— Então é esse o segredo para seu grande plano? A princesa Lucia? Acredito que ficará decepcionada quando vir a serpente fria, má e sanguinária que ela se tornou. Mas ela é uma Damora, então talvez você não se surpreenda nem se desaponte.

A senhora o observou.

— Jonas, não é?

— É o meu nome.

— Meu nome é Selia. — Ela se aproximou sem raiva no olhar ao pegar as mãos dele. — Fique conosco e ouça mais sobre nossos planos. Concordo com meu filho que, apesar de nossas diferenças, ainda podemos trabalhar juntos. Tente ver isso de modo lógico. Juntos, somos mais fortes.

Ela estaria certa?

— Não sei...

— Fique — Cleo pediu. — Por favor, pense bem, pelo menos. Por mim.

Jonas encarou seus olhos sinceros e azuis.

— Talvez.

Magnus levantou.

— Está sugerindo que os rebeldes fiquem aqui? — ele perguntou em tom acusatório para a avó. — Nesta hospedaria? É a pior ideia que já ouvi.

— Discordo — disse o rei. — Minha mãe tem razão. Podemos chegar a um acordo. Temporário. Temos o mesmo inimigo agora.

Sem saber ao certo se estava prestes a concordar ou discordar dos Damora, Jonas abriu a boca para falar mas foi interrompido por um rosnado furioso vindo da sala de convivência.

Passos foram ouvidos descendo a escada, e Taran entrou com tudo no ambiente. Em um instante, voltou o olhar furioso para Magnus.

A adaga de Jonas — aquela que o rei tinha tirado do peito — estava no chão. Jonas a viu, mas Taran também, recuperando-a num piscar de olhos e percorrendo a distância entre ele e o príncipe.

Taran apontou a adaga para Magnus, mas o príncipe segurou o braço de Taran antes que ele pudesse encostar. Cleo soltou um grito estridente.

— Você está morto — Taran gritou.

Magnus se esforçou para não deixar a lâmina feri-lo, mas Taran o pegou de surpresa e a ira da vingança parecia duplicar sua força.

Então, Felix apareceu atrás de Taran, passando o braço por seu pescoço e puxando-o para trás.

— Não me faça acertar você de novo. Perdi meu pedaço de pau.

Jonas se aproximou e arrancou a adaga da mão de Taran.

— Vou matar você — Taran gritou para o príncipe enquanto Felix o arrastava para trás. — Você merece morrer pelo que fez!

Magnus não revidou. Só ficou observando o rapaz, com uma expressão séria.

— Acho que todos merecemos morrer por algo que fizemos — Jonas disse, aliviando um pouco da tensão que crescia entre o príncipe e o rebelde. — Ou por algo que deixamos de fazer.

O príncipe desfez a expressão séria e olhou incrédulo para Jonas.

— É minha imaginação ou você acabou de ajudar a salvar minha vida?

Jonas fez uma careta ao ouvir a pergunta.

— Parece que sim, não? — Ele olhou para Cleo, cuja expressão era de alívio. Com certeza, a princesa não queria ver mais sangue sendo derramado naquela noite, ele pensou. Nem mesmo o de Magnus. — Pode ser que eu esteja prestes a cometer um erro horroroso do qual me arrependerei pelo resto da vida, mas decidi aceitar essa aliança. Mas uma aliança *temporária*, até Amara ser tirada daqui.

Ele esperou a resposta de Ashur. A expressão do príncipe kraeshiano se manteve séria, mas ele assentiu.

— Concordo. Amara precisa perceber o que fez. Ainda que ache que estava certa, tomou o caminho errado. Farei o que puder para ajudar.

— Ótimo. — Jonas apontou para Taran, que Felix ainda segurava. — Compreendo seu luto e sua ira, mas seu desejo por vingança não tem espaço aqui.

Taran lançou um olhar feio para Jonas, segurando o braço de Felix, que apertava sua garganta como uma barra de ferro.

— Você conhecia meus motivos para vir para cá antes de sairmos de Kraeshia.

— Conhecia, mas isso não quer dizer que concordava com eles. Agora tomei minha decisão. Você não vai tentar matar o príncipe Magnus de novo. Não enquanto mantivermos essa aliança.

— Você ouviu bem com essas orelhas gastas? — Felix perguntou a Taran, a voz áspera enquanto aplicava mais força no braço. — Ou preciso repetir mais devagar?

— Abandonei uma rebelião para vir até aqui vingar meu irmão.

— Uma rebelião fadada ao fracasso antes mesmo de começar — Ashur acrescentou.

— Você não sabe.

— Sei. Não me alegra saber, mas sei. Talvez um dia o império que meu pai construiu seja destruído, mas não será logo.

— Veremos.

— Sim, veremos.

Taran lançou mais um olhar raivoso para Jonas.

— Você se uniria a eles por vontade própria?

— Sim — Jonas confirmou. — E peço que considere fazer o mesmo. Podemos precisar de sua ajuda. — Ele fez uma pausa. — Mas não me leve a mal, Taran; se tentar acabar com a vida do príncipe Magnus de novo, vou acabar com a sua.

15
AMARA

PAELSIA

O deus do fogo tinha sido muito específico sobre o lugar aonde queria que Amara fosse para obter poder infinito. Segundo ele, era um lugar tocado pela magia. Um lugar que até os próprios imortais reconheciam como um centro de poder.

Ela contou a Carlos sobre a mudança de planos. Não ia se mudar para o palácio limeriano. Não, seu destino ficava mais ao sul de Paelsia, próximo ao antigo complexo do chefe Hugo Basilius.

Em vez de questionar as ordens, Carlos planejou tudo no mesmo instante. Com quinhentos soldados, Amara, Nerissa, Kurtis e o capitão dos guardas viajaram ao reino central de Mítica, que a nova imperatriz ainda não conhecia.

Pela janela da carruagem, ela via com surpresa o gelo e a neve de Limeros derreterem e darem espaço à terra seca, às florestas mortas e à escassa vida selvagem.

— Foi sempre assim aqui? — ela perguntou, assustada.

— Nem sempre, vossa graça — Nerissa respondeu. — Ouvi dizer que houve uma época, muito tempo atrás, que toda Mítica, de norte a sul, era quente e temperada, sempre verde, com pequenas mudanças de uma estação a outra.

— Por que alguém moraria em um lugar assim?

— Os paelsianos não podem escolher seu destino e são conhecidos por se conformarem isso, como se a aceitação tivesse se tornado uma religião em si. O povo é pobre, regido pelas regras que seu ex-chefe e o chefe antes do anterior estabeleceram. Por exemplo, os paelsianos só podem vender vinho legalmente a Auranos, e o vinho é o único produto de exportação valioso deles. Grande parte do lucro é taxado, e essas taxas foram determinadas pelo chefe.

Sim, o vinho paelsiano era famoso pelo sabor adocicado e por sua habilidade mágica de inebriar depressa e de modo prazeroso, sem mal-estar depois.

Era o vinho que Amara tinha levado para Kraeshia para envenenar sua família.

O que quer que fosse dito sobre a bebida, ela jurava que nunca a beberia por causa da lembrança.

— Por que não vão embora? — ela perguntou.

— Para onde? Poucos teriam dinheiro para ir ao exterior, menos ainda para construir uma casa em outro lugar que não seja aqui. E os paelsianos não podem entrar em Limeros nem em Auranos sem permissão do rei.

— Tenho certeza de que muitos vêm e vão como querem. As fronteiras não são totalmente monitoradas.

— Não, mas os paelsianos costumam obedecer às leis. A maioria dos paelsianos, pelo menos. — Nerissa recostou na cadeira, as mãos sobre o colo. — Eles provavelmente não vão lhe causar nenhum problema, vossa graça.

Ouvir aquilo era um alívio, no mínimo, depois de tantos problemas no passado.

Amara continuou observando a paisagem árida pela janela da carruagem durante os quatro dias de viagem desde a partida da quinta de lorde Gareth, esperando ver a terra e a morte se transformarem em verde e vida, mas isso não aconteceu. Nerissa garantiu que mais a oeste, mais perto da costa, a paisagem melhoraria, e que a maioria dos paelsianos construía casas em vilarejos naquele pedaço da terra; poucos construíam mais perto dos picos assustadores e sombrios das Montanhas Proibidas, a leste.

Aquele era o reino mais distante da fartura de Kraeshia que ela já tinha visto, e Amara estava torcendo para não precisar passar muito tempo ali.

Na última etapa da viagem, o comboio usou a Estrada Imperial, que se estendia por Mítica de modo curioso, começando no Templo de Cleiona, em Auranos, e terminando no Templo de Valoria, em Limeros. Passava direto pelos portões de entrada do complexo de Basilius.

Os portões estavam abertos e um homem baixo de cabelo grisalho os esperava, cercado por uma dúzia de paelsianos enormes usando roupas de couro, com cabelo preto preso em tranças minúsculas.

Quando Carlos ajudou Amara a desembarcar da carruagem, o homem fez um leve sinal com a cabeça para ela.

— Vossa graça, sou Mauro, o antigo conselheiro do chefe Basilius. Seja bem-vinda a Paelsia.

Ela olhou para o homem, bem mais baixo do que ela.

— Então, você ficou responsável por este reino depois da morte do chefe?

Ele confirmou.

— Sim, vossa graça. E estou às suas ordens. Por favor, venha comigo.

Junto com o grupo principal de guardas pessoais da imperatriz — incluindo Carlos —, Amara e Nerissa acompanharam Mauro pelos portões de pedra. Um caminho de pedra se estendia pelo vilarejo murado, levando-os por pequenas casas de sapê parecidas com as que Amara tinha visto enquanto atravessava várias cidades antes de chegar ao complexo.

— Naquelas casas ficavam as tropas do chefe. Infelizmente, quase todos foram mortos na batalha pelo palácio auraniano. — Mauro indicava os pontos de interesse conforme caminhavam pelo complexo, que no passado fora o lar de mais de dois mil cidadãos paelsianos.

Havia comércios que antes forneciam pão, carne, legumes e frutas, trazidos do Porto do Comércio. Mauro mostrou um espaço onde ficavam as bancas dos vendedores locais, que podiam atravessar os portões todo mês.

Outra área, uma clareira com bancos de madeira, tinha sido usada como arena para diversão — duelos, lutas e disputas de força que o chefe costumava gostar de assistir. Outra clareira surgiu com restos de fogueiras, onde o chefe fazia banquetes.

— Banquetes... — Amara comentou surpresa. — Em um reino como este, banquetes são a última coisa que eu esperaria de um líder.

— O chefe precisava de prazeres para abastecer a mente e conseguir explorar os limites de sua força.

— Certo — ela disse. — Ele acreditava ser um feiticeiro, não?

Mauro olhou para ela constrangido.

— Sim, vossa graça.

Para Amara, o chefe Basilius parecia um homem egoísta e pobre de espírito. Ela estava contente em saber que Gaius o havia matado depois da batalha auraniana. Se ele não o tivesse matado, ela teria feito isso.

Apesar do calor do dia com o sol já forte, Amara sentiu a temperatura ao seu redor aumentar ainda mais.

— *Sei que não parece grande coisa, pequena imperatriz, mas garanto que aqui é exatamente onde precisamos estar.*

Amara não respondeu, mas reconheceu a presença de Kyan com um meneio de cabeça.

— *Estamos perto do centro do poder aqui* — ele continuou. — *Posso sentir.*

— Aqui — Mauro indicou um grande buraco no chão, com cerca de dez passos de circunferência e vinte passos de profundidade para dentro da terra seca — é onde o chefe costumava deixar os prisioneiros.

Amara olhou para dentro do buraco.

— Como eles desciam?

— Alguns eram baixados com uma corda ou escada. Outros simplesmente eram jogados. — Mauro fez uma careta. — Peço desculpas se a imagem não lhe agrada, vossa graça.

Ela o encarou com uma expressão fulminante.

— Garanto, Mauro, que provavelmente não há nada que você possa me contar sobre como os prisioneiros eram tratados que eu consideraria surpreendente ou intolerável.

— Claro, vossa graça. Peço desculpas.

Amara estava cansada dos homens e seus falsos pedidos de desculpa.

— Carlos, cuide para que meus soldados recebam aposentos adequados depois dessa longa viagem.

— Sim, imperatriz. — Carlos fez uma reverência.

— Vossa graça ficará aqui, imperatriz Amara. — Mauro indicou a construção de três andares, feita de terra e pedra, a maior e mais forte do vilarejo. — Espero que seja do seu agrado.

— Com certeza será.

— Organizei tudo para levá-la a uma feira mais tarde e mostrar o trabalho de seus novos súditos paelsianos. Há, por exemplo, alguns bordados lindos que podem ser de seu interesse. E alguns enfeites com contas para seu belo cabelo. Uma comerciante virá da costa até aqui para trazer uma tinta de frutas silvestres que ela criou para pintar os lábios... — Mauro parou de falar ao ver a expressão contrariada da imperatriz. — Algum problema, vossa graça?

— Você acha que estou interessada em bordados, enfeites e tintas para os lábios? — Ela esperou a resposta, mas ele só abriu a boca sem emitir nenhum som.

De trás dela, ouviu-se uma risada.

Amara virou imediatamente, os olhos fixos no guarda — *seu* guarda — que mantinha um sorriso no rosto.

— Está achando engraçado? — ela perguntou.

— Sim, vossa graça — o guarda respondeu.

— Por quê?

Ele olhou para os compatriotas ao redor, e nenhum deles fez contato visual.

— Bem, porque é do que as mulheres gostam: maneiras de ficarem mais bonitas para os homens.

O guarda disse isso sem hesitar, como se fosse óbvio e nada ofensivo.

— *Minha nossa* — Kyan disse no ouvido dela. — *Que insolente, não?*

Ela concordava.

— Me diga uma coisa... Você acha que eu deveria comprar tinta para os lábios para agradar meu marido quando ele finalmente voltar para mim? — ela perguntou.

— Acho que sim — ele respondeu.

— Esse é meu objetivo como imperatriz, claro. Agradar meu marido e qualquer outro homem que por acaso olhe para mim.

— Sim, vossa graça.

Era a última coisa que ele diria na vida. Amara fincou a adaga que trazia consigo no homem e viu os olhos dele se arregalarem de surpresa e dor.

— Se algum de vocês me desrespeitar — ela disse, lançando um olhar aos outros guardas que a encaravam, surpresos —, vai morrer.

O guarda que havia dito o que não devia caiu no chão. Ela sinalizou para Carlos retirar o corpo, e ele obedeceu sem hesitar.

— *Muito bem, pequena imperatriz* — Kyan sussurrou. — *Você me prova mais seu valor a cada dia que passa.*

Amara abriu um sorriso na direção de Mauro, cuja expressão era de medo.

— Estou ansiosa para ir à feira. Parece incrível.

Mais tarde, escoltadas por Mauro e pelos guardas reais, Amara e Nerissa exploraram a feira, composta por vinte bancas cuidadosamente escolhidas que, como o prometido, vendiam, em sua maioria, produtos fúteis — principalmente itens de beleza e de moda.

Amara ignorou os lenços e vestidos bordados, a tinta para os lábios, os cremes para remover manchas e os bastões de carvão para delinear os olhos e se concentrou nos comerciantes — paelsianos, jovens e velhos, com expressão cansada, mas esperançosa, quando ela se aproximava.

Sem medo, sem desespero, só esperança.

Que estranho encontrar isso em um reino dominado, ela pensou. Mas a ocupação kraeshiana de Mítica tinha sido, até aquele momento, quase totalmente pacífica, em espacial em Paelsia. Ainda assim, Carlos havia contado sobre grupos rebeldes que conspiravam contra ela, tanto em Limeros quanto em Auranos.

Não era um problema para Amara. Os rebeldes eram uma praga inevitável, mas que em geral podia ser combatida com facilidade.

Ela observou quando Nerissa se aproximou de uma banca para ver um lenço de seda que o comerciante mostrava a ela.

— *Fico feliz em ver que você está se habituando* — Kyan sussurrou carinhosamente no ouvido dela. Os ombros de Amara ficaram tensos com a voz dele.

— Estou fazendo o melhor que posso — ela respondeu em voz baixa.

— *Infelizmente tenho que deixá-la por um tempo enquanto procuro a magia de que precisamos para realizar o ritual.*

Pensar nisso a assustou. Eles tinham acabado de chegar!

— Agora? Vai embora agora?

— Sim. Em breve, retomarei minha glória, e você será mais poderosa do que pensa. Mas precisamos da magia para finalizar isso.

— A magia de Lucia. E seu sangue.

— *O sangue dela, sim. Mas não precisamos da feiticeira em si. Vou encontrar uma fonte alternativa de magia. Mas precisaremos de sacrifícios; sangue para selar a magia.*

— Compreendo — ela sussurrou. — Quando você volta?

Amara esperou, mas não houve resposta.

Então, ela sentiu sua saia mexer e olhou para baixo. Uma menininha, que não devia ter mais do que quatro ou cinco anos, com cabelo bem preto e sardas no rosto bronzeado, aproximou-se com certa hesitação, oferecendo uma flor.

Amara aceitou a flor.

— Obrigada.

— É você, não é? — a menina perguntou esbaforida.

— Quem você acha que sou?

— Aquela que veio salvar todos nós.

Amara sorriu e lançou um olhar para Nerissa, que estava ao seu lado usando um lenço colorido, e então sorriu para a criança.

— É o que você acha?

— Foi o que minha mamãe me disse, então deve ser verdade. Você vai matar a bruxa má que machuca nossos amigos.

Uma mulher se aproximou, claramente envergonhada, e pegou a mão da menininha.

— Perdoe-nos, imperatriz. Minha filha não teve a intenção de perturbá-la.

— Não me perturbou — Amara disse. — Sua filha é muito corajosa.

A mulher riu.

— Está mais para teimosa e tola.
Amara balançou a cabeça.
— Não, nunca é cedo demais para as meninas aprenderem a dizer o que pensam. É um hábito que as fará crescer mais corajosas e fortes. Diga, você acredita no que ela disse? Que vim salvar todos vocês?

A expressão da mulher se tornou mais séria, e seu cenho se franziu com preocupação e dúvida. Ela encarou os olhos de Amara.

— Meu povo sofreu por mais de um século. Estávamos sob o comando de um homem que tentou nos fazer acreditar que ele era feiticeiro, cobrando impostos tão altos a ponto que, mesmo com os altos lucros das vinícolas, não conseguíamos nos sustentar. A terra que chamamos de lar está se desfazendo sob nossos pés enquanto estamos aqui conversando. Quando o rei Gaius venceu Basilius e o rei Corvin, muitos de nós achamos que ele nos ajudaria. Mas isso não aconteceu. Nada mudou, só piorou.

— Sinto muito em ouvir isso.

A mulher balançou a cabeça.

— Mas então a senhora chegou. Aquela feiticeira má passou por aqui destruindo tudo, vilarejo por vilarejo, mas ela desapareceu quando a senhora chegou. Seus soldados têm sido rigorosos, mas justos. Eles acabaram com quem discordava, mas essas pessoas não fazem falta: seus detratores são os mesmos homens que espalharam a discórdia em nosso reino depois que o exército de Basilius parou de oferecer a pouca proteção que oferecia. Então, se acredito, como muitos aqui acreditam, que a senhora chegou para nos salvar? — Ela ergueu o queixo. — Sim, acredito.

Quando os guardas levaram Amara para longe da mulher e da filha, em direção à outra área da feira, aquelas palavras ficaram em sua mente.

— Posso fazer uma sugestão ousada, vossa graça? — Mauro perguntou, e ela olhou para o homenzinho que a seguia como um cão adestrado.

— Claro que pode — ela disse. — A menos que queira sugerir que eu compre tinta para os lábios.

Ele empalideceu.

— De modo algum.

— Então, vá em frente.

— O povo paelsiano está aberto a sua liderança, mas a notícia precisa ser espalhada. Sugiro abrir os portões do complexo para permitir que os novos cidadãos entrem para ouvi-la falar sobre seus planos para o futuro.

Um discurso, ela pensou. Era algo que Gaius gostaria muito mais de fazer do que ela.

Mas Gaius não estava lá. E agora que tinha o deus do fogo para aconselhá-la sobre como acessar a magia da esfera de água-marinha, não havia mais motivos para deixar o rei viver por muito mais tempo.

— Quando? — ela perguntou a Mauro.

— Posso espalhar a notícia agora mesmo. Milhares virão dos vilarejos vizinhos para ouvi-la. Talvez em uma semana?

— Três dias — ela disse.

— Três dias parece perfeito — ele concordou. — Será maravilhoso. Muitos paelsianos, de braços e coração abertos, estão prontos a obedecer a todas as suas ordens.

Sim, Amara pensou. Um reino pronto para fazer o que ela mandasse sem questionar, que aceitaria uma mulher como líder sem discutir, seria incrivelmente útil.

16
MAGNUS

PAELSIA

Magnus pensou nas doze pessoas que estavam na hospedaria Falcão e Lança, notando que quase metade queria vê-lo morto.

— E você é uma delas, com certeza — ele murmurou quando Nic atravessou a sala, arregalando os olhos ao passar pelo príncipe. Magnus estava sozinho sentado a uma mesa com um caderno de desenho que tinha encontrado em uma gaveta em seu quarto.

— Cassian, veja — ele disse. — Desenhei você.

Magnus ergueu o caderno. Com os dedos manchados de carvão, ele mostrou uma página na qual tinha desenhado um garoto magro pendurado em uma forca, a língua para fora da boca, X mórbidos no lugar dos olhos.

Nic, que supostamente era muito simpático com todo mundo, lançou um olhar de puro ódio para Magnus.

— Você acha isso engraçado?

— O que foi? Não gostou? Bom, dizem que a arte é subjetiva.

— Você acha que gastar seu tempo rabiscando nesse caderno vai fazer todo mundo considerar você menos ameaçador? Pense bem. Essa pose de inocente e bacana não me engana.

Magnus revirou os olhos.

— Certo — ele disse, enfiando o caderno embaixo do braço. — Mas não posso dizer que você não me magoou. Pensei que tivéssemos nos tornado amigos em Limeros.

Nic semicerrou os olhos, sem achar graça.

— A única coisa que me ajuda a dormir à noite é saber que Cleo sabe muito bem quem você é.

— Espero muito que você esteja certo — Magnus respondeu sem dar muita atenção. Ele nunca tinha deixado as palavras de Nic atingi-lo antes, e não deixaria agora, mas a questão de Cleo era um espinho. — Acho muito interessante ver que vocês decidiram ficar aqui na cova do leão.

— Talvez você esteja enganado a respeito de quem é o leão e quem é a presa.

Magnus deu risada.

— Conversar com você é sempre muito estimulante, Nic. De verdade. Mas tenho certeza de que tem outros lugares para onde ir, e eu detestaria fazer um cara tão brilhante como você perder tempo. Sem dúvida já atrapalhei seu próximo compromisso que é... qual é mesmo? Ficar à sombra de Ashur, à espera da maravilhosa atenção dele, agora que conseguiu voltar dos mortos? — Por ter testemunhado a morte de Ashur, Magnus ainda estava tentando processar a informação de que ele estava vivo. — Muito triste, de verdade, que ninguém veja o que de fato está acontecendo entre o príncipe ressuscitado e o ex-cavalariço.

Foi o suficiente para fazer Nic corar.

— E o que seria, Magnus? O que você acha que está acontecendo?

Magnus fez uma pausa, encarando o olhar incerto de Nic.

— O sabor da decepção amorosa é amargo, não é?

— Imagino que você entenda bem sobre o assunto, não? — Nic rebateu. — Nunca esqueça que Cleo odeia você. Você matou todo mundo que ela ama. Roubou o mundo dela. É uma verdade que nunca vai mudar.

Lançando um último olhar, Nic saiu da sala, deixando Magnus furioso, bufando, com vontade de socar alguma coisa. Ou alguém.

Ele está enganado, ele disse a si mesmo. *O passado não determina o presente.*

E era no presente que ele tinha que se concentrar. Precisavam encontrar Lucia o mais rápido possível.

Por que esperar mais um dia para minha avó encontrar a pedra mágica?, ele pensou. Eles estavam ali, acovardados como vítimas, quando deveriam estar fazendo o máximo possível para tirar aquela kraeshiana de suas terras para sempre.

Magnus empurrou o caderno de desenho para o centro da mesa e levantou. Ele ia encontrar a avó e exigir que ela — com ou sem a magia totalmente restaurada — testasse um feitiço para encontrar sua irmã.

— Está sozinho nessa sala enorme?

Ele parou ao ouvir a voz de Cleo. Ela estava na base da escada, observando-o do outro lado da sala enorme.

— Parece que sim — ele diz. — Mais um motivo para você não entrar.

Ela entrou mesmo assim.

— Parece que não conversamos a sós há muito tempo.

— Faz dois dias, princesa.

— *Princesa* — ela repetiu, mordendo o lábio inferior. — Minha nossa, você está fingindo muito bem. Na verdade, não sei se é só *fingimento* mesmo.

— Não sei ao certo do que você está falando. — Ele olhou para Cleo como um homem faminto olhava para um banquete. — Esse vestido é novo?

Ela alisou a saia de seda, da cor de um pêssego maduro.

— Olivia e eu fomos a uma feira perto das docas hoje.

— Você e Olivia fizeram o quê? — Ele franziu a testa, assustado por não saber que a princesa tinha decidido se arriscar por aí. — Que péssima ideia. Você poderia ter sido reconhecida.

— Por mais que eu goste de ser repreendida, acho que preciso dizer que ninguém me reconheceu, já que usei meu manto. E não estávamos sozinhas. Enzo e Milo estavam conosco, para nos proteger. Ashur também. Ele está explorando a cidade para saber o que os paelsianos pensam sobre a notícia da chegada da irmã dele.

— E o que dizem?

— Ashur disse que a maioria parece... disposta a mudar.

— É mesmo?

— Qualquer coisa depois do chefe Basilius seria um progresso. — Ela hesitou. — Bem, à exceção do seu pai, claro.

— Claro. — Magnus não se importava muito com os paelsianos nem com os auranianos, na verdade. Ele só se importava com o fato de Cleo ter saído da hospedaria sem que ele notasse. — Não importa com quem você saiu, porque ainda assim foi uma péssima ideia.

— Assim como beber até cair toda noite na taverna Videira Púrpura — ela respondeu, meio tensa. — E, no entanto, é o que você faz.

— É diferente.

— Tem razão. O que você faz é muito mais idiota e tolo do que passar o dia explorando uma feira.

— *Idiota e tolo* — ele repetiu, franzindo a testa. — Duas palavras que nunca foram usadas para me descrever.

— Elas são certeiras — disse Cleo, o tom firme e a testa franzida. — Quando vi você naquela primeira noite com Taran...

O som daquele nome atravessou o espaço entre eles como a lâmina afiada de um machado cortando um tronco de árvore.

— Sei que a presença dele aqui deve ser difícil para você — Magnus comentou, sentindo a garganta apertar. — Aquele rosto... Todas aquelas lembranças horrorosas que ele sugere...

— A única lembrança horrorosa de Taran que tenho é a da lâmina dele pressionada contra sua garganta. — Cleo parou, observando a expressão de Magnus e franzindo mais a testa. — Você entende que, quando olho para ele, só vejo Theon?

— E como não veria?

— Admito que foi inesperado encontrá-lo. Mas Theon se foi. Sei disso. Já aceitei isso. Taran não é Theon. Mas é uma ameaça.

— Compreendo.

— Compreende? — Cleo continuou a observá-lo concentrada, como se fosse um enigma que ela precisasse decifrar. — Mas você pensou mesmo que eu o veria e esqueceria tudo o que aconteceu desde aquele dia? Que o ódio que eu sentia por você voltaria a me cegar? Que eu... o quê? Me apaixonaria por Taran Ranus no mesmo instante?

— Parece mesmo um tanto quanto absurdo.

Ela ficou pensativa.

— Bom, Taran é *muito* bonito. Tirando o fato de querer você morto, o que é, admito, um objetivo que também já tive. Ele seria um pretendente perfeito.

— Deve ser muito divertido me atormentar.

— *Muito* — ela provocou, abrindo um sorriso discreto, mas levemente triste. Cleo segurou as mãos dele, e a sensação de sua pele quente junto à dele foi como um bálsamo numa ferida dolorosa. — Nada mudou entre nós, Magnus. Saiba disso.

As palavras dela confortaram sua alma atormentada.

— Fico muito feliz em saber disso. Quando pretende contar aos outros?

No mesmo instante, a expressão dela ficou tensa.

— Não é o momento. Há muita coisa em risco agora.

— Nic é a pessoa mais próxima de você, seu amigo mais querido, e ele me odeia.

— Ele ainda vê você como um inimigo. Mas, um dia, sei que vai mudar de ideia.

— E se não mudar? — Ele a encarou nos olhos. — O que vamos fazer?

— Como assim?

— Escolhas, princesa. A vida parece cheia delas.

— Você está pedindo para que eu escolha entre você e Nic?

— Se ele se recusar a aceitar... *isso*, o que quer que seja, princesa, então acho que você *teria* que escolher.

— E você? — ela finalmente perguntou depois de um longo momento de silêncio. — Quem você escolheria se alguém ou algo o forçasse? Eu? Ou Lucia? Sei muito bem que ela foi seu primeiro amor. Talvez você ainda a ame como antes.

Magnus grunhiu.

— Garanto a você que não existe nenhum sentimento dessa natureza entre mim e Lucia. E no que diz respeito a ela, nunca existiu.

Seu coração tinha feito tanto progresso nos últimos meses que ele se perguntava se ainda era a mesma pessoa que tinha sofrido de amor por sua irmã adotiva. Apesar de ter assumido uma forma diferente, aquele amor ainda estava ali, dentro dele. Não importava o que Lucia pudesse fazer ou dizer, Magnus a amava incondicionalmente e estava pronto para perdoá-la por qualquer erro.

Mas o desejo que ele já sentira por sua irmã... seu coração tinha se voltado total e permanentemente para outra pessoa — alguém muito mais frustrante e perigosa do que sua irmã adotiva.

— Afinal, Lucia escolheu fugir com o tutor. — Cleo relembrou.

Ele franziu os lábios.

— Sim, e agora o destino do mundo depende da localização dela. — Cleo olhou para ele duvidosa. — O que foi, princesa? — ele perguntou. — Está em dúvida?

— Eu... — Cleo começou a falar, e então parou e olhou para os próprios pés, como se estivesse refletindo sobre o assunto. — Magnus, só não tenho certeza de que ela seja a única solução com a qual você parece contar.

— Ela tem ligações com o deus do fogo. Acredito que saiba como extrair a magia dos cristais da Tétrade sem permitir que o deus elementar escape.

— Parece que foi ela quem ajudou Kyan a escapar, se estão viajando juntos. Só pode ser.

— Talvez. Mas a magia dela é ampla.

— Ampla o suficiente para matar todos nós.

— Você está enganada — Magnus disse sem hesitar. — Ela não faria isso. Lucia vai nos ajudar, vai ajudar a todos. — Sempre que falava bem de Lucia, ele percebia que Cleo contraía os lábios e franzia a testa como se estivesse comendo alguma coisa amarga.

Será que ela poderia estar com ciúme do que sinto por Lucia?, ele se perguntou, achando graça.

— Vejo que você fica feliz quando pensa em sua irmã adotiva — ela comentou tensa, em um tom desagradável. — Tenho certeza de que pensar nela é uma ótima válvula de escape para você enquanto estamos presos aqui em Paelsia, cercados por rebeldes que adorariam a oportunidade de incendiar esta hospedaria com toda a realeza dentro.

— É esse o plano abominável de Agallon? — ele perguntou, contraindo os lábios e franzindo a testa. — O que mais ele contou na calada da noite desde que chegou?

— Muito pouco, na verdade.

Magnus deu um passo na direção dela. Cleo deu um passo para trás: a dança na qual se envolviam de vez em quando. Os dois continuaram até ele encurralá-la em um canto, e ela lançar um olhar desafiador.

— Talvez você preferisse dividir um quarto com o rebelde do que comigo — ele disse, enrolando uma mecha do cabelo dela no dedo. — Mas ele provavelmente preferiria uma casa na árvore feita de tábuas e barro.

Cleo riu.

— É nisso que está decidindo se concentrar agora?

— Sim. Porque se me concentrar em Agallon, posso parar de pensar em você e em como quero levá-la para a minha cama.

Ela só teve tempo de soltar um breve suspiro antes de Magnus beijá-la, segurando-a pela cintura e puxando-a para si. Cleo retribuiu sem limitações.

As mãos dele deslizaram pelo corpo da princesa, passando pela lombar, chegando à curva de seu quadril. Desesperado para se inclinar e beijá-la direito, ele pegou suas pernas por trás e a levantou, pressionando suas costas contra a parede.

Sim, ela deveria fazê-lo parar naquele momento.

Mas não foi o que aconteceu. Na verdade, Cleo tinha começado a puxar os cordões da camisa dele, sem afastar seus lábios nem por um segundo.

— Quero você — ele sussurrou enquanto a beijava. — Quero tanto você que posso morrer de desejo.

— Sim... — O hálito dela era doce e quente. — Também quero você.

Quando Magnus a beijou, toda a racionalidade sobre a maldição desapareceu de sua mente. Nada mais existia, só a necessidade enlouquecedora e alucinante de tocá-la, de senti-la...

Pelo menos, até ouvir passos de alguém se aproximando por trás.

Foi nesse momento que Magnus percebeu que não estavam mais sozinhos.

Deixando a princesa de volta ao chão, devagar, Magnus se forçou a se afastar e, com os ombros tensos, enfrentar o intruso.

Apesar de sua altura intimidadora e dos músculos avantajados, Felix Gaebras parecia envergonhado.

— Hum... Desculpe interromper. Eu estava... só passando. — Mas ficou parado onde estava, e então, ergueu o queixo. — Perdoe-me por dizer, vossa alteza — ele disse, olhando para Magnus —, mas talvez seja melhor o senhor ser mais discreto com a princesa de agora em diante.

— É mesmo? — Magnus perguntou.

Felix assentiu.

— Nic convenceu a todos do seu ódio por Magnus, princesa. E isso... não me pareceu uma atitude de ódio. Ele vai enlouquecer.

Cleo se afastou de Magnus, os dedos nos lábios e o rosto corado.

— Por favor, Felix — ela disse, quase desesperada. — Prometa que não vai contar nada a Nic sobre isso. Nunca.

Felix fez uma reverência.

— Não se preocupe, princesa. Não direi nada.

— Obrigada.

Magnus disfarçou a careta. Algo no modo como ela falou, no *alívio* que pareceu sentir por ter sido Felix quem os vira juntos e não alguém cuja opinião considerasse mais importante, o incomodou demais.

Se Ashur podia buscar informações sobre Amara, Magnus também podia. Naquela tarde, ele deixou a hospedaria, subiu a rua até a feira que Cleo havia mencionado e passou na porta da tentadora Videira Púrpura. Na feira, ele mal olhou para as bancas de madeira com lonas coloridas protegendo os comerciantes do sol, cada um vendendo um produto paelsiano diferente — de vinho a joias, de frutas e legumes a lenços e túnicas de todas as cores, e diversas outras mercadorias. No movimentado labirinto de bancas, sentia-se o cheiro adocicado das frutas e da carne defumada, e mais perto das docas, o cheiro de suor e vômito pegou as narinas de Magnus de surpresa. Entre os diversos clientes da feira, incluindo a tripulação de navios e os cidadãos comuns da cidade, vários guardas kraeshianos chamaram sua atenção.

Ele observou um dos homens de Amara conversar com um vendedor de vinho paelsiano que lhe ofereceu um pouco da bebida. O copo de madeira não foi oferecido com mãos trêmulas nem medo nos olhos do vendedor, mas com um sorriso.

Para Magnus, era irritante ver que muitos paelsianos aceitavam o destino de se tornar parte do Império Kraeshiano sem se preocupar com nada. Será que as coisas estavam tão ruins antes que pensar em Amara como nova líder era uma dádiva?

Ele continuou a observar essa dinâmica entre paelsianos e kraeshianos até o sol ficar alto e insuportavelmente quente para continuar com o manto com capuz. Como já havia tido contato com paisagens, sons e cheiros bons e ruins da feira de Basilia, decidiu voltar.

Magnus virou na direção da hospedaria e descobriu que havia alguém em seu caminho.

Taran Ranus.

O príncipe se forçou a não deixar claro que encontrar o gêmeo de Theon — alguém que quase tinha conseguido vingar o assassinato de seu irmão — o tinha assustado. Mas antes que Magnus decidisse o que dizer, Taran tomou a liberdade de falar.

— Estou curioso — ele disse em voz baixa. — Quantas pessoas você matou?

— Essa pergunta é muito pessoal para um lugar tão público.

Taran continuou, sem se deixar abater.

— Sabemos que matou meu irmão. Quem mais?

Magnus tentou não se encolher, tentou não levar a mão ao cabo da espada. A espada de Taran também estava visível, pendurada no quadril.

— Não sei ao certo — admitiu.

— Aceito uma estimativa.

— Muito bem. Talvez... uma dúzia.

Taran assentiu, sem deixar sua expressão revelar o que passava em sua mente quando olhou para a feira movimentada ao redor deles.

— Quantas pessoas você acha que eu matei?

— *Mais* de uma dúzia, tenho certeza — Magnus respondeu. Ele contraiu os lábios. — Por quê? Está aqui para me provocar com suas habilidades com a espada? Para contar histórias de como fez homens maus chorarem chamando pela mãe diante da morte? Que mataria mais mil se isso fizesse o sol brilhar e a felicidade imperar nesse mundo?

Taran observou Magnus, semicerrando os olhos. Para alguém que quase tinha posto a hospedaria a baixo em uma noite para tentar cortar o pescoço de Magnus, ele parecia bem calmo naquele dia.

— Você se arrepende de ter matado meu irmão? — ele finalmente perguntou, ignorando as perguntas de Magnus.

Magnus pensou em mentir, sem saber se deveria fingir arrependimento. Mas sua intuição lhe disse que não conseguiria enganar o gêmeo de Theon.

— Não — ele afirmou com o máximo de confiança que conseguiu. — Minha vida estava em risco. Tive que me proteger de alguém muito mais habilidoso com a espada do que eu era na época, por isso agi. Não posso dizer que me arrependo de ter tomado as medidas necessárias para salvar minha vida, apesar de saber que hoje não faria as escolhas que fiz naquele momento.

— Qual escolha faria hoje?

— Combate direto. Minhas habilidades de luta melhoraram muito no último ano.

Taran assentiu, mas seu rosto não deixou transparecer nada.

— Meu irmão teria vencido você.

— Talvez — Magnus disse. — Mas e daí? Imagino que você esteja aqui para tentar me matar diante dessas pessoas. É isso? Ou estamos só conversando?

— Foi exatamente para isso que o segui até aqui: quero decidir o que fazer. Antes era muito simples, estava muito claro em minha mente que você tinha que morrer.

— E agora?

Taran puxou a espada da bainha, mas só o suficiente para mostrar a lâmina que trazia uma série de símbolos e palavras desconhecidas gravadas na superfície.

— Essa era a arma de minha mãe. Ela me contou que as palavras gravadas estão na língua dos imortais.

— Interessante — Magnus disse, o corpo tenso e pronto para a luta. — Sua mãe era bruxa?

— Sim. Ela era uma Vetusta, uma bruxa que adorava os elementos com magia de sangue e sacrifício.

— Tenho certeza de que você está me contando isso por um motivo.

— Estou. Pedi para você adivinhar quantas pessoas eu matei. — Taran embainhou a espada. — A resposta é uma. Apenas uma.

Uma gota de suor correu pelas costas de Magnus.

— Sua mãe.

Taran assentiu com seriedade.

— As Vetustas acreditam que os gêmeos têm uma magia poderosa. — Ele balançou a cabeça, franzindo a testa. — Existe uma lenda quase esquecida que diz que os primeiros imortais criados foram os gêmeos: um escuro e um claro. Minha mãe acreditava que a magia sombria era muito mais poderosa, então, para aumentar a dela, decidiu sacrificar o gêmeo claro.

— Theon.

— Na verdade, não. Fui eu, cinco anos atrás, quando tinha quinze anos. Talvez minha mãe achasse que eu fosse permitir que ela usasse essa mesma espada para me matar, mas estava enganada. Eu reagi e a matei. Theon chegou naquele momento e me viu empunhando uma espada e nossa mãe morta a meus pés. Ele não sabia o que ela era de verdade. Eu mesmo só descobri a verdade recentemente. Ele jurou que eu pagaria com a vida por tê-la matado, e eu sabia que ele nunca compreenderia. Então corri o máximo que pude, sem olhar para trás.

Até agora. — Ele riu, e o som saiu seco e oco. — Parece que temos isto em comum: nós dois fomos forçados a matar para nos proteger, uma atitude da qual não podemos nos arrepender, porque, sem ela, não estaríamos vivos hoje.

Magnus não sabia o que dizer. A confissão de Taran o deixou sem fala. Ele se concentrou na movimentação da feira, fechando os olhos com força por um momento.

Quando voltou a abri-los, Taran se afastava dele em meio à multidão. Ele o observou à distância, pensando na conversa e sentindo-se grato por não ter tido que lutar para defender a própria vida naquele dia.

Quando voltaram para a hospedaria, Jonas estava na sala de convivência, como se os estivesse esperando. Ele levantou da cadeira e largou o livro que estava lendo. Magnus notou com surpresa que era o mesmo que tinha lido, sobre vinhos.

— Taran, precisamos conversar — Jonas anunciou. — No pátio não seremos ouvidos por bisbilhoteiros. Felix já está esperando. Você também, vossa alteza.

Magnus inclinou a cabeça.

— Eu?

— Foi o que eu disse.

— Agora estou profundamente confuso. Muito bem. Vamos lá, rebelde.

Atrás da casa havia um espaço a céu aberto que o dono da hospedaria e sua esposa chamavam de pátio. Na verdade, era uma área de grama marcada por uma horta, flores e dois cercados para os animais — um para as galinhas e outro para os porcos gordos que guinchavam alto quando alguém se aproximava.

Magnus e Taran acompanharam Jonas até onde Felix estava, no canto oposto do jardim.

— Temos informação sobre Amara — Jonas disse finalmente. — Ela está aqui em Paelsia.

Magnus tentou não demonstrar insatisfação.

— Informação vinda de quem?

— Há rebeldes por todos os lados, alteza.

O primeiro ímpeto de Magnus foi querer lembrar Jonas que a maioria dos rebeldes havia morrido, mas decidiu se controlar.

— Muito bem. Onde em Paelsia?

— No complexo do chefe Basilius.

— E onde, exatamente, é isso?

— A um dia de viagem daqui rumo ao sudeste. Fico surpreso por você não saber, já que é um ponto importante na Estrada de Sangue de seu pai.

— Estrada Imperial — Magnus o corrigiu.

— Estrada *de Sangue* — Jonas repetiu, rangendo os dentes.

Magnus decidiu não discutir a questão com um paelsiano, nem tocar no assunto de como ela tinha sido construída tão depressa pelos trabalhadores paelsianos sob ordens de seu pai. Não era à toa que os cidadãos daquele reino tinham recebido Amara tão bem.

— E esse informante também explicou por que ela veio para cá?

— Não.

— Não importa por que ela está aqui — Felix disse. — Essa é nossa chance.

— De quê? — Magnus perguntou. — De matá-la?

— Essa era a ideia.

— Não era, não — Jonas disse, arregalando os olhos para o amigo.

— Matar a imperatriz não muda o fato de que meu pai deu este reino para a família dela. Não muda que os soldados estão tão espalhados quanto manchas de lama. E Ashur? Você o trouxe aqui como se confiasse nele, mas não sabemos qual é o plano dele.

— Ashur é um problema, admito — disse Jonas. — Nic está de olho nele, informando qualquer comportamento incomum.

— Ah, sim. — Magnus cruzou os braços. — Isso deve dar certo. Então, você — ele virou para Felix — quer matar a imperatriz. E você — ele virou para Jonas — quer pagar para ver. — Ele assentiu. — Excelentes decisões. Acho que Amara não terá chance contra essa aliança.

Jonas hesitou.

— Taran, você não planejava matá-lo?

— Sim.

— Estou começando a me animar com essa possibilidade.

— Está claro que — Magnus começou —, se sabemos onde Amara está, a melhor estratégia é mandar homens para obter mais informações sobre os planos atuais dela, por que está aqui e onde escondeu o cristal da água.

Taran resmungou.

— Odeio concordar com ele, mas concordo. Posso ir. Não tenho motivos para ficar aqui sem nada para fazer, olhando para as paredes.

— Também vou — Felix anunciou animado.

Jonas lançou um olhar cauteloso para Felix.

— Você acha que consegue lidar com isso sem fazer nada de errado?

— Claro que não. Mas ainda assim, quero ir. — Felix suspirou. — Prometo que vamos conseguir informações. E só isso.

Magnus preferia entrar em ação, como Felix, e simplesmente varrer Amara do mundo, mas sabia que informações seriam úteis com os dois reinos em guerra.

— Devemos contar a Cleo sobre isso? Ou a Cassian?

— Por enquanto, não — Jonas respondeu. — Quanto menos pessoas souberem, melhor.

Magnus não gostava de guardar segredos de Cleo, mas Jonas tinha razão.

— Tudo bem. Vamos manter esse assunto entre nós quatro.

Jonas assentiu.

— Então, resolvido. Taran e Felix partem amanhã cedo.

17

CLEO

PAELSIA

— Você viu o príncipe Ashur por aí? — Nic perguntou.

Cleo desviou o olhar do livro sobre a vida do chefe Basilius que tinha escolhido na estante do andar de baixo. Seus pensamentos estavam tão dispersos que ela devia ter lido a mesma página dez vezes — que contava sobre os cinco casamentos dele.

Nic estava parado na porta do quarto dela. Enzo estava de guarda do lado de fora, um protetor constante, mas ela tinha deixado claro que Nic podia interrompê-la.

— Hoje não — ela admitiu, ainda chocada por ter visto que o príncipe tinha renascido dos mortos. — Por quê? Isso é estranho?

— Ele gosta de sair por aí sem avisar ninguém. — Ele ficou sério.

— Você acha que ele está diferente? Não sei dizer.

— Para mim, ele está igual, mas não o conheço muito bem — ela admitiu.

— Nem eu.

— Ah, não sei. Às vezes não precisamos de anos para conhecer alguém. Algumas conversas são mais do que suficientes para saber como a pessoa é.

— Se você acha...

Cleo sabia que Nic e Ashur eram bem próximos, a ponto de seu amigo ter sentido muito a perda do príncipe. E também sabia que existia mais do que uma simples amizade entre os dois, mas emoções que os dois estavam apenas começando a explorar. Talvez agora nunca mais se resolvessem.

— Parece que Taran e Felix também sumiram — ela disse. — Onde eles estão?

— Ótima pergunta. Pensei que Jonas fosse meu parceiro, mas parece que ele tem negócios com Magnus agora.

— O quê? — Só de pensar, ela sentiu vontade de rir. — Se você viu os dois conversando, é bem provável que o assunto seja o rei.

Desde que Jonas conseguira — ainda que *não* tenha conseguido — cravar a adaga no peito do rei, dois dias antes, Gaius não saía do quarto, com a mãe a seu lado o tempo todo, temendo que o filho estivesse perto demais da morte e não sobrevivesse tempo suficiente para receber a magia secreta e restauradora que ela prometera.

Cleo temia que, se o rei morresse antes de a bruxa encontrar Lucia, ela se recusaria a ajudá-los, mas não se incomodava em imaginá-lo sofrendo em um quartinho em Paelsia.

Um fim adequado para um monstro.

Como será que Gaius Damora era quando conheceu a mãe dela? A que horrores ele teria submetido Elena Corso? Era uma pergunta que a perseguia desde que ele dissera o nome dela.

— Você confia nele? — A voz de Nic interrompeu seus pensamentos.

— Em quem? Magnus?

Ele riu.

— Não, claro que não estou falando de Magnus. Em *Jonas*.

Ela confiava em Jonas, o garoto que a tinha sequestrado e aprisionado — não uma, mas duas vezes — e que, em determinado momento, quis que ela morresse por presenciar o assassinato de seu irmão?

Mas também era o garoto que se tornara um líder. Que lutara por seu povo. O garoto que tinha arriscado a própria vida para salvar a dela.

— Confio nele, sim — ela admitiu.

Muita coisa podia mudar em um único ano.

— Eu também — Nic disse.

Ela assentiu.

— Se ele está falando com Magnus, deve ser importante.

— Ainda assim, não gosto de pensar que esteja escondendo alguma coisa de nós.

Cleo também não gostava, principalmente se fosse um segredo entre Jonas e Magnus. E jurou que conseguiria algumas respostas. Ela não gostava de ficar por fora das questões.

Naquele mesmo dia, a chance apareceu. Quando Magnus pediu para falar com Enzo no pátio, ela começou a procurar informações por conta própria na hospedaria. Logo encontrou algo possivelmente interessante na sala de convivência: o caderno de desenho de Magnus.

Cleo já tinha visto Magnus desenhando nele, os dedos pretos por causa do carvão. Os limerianos não gostavam tanto de arte quanto os auranianos, que viam a beleza como um presente que o artista compartilhava com o mundo por meio de sua visão singular. Mas quando um limeriano desenhava, precisava ser bem semelhante ao original para ajudar na referência e no aprendizado.

Para isso, Magnus tinha passado um verão tendo aulas de arte na Ilha de Lukas muitos anos antes, uma viagem que muitos nobres e jovens da realeza — incluindo a mãe e a irmã de Cleo — faziam na juventude. Ela já tinha visto o antigo caderno de Magnus, no qual havia desenhos incrivelmente detalhados da flora e da fauna... além de vários retratos de Lucia, cada um feito com admiração indiscutível e atenção a cada centímetro do rosto perfeito da irmã.

Mas aquele era um caderno novo, o que deixou Cleo extremamente intrigada.

— Eu não devia olhar — ela disse a si mesma. — Magnus não me deu permissão.

Mas esse argumento nunca tinha funcionado.

O primeiro desenho era do jardim, um rascunho rápido, mas as dimensões e a precisão eram espantosas. Antes de abandonar aquele desenho, ele tinha se concentrado no detalhe de uma roseira, e mesmo com o traço grosso do carvão, tinha capturado a beleza em tons de preto e cinza.

A segunda, a terceira e a quarta páginas tinham sido arrancadas sem cuidado.

Na quinta página, não havia um desenho, mas uma mensagem.

Espiando para encontrar um retrato seu, princesa? Desculpe, mas hoje não. Talvez um dia eu desenhe você. Ou talvez não. Vamos ver o que o futuro nos reserva.
M.

Cleo fechou o caderno envergonhada, e também irritada.

Quando ouviu gritos, correu para as janelas com cortinas de lona grossa que davam para o pátio nos fundos da hospedaria.

O príncipe estava empunhando a espada, mirando em Milo e Enzo, que também seguravam suas armas. Quando atacaram, Cleo soltou um grito de susto antes de perceber o que estava acontecendo.

Eles estavam treinando. E a julgar pela força de ataque de Milo e de Enzo, Magnus tinha pedido para os dois darem o melhor de si.

Será que ela nunca tinha visto Magnus assim antes, em guarda, a testa suada, bloqueando as armas dos guardas com a espada? Ela pensou que aquilo podia trazer lembranças horrorosas daquele dia — do dia em que perdera Theon. Mas naquela visão Magnus era um príncipe sem habilidade comparado a um guarda do palácio, e ele sabia disso.

Sinto muito, Theon, ela pensou, o coração apertado. *Não esperava sentir isso por Magnus. Mas sinto. Não posso mais me apegar à sua lem-*

brança. Não posso odiar o príncipe pelo que aconteceu, pelo que ele fez naquele dia. Magnus está muito diferente agora.

Ou talvez *Cleo* tivesse mudado irreversivelmente.

— Na minha opinião, não estão lutando tanto quanto deveriam.

Cleo se assustou com a voz de Jonas. Ela o viu a seu lado, escondido até aquele momento, com os olhos arregalados.

— Está surpresa? — ele perguntou, achando graça.

— Você se aproximar de alguém em uma sala escura com certeza não é uma surpresa, rebelde.

Jonas sorriu, mas voltou a observar o trio do lado de fora.

— Será que o príncipe estaria disposto a me enfrentar?

— Se estivesse, certamente um de vocês acabaria morto.

— Sim, mas quem? — Sua sobrancelha, que estava arqueada, abaixou quando ele viu a expressão sofrida dela. — Em pouco tempo você estará livre desse acordo infeliz com ele, prometo.

Cleo conteve a resposta, tomando cuidado para não defender o príncipe. Ela ainda achava que era melhor ninguém saber a verdade sobre eles.

— Magnus, o rei e Selia são o caminho para as respostas de que preciso para liberar a magia da Tétrade — ela comentou.

— Eu já disse: tem um deus elementar dentro daquele cristal — ele falou de modo incisivo.

Seu tom de voz a fez se encolher. Depois que descobriu sobre os deuses elementares, dois dias antes, ela não conseguia parar de pensar no assunto e mal tinha pregado os olhos devido à gravidade da situação.

— Se tivermos a oportunidade de aproveitar essa magia sem deixar o deus escapar, ainda acho que é um objetivo que vale a pena buscar. Vamos perder muito se não conseguirmos esse poder para nos ajudar de alguma forma, ainda que seja pouco.

Quando ela encarou Jonas, viu uma expressão séria, mas os olhos mais tranquilos.

— Não discordo totalmente.

Ela hesitou, mas só por um momento.

— É bom que saiba que, de acordo com Nic, você está escondendo dele a localização de Taran e Felix. Ele está bastante irritado com isso.

— Comecei a acreditar que o príncipe Ashur é tão mau quanto a irmã. Nic o conhece, mas não diz nada útil a respeito do que esperar dele. Gosto de Nic, mas não conto nenhum segredo que ele possa acidentalmente revelar ao príncipe.

Outra pessoa entrou na sala e chamou a atenção de Cleo. Era Ashur, poucos metros atrás de Jonas.

— Jonas... — ela começou.

— Ashur diz que é um herói lendário renascido dos mortos para trazer paz ao mundo. Um monte de besteira. Ele não passa de mais um membro mimado da realeza criado com todas as regalias possíveis que só precisa estalar os dedos para ter qualquer mulher linda que desejar. — Jonas franziu a testa. — Admito que isso seria uma vantagem.

Cleo limpou a garganta quando Ashur cruzou os braços diante do peito e inclinou a cabeça.

— Acho que você deveria... — ela começou.

— O quê? Falar com gentileza sobre alguém que confunde todo mundo porque está confuso em relação à irmã má e gananciosa que provavelmente vai destruir o mundo com sua sede por poder e magia? Ele poderia tirar o poder dela com facilidade. Poderia se impor, reclamar o título de imperador, contar para todo mundo que Amara matou a família deles. Pronto.

Ela sentia uma pontada no peito a cada palavra verdadeira, mas mordaz, que Jonas dizia.

— Pode ter certeza de que não fico confuso quando se trata de Amara — Ashur disse em voz baixa.

Jonas fez uma careta.

— Você poderia ter me dito que ele estava bem atrás de mim, princesa.

— Você estava ocupado demais admirando o som da própria voz.

— E, para ser sincera, as reclamações de Jonas sobre Ashur tinham reacendido a irritação que ela mesma sentia em relação ao príncipe kraeshiano.

Não, não era irritação. Era raiva, beirando a fúria.

— Espero que não esteja confuso em relação a sua irmã — Cleo falou para Ashur. — Ela cravou uma adaga em seu peito por tê-la contrariado.

— As últimas atitudes de Amara foram infelizes, mas eu já sabia que ela estava tomando esse rumo. Na verdade, culpo minha avó por colocar seus próprios planos de revolução em ação. É irônico que minha *madhosha* derrube aqueles que também querem mudança no império. Ela tem muito mais em comum com os rebeldes do que pensa.

Cleo ficou olhando para ele, enojada.

— Infelizes... Você chama as escolhas de Amara de *infelizes?* Ela matou você, matou a própria família, e agora está matando todos os míticos que vê pela frente!

— Ela perdeu as estribeiras. A irmã que conheço, que eu *conhecia*, não resolve seus problemas com violência desnecessária.

— Sim, claro, os kraeshianos são conhecidos como um povo pacífico.

Ashur a observou atentamente.

— Você está infeliz comigo.

Ela olhou para Jonas e riu um pouco.

— Príncipe Ashur, por que eu estaria infeliz com você?

— Você é como Jonas. Não confia em mim.

— E deveríamos confiar? — Jonas perguntou. — Você não me

conta nenhum de seus planos, desaparece por dias, fica isolado... Acha que eu deveria confiar em você mesmo assim?

— Você poderia tirar o trono de Amara — Cleo disse. — Se está tão interessado em ajudar o mundo, pode acabar com muito sofrimento simplesmente tornando-se imperador. Você é mais velho do que Amara. O trono é seu por direito. Tem tanto medo dela assim?

Ashur riu com frieza ao ouvir aquilo.

— Não tenho medo de Amara.

— Teve medo suficiente para, supostamente, tomar uma poção para salvar sua vida — Jonas disse. — Sabia que ela planejava matá-lo?

O belo rosto de Ashur ficou sério.

— Eu não sabia. Não com certeza. E a poção que tomei... foi bem antes de minha viagem para, acima de tudo, me proteger do rei Gaius, caso ele tentasse usar minha presença em seu reino contra meu pai. Eu nem imaginava que a poção funcionaria.

— Mas funcionou — Jonas disse. — Precisamos encontrar esse boticário ou essa bruxa ou quem quer que a tenha feito. Poções de ressurreição para todos. Magia assim poderia salvar muita gente.

— A magia da morte não é algo que se possa alterar — Ashur rebateu. — Não por qualquer motivo.

— Mas você alterou essa magia sombria para se salvar. — Cleo teve certeza de que o príncipe se encolheu diante da acusação, o que era incomum para ele. — Você se sente culpado por isso?

— Claro que não. — Apesar da resposta, Ashur não fez contato visual com ela.

— Chega de mentiras, Ashur. Se está tentando dar a impressão de que estamos todos do mesmo lado, precisa ser sincero conosco. Há mais coisas envolvidas nessa poção do que você quer revelar. Ela é perigosa, não é?

— Muitas poções são perigosas. O veneno nada mais é do que uma poção com a intenção de matar.

Cleo inspirou e soltou o ar devagar, com a sensação de que estava prestes a descobrir um segredo.

— Aprendi que toda magia tem um preço. Que preço você pagou pela oportunidade de viver de novo?

— Aprendi que o preço da magia costuma ser o oposto da magia em si. Para ter muita força, você viverá momentos de grande fraqueza. Para ter prazer, haverá dor. E para ter vida... haverá morte.

— Então você matou alguém — Jonas disse, os braços cruzados e tensos. — Ou muitas pessoas. Acaba aqui o que você diz sobre altruísmo.

Ashur caminhou até a janela para olhar para fora, os braços cruzados.

— Você não sabe nada sobre mim, Jonas. Matei quando precisei. Nem sempre sou pacifista. O boticário me alertou do preço que eu teria que pagar, mas não acreditei. Amara pagou o mesmo preço, mesmo sem querer, quando a ressuscitaram.

Cleo franziu a testa.

— Amara foi ressuscitada?

— Foi — Ashur respondeu solenemente, e então começou a contar para Cleo e Jonas o que tinha acontecido quando Amara era bebê e tinha sido salva de um afogamento pela magia negra e pelo sacrifício de sua mãe.

Cleo percebeu que precisava sentar, pois tinha ficado abalada com a história. Em Auranos — e em Mítica —, apesar de serem valorizadas pela habilidade que tinham como mães, cozinheiras e enfermeiras, as mulheres não eram impedidas de fazer outras coisas, se assim desejassem. E uma princesa podia ser a herdeira do trono do pai ou da mãe sem medo de ser assassinada apenas pelo suposto crime de ser uma mulher. Cleo não sabia se admirava a mãe de Amara por valorizar a vida da filha o suficiente para sacrificar a própria vida ou se culpava a mulher por sua filha ter se tornado um monstro.

— Quem morreu por você? — Cleo perguntou em voz baixa.

O olhar distante de Ashur ficou sério, e antes de continuar, ele lançou um rápido olhar para Jonas.

— Eu não tinha certeza, mas sabia que alguém tinha morrido. Passei o mês tentando descobrir. Viajei, visitei amigos e ex-amantes. Foi alguém com quem passei um único verão. Eu não fazia ideia de que ele ainda gostava de mim, de que nunca havia deixado de gostar... — Ele engoliu em seco. — De todas as pessoas que conheci, alguém que conviveu comigo apenas por alguns meses me amou tanto a ponto de morrer por esse amor. Não consigo entender. Eu sabia o preço, mas o ignorei por egoísmo. Soube que ele sofreu por vários dias. Ele descreveu a dor como uma faca sendo cravada lentamente em seu peito. Me disseram que nos últimos momentos, ele gritou meu nome. — Ashur ficou com os olhos azul-acinzentados marejados e respirou fundo. — A culpa que sinto pelo sofrimento, pela morte dele e pelo fato de eu ter apagado qualquer chance que ele tinha de ter uma vida plena e feliz... isso vai me assombrar para sempre.

A sala ficou em silêncio enquanto Cleo tentava processar o que estava ouvindo. Aquele Ashur parecia mais o homem sincero que tinha oferecido, na noite de seu casamento, uma adaga nupcial kraeshiana para tirar a vida da noiva infeliz ou de seu marido. Aquele Ashur não estava falando coisas confusas para desviar a atenção de seu sofrimento.

Mas, naquele momento, uma ideia lhe ocorreu.

— É por isso que você anda tão estranho com Nic — ela disse. — Ele não entende, acha que você está diferente, que seus sentimentos por ele mudaram, por tudo. Mas ele está enganado, não está?

Ashur não respondeu, mas olhou para baixo.

— Você teme que ele se apaixone por você e que você o machuque por causa desse amor.

Jonas ficou em silêncio, a testa franzida. Cleo esperava que ele não dissesse nada que fizesse o príncipe omitir a verdade.

— Eu tinha outros planos na ida a Auranos — Ashur disse finalmente. — Não queria que nada disso tivesse acontecido. Mas alguma coisa em Nicolo chamou minha atenção e eu não pude ignorar. Sei que deveria ter ignorado. Só consegui complicar a vida dele e causar dor desnecessária. Mas agora não vou permitir que nada de ruim aconteça com ele por cometer o erro de gostar de mim.

— Nic merece uma explicação — Cleo disse, com um nó na garganta.

— É melhor que ele pense que meus sentimentos mudaram. — Ashur limpou a garganta. — Se me dão licença, acho que já revelei mais do que pretendia.

Cleo não disse nada para impedi-lo de sair. Ela estava pensando em muitas coisas ao mesmo tempo; algumas se conectavam, mas a maioria só aumentava sua confusão.

Por fim, ela olhou para Jonas.

— Então... — ele disse, ainda franzindo a testa. — Nic e Ashur, certo?

Ela assentiu devagar.

— Estranho... Pensei que Nic gostasse de garotas. De você, em especial. Não costumo me enganar com essas coisas.

— Você não está enganado. Ele gosta de garotas.

— Mas Ashur... — ele olhou para a porta — não é uma garota.

— Não fique pensando sobre isso, rebelde. Pode fundir seu cérebro. Saiba apenas que é complicado.

— E todas as coisas não são complicadas? — Jonas sentou ao lado dela. — Agora que conheço o segredo de Ashur e sei que não se trata de uma ameaça pessoal a você nem a mim, preciso me concentrar em pegar a esfera que o rei escondeu. Você acha que está aqui na hospedaria?

— Nem imagino. Gostaria de saber. Eu ia dizer que... para liberar a magia precisamos do sangue de Lucia e do sangue de um Vigilante.

Surpreso, ele a encarou.

— Esse é o segredo?

Cleo assentiu.

— Isso impede o deus de sair?

— Não sei. Por isso é tão importante encontrarmos Lucia, descobrir mais informações com ela e o que deu errado com Kyan.

Os olhos castanhos de Jonas pareciam distantes.

— A profecia...

— O quê? — Cleo perguntou quando ele ficou em silêncio.

Ele balançou a cabeça.

— Deixa para lá. Conto mais quando descobrir se é verdade ou não.

— O problema é que não sei como encontrar um Vigilante. — Ela mordeu o lábio. — Claro que ainda deve haver alguns Vigilantes exilados vivos, mas acho que precisa ser um Vigilante pleno. Espero que Lucia se disponha a ajudar quando chegar o momento.

— Não se preocupe em encontrar um Vigilante. — Ele ficou em silêncio por um momento. — Essa parte eu resolvo.

Ela olhou para ele, surpresa.

— Como?

— Olivia — ele sussurrou. — Ela é.

Cleo ficou boquiaberta.

— Você não pode estar falando sério.

— É outro segredo, mas vou confiar que você não vai contar a ninguém. — Jonas abriu o meio sorriso que ela sempre achou charmoso e frustrante, ao mesmo tempo. — Muita coisa foi sacrificada nesse caminho que percorremos juntos. Muita perda para nós dois. Mas tento acreditar que sempre vai valer a pena, no fim.

Ela assentiu.

— Eu também.

— Acho que você precisa saber que a Lys gostava de você.

— Agora você está mentindo.

— Pode ser que nem ela soubesse, mas sei que ela respeitava você mais do que você pensa. Vocês têm uma coisa em comum: força. — A voz de Jonas falhou. — Só demonstram de jeitos diferentes.

Os olhos de Cleo começaram a arder ao ver Jonas se esforçando para não deixar as lágrimas escorrerem.

Ela segurou as mãos do rebelde, puxando-o para mais perto.

— Sinto muito por sua perda, Jonas. Estou dizendo isso do fundo do coração.

Ele só assentiu, olhando para baixo.

— Ela me amava. Só me dei conta disso quando já era tarde demais. Ou talvez eu tenha percebido e não estivesse pronto para aceitar. Mas agora eu entendo... Ela era perfeita para mim.

— Tenho que concordar.

— Poderíamos ter construído uma vida juntos. Uma casa, talvez até uma quinta. — Jonas sorriu de novo, mas um sorriso mais triste. — Filhos. Um futuro. Quem sabe o que poderia ter acontecido? Só tenho certeza de uma coisa.

— De quê?

— De que Lys merecia alguém bem melhor do que eu.

— Não tenho a menor dúvida em relação a isso — Cleo concordou, satisfeita ao ver que a expressão surpresa de Jonas conseguiu apagar a dor em seus olhos. Ela abriu um sorriso caloroso. — Minha irmã acreditava que quem morre se torna uma estrela no céu. Então todas as noites podemos olhar para cima e saber que estão cuidando de nós.

Ele parecia desconfiado.

— Isso é uma lenda auraniana?

— E se for?

Uma mecha do cabelo dela tinha caído sobre a testa, e Jonas a ajeitou atrás da orelha e deslizou a mão por seu rosto.

— Nesse caso, gosto de lendas auranianas.

Cleo encostou a cabeça no ombro dele, e os dois ficaram ali, confortando um ao outro. Havia uma ligação entre eles — algo muito forte que ela nunca havia conseguido ignorar. E houve uma época, não muito tempo atrás, em que ela poderia ter amado aquele rebelde do fundo do coração.

E ela o amava, sim, mas não como Lysandra o havia amado.

Independentemente do que acontecesse, o coração de Cleo pertencia a outro.

18
MAGNUS

PAELSIA

Ficou claro para Magnus que Enzo e Milo estavam se controlando na luta, com receio de ferir um príncipe. Magnus deixou os dois sangrando como punição e voltou para a hospedaria, sentindo uma grande necessidade de desenhar.

Ele parou na porta quando viu Jonas e Cleo na sala de convivência. Os dois estavam sentados próximos um do outro, falando baixo. Magnus se aproximou para ouvir, mas só conseguiu ver o rebelde acariciar o cabelo de Cleo, sem que a princesa reclamasse, e, logo depois, seu rosto. Os dois se entreolharam por mais tempo do que o normal.

Magnus ficou muito irritado.

Por um lado, queria entrar ali com tudo, afastá-los e matar o rebelde antes de tirar Cleo da hospedaria e de perto dele para sempre.

Seu lado mais racional dizia que nem tudo o que via era o que imaginava e que ele não deveria tirar conclusões precipitadas.

Ainda assim, se entrasse ali e confrontasse os dois, alguém com certeza morreria.

Então ele saiu da hospedaria e desceu a rua até a taverna, resmungando ao pedir vinho ao taberneiro. Magnus perdeu a conta de quantas taças de vinho teve de beber até começar a se acalmar.

Já sabia que a princesa gostava do rebelde, que os dois tinham uma história romântica sobre a qual não queria pensar muito. Por que ela não *desejaria* alguém como Jonas? Alguém corajoso e forte — apesar de pobre, ridículo e muito azarado com todos os que já tinham se alistado sob sua liderança rebelde.

Magnus também conseguia entender que alguém como Jonas, que olhava para a princesa como se ela fosse uma estrela brilhante na noite escura, podia ser tentador. Pelo menos quando comparado a Magnus, que era sombrio, instável e afeito à violência.

Ele encarou a taça vazia.

— Com um milhão de outros problemas e questões para resolver, estou obcecado pensando por quem ela tem sentimentos. — Ele olhou meio embriagado para o atendente. — Por que meu copo está vazio?

— Peço desculpas. — O homem logo encheu a taça até transbordar.

Alguém sentou no banco de madeira a seu lado. Ele estava prestes a vociferar que precisava de espaço e que se o homem valorizava a própria vida, deveria ir para outro lugar, mas então percebeu quem era.

— O vinho nunca ajuda uma pessoa a esquecer suas preocupações por muito tempo — seu pai disse, o rosto pálido e macilento como o de um cadáver por baixo do capuz grosso de seu manto preto.

Como o rei tinha se isolado em um quarto no andar superior da hospedaria desde a noite da chegada, foi uma surpresa vê-lo ali. Magnus observou ao redor para ver se ele tinha trazido Milo para protegê-lo, mas não viu o guarda em nenhum lugar. Talvez ainda estivesse tratando os ferimentos depois da luta.

Magnus ignorou o comentário do rei e tomou todo o vinho do copo antes de falar.

— Selia sabe que você está aqui? Não acho que ela aprovaria.

— Ela não sabe. Sua preocupação com minha morte iminente me tornou seu prisioneiro. Não ligo muito para isso.

— Não liga para a preocupação com sua morte iminente ou com o fato de ter sido feito prisioneiro? Não precisa responder. Tenho certeza de que as duas experiências são novas para você. — Magnus pegou o vinho do atendente, e mandou o homem se afastar com um aceno. Então bebeu direto da garrafa.

— Antigamente, me rendia a pecados assim — o rei comentou.

— Ao vinho ao à forte autopiedade?

— Você está tendo problemas com a princesa?

— Aposto que isso o deixaria muito feliz, não?

— Saber que você deseja se afastar de alguém que acho que causará sua destruição? "Feliz" não seria bem a palavra que eu escolheria, mas, sim. Seria o melhor.

— Não vou falar sobre Cleo com você, nem agora nem nunca — Magnus resmungou, detestando o fato de sua mente estar tão nebulosa com o pai por perto. Ele preferiria ter controle total dos sentidos, mas era tarde demais para se preocupar com isso depois de tomar tanto vinho.

— Escolha inteligente — o rei respondeu. — Ela sem dúvida não é meu assunto preferido.

— Esse ódio que você nutre por ela... — O príncipe pensou no assunto, no ódio aparentemente sem fim que o rei sentia por Cleo. — Deve ter a ver com a mãe dela, não?

— Sim, na verdade, tem.

Uma resposta direta. Que incomum — e profundamente curioso.

— Rainha Elena Bellos — Magnus continuou, encorajado pelo vinho que soltava sua língua. — Vi o retrato dela no palácio auraniano antes de você destruí-lo. Era uma bela mulher.

— Com certeza era. — O rei deu as costas e olhou com saudosismo para a rua escura pelas janelas da taverna. Magnus viu quando os lábios pálidos e fantasmagóricos sorriram discretamente.

Perceber a situação mexeu com ele.

— Você era apaixonado por ela — Magnus disse, chocado com as próprias palavras, mas sabendo que eram verdade. — Você era apaixonado pela mãe de Cleo. — A acusação fez o rei encará-lo de novo, os olhos vermelhos um tanto arregalados, surpresos. Magnus demorou um pouco para assimilar a confirmação silenciosa e tomou mais um gole de vinho para molhar a garganta repentinamente seca. — Deve ter sido há muito tempo, quando você era capaz de uma emoção tão pura.

O sorriso logo desapareceu do rosto pálido e desanimado do pai.

— Faz muito tempo. Essa fraqueza quase me destruiu, e é exatamente por isso que quis cuidar de você.

Magnus riu ao ouvir isso, uma risada alta que surpreendeu a ele próprio.

— Cuidar de mim? Ah, pai, não gaste saliva com essas mentiras!

O rei socou o balcão.

— Você é cego? Totalmente cego? Tudo o que fiz foi por você!

A força da ira repentina fez Magnus derramar parte do vinho na túnica. Ele olhou feio para o pai.

— Estranho eu ter esquecido isso quando você decidiu acabar com a minha vida e com a vida da minha mãe.

— A morte seria um alívio deste mundo para muitos de nós.

— Não vou esquecer nada que você fez, a começar por isso. — Magnus apontou a cicatriz no lado direito do rosto. — Você lembra desse dia tão bem quanto eu?

O rei contraiu o maxilar.

— Lembro.

— Eu tinha sete anos. *Sete.* Você se arrependeu por um momento que seja?

O rei semicerrou os olhos.

— Você não deveria ter tentado roubar o palácio auraniano. Se tivesse conseguido, a vergonha teria sido grande.

— Sete anos! — A garganta de Magnus ardeu porque ele gritou. — Eu era apenas uma criança cometendo um erro, tentada por uma coisa brilhante e linda, uma vez que eu levava uma vida cinza e sem graça num palácio cinza e sem graça. Ninguém ficaria sabendo que peguei aquela adaga! Que diferença faria?

— *Eu* ficaria sabendo — o rei disse. — A adaga que você pretendia roubar era de Elena. Eu ficaria sabendo porque fui *eu* quem deu a adaga a ela, quando era um garoto ingênuo tentando impressionar uma moça bonita. Não sabia que ela a tinha guardado, que ela a tinha valorizado e exposto o tempo todo em que ficamos separados. Quando a vi em suas mãos seis anos depois da morte dela... não pensei. Simplesmente *reagi*.

Magnus percebeu que não tinha uma resposta na ponta da língua. Com suas perguntas respondidas depois de tanto tempo, ele não conseguia processar tudo depressa.

— Não justifica o que você fez.

— Não, claro que não.

Magnus desviou o olhar do rei e tentou se concentrar em outra coisa, qualquer coisa. Ajudou perceber que o mundo ia além daquela conversa. Um homem enorme veio em direção ao bar carregando muitos copos vazios, a túnica subindo o suficiente para deixar a barriga peluda à mostra. Uma atendente afastou a mão de um marinheiro com um tapa tímido. Os músicos no canto da taverna tocavam uma música animada, e muitos batiam palmas. Vários outros dançavam em uma mesa.

— O poder é tudo o que importa, Magnus. O legado é tudo o que importa. — O rei dizia isso como se tentasse convencer a si próprio. — Sem ele, somos como camponeses paelsianos.

Magnus já tinha ouvido aquelas bobagens tantas vezes que já haviam se tornado mais do que palavras sem sentido.

— Diga uma coisa: Elena Bellos retribuiu seu amor ou foi só uma obsessão triste e impossível que transformou seu coração e sua alma em gelo?

O pai demorou tanto para responder que Magnus pensou que ele tinha levantado e ido embora. O príncipe desviou o olhar da taverna movimentada para ver se o rei ainda estava a seu lado.

— Ela me amava — Gaius disse, por fim, a voz quase inaudível. — Mas o amor não foi suficiente para resolver nossos problemas.

Magnus segurou a garrafa de vinho com força.

— Agora você vai me contar uma história de amor e perda... sobre um garoto e uma garota?

— Não.

Pensar que o pai mencionaria aquela história de amor épico sem contar tudo era previsível, mas ainda assim frustrante.

— Então por que você está aqui?

— Para contar a lição que aprendi. Amor é dor. Amor é morte. E o amor tira o poder de uma pessoa. Se eu pudesse voltar no tempo, gostaria de não ter conhecido Elena Corso. Desde aquela época, eu a odeio.

— Que romântico. Como se casou com Corvin Bellos, imagino que ela sentisse a mesma coisa.

— Tenho certeza disso. E agora lembro dela todos os dias, de tudo o que perdi, por causa daquela criatura mentirosa, Cleo. Ela se tornou sua fraqueza fatal, Magnus.

O ódio tinha voltado à voz de Gaius. Magnus encarou os olhos frios do pai.

— Seu ódio sem fim por Cleo me parece muito errado. Você deveria culpar a bruxa que amaldiçoou Elena. — Magnus suspirou, chocado ao perceber. — Você a culpa, não é? Por isso condenou tantas bruxas à morte ao longo dos anos... Para pagarem pelo crime dela. Pode dizer que odeia Elena, mas ainda a ama, até mesmo depois de sua morte. Por qual outro motivo você teria tomado a poção de minha avó?

— Pense o que quiser. — Um músculo se contraiu no rosto do rei. — A poção era a única maneira de afastar o pesar e a dor e deixar apenas a força. Mas agora aquela força sumiu, desapareceu quando caí daquele penhasco. A dor e o pesar voltaram, piores do que antes. E odeio isso. Odeio tudo nesta vida: o que tive que fazer, como passei todo esse tempo obcecado apenas pelo poder. Mas agora acabou.

— É o que anda prometendo.

Magnus precisava sair daquela taverna barulhenta e enfumaçada. Precisava de tempo e de espaço para esfriar a cabeça.

Quando levantou, o rei segurou seu braço.

— Imploro a você, meu filho, que mande Cleiona embora antes que ela o destrua. A princesa não ama você de verdade, se é o que você pensa. Independentemente do que ela disser, são apenas mentiras.

— O Rei Sanguinário implorando! Agora não falta mais nada. — Ele suspirou. — Já bebi demais por hoje. Foi um prazer conversar com você, pai. Tente voltar para a hospedaria sem morrer. Tenho certeza de que sua mãe ficaria muito abalada se alguma coisa ruim acontecesse.

Ele saiu sem dizer mais nada, detestando a confusão de pensamentos e sentimentos.

Enquanto Magnus caminhava por uma rua estreita, alguém bloqueou sua passagem para o caminho principal com ombros largos e uma cara séria.

Não havia mais ninguém à vista.

— É, acho que reconheci você uma noite dessas — disse o homem. — Você é o príncipe Magnus Damora, de Limeros.

— E você está redondamente enganado. Desculpe pela decepção. — Magnus tentou passar acotovelando o homem, que levou a enorme mão à garganta dele, puxando-o para tão perto que Magnus conseguiu sentir seu hálito de cerveja.

— Dez anos atrás, seu pai queimou minha esposa viva, dizendo que ela era uma bruxa. O que acha de eu fazer a mesma coisa com você como vingança?

— Acho que você precisa me soltar agora mesmo. — Magnus arregalou os olhos para o homem. — Sua necessidade de vingança não tem nada a ver comigo.

— Ele está certo. — O rei deu um passo à frente e tirou o capuz. — Tem a ver comigo.

O homem olhou para Gaius, surpreso, como se não acreditasse no que via.

— Sinto muito pela morte de sua esposa — o rei disse, e uma única lamparina acima da saída da taverna iluminava seu rosto quase esquelético. — Odeio bruxas por mais motivos do que poderia mencionar aqui e agora. Mas raramente executei uma que não estivesse envolvida com sangue e mortes. Se sua esposa está na terra da escuridão agora, é porque merece estar.

Com o rosto vermelho de ódio, o homem deu um passo à frente empunhando uma faca afiada. Magnus observou o pai de pé ali, sem se mexer, a pele amarelada, os ombros curvados. Ele não lutaria, não conseguiria lutar por sua vida.

Gaius *queria* morrer?

A atenção do homem estava totalmente voltada para o rei naquele momento, e o ódio ardia em seus olhos quando ele avançou.

Magnus se moveu antes mesmo de se dar conta de suas intenções, segurou as mãos do homem e impediu que a faca acertasse o alvo.

— Se alguém tem o direito de matar meu pai, esse alguém sou eu — ele vociferou. — Mas não hoje.

Ele virou a lâmina afiada para afundá-la no peito do homem, que gritou de dor e desabou no chão. O sangue jorrou livremente do ferimento fatal.

Houve um momento de completo silêncio na rua até o rei falar de novo.

— Precisamos ir embora antes que alguém veja isso.

Magnus teve que concordar. Limpou o sangue das mãos no manto preto e os dois logo voltaram à hospedaria Falcão e Lança.

— Não pense que esse gesto mostra que não odeio você — Magnus disse.

O rei assentiu com seriedade.

— Eu o consideraria um idiota se não me odiasse. Ainda assim, apesar do ódio que sente por mim, quero lhe dar algo.

— O quê?

— O cristal do ar.

Não havia como o Rei Sanguinário entregar uma parte da Tétrade a alguém, nem mesmo ao próprio filho. E, ainda assim, Gaius levou Magnus ao andar de cima, ao quarto onde tinha ficado por dois dias.

Magnus observou o espaço.

— Onde está Selia?

— No pátio. — O rei indicou a janela com a cabeça. — Sua avó gosta de cumprir os rituais antigos todas as noites, a esta hora e sob o luar, por isso consegui sair.

O rei foi até a cama de palha, levantou as cobertas e passou a mão por baixo do colchão. Em seguida, franziu a testa.

— Ajude-me a levantá-lo — ele disse.

— Está tão fraco assim? Então você teria mesmo ficado parado, esperando aquele homem te matar?

— Faça o que estou mandando. — O olhar que o pai lançou foi muito mais familiar do que qualquer conversa sobre compartilhar e arrependimentos.

— Tudo bem. — Magnus foi até o lado de Gaius e levantou o colchão para seu pai procurar embaixo dele.

Os olhos vermelhos e marejados do rei foram tomados pelo susto.

— Não está aqui.

Magnus lançou um olhar desconfiado para o rei.

— Que conveniente, se considerarmos que você estava prestes a entregá-lo a mim. Por favor, pai, me poupe dessas dissimulações.

Como se você fosse esconder um tesouro como aquele em um lugar tão óbvio!

— Não é dissimulação. Estava aqui. Andei muito debilitado para encontrar um lugar melhor onde escondê-lo. — Gaius ficou sério. — Aquela sua princesinha o roubou.

Só podia ser mentira. Mais uma mentira. Magnus não conseguia pensar em outra explicação, não para algo tão importante.

Antes que pudesse responder, o rei cambaleou com dificuldade para sair do quarto. Magnus o seguiu pelo corredor, onde Cleo ainda estava com Jonas.

Magnus não conseguia acreditar no que via. Precisou de todo o autocontrole possível para não transformar Jonas no segundo morto da noite.

Cleo levantou depressa quando o rei e Magnus entraram.

— O que foi? O que aconteceu?

— Você roubou o cristal do ar? — Magnus perguntou, incomodado com a maneira arrastada como estava falando.

— O quê? Eu... eu nem sabia onde estava!

— Sim ou não, princesa?

Cleo semicerrou os olhos e levantou o queixo.

— Não.

— Ela está mentindo — o rei disse.

— O rei das mentiras querendo acusar a princesa, não é? — Jonas quase cuspiu as palavras, os punhos cerrados. — Que ironia.

— Onde está o cristal da terra? — Magnus perguntou.

Cleo franziu a testa ao enfiar a mão no bolso e arregalou os olhos.

— Não está aqui. Mas estava, juro! Eu o carrego comigo o tempo todo!

Magnus sentiu uma náusea. Havia um ladrão entre eles. E quem quer que fosse, em breve ia se arrepender profundamente por suas atitudes.

Não demorou para que todos corressem até a sala para ver o que estava acontecendo. Milo e Enzo já empunhavam as armas, prontos para um combate.

Magnus observou o grupo. Estava todo mundo ali: Nic, Olivia, até Selia havia se unido ao grupo, com o rosto corado devido ao ritual da lua daquela noite. Todo mundo, menos uma pessoa.

— Onde está o príncipe Ashur? — Jonas perguntou, franzindo a testa. — Ele estava aqui mais cedo com Cleo e comigo.

— Eu não o vi hoje — Olivia respondeu. — Talvez tenha saído.

— Talvez. Alguém sabe aonde ele foi?

Enzo e Milo balançaram a cabeça em negativa.

Selia foi para o lado do rei pálido, que caminhava até uma cadeira para sentar.

— Gaius, querido, o que está fazendo fora da cama?

Magnus os ignorou, prestando atenção em Nic, que estava em silêncio. Enquanto os outros conversavam sobre o paradeiro do príncipe, Nic saiu da sala. Magnus imediatamente o seguiu pelo corredor em direção à porta da frente.

Quando Nic notou que Magnus estava perto, seus ombros ficaram tensos.

— Está procurando alguém? — Magnus perguntou, com os braços cruzados.

— Quero sair para respirar um pouco de ar fresco.

— Ele levou os dois cristais, não levou? E contou a você sobre os planos.

Nic balançou a cabeça, mas não o encarou nos olhos. Magnus não tinha mais paciência para mentiras naquela noite. Ele puxou a frente da túnica de Nic e o jogou contra a parede.

— Onde está Ashur? — ele resmungou.

— Você está bêbado.

— Demais, mas não faz a menor diferença agora. Responda! Ashur roubou os cristais, não roubou?

Nic rangeu os dentes.

— Você acha que o príncipe me conta alguma coisa?

— Não faço ideia do que o príncipe sussurra em seu ouvido, mas não sou cego. Sei que tem algo entre vocês dois, que são mais próximos do que aparentam. E sei que você sabe mais do que está me contando.

Jonas se aproximou, tenso, vindo de um canto.

— O que está fazendo com ele?

Magnus não soltou o garoto.

— Nic sabe os segredos de Ashur e vou descobrir quais são.

— Responda à pergunta, Nic — Jonas disse, os braços cruzados. — Sabe para onde Ashur foi?

Nic riu.

— Como é? Vocês estão trabalhando juntos agora?

— Não — Magnus e Jonas responderam em uníssono, e então se entreolharam.

Nic suspirou.

— Tudo bem. O príncipe acabou de partir para ver a irmã. Tentei convencê-lo a não fazer isso, mas ele não ouviu nada do que eu disse. Está determinado a fazer o que puder para colocar juízo na cabeça dela e, se não conseguir, vai exigir o título de imperador.

Magnus sentiu o estômago revirar.

— E ele levou para Amara os cristais do ar e da terra. Que lindo presente, considerando que Amara está com o cristal da água.

Por fim, Nic lançou um olhar preocupado.

— Ashur não faria isso.

— Não? — Magnus tentou continuar segurando a túnica de Nic para que o idiota não fugisse, mas sua visão estava turva. Vinho demais, rápido demais. Os efeitos só passariam ao amanhecer. — Talvez Amara tenha retirado os cristais dos esconderijos com sua magia, e eles voaram em asas de borboletas para ela.

— Vou falar mais uma vez. — Nic semicerrou os olhos. — *Me solte.*

— E se não soltar? Vai chamar a princesa para salvá-lo?

— Odeio você. Desejo vê-lo morto e enterrado. — Ele olhou para Jonas, irritado. — Uma ajuda?

— Nic, você precisa pensar — Jonas disse com calma. — Se Magnus estiver certo em relação a Ashur...

Magnus lançou um olhar fulminante ao rebelde.

— Você acabou de me chamar apenas pelo meu primeiro nome?

Jonas revirou os olhos.

— Amara Cortas não pode ter mais poder do que já tem. E se o irmão dela levou os cristais da Tétrade, é a pior coisa que poderia acontecer. Ela pode liberar três deuses elementares como Kyan.

— Eu sei — Nic respondeu. — Eu entendo.

— Entende?

— Então a culpa é minha? Vai deixar *sua majestade* quebrar meu pescoço? Por quê? Por não ter conseguido impedir Ashur de fazer o que queria? Ele faz o que bem entende.

— Prometo que *sua majestade* não vai quebrar seu pescoço.

— Não vamos nos precipitar — Magnus disse, divertindo-se com o breve olhar assustado do garoto.

Ele nunca mataria Nic.

Cleo nunca o perdoaria.

— Você vai fazer o seguinte — Magnus disse. — Vai atrás de Ashur para impedi-lo de fazer alguma coisa idiota e imperdoável por senso de lealdade familiar kraeshiano bizarro e sem propósito. E vai recuperar os cristais que ele roubou, custe o que custar.

Nic o encarou incrédulo.

— Não vou deixar Cleo de novo.

— Ah, vai, sim, com certeza. E vai agora. Você vai voltar com os cristais da Tétrade ou minha paciência com você vai acabar. — Magnus tentou organizar a mente confusa para encontrar uma maneira de fazer Nic cumprir a ordem.

— Você pode até me odiar, mas viu que mantive sua preciosa princesa viva todos esses meses, enquanto outros a queriam morta. Juro pela deusa que vou parar de protegê-la se não fizer exatamente o que mandei.

Nic se encolheu, mas manteve o olhar firme.

— Cleo ficaria bem até mesmo sem sua ajuda.

— Talvez sim. Talvez não. Em tempos de guerra, e não se engane, é exatamente o que essa ocupação "pacífica" kraeshiana é, ninguém está seguro.

Nic ficou sem resposta. Apenas o observou furioso.

— Com ameaça ou sem — Jonas disse impaciente —, o príncipe está certo, Nic, você precisa ir atrás de Ashur. Nós dois precisamos. Eu deveria ter acompanhado Felix e Taran quando eles partiram. Não há motivos para eu estar aqui.

— Não há motivos, rebelde? — Magnus lançou um olhar para ele. — Que esquisito. E pensei que você estivesse gostando de bajular a princesa, em busca de migalhas.

Jonas lançou um olhar raivoso para Magnus.

— Eu receberia muito mais do que você.

Magnus sorriu para ele.

— Não tenha tanta certeza disso.

Jonas ficou ainda mais sério.

— Terminamos por aqui. Nic, pegue o que precisa para ir ao complexo do chefe Basilius. Espero alcançar Ashur antes que ele chegue lá. E, Magnus?

— Sim, rebelde?

Jonas semicerrou os olhos.

— Se encostar em um fio de cabelo da princesa, juro por qualquer deusa em quem você acredita que vou fazer você implorar para morrer.

19
AMARA

PAELSIA

Um único falcão dourado voava em círculos sobre os cidadãos paelsianos reunidos para ouvir o discurso de Amara. A imperatriz estava em pé diante da janela aberta de seus aposentos, observando a multidão de rostos ansiosos. Muitos estavam perplexos por estarem dentro da propriedade privada do ex-chefe; os portões tinham ficado trancados para o público durante o governo dele. Naquele dia, os paelsianos viam pela primeira vez a cidade labiríntica, o que fez Amara lembrar muito da Cidade de Ouro, mas, em vez de metais e joias, a cidade onde estava era feita de barro, tijolo, pedra e terra.

— Vossa graça, gostaria que reconsiderasse esse discurso — Kurtis disse atrás dela. — A senhora está muito mais segura aqui dentro, principalmente com a notícia de rebeldes por perto.

Ela tirou os olhos da janela e se virou para o grão-vassalo onipresente.

— É por isso que tenho guardas ao meu redor o tempo todo, lorde Kurtis. Os rebeldes estão sempre por perto. Infelizmente, não posso fazer todos entenderem meu ponto de vista. Há quem se oponha ao reinado de meu marido, ao reinado de meu pai. E há aqueles que se opõem ao meu também. Falarei com meus cidadãos hoje, aqueles que vão me apoiar sem questionamentos e aqueles que duvidam de minhas intenções aqui. Preciso dar a eles uma esperança para o futuro... uma esperança que nunca tiveram.

— O que é uma atitude incrível, vossa graça, mas... os paelsianos são selvagens, violentos.

Amara considerou as palavras ofensivas.

— Há quem diga o mesmo dos kraeshianos — ela respondeu mais irritada. — Talvez você não tenha me ouvido até agora, mas falarei hoje.

— Vossa graça...

Ela levantou uma mão, decidindo parar de sorrir.

— Falarei hoje — ela disse com firmeza. — E ninguém vai me dizer que não posso fazer isso. Com a notícia dos rebeldes e com a discordância entre meus próprios soldados, preciso do apoio dessas pessoas para o futuro de meu reinado. E não permitirei que ninguém diga o que posso e o que não posso fazer. Entendido?

Ele se curvou no mesmo instante, corado.

— Claro, vossa graça. Não quis desrespeitá-la.

A porta se abriu e Nerissa entrou, fazendo uma reverência.

— Está na hora, imperatriz.

— Ótimo, estou pronta. — Amara alisou a seda de seu vestido. Era o mesmo que usava nas ocasiões mais especiais em Kraeshia. Ela o levava sempre que viajava caso tivesse a oportunidade de vestir uma peça tão esplêndida. A costura brilhante e as contas de esmeralda e ametista reluziam sob o sol paelsiano quando ela saiu de sua grande quinta.

Um grupo de guardas esperava Amara do lado de fora e, com Nerissa a seu lado, ela se aproximou do grande pódio em um palco de madeira bem acima da multidão de quatro mil pessoas reunidas lado a lado na antiga arena do chefe.

Aqueles eram seus novos súditos. Absorveriam tudo o que dissesse e espalhariam a notícia de sua glória a quem quisesse ouvir. E em breve, seriam os primeiros a reverenciá-la como uma verdadeira deusa.

A multidão gritou e a atmosfera foi tomada por sons de aprovação. Ela olhou para Nerissa, que sorriu e assentiu, incentivando-a a começar.

Amara ergueu os braços, e a grande plateia ficou em silêncio.

— Eu me dirijo ao lindo povo de Paelsia, um reino que tem passado por muitos testes e muitas atribulações ao longo de várias gerações. — Sua voz ecoou nos pilares de pedra, o que ajudou a amplificar as palavras de modo que até as pessoas nas arquibancadas pudessem ouvi-la. — Sou Amara Cortas, a primeira imperatriz de Kraeshia, e trago a vocês a notícia oficial de que não são mais cidadãos de Mítica, uma tríade de reinos que os oprimiu por um século. Agora vocês são cidadãos do grande Império Kraeshiano. E seu futuro é tão brilhante quanto o sol que nos ilumina hoje!

A multidão comemorou, e Amara parou um instante para analisar os rostos, alguns sujos, de pessoas com roupas simples puídas, gastas pela sujeira e pelo tempo. Olhos atentos se voltaram para ela, olhos que tinham assistido a muitos líderes fazerem promessas falsas e causarem dor e sofrimento. Ainda assim, ela viu uma esperança tímida até mesmo nos olhos dos mais velhos.

— Cuidaremos de sua terra — ela continuou. — Vamos torná-la rica de novo e pronta para as plantações que vão sustentar vocês e suas famílias. Vamos importar animais que servirão de alimento. E enquanto continuarem produzindo o vinho pelo qual Paelsia é conhecida, os lucros serão de vocês, integralmente, pois prometo que não serão cobrados impostos kraeshianos sobre esse produto por vinte anos. As leis que impediam a exportação do vinho a qualquer lugar que não fosse Auranos estão vetadas a partir de agora. Vejo Paelsia como um patrimônio maravilhoso do meu império e quero demonstrar isso cuidando para que minhas atitudes sejam condizentes com minhas palavras. Vocês fazem bem em acreditar em mim, porque eu acredito em vocês. Juntos, vamos marchar para o futuro, de mãos dadas!

O barulho vindo da plateia aumentou, e, por um instante, Amara fechou os olhos e permitiu-se aproveitar o momento. Tinha sido por isso que ela se sacrificou tanto. Tinha sido por isso que ela fez o que fez.

Por aquele poder.

Não fora à toa que seu pai havia tomado decisões tão precipitadas durante seu reinado. Aquela sensação diante da obediência, da adoração e da reverência era mesmo viciante.

Se ela conseguiria ou não cumprir o prometido, ainda precisava verificar.

Ela sentia a magia que havia na crença que emanava do povo paelsiano. Uma magia tão rica e pura na qual queria se banhar.

— Vossa graça! — Nerissa exclamou, assustada.

Amara abriu os olhos a tempo de ver uma flecha de relance, e então um de seus guardas a tirou do caminho. A flecha acertou o homem no pescoço, e ele caiu se debatendo no chão do palco.

— O que está acontecendo? — ela quis saber.

— O grupo de rebeldes que ameaçou vir aqui hoje... eles estão aqui! — Nerissa agarrou o braço dela. Duas outras flechas voaram na direção dela, bem perto, acertando outros dois guardas.

— Quantos? — Amara conseguiu perguntar. — Quantos rebeldes estão aqui?

— Não sei... — Nerissa ergueu a cabeça para olhar para a multidão quando outra flecha passou por ela. — Vinte, talvez trinta ou mais.

Amara observou chocada quando seu exército de soldados invadiu o mar cada vez maior de civis para capturar os rebeldes. Os soldados derrubavam qualquer pessoa que aparecesse no caminho, fossem rebeldes ou paelsianos. A multidão entrou em pânico e tentou fugir. O caos se instalou, gritos de medo e de indignação eram ouvidos por todos os lados quando sangue começou a ser derramado.

Paelsianos empunharam armas, trocando rapidamente a expressão esperançosa pela de ódio, e começaram a lutar não só contra os soldados, mas uns contra os outros, facas cortando a carne, socos acertando rostos e abdomens.

"Os paelsianos são selvagens, violentos", Kurtis tinha alertado.

Mães agarravam os filhos, chorando e correndo para todas as direções.

— O que vamos fazer? — Nerissa perguntou. Ela tinha agachado ao lado de Amara, e as duas se encolheram atrás do pódio.

— Não sei — Amara disse depressa, e se arrependeu de suas palavras.

Palavras de medo. Palavras de vítima.

Ela não ia se acovardar diante de rebeldes naquele momento — nem nunca.

O medo logo se transformou em raiva. Aquilo, fosse o que fosse, não fazia parte de seu plano. Aqueles que desejavam destruir sua chance de transformar aquele povo determinado em seu aliado, um povo que já estava pronto para aceitá-la como líder, pagariam com a vida.

Amara levantou do esconderijo, punhos cerrados, quando alguém se aproximou do palco trás dela. Ela ouviu passos pesados na superfície de madeira.

Quando se virou, viu dois de seus guarda-costas caindo com a garganta cortada. Atrás deles, um rosto assustadoramente familiar.

— Bem, princesa, eu poderia apostar um monte de moedas de ouro que você não esperava me ver de novo.

Felix Gaebras apontava uma espada a poucos centímetros de seu rosto.

O rosto dele aparecia em seus pesadelos. Ou talvez os pesadelos tivessem sido premonições. Naqueles sonhos, ele tentava matá-la.

— Felix... você fez isso, tudo isso, só para chegar até mim — ela começou, dando um passo hesitante para trás para se afastar do jovem que acreditava estar morto fazia muito tempo.

Ele sorriu.

— Sinceramente? Eu estava só observando de longe. Foi uma coincidência feliz. Acho que há muitos outros rebeldes que querem derramar seu sangue. Mas parece que a honra será minha.

Ela olhou para a esquerda e viu três guardas correndo na direção de Felix, mas foram derrubados por outro jovem de cabelo escuro e expressão irritada.

— O plano não era esse, Felix — o rapaz gritou. — Nós dois vamos morrer por sua causa.

— Calado, Taran — Felix respondeu. — Estou retomando contato com uma antiga namorada.

Ao sentir a lâmina em seu rosto, Amara olhou para o tapa-olho preto que ele usava.

— Seu olho...

— Perdi. Graças a você.

Ela se encolheu.

— Sei que você deve me odiar pelo que fiz.

— Odiar? — Ele arqueou as sobrancelhas escuras, movendo de leve o tapa-olho. — "Ódio" é uma palavra muito leve, não acha?

Amara tentou ver se algum guarda se aproximava para ajudá-la, mas Taran, o amigo de Felix, os afastava com a espada e o arco que trazia.

Amara virou para a frente, para o olho bom de Felix, e disse com o máximo de arrependimento que conseguiu reunir:

— Não importa o que tenha enfrentado, minha bela fera. Juro que posso me retratar.

— Não me chame assim. Perdeu o direito de me chamar assim quando me abandonou e me deixou para morrer. — Felix encostou a lâmina no rosto dela de novo, fazendo-a olhar para a multidão. — Viu o que fez? É culpa sua. Tudo o que você toca acaba em morte.

O olhar tenso de Amara passou pela multidão que tinha percorrido quilômetros para se reunir e ouvi-la falar. Muitos paelsianos estavam mortos entre os combatentes, pisoteados, assassinados pelas espadas dos guardas ou por seus próprios compatriotas.

Felix tinha razão: era culpa dela. Um momento de vaidade, o desejo de sentir o amor de seus novos súditos depois de tanta dor e decepção, acabou em morte.

Tudo acabava em morte.

O mesmo falcão que ela vira sobrevoando a multidão grasnou alto o suficiente para Amara ouvir. No chão, alguém preso no meio do caos chamou sua atenção: um jovem de cabelo ruivo, cor rara de ser encontrada, caminhava em direção ao palco.

Ela reconheceu o amigo de Cleo, Nic. Aquele com que Ashur tinha ficado obcecado.

Amara observou horrorizada quando dois paelsianos agarraram Nic e rasgaram o saco de moedas preso ao passador de sua calça. Nic tentou segurar o saco, e a faca de um dos homens reluziu à luz do sol antes de ser fincada no peito dele.

Ela se assustou.

O corpo de Nic caiu no chão e logo se perdeu na multidão.

Aquilo era culpa dela, apenas dela.

Ela franziu a testa ao pensar nisso. Não... tinha sido azar de Nic, uma circunstância infeliz. Ela não tinha assassinado o amigo de Cleo com as próprias mãos. Amara se recusava a assumir a culpa pelo azar de outras pessoas.

Apesar de ter odiado seu pai e seus irmãos com a mesma intensidade, a família Cortas não era nada fraca. Inclusive ela.

E além da família Cortas, as mulheres não eram fracas. Eram líderes. Campeãs. Guerreiras. Rainhas.

Amara tinha enfrentado inimigos muito maiores do que Felix Gaebras na vida.

Ela se forçou a falar de modo assustado quando virou para ele de novo.

— Você é maior do que isso, Felix. Matar uma garota desarmada? Não combina com você.

— *Não combina comigo?* Sou um assassino profissional, meu amor. Matar é o que faço melhor.

De canto do olho, ela observou o amigo derrubar mais dois de seus homens com uma só mão.

— Pense bem, governo um terço do mundo e controlo toda a fortuna. Quer ser um homem muito rico?

Ele levantou um dos ombros.

— Não.

Amara tinha esquecido que ele era diferente dos outros homens que conhecia — uma vantagem no começo, mas um problema no presente. — Mulheres, então. Dez, vinte, cinquenta garotas que desejem apenas você.

Felix abriu o sorriso mais frio que ela já tinha visto.

— E como eu saberia que não são vadias frias e dissimuladas como você? Não tem acordo, imperatriz.

Amara ficou com os olhos marejados. Fazia muito tempo que não chorava, mas chorar era um talento que desenvolvera desde cedo. Sabia que a maneira mais fácil para uma mulher evitar problemas ou castigos era fingir fraqueza entre os homens.

As lágrimas logo começaram a descer livremente por seu rosto.

— Eu pretendia libertá-lo, mas me disseram que você já estava morto, assassinado em uma tentativa de fuga. Meu coração ficou destruído quando pensei que tinha perdido você para sempre. Deveria tê-lo incluído em meus planos, mas eu estava com medo, muito medo. Ah, Felix, eu não queria que nada acontecesse com você, sinceramente! Eu... eu amo você! Sempre vou amar, não importa o que você decida fazer hoje!

Felix olhou para ela como se estivesse assustado com o que ouvia.

— O que disse? Que me ama?

— Sim. Eu amo você.

A ponta da espada se mexeu. Mas logo foi afastada.

— Bela tentativa, meu amor. Eu poderia até acreditar, se fosse um completo imbecil. — Felix sorriu para ela. — Hora de morrer.

Um instante depois, Carlos, que tinha subido no palco e conseguido passar por Taran, derrubou Felix. Antes que conseguisse recuperar o fôlego, Taran e Felix estavam diante dela, ajoelhados.

Nerissa voltou para seu lado, e Amara segurou a mão dela, apertando-a para ter a certeza de que a criada não tinha se ferido.

— Os outros rebeldes morreram, vossa graça — Carlos informou. O rosto dele sangrava devido a um corte profundo no nariz.

Amara respondeu assentindo brevemente e então olhou para Felix. Ele deu de ombros de novo.

— Não posso dizer que não tentei.

— Devia ter sido mais rápido.

— Acho que gosto muito de falar. — Ele abriu um grande sorriso, mas seu olhar estava frio. Voltou-se para Nerissa por um instante antes de voltar a encarar Amara. — Vamos falar de novo sobre aquela oferta do harém de lindas mulheres?

Amara tocou o rosto de Felix, levantando sua cabeça.

— Sinto muito pelo seu olho. Gostei daquele olho, assim como de outras partes suas. Por algumas noites, pelo menos.

— Devemos executá-los agora mesmo, vossa graça? — Carlos perguntou, com a espada ao lado do corpo.

Ela esperou o medo aparecer no único olho de Felix, mas ele manteve a pose desafiadora.

— Se eu poupá-lo, o que fará? Vai tentar me matar de novo?

— Num piscar de olhos — ele disse.

— Você é um grande idiota — Taran rosnou.

Sua bela fera a tinha entretido por um período. E ainda entretinha.

Apesar de tudo, Amara ainda se sentia atraída por ele. Mas não importava. Ele deveria ter morrido muito tempo antes, e não ser mais um problema para ela.

Amara assentiu para o guarda.

— Jogue os dois no fosso. Cuido deles mais tarde.

20

LUCIA

PAELSIA

— Ela é incrível. Totalmente linda e gloriosa. Parece mais uma deusa do que uma mera mortal, se quer saber. Tenho certeza de que vai salvar todos nós.

Lucia parou na barraca de frutas enquanto procurava uma maçã sem nenhuma imperfeição — pelo jeito, era impossível em Paelsia — e olhou para a vendedora que conversava com uma amiga.

— Concordo totalmente — a amiga disse.

Estariam falando da feiticeira profetizada?

— Desculpem minha grosseria, mas posso saber de quem estão falando? — Lucia perguntou. Era a primeira vez que falava em voz alta em mais de um dia, e sua voz falhou no início.

A vendedora olhou para ela.

— Ora, da imperatriz, é claro! De quem mais poderia ser?

— Sim, de quem mais, não é? — Lucia disse em voz baixa. — Então vocês acham que Amara Cortas vai salvá-las. Salvá-las do que, exatamente?

As paelsianas trocaram um olhar e viraram para Lucia um tanto impacientes.

— Você não é daqui, é? — Uma delas franziu os lábios enrugados. — Não, com esse sotaque, acredito que seja limeriana, não é?

— Nasci em Paelsia e fui adotada por uma família limeriana.

— Você teve muita sorte por ter escapado destas fronteiras tão cedo, então. — A vendedora virou para a amiga. — Se ao menos todos tivéssemos tido essa oportunidade...

As duas riram sem achar graça.

A paciência de Lucia estava acabando.

— Vou comprar esta maçã. — Ela guardou a fruta no bolso e entregou uma moeda de prata. — E também qualquer informação que puder me dar a respeito da localização da imperatriz.

— Com prazer. — A mulher pegou a moeda com ganância, semicerrando os olhos. — Por onde andou esses últimos dias, mocinha, para não saber tudo sobre a imperatriz? Perdida por aí?

— Mais ou menos. — Na verdade, ela estava recuperando as forças na hospedaria no leste de Paelsia até não aguentar mais e ter que fugir. Apesar da preocupação da atendente Sera com sua saúde, Lucia sabia que precisava sair dali antes que sua barriga ficasse grande demais e ela não conseguisse mais levantar da cama.

Passou a mão pela barriga aparente e a comerciante notou, arregalando os olhos.

— Ah, minha querida! Não percebi que estava grávida. E já tão avançada!

Lucia gesticulou para indicar que ela não se preocupasse.

— Estou bem — ela mentiu.

— Onde está sua família? Seu marido? Não me diga que está sozinha aqui na feira hoje!

Parecia que o fato de estar grávida fazia os desconhecidos sentirem vontade de tratá-la com muito mais gentileza do que o normal. Tinha sido bom durante a viagem lenta e desconfortável para o oeste.

— Meu marido está... morto — ela disse com cuidado. — E agora estou procurando minha família.

A amiga da vendedora correu na direção de Lucia e segurou suas mãos.

— Meus mais sinceros sentimentos por essa perda tão dolorosa.

— Obrigada. — Lucia sentiu um nó repentino e irritante na garganta. Assim como a barriga inchada, suas emoções estavam muito mais intensas e difíceis de controlar.

— Se precisar de um lugar para ficar... — a vendedora disse.

— Obrigada de novo, mas não preciso. Só preciso de informações sobre a imperatriz. Ela ainda está em Limeros?

As amigas se entreolharam de novo, sem acreditar que Lucia pudesse estar tão desinformada a respeito daquelas coisas.

— A grande imperatriz Cortas está morando no antigo complexo do rei Basilius — a vendedora começou. — Ela vai fazer um discurso de lá amanhã, dirigindo-se a todos os paelsianos que puderem participar.

— Um discurso aos paelsianos. Por quê?

A vendedora olhou para ela com um pouco de compaixão.

— Bem, por que não? Talvez você tenha esquecido por causa dos muitos anos abençoados que passou em Limeros, mas a vida aqui em Paelsia é difícil.

— Para dizer o mínimo — sua amiga acrescentou.

A vendedora assentiu.

— A imperatriz vê nossos esforços. Ela os reconhece. E quer fazer algo em relação a isso. Ela valoriza os paelsianos como parte importante de seu império.

Lucia tentou não revirar os olhos. Ela não tinha percebido como Amara era uma manipuladora de primeira, sedenta por poder, nas poucas vezes em que conversara com a ex-princesa quando os Damora moraram no palácio auraniano.

— Mas, claro, questiono a sabedoria da imperatriz por se casar com o Rei Sanguinário — a vendedora comentou.

— Desculpe — Lucia disse, olhando para ela. — Você disse que ela é casada com o Rei... San... com o *rei Gaius*?

— Sim. Mas também soube que ele está desaparecido no momento, junto com seu herdeiro. Vamos torcer para que a imperatriz tenha enterrado os dois a sete palmos da terra.

— Realmente — Lucia murmurou, sentindo o estômago embrulhado só de pensar. Sera não tinha dito nada sobre o casamento de seu pai com Amara. Seria verdade? — Eu... eu preciso ir. Preciso...

Ela virou e desapareceu em meio à multidão na feira.

Certa vez, Ioannes tinha guiado Lucia para encontrar e despertar a Tétrade com seu anel da feiticeira. Ela esperava que o mesmo encanto que usaram pudesse funcionar para ajudá-la a encontrar Magnus e seu pai. No entanto, apesar de ter conseguido fazer o anel girar como fizera na época em seus aposentos no palácio auraniano, todas as tentativas de reaver o mapa brilhante de Mítica e determinar a localização deles tinham fracassado. Enfraquecida por usar seus *elementia*, ela tinha que fazer paradas constantes ao percorrer o caminho a pé, junto com muitos outros paelsianos, até o complexo do antigo líder local.

Lucia se recusava a acreditar que sua família estivesse morta. Eles eram muito bem preparados para isso. E, se o rei tinha se casado com Amara — uma ideia tão ridícula que ela mal conseguia conceber —, tinha feito isso por razões estratégicas, por poder e sobrevivência.

Sim, Amara era jovem e muito bela, mas seu pai era esperto e cruel demais para tomar uma decisão como essa movido por uma mera paixão.

Havia milhares de paelsianos reunidos do lado de fora do complexo quando ela finalmente chegou. O vilarejo mais próximo ficava a meio dia de viagem dali, mas levaria mais um dia, talvez dois, na situação atual de Lucia, para chegar a Basilia, seu destino original.

Os portões altos e pesados rangeram ao se abrir, e a multidão adentrou o complexo. Lucia se concentrou tanto nas pessoas que a cercavam, procurando algum rosto conhecido, que mal viu os caminhos de pedra e as casas de barro que levavam em direção à enorme casa de três andares no centro do complexo. Os paelsianos estavam sendo levados para uma ampla clareira, com fogueiras e vários assentos elevados de pedra. Isso a fez pensar nas histórias que já tinha ouvido sobre como o chefe Basilius organizava competições entre os homens que queriam impressioná-lo com sua força e habilidade de combate. Ali, já tinham ocorrido lutas mortais apenas para entretê-lo.

A multidão continuou crescendo, mas Lucia não ouviu nenhuma menção ao ex-chefe e a seus prazeres nos fragmentos de conversa ao seu redor. Só ouvia sobre a importância da nova imperatriz.

Lucia não imaginava que os paelsianos fossem tão fáceis de enganar. Eles acreditaram, por muitos e muitos anos, que o chefe Basilius era um feiticeiro.

Chefe Hugo Basilius. Seu pai biológico.

E aquela era a casa dele — o lugar onde ela teria sido criada se não tivesse sido roubada no berço.

Lucia olhou para as casas, ruas e a arena que formavam o complexo, esperando sentir uma sensação de perda da vida que deveria ter tido.

Mas não sentiu nada. Se havia um lar do qual sentia falta, era do palácio escuro cercado por gelo e neve em Limeros.

Quanto antes conseguisse deixar aquele reino seco e desagradável, melhor. Já tinha aprendido mais do que o suficiente sobre a cultura paelsiana quando a conheceu com Kyan.

Ela não ouviu boatos sobre o deus de fogo causando mais destruição e morte durante suas viagens. Segurava firme a esfera de âmbar que tinha escondido no bolso. Timotheus insistira que Kyan não podia morrer. Mas, se era verdade, onde ele estava? O que estava planejando? Ela o havia ferido gravemente em sua batalha? Se não tinha, por que Kyan não havia voltado às Montanhas Proibidas para recuperar sua esfera antes que Lucia a encontrasse?

Ela pressionou os dedos ao redor do cristal de âmbar ao pensar nisso. Seria forte o suficiente para lutar se ele a encontrasse naquele dia?

Lucia detestava admitir que não.

Não, não é bom o suficiente, ela pensou. *Não há outra escolha. Tenho que ser forte.*

— Ela é incrível, de fato — outro um velho corcunda paelsiano disse. — Se tem alguém que pode livrar nossa terra de sua doença mortal, é a imperatriz.

— Quero vingança pela morte de minha família — uma mulher mais jovem respondeu.

— Também quero — uma mulher mais velha concordou.

— De que doença estão falando? — Lucia perguntou.

— A doença da bruxa sombria — o velho resmungou. — A maldade dela destruiu esta terra e matou milhares de paelsianos com o toque de sua mão feia e retorcida.

Lucia mexeu as mãos.

— Ouvi falar dessas maldades...

— Maldades? — ele praticamente gritou com ela. Gotas de saliva do homem acertaram o rosto de Lucia, que limpou a face, fazendo uma careta. — Alguns dizem que Lucia Damora vai matar todos nós com sua magia do fogo, que é uma feiticeira imortal, filha do Rei Sanguinário com uma demônia durante uma cerimônia de magia sanguinária! Mas eu a vejo como é: alguém que precisa ser morta antes que acabe machucando outras pessoas.

Eles sabiam seu nome. E a odiavam o suficiente para desejar sua morte.

Não importava que o velho não tivesse incluído Kyan no relato. Já era um fato. Ela não podia voltar e mudar o que tinha acontecido.

Os paelsianos viam Lucia como uma bruxa demoníaca tirada das sombras como uma hera odiosa. Um pesadelo e uma doença que infestavam sua terra.

Ela nem tentou discutir, uma vez que estavam totalmente certos.

A multidão começou a gritar quando Amara finalmente subiu ao palco. Lucia tentou ver o máximo que pôde da bela moça, o cabelo comprido e escuro estava solto, o vestido de seda esmeralda com uma fênix brilhante bordada. Quando ela ergueu as mãos. As pessoas ficaram em silêncio.

Amara falou de maneira clara e intensa sobre um futuro incrível para os cidadãos de Paelsia. Lucia não acreditava nas mentiras que ela despejava, mas, ao observar em volta, viu que as pessoas aceitavam o que era dito como quem aceita um banquete delicioso.

A imperatriz parecia muito sincera em suas promessas. Lucia admirava a facilidade com que falava sobre mudar tudo o que estava errado no mundo. Sobre tomar decisões em nome daquelas pessoas que acreditavam em cada uma de suas palavras.

Lucia estava ali, punhos cerrados, odiando Amara e esperando a chance de descobrir o que sua inimiga tinha feito com sua família.

E então, quase no mesmo instante, as lindas e falsas palavras que Amara dizia foram interrompidas. Alguém gritou e Lucia só entendeu o que estava acontecendo quando viu um guarda cair no palco, com uma flecha enfiada na garganta. Outro guarda caiu, e mais um.

Uma tentativa de assassinato.

Isso não pode acontecer, Lucia pensou desesperada. *Preciso muito perguntar a ela. Amara não pode morrer hoje.*

Com muito esforço, Lucia acessou a magia do ar. Um vento frio e abundante envolvia seus braços e mãos em espirais transparentes enquanto ela avançava pela multidão em direção ao palco, usando a magia invisível para tirar todo mundo de seu caminho. Os guardas kraeshianos pularam na multidão assustada e confusa com armas em punho e só provocaram mais pânico. Eles derrubavam quem os enfrentava ou cruzava seu caminho, fossem rebeldes ou civis, o que só aumentou a confusão enquanto todos tentavam fugir.

Lucia se esforçou para enxergar o que estava acontecendo no palco. Amara e uma garota muito parecida com a criada que costumava acompanhar a princesa Cleo encolheram-se diante de um jovem alto que usava um tapa-olho preto e empunhava uma espada.

A magia do ar frio de Lucia passou para a de fogo, pronta para queimar quem a impedisse de chegar a Amara. Alguém puxou seu manto, e ela olhou para a pessoa, pronta para fazê-la arder em chamas. Nicolo Cassian olhou para ela, uma das mãos em seu manto, a outra pressionada contra um ferimento na barriga. Quando ele tossiu, sangue espirrou de sua boca.

Um ferimento mortal.

Lucia olhou de novo para o palco, mas um som engasgado a fez virar de novo para Nic, uma vítima dos guardas sedentos por sangue ou de um paelsiano assustado.

Não importava quem tinha feito aquilo. Ela conseguiu ver, com rapidez, que o ferimento era profundo e mortal. O que aquele garoto estava fazendo justamente ali?

Lucia não tinha magia suficiente para lutar contra milhares. Levou a mão à barriga ao observar a multidão, sabendo que precisava ir para um local seguro. Muitos estavam se pisoteando para voltar aos portões.

Ela deu um passo e então percebeu que Nic ainda a segurava.

— Prin... ce... sa... — ele disse, sem fôlego.

Ela o encarou, hesitante.

— Por favor... me ajude...

A vida se esvaía de seus olhos. Nic não tinha mais muito tempo. Mas ele era amigo próximo da princesa Cleo — uma garota que Lucia já tinha considerado uma amiga verdadeira, até ser traída por ela.

Mas o pai de Lucia tinha destruído a vida de Cleo, destruído todo o seu mundo.

Cleo tinha perdido tudo no último ano. Aquele amigo era o único resquício que a princesa auraniana tinha de sua antiga vida.

Se Nic morresse, Lucia não tinha dúvidas de que isso destruiria Cleo.

Lucia detestava quando sua consciência pesava, principalmente quando isso acontecia por causa de Cleiona Bellos.

Com cuidado, ela se agachou ao lado de Nic e afastou a mão que cobria o ferimento para, em seguida, levantar a túnica. Fez uma careta ao ver todo aquele sangue e as entranhas para fora.

— Diga a Cleo — Nic disse com esforço para respirar — que eu a amo... que ela é minha família... que eu... eu sinto muito.

— Poupe seu fôlego — Lucia disse. — E diga a ela você mesmo.

Lucia pressionou o ferimento cheio de sangue e canalizou toda a magia da terra que tinha dentro de si. Nic arqueou as costas e gritou de dor, e o grito estridente se espalhou pelo caos ao redor deles.

— Pare! Por favor! — Nic tentou impedi-la, afastá-la, mas estava fraco demais. Tinha perdido tanto sangue que Lucia não sabia se teria magia suficiente para curá-lo. Mas ainda assim, tentou. O capuz caiu de sua cabeça, revelando o cabelo e o rosto, mas ela não se deu ao trabalho de puxá-lo de volta. Esgotou a energia e a força que tinha em uma tentativa de salvar aquele rapaz.

Pelo menos até alguém arrancá-la de perto dele. Ela virou, furiosa, e ficou frente a frente com um homem feio que escancarava um sorriso mostrando os dentes.

— Vejam o que encontrei! — ele anunciou, arrastando-a para longe de Nic até ela perdê-lo de vista. — A própria feiticeira atacando outro de nós! As mãos dela estão manchadas de sangue paelsiano!

Lucia tentou invocar magia do fogo ou do ar para afastá-lo, mas nada aconteceu. Ela fechou a mão, desesperada para fugir de quem a atacava.

— Olhe para mim, bruxa! — o homem disse.

Ela lançou um olhar para o homem, mas recebeu um tabefe no rosto tão forte a ponto de fazer seu ouvido zunir.

— Amarre-a! — alguém gritou. — Queime a bruxa como ela queimou nossos vilarejos!

Desorientada, ela foi arrastada pela terra seca, tropeçando nos próprios pés até seu agressor empurrá-la para longe. Ela caiu de joelhos com tudo no meio de uma roda de pessoas furiosas. Alguém jogou uma pedra nela, acertando o lado direito de seu rosto com força, e Lucia gritou de dor. Levou a mão ao rosto e sentiu o sangue quente.

— Não sou quem você pensa que sou — ela conseguiu dizer. Levantou as mãos à frente do corpo. — Você precisa me soltar.

— Não, bruxa. Hoje você vai morrer por seus crimes cruéis. Estamos de acordo?

A multidão que a cercava expressou aprovação com gritos. Não havia misericórdia no olhar de ninguém. Alguém entregou uma corda grossa ao primeiro agressor.

— Deixe-a de pé — ele vociferou.

Alguém atrás de Lucia a levantou e amarrou seus punhos com força.

— Meus cumprimentos, princesa — uma voz estranhamente familiar soou em seu ouvido. — Pelo visto está causando mais problemas em Paelsia.

Jonas Agallon. Ela se esforçou para virar o suficiente e ver aquele olhar tomado de ódio.

— Jonas — ela disse —, por favor, precisa me ajudar!

— Ajudar? O quê? A grande e poderosa feiticeira não consegue se cuidar? — Ele estalou a língua. — Que tragédia. Parece que essas pessoas querem vê-la morta. Queimada viva, acho que foi o que ouvi, certo? Parece um fim adequado para uma bruxa como você.

Sua mente estava a mil.

— Onde está meu pai? Meu irmão? Você sabe?

— É a última coisa com que você deveria se preocupar, princesa. Sinceramente. — Ele a virou e resvalou a mão na barriga dela.

Jonas franziu a testa.

— Isso mesmo — ela disse, agarrando todas as oportunidades que tinha de conseguir ajuda, ainda que fosse de alguém como ele. — Vocês vão tentar celebrar minha execução tão rápido agora que sabem que uma criança inocente morrerá comigo?

— Inocente? — O olhar de Jonas não suavizou nem um pouco. — Nada que alguém como você poderia trazer a este mundo seria inocente.

— Eu não matei aquela moça. Foi Kyan. Ele... eu não consegui controlá-lo. Eu queria que ele parasse. Sinto muito por sua perda e me arrependo do que aconteceu naquele dia. Gostaria de poder mudar as coisas, mas não posso.

— O nome daquela moça era Lysandra. — Jonas contraiu o maxilar, e ficou em silêncio por um momento enquanto os outros homens pediam para ir a um lugar mais adequado para queimar a bruxa. — Onde está Kyan?

— Eu... eu não sei — ela disse com sinceridade.

Jonas a encarou.

— Essa criança dentro de você drena sua magia, não é?

— Como sabe disso?

Ele franziu ainda mais a testa.

— Você já teria destruído tudo aqui se tivesse acesso a seus *elementia*, certo?

Ela apenas assentiu.

Jonas xingou em voz baixa.

— Eles precisam de você. Estão dependendo de você. E você está aqui, como uma idiota, prestes a morrer.

Se estivessem em outro lugar, em outro momento, ela teria ficado magoada ao ser chamada de idiota.

— Então faça alguma coisa em relação a isso. *Por favor.*

Depois de um momento de hesitação, Jonas empunhou a espada e a apontou para o homem que segurava a corda.

— Uma pequena mudança de planos. Vou levar a feiticeira comigo.

— Sem chance — o homem resmungou.

— Não há discussão. Estou vendo que nenhum de vocês está armado no momento. — Ele observou as pessoas do grupo. — Atitude estúpida, em uma multidão assim, não carregar uma arma, mas isso torna as coisas mais fáceis para mim. Se nos seguirem, vão morrer. — Ele arregalou os olhos para Lucia. — Vamos, princesa.

Jonas pegou o braço dela e a puxou.

— Aonde vai me levar? — ela perguntou.

— Aos seus queridos pai e irmão. Que todos vocês apodreçam juntos na escuridão.

21
CLEO

PAELSIA

Quando percebeu que Nic, Jonas e Olivia tinham partido sem contar nada sobre seus planos, Cleo não ficou magoada. Ficou furiosa.

— Minha nossa, querida, você vai abrir um buraco no chão de tanto andar de um lado para o outro.

Cleo virou e viu Selia Damora olhando para ela. A mulher a deixava nervosa, mas felizmente as duas tinham se encontrado poucas vezes desde sua chegada. Era difícil acreditar que fazia só três dias que estavam na hospedaria. Pareciam três anos.

— Meus amigos partiram sem se despedir — Cleo respondeu tensa, forçando-se a parar de roer a unha do polegar direito. — Considero esse comportamento imperdoavelmente grosseiro e desrespeitoso. Em especial da parte de Nic.

— Sim, Nic. O rapaz de cabelo vermelho. — Selia sorriu. — Tenho certeza de que não fez por mal. Ele parece gostar de você.

— Ele é como um irmão para mim.

— Os irmãos *costumam* esconder segredos das irmãs.

— Mas não o Nic. — Cleo remexeu as mãos. — Contamos tudo um ao outro. Bom, *quase* tudo.

— Venha sentar comigo por um momento. — Selia sentou em uma espreguiçadeira e deu batidinhas no assento ao seu lado. — Quero saber mais sobre a esposa de meu neto.

Era a última coisa que Cleo queria, mas teve que fingir amabilidade. Seria inteligente de sua parte fazer amizade com uma mulher que logo teria acesso à magia, especialmente agora que a magia de Cleo tinha sido roubada — ainda que Selia fosse uma Damora.

Só de pensar no que Ashur tinha feito, ela tremia de raiva. Como ele tinha conseguido roubar a esfera de obsidiana sem que ela notasse? Para Cleo, aquele cristal representava poder e um futuro repleto de escolhas e oportunidades. Mas por ser preguiçosa e desatenta, a esfera tinha sido levada de baixo de seu nariz.

E não havia absolutamente nada que pudesse fazer.

Forçando um sorriso, Cleo sentou hesitante ao lado da senhora.

Selia não disse nada por um tempo, mas observou o rosto de Cleo com cuidado.

— O que foi? — Cleo perguntou finalmente, ainda mais desconfortável do que antes.

— Eu não tinha certeza antes... mas tenho agora. Vejo seu pai em você. Seus olhos são da mesma cor dos de Corvin.

A menção a seu querido pai a deixou tensa.

— Você tinha dúvidas a respeito de quem eram meus pais?

— No que diz respeito a meu filho e a... — ela hesitou — às *dificuldades* dele com sua mãe, sim, claro que tive muitas dúvidas ao longo dos anos. Achei que houvesse uma chance de Gaius ser seu pai.

O horror de pensar numa possibilidade daquelas a deixou enjoada de repente.

— Meu... *meu pai?* — Ela cobriu a boca com a mão. — Acho que vou vomitar.

— Ele não é seu pai. Tenho certeza disso agora que estou olhando para você.

Cleo tentou se manter calma, mas a insinuação inesperada da mulher a deixara atordoada.

— Minha... minha mãe não teria... de jeito nenhum...

— Sinto muito se a perturbei com isso. Mas não prefere ter certeza de que você e Magnus estão unidos apenas pelos votos e não pelo sangue? — Ela franziu a testa. — Minha nossa, você está muito pálida, Cleiona.

— Nem sei por que sugere uma coisa dessas — ela disse.

— Não pensei que Gaius tivesse conseguido se encontrar com Elena depois da briga que tiveram, que sei que aconteceu bem antes de ela se casar com Corvin. Mas os filhos nem sempre contam tudo à mãe sobre assuntos do coração, nem mesmo o filho mais atencioso e amoroso.

O modo como o rei expressara o que teriam sido suas últimas palavras, seu suspiro final, o nome da mãe dela... "Sinto muito, Elena".

— Só soube que eles se conheciam recentemente — Cleo disse, tensa.

— Eles se conheceram num verão vinte e cinco anos atrás na Ilha de Lukas, quando Gaius tinha dezessete anos, e Elena, quinze. Quando voltou para casa, Gaius já estava obcecado por ela, dizendo que iam se casar com ou sem o consentimento do pai dele.

Cleo se esforçou para continuar respirando. Aquela história não parecia plausível. Soava como uma história de um livro cheio de fantasia e imaginação.

— Meu pai nunca disse nada a respeito... — Ela franziu a testa. — Ele sabia?

— Não faço ideia do que Elena pôde ter contado a Corvin sobre seus romances anteriores. Imagino que ele descobriu a verdade no fim das contas, ainda que apenas para se preparar melhor para proteger Elena.

— Protegê-la? Como assim?

A expressão de Selia ficou mais séria.

— Elena perdeu o interesse em Gaius quando voltou para casa. Não sei por quê. Imagino que fosse apenas uma novidade passageira para ela, uma maneira de passar o verão, conquistar o afeto de um garoto apaixonado. Nada além disso. Quando descobriu essa mudança, Gaius... não aceitou muito bem. Confesso, amo meu filho profundamente, mas ele sempre teve um péssimo lado violento. Gaius foi atrás de Elena, exigindo que seu amor fosse retribuído e, quando ela se recusou, ele a agrediu quase a ponto de matá-la.

Cleo sentiu mais uma onda de náusea. Sua pobre mãe, sujeita ao cruel Gaius Damora em sua pior versão.

Ela nunca detestara tanto o rei.

— Só espero que meu neto não seja exageradamente cruel com você a portas fechadas, minha cara — Selia disse delicadamente. — Homens poderosos, cheios de força e perigo... costumam ter acessos de violência. As esposas e mães torcem para sobreviver a eles.

— Sobreviver? Não pode estar falando sério! Se Magnus um dia levantasse a mão para mim, eu...

— O quê? Você mal chega na altura do ombro dele, e Magnus deve ter o dobro do seu peso. A melhor coisa a se fazer nesse caso, Cleiona, é ser o mais agradável e compreensiva possível em todos os momentos. Todas as mulheres devem fazer isso.

Cleo endireitou os ombros e levantou o queixo.

— Não tive o grande privilégio de conhecer minha mãe, mas se ela era um pouco parecida comigo ou um pouco parecida com minha irmã, então sei que ela não teria sido o mais agradável e compreensiva possível diante de uma agressão, não importa de quem nem quando. Nem eu! Eu mataria quem tentasse me atacar!

Selia abriu um sorriso discreto.

— Meu neto escolheu uma garota com coragem e força para amar, assim como o pai dele. Eu estava testando você, é claro.

— Me testando?

— Olhe para mim, querida. Tenho cara de quem permitiria que um homem levantasse a mão para me bater?

— Não — Cleo respondeu com sinceridade.

— Exato. Fico feliz por termos conseguido conversar hoje, minha querida. Agora já sei tudo o que preciso saber.

Ela estendeu o braço, apertou a mão de Cleo e então saiu da sala.

Aquela tinha sido a conversa mais esquisita de toda a vida de Cleo.

— Talvez eu vá à taverna sozinha hoje — ela murmurou. — Por que Magnus é o único aqui que pode beber vinho em uma tentativa tola de fugir dos problemas?

Quando levantou, algo chamou sua atenção do lado de fora, nos fundos da hospedaria. Ela deu um passo para a frente. Olivia estava no quintal. Estranhamente, a moça não usava nada além de um lençol branco enrolado no corpo, lençol que Cleo reconheceu das roupas de cama que a esposa do dono da hospedaria lavava todos os dias.

Independentemente da vestimenta, ver Olivia foi um grande alívio. Cleo levantou e saiu para se aproximar, observando ao redor com curiosidade.

— Olivia! Nic e Jonas estão com você? Aonde vocês foram?

A expressão de Olivia era de grande incerteza.

— Preciso sair de novo imediatamente, mas quis voltar antes para ver você.

— O quê? Aonde está indo?

— Está na hora de eu voltar para a minha casa. O caminho e o destino de Jonas se encontraram com sucesso, e meu tempo com ele está acabando.

— Desculpe. — Cleo balançou a cabeça, confusa. — O destino de Jonas? Do que você está falando, afinal?

— Não cabe a mim explicar essas coisas. Só sei que não posso mais cuidar dele, uma vez que talvez me sinta tentada a interferir. — Ela franziu a testa. — Isso deve soar ridículo para você. Sei que não sabe quem sou de verdade.

— Você quer dizer que é uma Vigilante?

Olivia olhou para Cleo.

— Como sabe disso?

Cleo riu com hesitação ao ver a expressão de choque de Olivia.

— Jonas me contou. Ele confia em mim, você também deveria confiar. Prometo guardar seu segredo surpreendente, mas, por favor, me diga o que está acontecendo. Está chateada só por deixar Jonas?

— Não, não é o único motivo. Eu... eu fui ao complexo com Nic e Jonas, onde a imperatriz está no momento.

Cleo arregalou os olhos.

— Era onde você estava? Que plano imbecil foi esse?

— O príncipe Magnus ameaçou Nic — Olivia explicou. — Ele ameaçou você também, caso Nic não fosse atrás de Ashur para recuperar os cristais da Tétrade.

Cleo franziu a testa.

— Não pode ser. Magnus não faria isso.

— Garanto que fez. Caso contrário, Nic nunca teria se afastado de você. — Os olhos verde-esmeralda de Olivia brilharam de ódio. — É culpa do príncipe que isso tenha acontecido. Perdi Nic na multidão durante a tentativa de assassinato de Amara. Eu o vi por apenas um momento quando ele foi atingido por uma lâmina. Eu... eu acredito que tudo terminou depressa.

Cleo balançou a cabeça quando a palma de suas mãos começou a arder e a suar.

— O quê? Não entendo. Ele foi atingido por uma lâmina? Que lâmina? Do que está falando?

A expressão de Olivia era só pesar.

— Nic está morto. Ele é um dos muitos mortos depois que os rebeldes fizeram uma tentativa de assassinato a Amara. Preciso sair de Mítica agora e peço a você que faça o mesmo. Você não está em segurança aqui com alguém como Magnus, que mataria um rapaz como Nic. Não está certo, princesa, nada disso está certo. O mundo está fora de controle, e eu temo que seja tarde demais para salvá-lo. Sinto muito por dizer isso, mas achei que você merecia saber.

Olivia soltou a mão de Cleo e deu alguns passos para trás, com uma expressão atormentada.

— Fique bem, princesa — ela disse. Depois disso, a pele escura e impecável se transformou em penas douradas, e seu corpo se transformou no de um falcão, e ela alçou voo.

Cleo a observou, surpresa demais com o que tinha ouvido para apreciar a magia verdadeira e inegável revelando-se diante de seus olhos.

Ela não sabia ao certo quanto tempo ficou em silêncio no pátio, olhando para o céu claro, até voltar para a hospedaria com dificuldade. Seus joelhos fraquejaram antes que ela alcançasse uma cadeira.

Seu corpo inteiro tremia, mas ela não chorou. Eram informações demais para processar. Inacreditável demais. Não podia ser verdade. Se fosse, se Nic estivesse morto, então ela também queria morrer.

— Você está bem? O que aconteceu?

Quando se deu conta do que estava acontecendo, Cleo percebeu que tinha sido levantada do chão por dois braços fortes.

— Está ferida? — Magnus afastou o cabelo dela da testa, envolvendo seu rosto com as mãos. — Que droga, Cleo, responda!

Confusa, ela percebeu a preocupação nos olhos castanhos profundos dele.

— Magnus... — ela começou, a respiração profunda e trêmula.

— Sim, meu amor. Fale comigo. Por favor.

— Diga a verdade.

— Claro. O quê? O que você precisa saber?

— Você ameaçou me matar se Nic não fosse atrás de Ashur?

A expressão sofrida dele, totalmente concentrada nela, aos poucos deu lugar à frieza da máscara que ele usava para encobrir suas emoções.

— Ele disse isso? Ele voltou?

— Responda. Você me ameaçou ou não?

Magnus encarou os olhos furiosos dela.

— Cassian precisava da motivação certa.

— Isso é um sim.

— Eu disse o que ele precisava ouvir para resolver a questão. Para...

Cleo deu um tapa tão forte no rosto dele que sua mão ardeu. Magnus levou a mão ao rosto e olhou para ela, atônito.

Ele franziu o cenho.

— Você ousa...

— Ele está morto! — Cleo gritou antes que ele pudesse dizer mais alguma coisa. — Por causa do que você disse! Meu último amigo no mundo inteiro está morto por sua causa!

Ele parecia confuso.

— Não pode ser.

— Não pode? As pessoas não morrem quando se aproximam de você e de sua família monstruosa? — Ela passou os dedos pelo cabelo, desejando arrancá-lo pela raiz, desejando sentir dor física para poder se concentrar em algo que não fosse seu coração despedaçado.

— Quem contou isso a você? — Magnus perguntou.

— Olivia voltou. Ela foi embora, então não pode forçá-la a fazer o que você quer.

— Olivia. Sim, bom, não sei quem Olivia é. Nem você. Só sabemos que ela é aliada de Jonas, um garoto que me odiava a ponto de me querer morto até pouco tempo atrás. Até onde sei, esse objetivo não mudou.

— Por que ela mentiria sobre algo assim? — A voz da princesa falhou.

— Porque as pessoas mentem para conseguir o que querem.

— Imagino que você saiba bem disso.

— Sim, e penso o mesmo sobre você, princesa — ele disse. — Entre nós dois, acho que você mentiu muito mais do que eu. Além disso, devo dizer que você viu Ashur morrer com seus próprios olhos, mas ele ainda está vivo. Não existem provas de que Nic está morto. Só tem as palavras de alguém. Não se pode confiar em palavras, não nas palavras de qualquer um.

— Essa é a sua resposta? — Cleo olhou para ele, percebendo que mal conhecia a pessoa à sua frente. — Digo que um garoto que era como um irmão para mim foi morto por sua causa e você diz simplesmente que mentiram para mim?

— É o que parece, não é?

— Você não assume responsabilidade por todo o mal que causou. Nunca! — Ela se esforçou ao máximo para se manter firme, para não se perder na dor e na raiva que entravam em conflito dentro dela. — Tentei ver seu lado bom, mas você fez algo imperdoável. Vá em frente! — ela vociferou. — Tente se defender! Diga que Nic odiava você, então por que não desejaria que ele morresse? Vamos lá, faça isso!

— Não vou negar. A vida seria muito mais simples para mim se aquela pedra no meu sapato fosse retirada de uma vez por todas. Mas eu nunca desejaria a morte dele, porque sei como gosta dele.

— Gosto dele? Eu amo! — ela gritou. — E se ele realmente estiver morto, eu...

— O quê? Vai perder o resto de esperança que ainda tem? Vai se encolher e morrer? Por favor, você tem muito a ganhar ficando viva, lutando, mentindo e continuando a me usar sem pudor para conseguir o que posso lhe dar.

Cleo olhou para ele, abismada.

— *Usar* você?

Magnus ficou sério.

— Você quer poder, magia. Ao ficar aqui comigo e tolerar a existência de meu pai, sabia que isso a levaria ao que deseja. Quando os cristais da Tétrade foram roubados, principalmente por sabermos o que sabemos sobre eles, o que eu deveria pensar? Que você continuaria aqui para sempre? Fiz o que fiz por *você*, para ajudá-la a reaver sua chance de ter poder. Ashur parece valorizar Nic por motivos que não compreendo. Se tem alguém que consegue entender aquele kraeshiano doido, eu sabia que era seu amigo querido. O mesmo amigo que mandou Taran cortar meu pescoço, devo relembrar.

Ele falava com Cleo como um desconhecido furioso, não como alguém que ela tinha passado a valorizar.

— E agora está me culpando por isso. Como ousa?

Magnus bufou.

— É impossível discutir com você.

— Então nem tente. Você não pode consertar isso, Magnus. Não pode nem começar.

— Se Nic ainda estiver vivo...

— Não importa. — Lágrimas correram por seu rosto. — Isso provou como somos diferentes. Você é incansavelmente cruel e manipulador, e agora vejo que isso nunca vai mudar.

— Posso ser sincero, princesa? Eu poderia dizer exatamente a mesma coisa sobre você. Talvez você preferisse que eu lidasse com o conflito colhendo flores e cantando, mas não sou assim. E você tem razão: nunca vou mudar. Nem você. Uma hora você diz que me ama, mas prefere que cortem sua língua a contar esse segredo, até mesmo a seu amigo mais íntimo. Pelo amor da deusa! Que Nic não descubra que você se mistura com pessoas como eu! Ele detestaria você por isso?

Cleo secou as lágrimas, irritada consigo mesma por demonstrar tamanha fraqueza.

— É muito provável que sim.

— Então isso prova que, entre ele e eu, você o escolheria.

— Num piscar de olhos — ela disse imediatamente. — Mas ele está *morto*.

Um músculo no rosto dele se contraiu.

— Talvez. E Jonas? Não pude deixar de notar que você estava praticamente sentada no colo dele ontem, sussurrando palavras de amor e incentivo.

— É o que você...? — Ela corou. — Jonas é *muito* mais homem do que você! Eu preferiria dormir com ele a dormir com você. Em qualquer dia, em qualquer momento. E nenhuma maldição me impediria.

— Vá para o inferno, Cleo. — O ódio tomou conta do olhar dele, que já estava frio. Magnus levantou o punho, os dentes travados em uma expressão feroz.

— Vamos — ela vociferou. — Bata em mim como seu pai batia na sua mãe. Você sabe que é o que quer.

— Como é? — Ele franziu a testa, olhou para o próprio punho com surpresa e o abaixou em seguida. — Eu... eu nunca agrediria você.

— Chega — ela disse, num sussurro. — Estou cansada daqui. Preciso pensar. — Ela se virou em direção à escadaria que levava aos quartos.

— Cleo... — Magnus chamou. — Vamos descobrir a verdade sobre Nic. Prometo.

— Eu já sei a verdade.

— Eu sei que posso ser horroroso às vezes. Eu sei. Mas... eu amo você. Isso não mudou.

Os ombros dela ficaram tensos.

— O amor não basta para consertar isso.

Sem olhar para trás, Cleo caminhou com o máximo de calma e lentidão até seu quarto e trancou a porta quando entrou.

22
JONAS

PAELSIA

Jonas teve que sair do complexo antes de encontrar Nic. Eles tinham sido separados depois da revolta rebelde. A multidão à espera da imperatriz tinha entrado em pânico, e as pessoas começaram a lutar umas contra as outras e contra os guardas kraeshianos.

Sua visão do palco estava bloqueada, e ele se viu frente a frente com paelsianos irados e com a feiticeira que queriam matar.

— Pode olhar para mim com ódio — Lucia disse a ele enquanto se afastavam da confusão.

— Que bom que permite.

— Você me odeia. E, ainda assim, você salvou minha vida.

— É provável que eu tenha salvado a vida de uma dúzia de paelsianos que subestimaram sua capacidade de matar cada um deles.

— E você não me subestima?

— Não.

— Então sugiro que você me diga onde meu pai e meu irmão estão para que não tenha que colocar sua vida em risco por nenhum segundo a mais em minha companhia.

Jonas sabia que ela poderia cumprir uma ameaça, se quisesse. Ele temia quando pensava no poder daquela garota e no prejuízo e na destruição pela qual a responsabilizavam.

— Onde está o deus do fogo? — ele sussurrou.

Lucia arqueou as sobrancelhas. Jonas percebeu que ela estava chocada por ele saber quem — ou melhor, *o que* — Kyan era de fato.

— Já disse que não sei.

— Ele é o pai de seu filho?

Lucia deu uma risada alta e nervosa.

— Com certeza não.

— Não vejo graça nenhuma nisso.

— Não se engane, rebelde, nem eu.

— Continue andando — ele disse quando Lucia diminuiu o ritmo. — Pelo jeito você está pesada demais para ser carregada.

A resposta de Lucia ao insulto foi parar totalmente. Os dois tinham adentrado uma parte densa da floresta a caminho da cidade mais próxima, onde Jonas pretendia conseguir transporte para o oeste.

— Responda à minha pergunta: onde estão meu pai e meu irmão? Sei que ainda estão vivos. Só podem estar.

— Se eu responder à sua pergunta, que certeza posso ter de que você não vai acabar com a minha vida? — ele perguntou.

— Nenhuma.

— Exatamente. Por isso mesmo vou levá-la até eles.

Lucia se surpreendeu.

— Então eles estão vivos!

— Talvez — ele disse.

— E como posso acreditar que você quer me ajudar?

Jonas virou e levantou o dedo indicador para ela.

— Não se engane, princesa Lucia, não estou fazendo isso para ajudá-la. Estou fazendo isso para ajudar Mítica.

Ela revirou os olhos.

— Que nobre.

— Pense o que quiser. Não me importa. Você se recusa a responder às minhas perguntas, então me recuso a responder às suas. Nosso destino final não está muito longe, mas você precisa encontrar uma maneira de lidar com minha presença e com meu ódio durante o trajeto que vamos percorrer juntos.

— Acho que não. Vou contar um segredinho para você, rebelde, a respeito de uma habilidade especial que descobri recentemente. Posso forçar você a dizer a verdade... e quanto mais resistir, mais vai doer.

Jonas virou para encará-la de novo, mais irritado do que intimidado.

— Você sempre foi má assim ou só começou quando descobriu que era uma feiticeira?

— Sinceramente? — Ela abriu um sorriso frio. — Só depois.

— Acho difícil acreditar nisso. Você e sua família... são maldade pura, todos vocês.

— E ainda assim você está nos ajudando. — Lucia franziu a testa discretamente. — Pelo menos, diga que estão bem, que saíram ilesos depois de tudo o que aconteceu.

— Ilesos? — Ele sorriu com ironia. — Não sei de nada. Finalmente tive a chance de enfiar uma adaga no coração do rei. Por azar, isso só o atrapalhou um pouco.

Os olhos dela brilharam, furiosos.

— Mentira.

— Bem aqui. — Ele indicou o peito. — Certeiro e profundo. Até girei. Foi tão bom que não consigo nem explicar.

Um instante depois, ele se viu no ar, voando até bater as costas no tronco de uma árvore com força suficiente para tirar seu fôlego.

Lucia se ajoelhou ao lado dele, apertando sua garganta.

— Olhe para mim.

Desorientado, Jonas encarou os olhos azul-claros dela.

— Diga a verdade — ela rosnou. — Meu pai está morto?

— Não. — A palavra foi dita com dificuldade.

— Você o apunhalou no coração mas ele não morreu?

— Exatamente.

— Como isso é possível? Responda!

Jonas não conseguia desviar daqueles olhos lindos e assustadores. A magia que ela tinha perdido — se é que isso de fato havia acontecido — estava de volta. E Lucia estava bem mais forte do que ele esperava.

— Algum tipo de magia... Não sei. Isso prolongou a vida dele.

— Magia de quem?

— Da mãe.... dele. — Jonas tinha certeza de que estava sentindo gosto de sangue, forte e metálico. Ele engasgou enquanto tentava resistir à magia.

Ela franziu ainda mais a testa.

— Minha avó morreu.

— Ela está viva. Não sei muito mais do que isso. — Ele fez uma careta pela dor de estar contando todas aquelas verdades. — Agora, me faça um favor, princesa.

Ela inclinou a cabeça, mas não cedeu nem um pouco.

— Dificilmente.

Jonas semicerrou os olhos e tentou, com toda a força, canalizar a própria magia como tinha feito sem querer no navio com Felix.

— Me solte.

Lucia soltou Jonas e caiu para trás como se tivesse sido empurrada pelo rebelde.

Tossindo e com a mão no pescoço, Jonas levantou e olhou para ela.

Percebeu que esboçava um sorriso. Olivia deveria estar enganada sobre o poder de sua magia. Jonas se permitiu um breve momento de vitória.

Lucia o encarou, com os olhos arregalados.

— Você pode canalizar a magia do ar? Um bruxo? Nunca soube sobre algo assim... Ou você é um Vigilante exilado?

— Prefiro evitar títulos, princesa — ele disse. — E, francamente, não sei o que sou, só que tenho que lidar com isso agora. — Ele levantou a camisa o suficiente para revelar a marca em espiral em seu peito, que tinha ficado mais brilhante desde a última vez em que ele olhara, e agora cintilava num tom dourado que o fazia lembrar cada vez mais da marca de um Vigilante.

— O quê? — Lucia balançou a cabeça com os olhos arregalados. — Não compreendo.

— Nem eu. E juro, se essa é minha profecia, cuidar para que alguém como você volte para sua odiosa família sã e salva, vou ficar furioso. — Ele olhou para cima, para as árvores. — Olivia, está me ouvindo onde quer que esteja? É a pior profecia do mundo!

— Quem é Olivia?

— Deixa para lá. — Ele olhou para Lucia, ainda deitada no chão. — Levante.

Ela tentou ficar de pé.

— Hum...

— Não consegue levantar, não é?

— Me dê um minuto. Minha barriga está um pouco esquisita no momento. — Lucia olhou feio para ele. — E, por favor, nem pense em me ajudar.

— Não pensei. — Jonas ficou observando enquanto ela rolava devagar e com dificuldade para o lado, e então levantava, batendo no manto para tirar as agulhas de pinheiro e a terra. — Você ainda não está acostumada com sua situação? Já vi paelsianas grávidas, a poucos dias de dar à luz, cortando madeira de uma árvore inteira e carregando para casa.

— Não sou uma paelsiana — ela disse e hesitou. — Bem, não exatamente. E não tive tempo de me acostumar com minha "situação", como você diz.

Que moça esquisita.

— Você está grávida de quantos meses?

— Não que seja da sua conta, mas... cerca de um mês.

Jonas olhou para o corpo dela sem acreditar.

— É assim que funciona com as feiticeiras cruéis? Os bebês delas se desenvolvem muito mais depressa do que os bebês normais?

— Não tenho como saber. — Lucia cruzou os braços como se tentasse proteger a barriga. — Compreendo seu ódio por mim. Compreendo o ódio de todos por mim. O que fiz desde... desde que o pai desta criança morreu é imperdoável. Sei disso. Mas essa criança é inocente e merece uma chance de viver. O fato de você, logo você, ter vindo ajudar alguém como eu... Você está marcado como imortal, mas afirma não ser bruxo nem exilado. Isso deve significar alguma coisa. Você fala sobre profecias. Sei bem que sou o alvo de profecias. Para mim, isso quer dizer que essa criança é importante para o mundo.

— Quem é o pai? — Jonas perguntou. Ele não queria sentir pena pelo que Lucia estava passando nem deixar que a voz dela o emocionasse.

— Um imortal exilado.

— E você disse que ele está morto.

Ela assentiu uma única vez.

— Como? — Jonas perguntou. — Você o matou?

Lucia ficou em silêncio por tanto tempo que ele achou que ela não responderia.

— Não. Ele tirou a própria vida.

— Interessante. É essa a única maneira de escapar de suas garras sombrias?

O olhar de ódio de Lucia o fez recuar. Mas era mais do que isso. Os olhos dela estavam vermelhos, numa mistura de cansaço e tristeza.

— Desculpa — Jonas disse antes de pensar em outra resposta. — Acho que fui desnecessariamente grosseiro.

— Foi. Mas eu não esperaria nada menos de alguém que pensa que sou cruel. O que Kyan fez com sua amiga...

— Lysandra — ele disse com a voz embargada. — Ela era incrível... A garota mais forte e corajosa que já conheci. Ela merecia a vida que Kyan lhe roubou sem um segundo de hesitação. Ele estava mirando em mim, eu deveria ter morrido naquele dia, não ela.

Lucia assentiu com tristeza.

— Sinto muito. Percebo que Kyan não é uma pessoa, não é alguém com sentimentos e necessidades como as dos mortais, e não é possível discutir com ele. Kyan vê todas as falhas e imperfeições deste mundo. Ele deseja reduzir tudo a cinzas para poder recomeçar. Diria que ele é maluco, mas é fogo. Fogo arde. Destrói. Essa é a razão de sua existência.

— Kyan quer destruir o mundo — Jonas repetiu.

Ela confirmou.

— Por isso eu o deixei. Por isso ele quase me matou quando eu disse que não o ajudaria mais.

Jonas demorou um momento para absorver a informação.

— Você diz que o fogo destrói. Mas o fogo também cozinha comida e nos aquece em noites frias. Esse tipo de fogo não é cruel, é um elemento que usamos para viver.

— A única certeza que tenho é de que ele precisa parar. — Ela levou a mão ao bolso do manto e tirou uma pequena esfera de âmbar. — Esta era a prisão de Kyan.

Jonas ficou sem palavras por um momento.

— E você acha que pode prendê-lo de novo aí dentro e salvar o mundo?

— Pretendo tentar — ela disse apenas.

Ele observou o rosto de Lucia, determinado e sério olhando para a esfera de cristal. Ela parecia muito sincera. Podia acreditar nela?

— Pelo que sei a respeito do deus do fogo, a imperatriz não parece ser grande ameaça, certo?

Lucia guardou a esfera no bolso de novo.

— Ah, Amara provou que é uma ameaça. Mas Kyan é bem pior.

Por isso, pode me considerar cruel, rebelde. Pode me considerar alguém que precisa morrer pelos crimes que cometi. Tudo bem. Mas saiba também que quero tentar consertar parte do que fiz agora que consigo pensar com clareza de novo. Primeiro, preciso ver minha família. Preciso... — As palavras de Lucia foram interrompidas quando ela se inclinou para a frente e chorou.

Jonas correu para o lado dela.

— O que foi?

— Dói! — ela disse. — Está acontecendo com muita frequência desde que saí. Ah... ah, minha nossa! Não consigo...

Lucia caiu de joelhos com as mãos na barriga.

Jonas olhou para ela, sentindo-se totalmente impotente.

— Droga. O que posso fazer? O bebê já está nascendo? Por favor, não me diga que o bebê já está nascendo.

— Não, não está... Acho que ainda não está na hora. Mas isso... — Quando ela gritou, o som atingiu Jonas como uma lâmina fria. — Me leve para minha família! Por favor!

O rosto da princesa estava pálido como papel em contraste com seu cabelo escuro. Ela revirou os olhos e caiu, inconsciente.

— Princesa — ele disse, tentando acordá-la. — Vamos, não temos tempo para isso.

Lucia não acordou.

Jonas virou e olhou para o conflito. Não demoraria muito para a multidão paelsiana encontrar armas e sair em busca dele e da feiticeira.

Finalmente, xingando em voz baixa, ele se abaixou e pegou a princesa nos braços, percebendo que ela era muito mais leve do que imaginava, mesmo com o bebê que esperava.

— Não temos tempo para ir até sua família — ele disse. — Por isso vou levá-la à minha. Estão muito mais perto.

A irmã de Jonas, Felicia, abriu a porta de casa e observou Jonas por um momento, em silêncio total.

Em seguida, olhou para a garota grávida e inconsciente que ele carregava nos braços.

— Posso explicar — ele se apressou em dizer.

— Espero muito que possa. Entre. — Ela abriu mais a porta para Jonas entrar, tomando o cuidado de não bater as pernas de Lucia no batente.

— Deixe-a na minha cama — Felicia disse a Jonas. Ele fez o que sua irmã disse e voltou até ela, mas a irmã não o recebeu com um abraço. Simplesmente ficou ali, a expressão séria e furiosa, os braços cruzados.

Jonas não esperava que ela ficasse feliz ao vê-lo.

— Sinto muito por não ter vindo visitá-la — ele começou.

— Não tenho notícias suas há quase um ano e você aparece hoje de repente.

— Precisava de sua ajuda. Com… a garota.

Ela riu.

— Sim, com certeza precisa. O filho é seu?

— Não.

Ela não pareceu convencida.

— E o que você espera que eu faça por ela?

— Não sei. — Ele coçou a testa e começou a andar de um lado para o outro na casa pequena. — Ela não está bem. Sentiu dor na barriga e desmaiou. Eu não sabia o que fazer.

— Por isso a trouxe para cá.

— Eu sabia que você me ajudaria. — Ele suspirou nervoso. — Sei que você está brava comigo por eu ter passado muito tempo longe, mas era perigoso demais voltar.

— Sim, eu vi seus cartazes de procurado. O que era aquilo? Dez mil cêntimos para quem capturasse você, morto ou vivo?

— Mais ou menos isso.

— Você matou a rainha Althea.

— Não matei. É uma longa história.

— Imagino.

Ele observou ao redor, à procura de algum sinal do marido da irmã.

— Onde está Paolo?

— Morto.

Jonas a encarou.

— O quê?

— Foi tirado de mim, forçado a trabalhar para a Estrada Imperial. Eles queriam o nosso pai também, mas decidiram que, devido à idade e ao fato de mancar, ele era inútil. Paolo não voltou quando os operários finalmente foram liberados de suas tarefas. O que devo pensar além de que foi morto com os outros paelsianos que eram tratados como escravos?

Jonas olhou para ela em choque. Paolo foi um bom amigo quando a vida era difícil, mas simples.

— Felicia, sinto muito. Eu não imaginava...

— Não, tenho certeza de que não imaginava. Assim como tenho certeza de que não pensou que manter aquela princesa dourada presa em nosso abrigo quase causaria a morte dele também.

— Claro que eu não sabia disso. — Ele olhou para o chão de terra. — Você... você disse que nosso pai não foi levado?

— Não foi, mas assim que soube da morte do chefe, ficou muito doente... doente de pesar, diferente de qualquer coisa que tenha sentido quando a mamãe e o Tomas morreram. É como se a vontade que ele tinha de viver tivesse desaparecido. Eu o perdi faz dois meses. Agora cuido do vinhedo. São dias sobrecarregados, Jonas, com pouca ajuda.

Seu pai tinha morrido e Jonas não ficara sabendo. Ele sentou numa cadeira deixando o peso do corpo desabar.

— Sinto muito por não ter estado ao seu lado. Não sei o que dizer.

— Não há nada a dizer.

— Quando isso acabar, quando este reino voltar a ser como deveria, vou voltar. Vou ajudar você a cuidar da vinícola.

— Não quero sua ajuda — ela respondeu, e a raiva que Felicia estava controlando até aquele momento transbordou. — Consigo me virar sozinha. Bom, acho que já conversamos mais do que o suficiente. Vamos cuidar de seu problema para você poder ir embora o mais rápido possível. Não sou curandeira, mas já ajudei muitas mulheres grávidas.

— O que você puder fazer para ajudar será muito bem-vindo. Eu só esperava que você soubesse acabar com a dor.

— Algumas gestações são mais difíceis do que outras. Quem é ela? — Ela lançou um olhar incisivo para ele quando não obteve resposta. — Diga, Jonas, ou mando você embora.

Felicia estava diferente, mais dura, mais zangada. Cada palavra dita por ela fazia Jonas se encolher.

Ele se sentia um idiota por pensar que quando voltasse nada teria mudado, mesmo depois de tanto tempo. Pensou em enviar uma mensagem, perguntar como as coisas estavam, mas não o fez. E o tempo tinha passado.

— Ela é Lucia Damora — ele respondeu com sinceridade, já que devia isso a Felicia.

Ela arregalou os olhos, chocada.

— O que você estava pensando ao trazer essa bruxa má aqui para dentro? Ela não é bem-vinda em minha casa. Tem noção do que ela fez? Um vilarejo que fica a menos de vinte quilômetros daqui foi incendiado. Todos os moradores foram mortos por causa *dela*. Ela merece morrer pelo que fez.

Cada palavra parecia um golpe, e Jonas não tinha o que argumentar.

— Talvez sim, mas no momento a magia dela é necessária para salvar Mítica. Para salvar o mundo. Você não deixaria uma criança inocente sofrer por causa das escolhas da mãe, deixaria?

Ela deu uma risada seca.

— Ouça só você, defendendo uma princesa real... De Limeros, ainda por cima! Quem é você, Jonas? No que meu irmão se transformou?

— Amara não pode controlar Mítica — ele disse. — Estou disposto a fazer o que for preciso para impedi-la.

— Você está cego como uma toupeira, irmão. A imperatriz é a única que pode salvar a todos nós. Ou será que você esqueceu o passado com tanta facilidade agora que sua cabeça está tomada por aquela droga cruel que está dormindo na minha cama?

— Minha cabeça não está tomada por ninguém — ele resmungou. — Mas sei o que é certo.

— Então precisa acordar. A imperatriz é o melhor que já aconteceu em Paelsia há gerações.

— Você está errada.

— Não estou errada — ela disse, e a raiva em sua voz finalmente deu lugar ao cansaço. — Mas não vou me dar ao trabalho de convencê-lo de algo que sei que é certo. Você se perdeu de nós, Jonas. Consigo ver em seus olhos. Você não é o mesmo garoto que cresceu desejando ser como Tomas, que ia caçar com ele na fronteira de Auranos, que ia atrás de todas as garotas do vilarejo. Não sei mais quem você é.

Ele sentiu uma pontada no peito ao pensar que a tinha decepcionado tanto.

— Não diga isso, Felicia.

Ela deu as costas para ele.

— Vou deixar você e aquela criatura passarem a noite aqui. E só. Se ela morrer por causa da dor que está sentindo, então deixe-a morrer. O mundo vai ficar melhor sem ela.

Jonas deitou no chão de terra, ao lado do fogo, a mente em disparada.

Quando chegou ali, pelo menos tinha um senso de direção, de propósito. Precisava levar Lucia até a família dela.

Os Damora. O Rei Sanguinário que tinha oprimido seu povo. Que tinha assassinado o chefe Basilius. Que tinha mentido para dois exércitos sobre os motivos que deram início a uma guerra com os auranianos.

Felicia tinha razão. Amara Cortas tinha acabado com tudo aquilo ao ocupar Paelsia.

Como foi que ele pegou aquele caminho? Era um rebelde, não o criado tímido de um rei sádico.

Jonas demorou muito para conseguir dormir. Em um sonho, ele se viu em um campo verdejante sob o céu azul e límpido. Ao longe, uma cidade que parecia feita de cristal brilhava sob o sol.

— Jonas Agallon, finalmente nos conhecemos. Olivia me contou muito sobre você. Sou Timotheus.

Jonas virou e viu um homem que parecia só alguns anos mais velho do que ele. Seu cabelo tinha um tom bronze escuro, os olhos, acobreados. Usava vestes que desciam até a grama cor de esmeralda.

— Você está em meu sonho — Jonas disse devagar.

Timotheus arqueou uma sobrancelha.

— Que dedução brilhante. Sim, estou.

— Por quê?

— Imaginei que teria muitas perguntas para me fazer.

Apesar de tudo o que sentia por estar frente a frente com o imortal sobre o qual Olivia havia contado pouco, não sentiu surpresa nem cansaço.

— Perguntas que você vai responder?

— Algumas, talvez. Outras, provavelmente não.

— Não, tudo bem. Só me deixe dormir. Estou cansado e não quero ter que desvendar enigmas.

— O tempo está passando. A tempestade está quase aqui.

— Você fala assim, tão vago e irritante, com todo mundo?

Timotheus inclinou a cabeça.

— Na verdade, sim. Falo, sim.

— Não gosto. E não gosto de você. O que quer que isso seja — Jonas indicou a marca em seu peito —, quero que desapareça. Não quero nenhuma ligação com sua gente. Sou paelsiano. Não sou um Vigilante, nem bruxo, nem o que você acha que sou.

— Essa marca torna você muito especial.

— Não quero ser especial.

— Você não tem escolha.

— Sempre tenho escolha.

— Seu destino está escrito.

— Vá se ferrar.

Timotheus hesitou.

— Olivia disse que você é irredutível em suas observações. No entanto, tenho certeza de que percebeu que agora tem um pouco de magia. A magia de Phaedra. A magia de Olivia. Você as absorveu como uma esponja. Sua condição é rara e, repito, especial. As visões que tive de você são importantes.

— Certo. As visões. A profecia na qual levo Lucia Damora para a família dela.

— É o que você acha?

— Parece que é aonde meu destino está me levando.

— Não, não exatamente. Você vai saber quando acontecer. Vai sentir...

— O que sinto no momento é a necessidade de enfiar uma faca na sua barriga. — Jonas olhou para o imortal. — Ousa entrar no meu sonho agora, depois de todo esse tempo? Olivia me ajudou a ficar vivo, seguindo o que você mandou. Acho que ela não precisa mais de mim. Ou talvez esteja me espionando lá de cima como um falcão, como todos vocês fazem. A única coisa da qual tenho certeza é que estou cansado disso. Não importa o que você tem a dizer. Você espalha meias verdades como se a vida dos imortais fosse uma brincadeira.

Timotheus falou mais baixo.

— Não é uma brincadeira, meu jovem.

— Ah, não? Prove! Diga qual é meu destino, se acha que não posso evitá-lo.

Timotheus o observou.

— Não previ a gravidez de Lucia — ele admitiu. — Foi uma surpresa para mim, assim como tenho certeza de que foi para ela. Foi mantida em segredo de todos nós pelos Criadores, e deve haver um motivo para isso... um motivo importante. Eu via você como alguém que ajudaria Lucia durante a tempestade...

— De que tempestade está falando?

Timotheus levantou a mão.

— Não me interrompa. Estou sendo sincero com você como nunca fui com ninguém, porque agora vejo que não há tempo para mais nada.

— Então, desembucha — Jonas disse. Ele estava frustrado com tudo na vida, e ele queria descontar naquele imortal pomposo.

— O filho de Lucia terá muita importância. Muitos desejarão sequestrar a criança ou matá-la. Você vai proteger essa criança do perigo e vai criá-la como se fosse seu filho.

— É sério? E Lucia e eu seremos o quê? Vamos nos casar e viver felizes para sempre? Duvido.

— Não. Lucia vai morrer no parto na próxima tempestade. — Ele afirmou com firmeza, franzindo a testa. — Estou vendo agora, claramente. Antes eu achava que a magia dela pudesse ser transferida a você no momento da morte, transformando você em um feiticeiro que pudesse caminhar entre os mundos, cujo destino fosse aprisionar os deuses da Tétrade depois de serem libertados. Mas a magia de Lucia vai perdurar no filho dela.

Jonas o encarou boquiaberto, surpreso com a revelação.

— Ela vai morrer?

— Sim. — Timotheus deu as costas para ele. — É só o que posso contar. Boa sorte, Jonas Agallon. O destino de todos os mundos está nas suas mãos agora.

— Não, espere! Tenho perguntas! Você precisa me contar o que tenho que fazer...

Mas Timotheus desapareceu naquele instante, assim como o campo e a cidade à distância.

Jonas acordou e viu a irmã o chacoalhando.

— Amanheceu — ela disse. — Sua amiga está acordada. Está na hora de vocês saírem da minha casa.

23
MAGNUS

PAELSIA

Magnus sabia que nunca imploraria por nada na vida: nem por misericórdia, nem por perdão, nem por uma segunda chance. Ainda assim, tudo o que queria era ir atrás de Cleo para tentar fazê-la entender seu lado.

Maldito Nic. Se o idiota tinha finalmente morrido, Magnus não podia nem comemorar a ocasião, graças à recente ruptura com Cleo.

Ele deu um passo em direção à escada.

— Não — a voz da avó dele o impediu. — Deixe a garota sozinha. Correr atrás dela logo depois da discussão só vai piorar as coisas. Acredite.

Magnus virou e viu Selia de pé perto da porta, observando-o com curiosidade.

— Eu não sabia que nossa discussão estava sendo ouvida — ele disse.

— Meu querido, até um surdo poderia ter ouvido — ela inclinou a cabeça — a *discussão*, foi o que você disse?

— Peço desculpas, Selia, mas não quero falar sobre isso com você.

— Eu preferiria que me chamasse de avó, como costumava fazer quando era pequeno.

Mais uma vez, ele se virou para a escada, esperando por um milagre que fizesse Cleo voltar para ele.

— Vou chamar a senhora do que quiser.

— Você é surpreendentemente sério e inflexível para alguém tão jovem. Até mesmo para um limeriano, não? Mas você foi criado por Althea, por isso não me surpreendo muito. Não me lembro de ter visto aquela mulher sorrir alguma vez.

— Meu pai, por acaso, contou que a matou? E então mentiu e me disse que a amante dele, Sabina, era minha mãe verdadeira?

— Não — ela disse apenas, retorcendo o prateado pingente de serpente no pescoço. — É a primeira vez que estou ouvindo isso.

— E você acha esquisito que eu não esteja rindo alegremente todos os dias, sendo que estamos em guerra contra um império inteiro que ameaça nos destruir?

— Claro que você tem razão. Sinto muito... meus pensamentos estavam longe.

— Invejo seus pensamentos.

Selia franziu os lábios.

— Você precisa saber que seu pai não vai sobreviver a esta noite. A morte vai levá-lo por completo pela manhã. Você se importa?

Magnus não disse nada. Nenhum pensamento lhe ocorreu, nem bom nem ruim.

Ele tinha imaginado que celebraria o momento da morte iminente de um homem que detestara desde sempre.

— Gaius ama você — Selia disse, como se lesse os pensamentos dele. — Independentemente de você acreditar ou não, sei que é verdade. Você e Lucia são a parte mais importante da vida dele.

Ele não tinha tempo para bobagens como aquela.

— É mesmo? Eu poderia jurar que o desejo pelo poder era a coisa mais importante para ele.

— À beira da morte, questões como dinheiro e legado perdem o sentido diante da consciência de que alguém que se importa com você vai segurar sua mão enquanto estiver partindo.

— Vou precisar me lembrar disso quando estiver à beira da morte.
— Magnus olhou para ela. — Peço desculpas, mas você quer alguma coisa de mim? Porque se estiver me pedindo para subir a escada e segurar a mão de meu pai enquanto ele morre, me deixando aqui para cuidar da bagunça que ele fez, vou ter que recusar.

— Não. Quero que você me acompanhe à taverna hoje à noite para encontrar minha amiga Dariah.

Magnus prendeu a respiração.

— A pedra sanguínea.

Ela assentiu.

— Quero você do meu lado.

— Por quê?

— Porque é importante para mim. Sei que você tem dúvidas a respeito das escolhas que fiz no passado, mas sei que vai entender tudo em breve.

Magnus acompanharia a avó naquela noite. Não pelos assuntos amorosos, já que esses já tinham se trancado em um quarto no andar superior em um acesso de raiva e pesar.

Não, ele iria porque, naquele momento incerto, a pedra sanguínea parecia uma magia pela qual valia a pena matar.

Magnus esperou Cleo sair do quarto, mas ela não saiu. Quando o sol se pôs, ele e Selia deixaram a hospedaria Falcão e Lança. Até aquele momento, tinha se acostumado com a Videira Púrpura. Da entrada, ele conseguia ver o mar brilhando sob o luar, os navios ancorados no porto enquanto a tripulação estava espalhada pela cidade. Basilia parecia mais movimentada à noite do que durante o dia, quando coisas precisavam ser feitas. À noite, todos os que tinham trabalhado durante o dia queriam beber, comer e se dedicar a outros interesses, todos fáceis de conseguir a uma distância curta do cais.

A taverna estava lotada de clientes barulhentos, e a maioria já estava caindo bêbada quando Magnus e Selia entraram. Ainda assim, o príncipe manteve o capuz sobre a cabeça para esconder sua identidade. Ele não podia correr o risco de ser reconhecido de novo.

Selia o conduziu até uma mesa num canto afastado, e ali, sentados, estavam uma bela jovem de cabelo avermelhado e um homem de cabelo loiro que ia até os ombros, olhos acobreados.

Era um homem que Magnus reconheceu de imediato.

Ao vê-lo, as lembranças do acampamento nas Montanhas Proibidas de Paelsia tomaram sua mente. Aquele homem — um Vigilante exilado — tinha sido designado a ficar ali para infundir a estrada com a magia necessária para localizar os quatro pontos em Mítica onde a Tétrade seria despertada.

Magnus não havia falado diretamente com o Vigilante na época, mas o vira tirar a vida de outro exilado durante um ataque rebelde.

— Xanthus — Magnus finalmente se forçou a dizer o nome. — Você lembra de mim?

O homem levantou, ostentando sua altura. A aliança grossa de ouro que usava no dedo indicador direito reluziu à luz da vela.

— Claro que sim, vossa alteza.

— Não precisa se preocupar com formalidades hoje. Na verdade, vamos deixar de lado meu nome e meu título, certo?

Xanthus assentiu.

— Como quiser.

— Há meses você não aparece nem dá notícias.

— Tem razão — Xanthus concordou. — Meu trabalho para o rei acabou, e chegou a hora de eu descansar e recuperar minhas forças. Sentem, por favor.

Magnus e Selia sentaram no bloco de madeira que fazia as vezes de mesa.

— Você está linda hoje — Selia disse à outra mulher, que Magnus não reconheceu. — Seu controle sobre a magia do ar melhorou muito ao longo dos anos.

— Acha mesmo? — a mulher perguntou com uma risadinha, torcendo timidamente uma mecha do cabelo comprido, sedoso e avermelhado no dedo.

Xanthus pousou a mão sobre a da mulher.

— Dariah sempre está linda.

Dariah? Magnus observou a mulher com interesse renovado quando percebeu que ela tinha usado seus *elementia* para mudar sua aparência para a de uma mulher muito mais jovem e atraente. Se observasse com atenção, podia ver que seus traços pareciam escondidos, como se estivesse sentada à sombra e não sob a luz de uma lamparina na parede, e que parecia um pouco perfeita demais para ser real.

— Dariah me disse que você deseja falar comigo — Xanthus comentou. — Ela disse que era importante que eu chegasse o mais rápido possível. Se fosse por outra pessoa, eu não me daria ao trabalho.

— Diga — Magnus disse, a curiosidade crescendo dentro dele a ponto de precisar ser liberada —, você continua em contato com Melenia?

Xanthus olhou para Magnus.

— Não continuo.

— O que aconteceu? Ela parou de aparecer nos sonhos de meu pai.

— Melenia faz o que quer quando quer. Acredito que ela está concentrada na restauração de minha casa, para ela voltar a ser linda como antes, agora que a Tétrade foi despertada.

A menção aos cristais fez Magnus criar expectativas de que Selia diria alguma coisa, mas ela se manteve em silêncio, o olhar curioso voltado para os dois.

Xanthus tomou um gole da taça à sua frente, fazendo um gesto para a atendente trazer mais uma rodada à mesa.

— O que quer comigo hoje?

— Mais uma pergunta, se não se importar — Magnus disse, estreitando os olhos. — Conhece alguém chamado Kyan?

Xanthus voltou toda a sua atenção a Magnus, a expressão séria.

— Ele está livre.

— Sim. Será que tem algum conselho para dar sobre ele?

— Fique longe de Kyan o máximo que puder, se dá valor a sua vida — Xanthus disse. — Melenia, pensando que estava fazendo a coisa certa, ajudou o deus do fogo a roubar a forma corpórea de um bom amigo meu. — Ele olhou com seriedade para Dariah enquanto tomava sua bebida. — Foi por isso que insistiu que eu viesse aqui hoje? Para responder às perguntas do príncipe sobre assuntos que não pretendo discutir com ninguém?

— Não, não foi para isso — Selia respondeu no lugar da amiga. — Mas acho fascinante saber mais sobre o deus do fogo, então agradeço por isso.

— A Tétrade foi despertada — Dariah disse, a voz tomada de temor. — É verdade?

— É — Selia disse, sorrindo com doçura. — Xanthus, há quantos anos está exilado?

Ele olhou para Dariah, que assentiu.

— Selia é uma amiga de confiança — ela disse.

— Muito bem. Deixei o Santuário há vinte anos.

— Incrível — Selia disse, balançando a cabeça. — Todos os exilados de quem tenho informações acabaram com a magia muito reduzida em um quarto desse tempo. Mas a sua permanece tão forte que você é capaz de abençoar a Estrada Imperial com ela.

Ele confirmou.

— Melenia tomou providências para que minha magia não se perdesse ao longo dos anos e eu não corresse o risco de morrer como um mortal. Essa promessa foi posta à prova não muito tempo atrás, quando uma adaga atingiu meu coração.

A atendente trouxe as bebidas, e Magnus ficou surpreso ao se deparar com uma caneca de cerveja. Ele a empurrou para longe.

— Não gostou? — Selia perguntou. — Ah, é verdade. Você prefere vinho paelsiano.

Magnus olhou para ela.

— Como sabe disso?

— Porque você volta para a hospedaria com cheiro de vinho paelsiano toda noite. — A velha bruxa disse a indelicadeza com um sorriso charmoso. — Gaius gostava muito de vinho quando jovem, apesar de todas as leis de proibição. O pai dele sempre ficava furioso que ele desrespeitasse a deusa. Paelsiano, auraniano, terreano, kraeshiano... o vinho que fosse parar nas mãos dele. Eu nunca experimentei. Nunca quis. Prefiro manter a mente clara e atenta.

Mesmo depois de dizer isso, Selia chamou uma moça e pediu duas garrafas da melhor safra. Magnus não tentou impedi-la e, quando chegaram, tirou a rolha das duas garrafas e bebeu com vontade do gargalo de uma delas, cujo rótulo dizia "Vinícolas Agallon".

Não havia mesmo como escapar do rebelde.

Selia levantou uma sobrancelha quando ele tomou todo o conteúdo da primeira garrafa, rápido.

— O vinho nunca faz os problemas desaparecerem. Só os aumenta.

— Excelente conselho de alguém que nunca tomou um gole. — Ele suspirou. — Estou cansado desse dia horroroso. Quanto tempo precisamos ficar aqui hoje?

— Não muito.

— Que bom.

— Dariah. — Selia se inclinou sobre a mesa. — Chegou a hora.

— Compreendo — Dariah assentiu com o rosto corado. — Faça o que tiver que fazer.

Selia se virou para o imortal exilado.

— Preciso de sua aliança, Xanthus.

— Precisa? Sinto muito, mas não está à venda — Xanthus disse com tranquilidade, olhando para o anel grosso na mão direita. — Mas posso indicar o nome do artesão que a criou para mim.

— Dariah, você precisa saber que estou me preparando para a noite de hoje desde que você se foi. Cada dia pareceu um ano enquanto eu observava meu filho amado desaparecer diante dos meus olhos. Você sabe que eu faria qualquer coisa por ele. Deixe sua vaidade de lado um pouco e tente sentir minha magia recuperada hoje à noite.

Magnus observou sua avó, sem saber exatamente o que ela queria dizer. Ela não tinha dito que precisava da pedra sanguínea para restaurar a magia?

A falsa beleza de Dariah sumiu quando ela franziu a testa.

— Sim, consigo sentir a magia do sangue. Selia, quantas pessoas você matou para conseguir isso?

— O suficiente. Esta cidade está cheia de homens que não vão fazer falta. Eu gosto daqui.

— O quê? — Magnus exclamou, chocado com a afirmação. — Quando você fez isso? Você ficou ao lado do meu pai quase todos os momentos desde que chegamos.

— Toda noite depois de vocês se deitarem. — Selia abriu um sorriso paciente para ele. — Não preciso dormir muito, meu querido. Assim como esta cidade, ao que parece.

— Você não acha que vou tentar impedi-la? — A voz de Dariah falhou.

Impedi-la? Magnus olhou para a outra bruxa e ficou ainda mais confuso.

— Você pode tentar. — Selia levantou o queixo, o lábio contraído, apertando a mão de Dariah. — Mas vai fracassar.

Dariah se assustou e levou a mão ao pescoço.

— Mas... eu... pensei...

Sem nenhuma outra palavra, a beleza da mulher caiu como uma

máscara, o rosto enrugado e mais velho foi revelado por baixo de sua magia, e ela desabou sobre a mesa.

Magnus ficou chocado.

— Você a matou — Xanthus disse, a voz baixa e ameaçadora.

— E você não tentou me impedir.

Ele a encarou nos olhos.

— Sua magia é mais forte do que a de qualquer bruxa que já vi.

— Bruxas dispostas a fazer o que for necessário podem ter quase a mesma magia de uma feiticeira. Por um tempo, pelo menos.

Selia olhou para a mão dele.

— Agora, sobre a sua aliança...

Ele ficou mais sério.

— Minha aliança não é...

Selia abaixou uma adaga com força e rapidez, e o dedo indicador de Xanthus saltou sobre a mesa, deixando um rastro de sangue.

Xanthus gritou de dor e partiu para cima de Selia.

— Vou matar você!

O fogo o iluminou um momento depois, cobrindo-o num instante. Ele tentou apagá-lo, mas estava rápido e forte demais.

— Venha comigo — Selia disse a Magnus quando tirou a aliança do dedo cortado e a guardou no bolso.

Magnus deu as costas para o homem em chamas que gritava e se apressou para acompanhar a avó para fora da taverna, deixando os outros clientes bêbados na confusão.

— Surpreendi você? — ela perguntou enquanto os dois voltavam para a taverna.

Magnus estava quieto, tentando desesperadamente se recompor depois do que havia testemunhado.

— Teria sido bom saber de seus planos antes.

— Você teria tentado me impedir?

— De matar uma bruxa e um Vigilante exilado? De jeito nenhum

— ele respondeu com sinceridade. — Imagino que a pedra sanguínea esteja escondida dentro da aliança.

— Está. Tenho exatamente aquilo de que precisamos.

Magnus queria a pedra sanguínea para si, mas pensar em pegá-la da avó depois de tê-la visto fazer o que fez quase sem pestanejar...

O melhor naquele momento era conservar a simpatia da bruxa.

Selia não parou quando entraram na hospedaria, atravessaram o corredor até a escada e subiram ao segundo andar. Magnus se sentiu meio zonzo por causa da garrafa de vinho bebida depressa, mas sua mente estava quase clara. Quando passou pela porta de Cleo, encostou a mão nela e então seguiu Selia pelo corredor, entrando no quarto do pai.

Lá dentro, um homem esquelético, a pele da mesma cor dos lençóis brancos, estava deitado na cama.

Magnus não via o pai desde a conversa na taverna. Ele tinha piorado muito. Os lábios estavam secos e rachados. As olheiras profundas estavam muito escuras. Até mesmo o cabelo preto tinha se tornado quebradiço e grisalho. Os olhos, castanhos como o de Magnus, estavam enevoados.

— Meu filho — o rei sussurrou, levantando a mão com fraqueza. — Por favor, venha aqui.

Para ele, era sempre chocante ouvir o rei pedir "por favor".

Magnus, com relutância, sentou na beira da cama.

— Sei que você não vai me perdoar. Não deveria me perdoar. Minhas escolhas, principalmente com você... — Os olhos leitosos do rei brilhavam. — Me arrependo por não ter sido um pai melhor para você.

— Me poupe das confissões ao leito de morte — Magnus disse, a garganta seca. — Elas não funcionam comigo.

— Shiu, meu querido. — Selia sentou na beira da cama de Gaius, a mão sobre a testa dele. — Poupe sua energia.

Magnus desejara muito fincar uma espada no peito do pai, vingar a morte da mãe, fazê-lo pagar por todos os anos de abuso e abandono, ver a vida esvair-se de seus olhos de uma vez por todas.

Mas não era assim que queria que as coisas acontecessem. Magnus não queria sentir nada além de ódio por aquele monstro.

— Sei que tentou me salvar — Gaius disse à mãe. — Não importa mais. Você precisa encontrar Lucia a qualquer custo. Precisa implorar para ela ajudar, se for preciso. Sei que ela não vai deixar Mítica cair nas mãos de Amara. Lucia vai destruir todos os nossos inimigos, e o trono pertencerá ao meu filho.

— Vamos encontrar Lucia juntos. — Selia deslizou a aliança de ouro no dedo magro do rei, e ele respirou com dificuldade. — A pedra sanguínea é sua, meu filho, como prometi. Agora descanse e deixe a pedra fazer seu papel.

Magnus deu meia-volta, confuso com tudo o que tinha visto. O rei segurou o braço dele, forçando-o a se virar.

— Não falei por falar — seu pai disse, já com força renovada na voz e determinação nos olhos menos enevoados. — Serei um pai melhor para você, Magnus. Pode não acreditar, mas eu juro.

24
CLEO

PAELSIA

O mundo de Cleo estava reduzido às quatro paredes do quarto na hospedaria paelsiana. A tranca enferrujada na porta era a única coisa que a protegia dos inimigos.

Os Damora eram seus inimigos — não sua família, nem seus aliados, nem seus amigos.

E ainda assim, ela continuava com eles, sentindo-se presa, uma prisioneira impotente que não podia decidir o próprio destino.

Ela não sabia ao certo quando finalmente conseguira adormecer, mas depois de escapar das garras dos pesadelos, com lágrimas secas no rosto, percebeu algo muito importante.

Não era uma prisioneira impotente. Era uma *rainha*.

Ela tinha se esquecido de ser corajosa, de ser forte como a irmã e o pai tinham pedido para que fosse. O que pensariam dela agora, depois de se perder e esperar respostas confiando em pessoas que não mereciam sua confiança?

— Já chega — ela sussurrou quando saiu da pequena cama.

Não sabia como, mas ia consertar aquilo. Seus objetivos continuavam os mesmos: vingança, poder, recuperar o trono e garantir o bem-estar do povo auraniano.

Nada mais importava.

Seu marido tinha razão sobre uma coisa: se Nic soubesse que ela estava apaixonada por Magnus, ele a teria detestado. Era sorte, então, que ela não tivesse se entregado totalmente ao príncipe. Ela estava se controlando, protegendo a si mesma apesar de não saber que era isso que estava fazendo.

— Sinto muito, Nic — ela murmurou quando passou a escova prateada pelos fios de cabelo compridos, tentando não pensar em quando Magnus tinha feito a mesma coisa. — Você estava certo. Você sempre esteve certo.

Seu estômago roncou, e ela percebeu que não comia desde a tarde do dia anterior. Necessitava de força para fazer o que precisava ser feito — ir a Auranos encontrar os aliados de seu pai. Tinha que encontrar os rebeldes que a ajudariam a elaborar um plano para derrubar Amara.

Se havia um jeito, Cleo descobriria qual era. Não importava o que teria que fazer.

Assim que amanheceu, ela desceu a escada, em silêncio. A hospedaria estava quieta; apenas os Damora moravam no lugar que, dias antes, era tomado por uma mistura estranha de inimigos e aliados.

Ela caminhou em direção à cozinha. A esposa do dono já estava de pé, assando pão. O cheiro deixou Cleo com água na boca.

— Preciso tomar café da manhã — ela disse à mulher.

— Sim, vossa graça — a mulher assentiu. — Sente e trarei tudo assim que estiver pronto.

— Obrigada. — Cleo foi para a sala de jantar e ficou surpresa ao ver que não era a única pessoa acordada àquela hora. Selia Damora estava sentada à cabeceira da mesa, lendo um livro sob a luz clara do sol nascente. Ela levantou os olhos quando Cleo se aproximou.

— A princesa finalmente saiu de seus aposentos — ela disse. — Que bom vê-la hoje.

Cleo hesitou antes de sentar ao lado da mulher. Ainda não havia por que mudar seus planos de partir.

— Está muito cedo.

— Sempre gostei de levantar antes de o sol nascer.

Cleo nunca teve esse hábito. Houve uma época em que dormia até mais tarde todas as manhãs, até que sua irmã tocasse seu ombro para dizer que ela já tinha perdido a primeira aula, o que deixava seu tutor muito irritado. Cleo respondia cobrindo a cabeça com cobertores e resmungando para Emilia deixá-la em paz.

Os tutores sempre gostaram muito mais de Emilia do que da princesa mais nova.

Cleo olhou para a jarra e para os copos de vidro perto de Selia.

— O que está bebendo?

— Suco de uva fresco. Parece que os paelsianos fazem mais do que vinho com a fruta. Aceita um copo?

— Talvez daqui a pouco.

— Você está chateada hoje — Selia comentou. — Não pude evitar e acabei entreouvindo parte de sua discussão com meu neto ontem à noite. Devo admitir que você tem razão por estar brava. Ele não tinha o direito de manipular seu amigo e deixá-lo em perigo.

Os olhos de Cleo começaram a arder.

— Ainda não consigo acreditar que é verdade. Que Nic... morreu.

— Sei que está sofrendo. Mas deixe essa dor fortalecê-la, querida.

Cleo olhou para a mulher na hora.

— Não pareço forte o bastante?

— Uma mulher pode sempre se esforçar para ser mais forte diante de emoções dolorosas. Se chegou a alguma conclusão sobre o amor e sobre como ele nos enfraquece, eu a enalteço. Muitas mulheres precisam ter muito mais idade do que você para aprender essas lições.

— Você fala como se conhecesse meu coração, mas não conhece. Não me conhece, e não conheço você.

— Aprenda a aceitar bons conselhos quando os recebe de graça. A vida será muito mais fácil se fizer isso. — Selia não pareceu se abalar nem um pouco com o tom de Cleo. — Percebo grandeza em você, minha cara. Vejo em seus olhos. Você está determinada a mudar o mundo. Vi a mesma expressão nos olhos de sua mãe quando a conheci.

Cleo arregalou os olhos.

— Você conheceu minha mãe?

Selia assentiu.

— Elena era uma mulher louvável, forte, corajosa e inteligente. Uma combinação incomum, detesto admitir, principalmente entre os membros da realeza. Nossa classe costuma ser mimada e protegida na juventude, não importa nossa origem. Isso pode gerar adultos preguiçosos que não estão dispostos a fazer o que precisa ser feito para conseguirem o que querem.

— Fui mimada e protegida — Cleo admitiu.

— Tal fraqueza foi extinta de você com os desafios e as perdas.

— Sim. Extinta — Cleo repetiu, assentindo. — Uma descrição precisa do que senti.

— O fogo que nos deixa ocos é o que permite que sejamos preenchidos com força e poder onde antes não tínhamos nada — Selia disse. Ela encheu dois copos de suco de uva. Cleo pegou um deles. — Talvez devêssemos brindar a esse fogo. Sem ele, não ameaçaríamos aqueles que talvez queiram limitar nosso potencial.

Cleo assentiu.

— Acho que podemos brindar a isso.

Ela levou o copo aos lábios. Quando estava prestes a tomar um gole, o copo voou de sua mão e se espatifou na parede.

Ela olhou com surpresa para o rei, que estava agora a seu lado. Gaius não olhava para ela, mas, sim, para a mãe dele.

Cleo levantou com dificuldade, arrastando a cadeira no piso de madeira. O rei parecia mais forte e saudável do que nunca.

A pedra sanguínea. Gaius a tinha agora, e ela havia feito sua mágica.

Ela estivera ocupada demais sentindo pena de si mesma, isolada no quarto, para saber o que estava acontecendo.

— Minha nossa, Gaius. — Selia levantou. — É assim que você trata a esposa de seu filho?

— Percebi que você ainda não tomou um gole, mãe. Vá em frente, mate sua sede. Não me deixe impedi-la de saborear sua própria magia.

Em vez de fazer o que ele havia sugerido, Selia deixou o copo sobre a mesa. Cleo a observou, enojada ao perceber.

O suco de uva estava envenenado.

Cleo se encostou na parede, o coração batendo rápido.

— Você parece muito bem, Gaius — Selia disse sem olhar na direção de Cleo.

— Graças a você, parece que me recuperei.

— Como prometi que aconteceria. — A expressão dela estava séria. — Agora diga o que está acontecendo e por que me olha com ódio em vez de amor hoje.

Ele riu com frieza. Seu olhar era tão frio que fez o sangue de Cleo congelar nas veias.

— O que teria acontecido se a princesa tivesse bebido aquilo? — Ele indicou a jarra com um aceno de cabeça. — Ela teria morrido depressa e sem dor ou teria gritado com um buraco na garganta, como aconteceu com meu pai quando tomou a sua poção mais fatal?

— Não sei bem — Selia disse com calma. — Cada pessoa reage de um jeito.

— Você tentou mesmo me envenenar? — Cleo perguntou. O choque e o susto a deixaram trêmula.

Selia a encarou determinada.

— Você revelou ser um problema em muitos aspectos. Não vejo motivo para permitir que estrague essa família mais do que já estragou.

— Essa decisão não cabe a você — Gaius resmungou. — Cabe a mim.

— Até onde sei, você tentou se livrar desse incômodo muitas vezes. Será que é tão difícil assim acabar com a vida de uma garota problemática?

— Como você sabia? — Cleo perguntou a Gaius. Pensar que tinha começado a confiar em Selia, que tinha acreditado em suas palavras de força e coragem provocava náuseas. Ela quase tinha tomado o veneno, sem pensar, nem por um momento, que sua vida estivesse em risco. Se o rei não tivesse arrancado o copo de sua mão...

— Eu apenas soube — o rei respondeu. Ele ainda não tinha olhado diretamente para Cleo; seu olhar permanecia fixo na mãe. — Assim como sei o que você fez dezessete anos atrás, mãe.

Por fim, Selia franziu a testa.

— Não sei do que está falando.

— Podemos brincar disso, se quiser. Prefiro não brincar. Prefiro não perder mais tempo ouvindo suas mentiras, as mentiras com as quais encheu minha cabeça a vida toda.

— Nunca menti para você, Gaius. Eu amo você.

— Amor. — Ele jogou a palavra de volta como se fosse uma flecha em chamas que tinha conseguido bloquear. — É disso que você chama? Não, mãe. Durante o tempo que passei frente a frente com a morte, a mente livre de poções de proteção, pensei muito em como sua ideia de amor é apenas um truque para conseguir poder. Fiz tudo o que você pediu e não recebi nada em troca. Foi você que me disse que o amor é uma ilusão. Ou você só considera alguns tipos de amor inadequados?

Selia o encarou incrédula.

— O amor romântico é uma ilusão. O amor da família é eterno! Esperei treze anos no exílio para você perceber que tudo o que fiz foi por você. Por *você*, Gaius, não por mim. E finalmente você apareceu quando mais precisou de mim. E o que fiz sem questionar? Salvei sua vida!

— Sei que salvou. E também sei que você foi ver Elena antes de ela morrer —disse Gaius, a voz mais baixa. — Você ficou atormentada com a ideia de que eu voltaria para ela, apesar de ela nunca ter respondido às minhas cartas. Mas você interceptou as cartas, não é? Ela não recebeu nenhuma.

Cleo não conseguia se mexer, mal conseguia respirar. Ela sabia que o que estava assistindo não era para ser visto. Ainda assim, não conseguia sair de lá.

Selia olhou para Gaius como se ele fosse um menino de dez anos tentando argumentar com uma intelectual.

— Sempre tentei proteger você para que não tomasse decisões ruins que ameaçariam seu poder. E, sim, eu sabia que você planejava ir até ela, tão ingênuo aos vinte e cinco anos quanto era aos dezessete.

Ele assentiu devagar.

— Você ofereceu suco de uva para ela também? Lembro que ela preferia sidra. Sidra morna de maçã com especiarias.

Selia não respondeu.

— Você não precisava tê-la envenenado. Eu não pretendia ficar com Elena, não naquela época. Meu coração já tinha se tornado sombrio e frio demais para pensar que ela me aceitaria de volta, principalmente com a vida e a família perfeitas que tinha. Mas não foi a maldição de uma bruxa vingativa que a matou. Foi você.

Cleo percebeu que tinha começado a tremer muito, e tudo o que ouvia a atingia como socos.

— Você envenenou minha mãe — ela sussurrou. — Você a matou.

— O veneno deveria ter acabado com a vida dela e com a do bebê que ela esperava. — Selia balançou a cabeça. — Mas a gravidez já estava avançada demais. A morte dela pareceu natural para muitos, já que o parto de Emilia tinha sido muito difícil. Sei que Corvin acreditava ter sido uma maldição, culpa dele por se envolver com uma bruxa. E, sim, foi com sidra de maçã. Que estranho... só lembrei agora. Mas garanto que ela não sofreu. Simplesmente... foi. Em paz.

— Mentira — Gaius disse, os dentes cerrados. — Ouvi relatos do quanto ela sofreu até a morte finalmente levá-la.

— São só boatos.

O ódio frio nos olhos do rei congelou a sala.

— Quero que você saia. Nunca mais quero vê-la de novo.

Selia balançou a cabeça.

— Você precisa ver que fiz o que achava ser o melhor para você, Gaius. Porque amo você, e sempre amei. Você é meu menino perfeito, nascido para ser grande. Juntos, vamos dominar o mundo, como eu sempre disse que faríamos.

— Saia — ele disse de novo —, ou mato você.

— Não, meu querido. Não posso deixá-lo. Não agora. Não assim...

— Saia! — ele berrou e socou a mesa de café da manhã com tanta força que Cleo teve certeza de que ela se racharia.

Selia levantou o queixo.

— Você vai me perdoar quando entender que não há outra maneira de isso terminar.

O rei tremia da cabeça aos pés quando sua mãe saiu da sala.

Cleo estava assustada, incapaz de pensar com clareza depois daquela discussão.

— Minha mãe foi envenenada... — ela começou. — Porque sua mãe achou que você queria retomar o relacionamento com ela.

— Sim.

— E isso... acabaria com o controle dela sobre você.

— Sim. — A segunda resposta não passou de um sibilo.

— Selia me disse que você agrediu minha mãe quase a ponto de matá-la, que ela odiava você.

Gaius arregalou os olhos.

— Minha mãe é uma mentirosa. Elena era meu mundo, minha fraqueza, meu sofrimento e meu único amor. Não encostei a mão nela com raiva e nunca faria isso. — Gaius olhou para ela com seriedade. — Quero que você saia daqui também.

— O quê?

— Minha mãe tem razão a respeito de uma coisa: você é um perigo para meu filho, assim como Elena era um perigo para mim. Não vou aceitar. Vou protegê-lo do perigo, quer ele queira minha proteção ou não.

— Mas eu... eu pensei...

— O quê? Que eu tinha começado a me redimir de alguma maneira impedindo-a de tomar aquele veneno? Não teve nada a ver com você, princesa. Teve a ver comigo e com minha mãe. Magnus estaria melhor se você estivesse morta e não fosse mais um problema para nós.

A dor no coração que tinha assustadoramente começado a sentir por causa do passado horroroso daquele homem logo se transformou em pedra.

— Acho que o Magnus deveria participar dessa decisão.

— Ele é jovem e idiota no que diz respeito a essas coisas, assim como eu era. Não perdoo minha mãe pelo que fez, mas compreendo por que tomou essa atitude. Farei o favor de não acabar com sua vida hoje, mas só se você for embora agora. Volte para sua preciosa Auranos. Ou, melhor ainda, saia de Mítica de uma vez. A família de Elena é do oeste de Veneas. Talvez você possa construir uma vida nova lá.

— Quero falar com Magnus — Cleo insistiu. — Preciso...

— Você precisa partir antes que o pouco de paciência que ainda me resta desapareça. E saiba, princesa, não faço isso por você, mas em memória de sua mãe, que deveria ter vivido no lugar de sua filha inútil, que não trouxe nada além de tristeza ao meu mundo. Agora vá e não volte.

Cleo finalmente virou de costas, contendo as lágrimas.

A primeira pessoa que viu foi Enzo, do lado de fora da sala.

— Você ouviu? — ela perguntou.

— Não tudo — ele admitiu.

Ela hesitou.

— Sei que você é limeriano e, apesar das promessas que fez, é leal ao rei, não a mim. Mas preciso perguntar mesmo assim... Quer vir comigo? Não sou tola o bastante para achar que consigo sair por aí por este mundo como está agora, sem proteção.

Não demorou muito para Enzo assentir com firmeza.

— Sim, claro que vou. Vamos encontrar um navio que nos leve a Auranos ou a qualquer lugar aonde queira ir.

Cleo concordou, grata por contar com o apoio dele, pelo menos.

— Obrigada, Enzo. Mas não vou pegar navio para lugar nenhum.

— Aonde você quer ir?

Parecia que restavam poucas opções. Estava na hora de ela ser forte de novo.

— Quero me encontrar com a imperatriz.

25

MAGNUS

PAELSIA

Ele tinha secado as duas garrafas de vinho que o dono da hospedaria tinha. Estranho, mas o vinho não era de uma vinícola paelsiana. Era amargo, seco e deixou um gosto ruim na boca de Magnus, mas foi tão eficiente quanto o vinho paelsiano para debilitar sua mente e ajudá-lo a adormecer.

Mas não a continuar dormindo. O barulho da porta abrindo com um rangido o fez acordar. Tinha certeza de que a tinha trancado. Seu corpo estava pesado e cansado demais para se mexer, e a mente estava muito confusa para que ele se importasse em saber quem tinha entrado.

— Sou eu — Cleo sussurrou.

Magnus estava de costas para a porta e seus olhos se arregalaram ao ouvir a voz dela.

— O que você quer? — ele perguntou hesitante, sem se virar para ela.

— Precisava ver você.

— Não pode esperar até amanhã cedo?

— Você está bêbado.

— Você é observadora.

— Quer que eu saia?

— Não.

A cama rangeu quando ela deitou ao lado dele.

Magnus ficou paralisado ao sentir a mão dela deslizar pela lateral de seu peito.

— Cleo...

— Não quero brigar com você — ela murmurou no ouvido dele. — Não quero deixar você. Te amo, Magnus. Muito.

Ele sentiu um aperto no coração.

— Você disse que o amor não bastava para resolver nossas questões.

— Eu estava brava. Todo mundo diz coisas horríveis quando está bravo.

— Mas Nic...

— Preciso ter esperança de que ele está vivo. Tem que estar. Ele sabe que eu ficaria furiosa se ele morresse. Agora, olhe para mim, Magnus.

Ele finalmente virou e a viu ao seu lado, o lindo rosto iluminado pelo luar que entrava pela janela, o cabelo loiro como ouro, os olhos escuros e profundos.

— Preciso que você faça algo muito importante por mim — ela disse.

— O quê?

— Me beije.

Ele quase riu.

— Se eu beijar você agora, garanto que não vou conseguir parar.

— Não quero que pare. Não quero que pare nunca. Não importa o que acontecer, Magnus. Estamos juntos nisso. Eu escolhi você. E preciso de você. A menos... — ela levantou uma sobrancelha — que você esteja bêbado demais e prefira que eu saia.

Seu olhar se tornou mais intenso.

— Não, mas a maldição...

— A maldição é uma fantasia, nada mais. Tire isso da cabeça.

— Não sei se consigo.

— Parece que vou ter que dar o primeiro passo hoje... — Cleo passou os lábios pela cicatriz dele, do rosto aos lábios. — Assim.

— Cleo... — ele conseguiu dizer quando a abraçou, mas de repente não estava abraçando Cleo. Não havia nada ali além do ar e dos cobertores.

Percebeu, desanimado, que ela nunca esteve ali. Tinha sido apenas um sonho.

Mas não precisava ser.

Magnus precisava conversar com ela, fazê-la ouvir a voz da razão. Cleo era capaz disso, ele sabia. E juntos eles descobririam a verdade sobre Nic.

Magnus levantou, determinado a tornar o presente melhor do que o dia anterior, mas sua cabeça parecia prestes a explodir. Ele gemeu e levou as mãos às têmporas, inclinando-se para a frente de dor.

O vinho. O vinho paelsiano não dava ressaca. Mas as outras bebidas inebriantes...

Os outros aceitavam sofrer uma dor assim para se esquecer dos problemas por uma noite?

Magnus estava furioso consigo por ter cedido a algo que o tinha enfraquecido daquele modo, mas precisava superar. Tinha que se concentrar em seus objetivos.

Ele próprio iria atrás de Ashur. Os cristais da Tétrade precisavam ser recuperados — por ele, por Cleo, por Mítica. E como estava se sentindo, quem quer que cruzasse seu caminho teria uma morte muito dolorosa.

A hospedaria parecia estranhamente vazia naquela manhã. O quarto da princesa estava vazio, a porta estava aberta. A avó de Magnus não estava ali em nenhum lugar, nem no pátio nem na sala de convivência.

O rei, no entanto, esperava por ele à mesa da sala de jantar com um café da manhã completo a sua frente. A esposa do dono da hospedaria — Magnus não tinha se preocupado em guardar o nome dela — observou-o nervosa quando ele entrou e sentou.

— Coma alguma coisa — o rei disse.

Magnus observou enojado os pratos com frutas secas, queijo de cabra e pão fresco. O cheiro o deixou com vontade de vomitar.

Pensar em comida o deixava nauseado.

— Não quero — Magnus respondeu. — Você parece... bem.

— Me sinto bem. — O rei usava o anel dourado de Xanthus no indicador esquerdo. Levantou a mão e a observou. — Difícil acreditar que haja tanta magia nessa pequena peça, suficiente para me fazer voltar a ser como antes tão depressa.

— Quanto tempo vai durar?

— Ah, essa é a dúvida, não é?

— Selia não disse?

— Não perguntei.

— Onde ela está?

— Foi embora.

Magnus franziu a testa e sentiu uma pontada de dor na cabeça.

— Para onde?

O rei pegou um pedaço de pão, mergulhou-o em uma tigela de manteiga derretida e mordeu, ponderando.

— A comida tem um gosto ainda melhor agora. É como se um véu de apatia tivesse sido retirado de meus sentidos.

— Que maravilhoso para você. Pergunto de novo, onde está minha avó?

— Eu a mandei embora.

Magnus hesitou.

— Você a mandou embora.

— Foi o que eu disse.

— Por quê?

O rei pousou o garfo sobre a mesa e virou para Magnus.

— Porque ela não merece respirar o mesmo ar que nós.

Magnus balançou a cabeça, tentando entender.

— Ela salvou sua vida.

O rei riu.

— Sim, acho que salvou.

— Você está falando, mas não diz coisa com coisa. A pedra sanguínea roubou sua sanidade ao devolver sua saúde?

— Nunca me senti tão são quanto agora. — Ele olhou para a porta onde Milo estava.

— Milo, meu bom homem, venha tomar café da manhã. Magnus não quer comer, mas não podemos desperdiçar boa comida.

— Obrigado, vossa alteza — Milo disse. — É verdade o que eu ouvi? Que Nicolo Cassian morreu?

O rei arqueou as sobrancelhas.

— É possível que sim — Magnus disse.

Milo sorriu.

— Isso é decepcionante. Perdoe-me por dizer isso, mas sempre quis matá-lo.

Magnus se pegou concordando.

— Ele despertava essa vontade nas pessoas.

— Onde está Enzo? — o rei perguntou. — Tem muita comida aqui para ele também.

— Enzo saiu, vossa majestade — Milo respondeu um tanto relutante.

O rei pousou o pão na mesa e olhou para o guarda.

— Para onde ele foi?

— Foi com a princesa.

A maneira hesitante como ele disse aquilo fez o estômago de Magnus revirar.

— Por favor, faça a gentileza de me dizer que a princesa foi fazer compras na cidade e voltará mais tarde.

— Desculpe, mas não sei aonde foram, só que partiram ao amanhecer.

O coração de Magnus começou a bater mais forte, e ele lançou um olhar de acusação ao pai.

— O que você fez agora?

O rei deu de ombros, a expressão inescrutável.

— Não vou discutir com você hoje, meu filho. Sua avó se foi. E a princesa também. Nenhuma delas vai voltar aqui.

Magnus levantou tão depressa que a cadeira caiu para trás.

— Preciso encontrá-la.

— Sente — o rei sibilou.

— Você a ameaçou, não? Ela e Selia. Você mandou as duas embora.

— Sim, acho que sim. Enquanto você dormia embriagado até meio-dia. Você precisa começar a pensar claramente como eu, Magnus. Agora que me recuperei, está na hora de entrarmos em ação.

— É mesmo? — Magnus percebeu a voz ficando cada vez mais alta. — Precisamos de ação. Vejamos... no momento somos você, eu e Milo representando a um dia grandiosa Limeros. Somos três contra o exército de Amara. E não temos Lucia ao nosso lado, já que você mandou embora a pessoa que poderia encontrar minha irmã! — Ele xingou em voz baixa. — Preciso encontrar Cleo.

— Você não precisa fazer isso. Aquela garota tem sido um problema para nós desde que entrou em nossa vida.

— Nós? Não existe *nós*, pai. Você acha que alguma coisa mudou? Algumas palavras de incentivo e olhares sofridos não consertam as coisas. Você pode tentar me impedir de sair, mas juro que vai fracassar.

Magnus foi direto para a porta da hospedaria, a mente confusa. *Cleo deve ter ido para Auranos*, ele pensou. Começaria por lá. Alguém saberia onde encontrá-la.

Graças à deusa ela tinha sido inteligente o bastante para levar Enzo junto. Mas só um guarda para protegê-la da presença de Amara não era suficiente.

— Magnus, não vá — o rei disse. — Precisamos discutir uma estratégia.

— Discuta uma estratégia com Milo — ele rebateu. — O que você tem a dizer é totalmente irrelevante para mim.

Magnus abriu a porta com tudo, pronto para sair da sala, mas três homens estavam ali, bloqueando a passagem.

— Príncipe Magnus Damora — um deles disse, meneando a cabeça. Ele olhou para os companheiros. — Viram? Eu disse que era ele. O príncipe de Limeros no meio de Basilia. Quem acreditaria? Lembro de você em sua lua de mel. Trouxe minha esposa e meus filhos para verem alguns membros da realeza com suas roupas perfeitas e brilhantes, para mostrar a eles o que nunca poderíamos ter por sermos paelsianos inferiores, como vocês sempre nos viram. E aqui está você, vestido como um de nós.

— Muito prazer em conhecê-lo, seja quem for. — Magnus semicerrou os olhos. — Agora sugiro que saia da minha frente.

— Sua cabeça e a de seu pai valem uma recompensa.

— Valem? — Magnus abriu um pequeno sorriso para ele. — E qual é a recompensa pela cabeça de cada um de vocês se eu cortá-las fora?

O desconhecido e o amigo riram da resposta como se fosse a coisa mais hilária que já tinham ouvido.

— Todos nós? Nem mesmo o Príncipe Sanguinário poderia derrubar todos nós.

— Não tenha tanta certeza.

— Mate-os — o rei sugeriu. — Não temos tempo para besteiras hoje.

— Essa é a primeira boa ideia que você teve — Magnus respondeu em voz baixa.

Mas antes que pudesse se mover para pegar uma arma ou dizer outra palavra, três lanças chegaram voando, acertando os homens por trás.

Os três caíram aos pés de Magnus.

Magnus olhou para a frente. Atrás deles, havia um verdadeiro exército de soldados com uniformes verdes.

O exército de Amara.

Magnus bateu a porta e entrou na hospedaria de novo.

— Temos um problema.

— Sim, percebi — o rei respondeu.

— Imagino que Amara não esteja mais acreditando na história que você contou, uma vez que mandou seu exército atrás de você.

— Imaginei que seria apenas uma questão de tempo.

Magnus olhou para ele.

— Como pode falar com tanta calma?

Alguém bateu à porta.

— Abra a pedido de Amara Cortas, a imperatriz de Kraeshia!

Milo estava na frente deles, espada em punho, quando a porta da frente foi arrombada e os guardas de Amara entraram na hospedaria. Magnus estava com a espada pronta, mas só conseguiu observar Milo — o guarda por quem ainda sentia profunda gratidão por intervir quando ele e Cleo foram ameaçados de morte no penhasco — cair depois de atingir apenas dois guardas.

Com um rugido de raiva, Magnus avançou, levantando a arma.

O rei pôs a mão sobre o ombro de Magnus para impedi-lo.

— Não faça isso — ele disse.

Um soldado alto, musculoso e uniformizado deu um passo para a frente, e os outros abriram espaço.

— Largue sua arma. Entregue-se ou morra aqui e agora.

Magnus, rangendo os dentes, olhou para Milo, para o sangue empoçado ao lado do corpo. Milo tentou lutar, tentou matar o máximo de kraeshianos que podia em nome do rei e de Limeros.

Mas não podia matar todos eles. Nem Magnus poderia.

A briga terminou antes mesmo de começar. Amara tinha vencido.

26

LUCIA

PAELSIA

— Juro pela deusa — Lucia disse, com a mão na barriga — que essa criança vai me matar.

Ela nunca pensou que uma gravidez seria simples. Já tinha visto mulheres grávidas que reclamavam de dor nas costas, tornozelos inchados e náusea constante. Mas sabia que aquele caso era diferente.

O caminho que Jonas prometeu conduzir à família dela era longo e tortuoso. Sempre que a carroça mudava de direção muito depressa ou passava um obstáculo, Lucia sentia vontade de gritar de dor.

— Quer que eu peça ao condutor para parar de novo? — Jonas perguntou.

— Não. Já perdemos muito tempo.

O rebelde estava calado durante a viagem que, devido a várias paradas, tinha demorado quase um dia inteiro desde a partida da casa da irmã dele.

Lucia teve que perguntar.

— Sua irmã odeia você por causa de quem eu sou? Por você ter me levado à casa dela?

— Seria mais do que suficiente, acho. Eu errei ao levar você lá pensando que ela estaria disposta a ajudar. Mas minha irmã me odeia por outros motivos. Motivos válidos. Não posso negar que abandonei minha família. Apesar de achar que eu os estava protegendo ao ficar longe, agora vejo que foi a decisão errada. Eu deveria estar lá quando meu pai morreu.

— Sinto muito — ela disse.

Jonas olhou para ela.

— Sente?

— Apesar do que você pensa de mim, não sou uma pessoa sem coração.

— Se está dizendo...

Lucia resmungou.

— Por favor, continue falando, mesmo que seja só para me ofender. Quando você fala, a dor parece diminuir um pouco. — Ela observava o que podia da paisagem, que tinha deixado de ser rural e se tornado mais movimentada, com construções mais próximas e estradas menos acidentadas e muito percorridas. — Ainda estamos longe?

— Não muito. Vou continuar falando para aliviar sua dor durante o resto do caminho. Da última vez em que vi meu pai, decidi que nunca seria como ele. Mas, ainda assim, deveria estar presente quando ele morreu. Como muitos paelsianos, meu pai aceitou a vida que foi apresentada para ele e nunca se esforçou para mudá-la. Ele acreditava cegamente no chefe Basilius. Acho que também acreditei, por um tempo. Pelo menos até ver com meus próprios olhos que o chefe não tinha a magia que afirmava ter e que deixava paelsianos morrerem de fome enquanto vivia como rei em seu complexo, graças aos altos impostos que cobrava sobre a produção do vinho paelsiano. Ele me fez muitas promessas de um futuro melhor, chegou até a querer que eu casasse com a filha dele.

Era esquisito, mas a voz do rebelde realmente parecia acalmá-la. Pelo menos até ele dizer aquele nome.

— O chefe Basilius queria que você casasse com a filha dele? Qual delas?

— Laelia. — Ele a observou. — Por que parece tão surpresa? Porque a filha de alguém como Basilius não teria nada a ver com o filho de um vendedor de vinhos?

— Não é por isso.

— Olha só, ela não achou ruim.

— Minha nossa, rebelde! Seu antigo noivado é um assunto delicado para você?

— Não. Mal penso nisso ou nela. Não tenho interesse em casar. — Ele contraiu o maxilar e continuou resmungando, como se falasse sozinho. — Casamento traz filhos, e filhos... não me vejo criando um filho, por mais importante que isso possa ser.

Lucia franziu a testa para ele.

— Claro que não. Você ainda é jovem.

— Você também é.

— Não escolhi isso.

Ele continuou sério.

— Fico pensando quantos de nós conseguem escolher o futuro, ou se o destino já está traçado e somos fadados a simplesmente acreditar que temos controle sobre a vida.

— Que filosófico. Para sua informação, fiquei surpresa ao saber de seu noivado com Laelia porque descobri recentemente que Gaius Damora não é meu pai de verdade. Ele me sequestrou por causa da profecia. Meu pai verdadeiro era o chefe Basilius. Laelia é minha irmã.

Jonas hesitou.

— Fico surpreso por me contar isso.

— Por quê? Estamos conversando, e esse segredo não importa mais.

Ele franziu a testa.

— Então você é paelsiana.

Lucia riu sem graça.

— É só o que você conclui dessa revelação?

Jonas praguejou em voz baixa enquanto observava o rosto dela.

— Você parece com ela, agora que estou prestando atenção. Com Laelia. Os mesmos olhos azuis, a mesma cor de cabelo. Mas sem a cobra. E você está muito pálida agora. Não está se sentindo bem mesmo, não é?

— Nem um pouco.

— Então essa gravidez rápida é coisa de feiticeira? Devido a todos os seus *elementia*?

— Acho que tem mais a ver com minha visita ao Santuário. A rapidez só aconteceu depois que voltei para Paelsia.

Jonas a encarou chocado.

— Você esteve no Santuário? O Santuário de verdade, onde os imortais vivem?

Ela assentiu.

— Durante um tempo. Um Vigilante chamado Timotheus tem tolerado minha existência por causa da profecia. Às vezes ele aparece em meus sonhos. Eu sabia que precisava vê-lo e pedir sua ajuda. Para ser sincera, ele não foi tão solícito assim. — Os ombros de Jonas ficaram tensos quando disse aquele nome. — O que foi?

— Nada. Você disse Timotheus?

— Ele tem visões… sobre mim, sobre este mundo e sobre o mundo dele. Mas guarda segredo sobre as visões que me envolvem.

— Imagino que sim. — A expressão de Jonas era inescrutável. Ela não sabia bem se Jonas estava fascinado com o que ela estava dizendo ou entediado.

— Bom… — Lucia observou o grande vilarejo ao redor no qual a carroça adentrava, torcendo para a viagem terminar logo. — Ele não apareceu em meus sonhos nenhuma vez desde que voltei para cá. Ou não pode mais fazer isso ou está me deixando em paz para que eu descubra meu destino sozinha. Como você disse, pode ser que seja decidido sem qualquer intervenção minha.

Jonas não respondeu e demorou um pouco para dizer alguma coisa.

— O pai de seu filho... era bom ou mau?

Ela estava prestes a dizer que aquela pergunta era esquisita, mas como já sabia que Jonas a considerava má, concluiu que era válida.

— Acredito que Ioannes era bom, mas foi manipulado por outros para fazer o mal. Ele tinha ordens de me matar e, quando o momento chegou, se recusou e se matou.

— Ele se sacrificou por você.

Ao se lembrar de Ioannes, a dor que sentia na barriga foi para o coração. Tentava pensar nele o mínimo possível para evitar remorso ou pesar em relação ao imortal.

— Ele lutou contra a magia que o forçava a me levar de um lugar ao outro como se eu fosse uma peça de um jogo de tabuleiro. Ele me ensinou mais sobre minha própria magia. Ele até me ensinou a roubar a magia dos outros para enfraquecê-los. Eu não sabia por que fazia isso na época, mas no fim... entendi. Ele estava me ensinando a matar um imortal.

— Você matou um imortal roubando toda a magia dele?

— Não, matei *uma* imortal roubando toda a magia *dela*.

Distraidamente, Jonas esfregou o peito.

— Você acha que posso aprender a fazer isso? Roubar magia?

— Não acho que eu deveria ensinar algo assim a alguém que me odeia. Além disso, até onde sei, a marca que você me mostrou foi feita com tinta.

— Não foi. — Ele olhou para as próprias mãos. — Não sei... no navio, consegui usar um pouco da magia que há em mim. Não muito, mas ainda sinto a pressão dentro de mim para sair. É como se estivesse tentando sair, mas não sei como liberá-la, nem se quero que isso aconteça.

— Minha própria magia foi difícil de compreender depois que

despertou dentro de mim. Talvez você simplesmente precise ser paciente.

— Sim, claro, porque tenho muito tempo para ser paciente com uma imperatriz e um deus de fogo que preciso enfrentar. Sugestão incrível, princesa. — Ele levantou quando a carroça parou. — Chegamos.

Lucia desviou o olhar do rebelde e percebeu que reconhecia a cidade onde tinham entrado: Basilia. Ela observou as ruas movimentadas e sentiu o fedor do Porto do Comércio dali.

— Meu irmão e meu pai estão aqui?

— Estavam da última vez em que os vi. — Jonas desceu da carroça num salto e ofereceu a mão a Lucia, que pareceu em dúvida. — Vamos, princesa. Não trouxe você até aqui para deixá-la cair da carroça, muito menos em seu estado delicado.

— Não sou delicada.

— Se está dizendo... — Ele deu de ombros, mas não recolheu a mão.

Resmungando, Lucia segurou a mão dele e o deixou ajudá-la a descer da carroça.

— Você precisa comer? — ele perguntou. — Tem uma taverna aqui perto onde pode encontrar sua irmã de sangue. Acho que você não comeu hoje.

Pensar em Laelia só trazia lembranças desagradáveis.

— Eu já a vi e não tenho tempo para comer. Quero ver minha família.

— Tudo bem. — Ele franziu a testa. — Você não me disse que conhecia Laelia.

— Como acha que eu soube quem sou?

— Não sei... Pela magia?

— Os *elementia* não podem resolver todos os problemas, infelizmente. Fui em busca da verdade, e essa busca me levou a Laelia. Quando soube quem eu era, ela pediu dinheiro... muito dinheiro para ajudá-la agora que seu pai está morto e ela teme que alguém a reconheça. Por mim, tudo bem se eu nunca mais a vir.

— Basilius também era seu pai.

— Nunca vou dizer que o chefe era meu pai.

— Mas gosta de dizer que o Rei Sanguinário é sua família.

— Apesar do que você pensa, Gaius Damora foi bom para mim. Ele me manteve segura e protegida até que fui tola o suficiente para fugir, pensando que estava apaixonada por um rapaz que conhecia fazia poucos dias. Gaius me roubou do berço por causa da minha profecia. Ele poderia ter me mantido trancada. Mas em vez disso, me criou como sua filha, como uma princesa. Recebi educação e uma vida maravilhosa em um lar que eu adorava.

Jonas balançou a cabeça.

— Hum, bom, acho que tive uma ideia errada dele desde sempre. De fato o rei Gaius é uma pessoa gentil e maravilhosa.

— Certo, vou guardar saliva para uma conversa mais útil, com meu pai, por exemplo.

— Tudo bem. Vou levá-la a sua família perfeita e amorosa e acabar com isso de uma vez. Preciso voltar ao complexo da imperatriz à procura de meus amigos idiotas que atraem problemas em um piscar de olhos.

Lucia seguiu Jonas pela estrada. Ela sentiu uma pontada pelas palavras grosseiras que havia dito. O rebelde a tinha ajudado muito.

— Quero que saiba que agradeço por isso. O que você fez, me trazer aqui... Cuidarei para que nada de mal lhe aconteça, apesar de todos os seus crimes horrorosos.

— Ah, que ótimo. Obrigado, princesa. Você é um doce.

Ela ficou tensa.

— Ou talvez não faça isso. — Quando ela começava a tratar o rebelde de modo menos rígido, ele a provocava. Lucia estava prestes a dispensá-lo por completo quando uma onda de dor fez seus joelhos fraquejarem.

Jonas segurou seu braço.

— Princesa?

— Estou bem — ela disse, rangendo os dentes. — Tire a mão de mim.

— Não. — Quando Jonas a pegou no colo, ela estava fraca demais para impedi-lo. — Você é um problema, não?

— Mostre onde minha família está.

— Não vai me agradecer por eu ter impedido que você caísse como um saco de batata no meio da rua? Tudo bem, então. Eles estão na hospedaria da esquina. Levo você até lá. O que acha de poupar sua energia e meus ouvidos ficando quieta?

De todo modo, Lucia não conseguia falar. A dor era muito intensa. Ela semicerrou os olhos, respirando fundo, trêmula. Podia aguentar, tinha que aguentar. Contanto que seu filho estivesse seguro, podia aguentar qualquer coisa.

Jonas se movia bem depressa para alguém carregando uma grávida. Lucia teve que segurar nos ombros dele para se sentir segura quando ele entrou na hospedaria.

A poucos metros da porta, havia uma mulher abaixada esfregando o chão. Ela devia ter acabado de começar, já que havia sangue por todo lado.

— Me ponha no chão — Lucia pediu a Jonas, assustada com a cena inesperada.

Ele obedeceu.

— O que aconteceu aqui? — ela perguntou.

A mulher levantou a cabeça, os olhos vermelhos e cansados.

— Não estamos aceitando hóspedes hoje. Desculpem, mas há muitas hospedarias descendo a rua.

— De quem é esse sangue?

A mulher só balançou a cabeça e se concentrou em sua tarefa.

— Maria — Jonas chamou, agachando-se ao lado dela. Ela o encarou, e seu olhar revelou que o reconhecia.

— Jonas, você voltou. — Ela sorriu sem vontade. — Acho que você foi o único que se deu ao trabalho de guardar meu nome.

— Como eu poderia esquecer o nome da mulher que faz os melhores bolinhos de figo que já comi?

Lágrimas escorreram pelo rosto de Maria.

— Foi horrível.

— O que aconteceu? — Lucia quis saber, punhos cerrados. — Diga ou...

Jonas a encarou com os olhos arregalados.

— Você não vai fazer nada com essa mulher. Não se aproxime nem mais um passo.

— Ela é sua esposa, Jonas? — Maria perguntou, assustada.

— Minha...? — Jonas riu baixinho. — Não, com certeza ela não é minha esposa.

Como aquela mulher pobre podia ousar pensar que ela se envolveria amorosamente com alguém como aquele rebelde cruel e grosseiro?

— Sou Lucia Eva Damora, e juro pela deusa que se não me contar o que aconteceu aqui e onde minha família está, vai se arrepender profundamente. — Lucia se arrependeu das palavras assim que as disse, e Jonas a olhou furioso.

— Lucia Damora... — Maria sussurrou, soltando o pano ensanguentado. — A feiticeira. Você está aqui. Poupe meu marido, por favor. Eu imploro.

— Ignore Lucia — Jonas resmungou. — Conte o que aconteceu, Maria. Não vou deixar a princesa machucar você nem sua família, de jeito nenhum. Eu juro.

— Soldados kraeshianos... entraram aqui, em número maior do

que o dos homens que chegaram a Basilia. Houve uma briga... breve. O rei e o príncipe... — Ela balançou a cabeça. — É difícil demais.

Jonas assentiu, olhando para baixo.

— Alguém foi morto?

— Um jovem de cabelo escuro. Ele não me dava muita atenção enquanto vocês estavam aqui. Ele tentou defender os limerianos, mas foi morto rápido. Acho que o nome dele era Milo.

— E meu pai e meu irmão? — A ira de Lucia tinha sido substituída pelo medo. Ela levou uma mão trêmula à barriga.

— Eles se foram — Maria sussurrou. — Os soldados os levaram. Não sei para onde. A cidade está descontrolada. Muitos homens foram assassinados nas ruas nas últimas noites, a garganta cortada, os corpos apodrecendo abandonados. Algumas pessoas acham que são ordens da imperatriz, caso a desagrademos.

— E a princesa Cleiona? — Jonas perguntou. Sua voz estava tomada de preocupação. — Onde ela está?

— Saiu cedo hoje. Ouvi ela e o rei discutindo feio. Ele a mandou embora. O príncipe não gostou.

— Imagino que não — Jonas murmurou.

— Cleo estava aqui? — Lucia perguntou, atônita.

— Onde mais poderia estar?

— Morta, eu esperava.

Jonas a encarou sério.

— Quando estava começando a achar que você não era tão má e repugnante quanto pensei, você diz algo assim.

Ela revirou os olhos.

— Ah, por favor, não me diga que você é outro dos homens que Cleo conseguiu seduzir com o lindo cabelo e a atitude indefesa. Isso o faria cair ainda mais no meu conceito.

— Não dou a mínima para o que pensa de mim. — Ele a segurou com força pelo ombro. — Vamos embora. Conseguimos toda a informação que queríamos aqui. Muito obrigada, Maria. Fique protegida aqui dentro até tudo terminar.

— E quando vai terminar? — a mulher perguntou.

Ele balançou a cabeça.

— Gostaria de saber com certeza.

Do lado de fora, Jonas caminhou depressa, quase arrastando Lucia.

— Vamos à taverna — ele disse. — Vamos conseguir mais informações lá.

— E se alguém me reconhecer e tiver a mesma reação que aquela mulher?

— Sugiro que você não faça a besteira de se apresentar em voz alta, assim talvez consiga evitar isso.

— Ela me odeia.

— Pensei que você já estivesse acostumada com isso.

— Estou, mas... — De repente, ficou difícil respirar, o ar estava tão quente que Lucia começou a transpirar. — Preciso parar um pouco. Acho que vou desmaiar.

Jonas resmungou irritado.

— Não temos tempo para mais drama.

— Não estou sendo dramática. Está muito quente aqui fora.

— Não está nem um pouco quente hoje.

— *Você acha que está quente, pequena feiticeira?* — Uma voz familiar disse no ouvido dela. — *Que estranho... Paelsia costuma ter temperaturas bem amenas nessa época do ano na costa oeste.*

Lucia ficou paralisada.

— Kyan — ela sussurrou.

Jonas virou e olhou para ela.

— Onde?

— Não sei... Não consigo vê-lo. Você também consegue ouvi-lo?

— Ouvi-lo? Não. Você consegue?

— Sim. — A voz era a mesma, mas parecia vir de dentro da cabeça dela. Ele não tinha uma forma que Lucia pudesse ver, apenas a sensação de calor que a envolvia. Ele conseguia ficar invisível?

— *Esse é seu novo companheiro de viagem? Ele parece... inadequado. Jovem demais, inexperiente demais. Pena eu e você não termos nos entendido.*

O coração dela disparou.

— Você tentou me matar.

— *Você prometeu me ajudar e, na hora, se recusou.*

— Não vou participar de seu plano maligno.

— Onde ele está? — Jonas girou com a espada empunhada.

— *O garoto é um tolo, não? Acha que aquela arma mortal vai ter algum efeito em mim?*

Lucia mal conseguia respirar. Durante todo aquele tempo, ficou sem saber o que tinha acontecido com Kyan, apesar de ter pesadelos com ele quase toda noite.

Ela precisava se acalmar. Não podia deixá-lo perceber que estava aterrorizara.

— O que você quer? — ela perguntou.

— Onde ele está? — Jonas perguntou de novo.

Lucia arregalou os olhos para o rebelde.

— Ele não passa de uma voz no momento. Abaixe a espada. Você está ridículo brandindo isso para ninguém.

Jonas guardou a espada na bainha.

— Será que você está imaginando coisas? Pode ser que esteja delirando de dor. Ou está tentando me enganar?

— Não para as duas perguntas. — Ela tentou ignorar Jonas, mas ele não estava facilitando as coisas.

O rebelde cerrou os punhos como se estivesse pronto para lutar contra o ar.

— Kyan, se pode me ouvir, se realmente estiver aqui, juro que vou acabar com você pelo que fez com Lysandra.

Lucia sentiu uma baforada quente quando Kyan riu.

— Quase me esqueci disso. Diga a ele que a culpa foi dela, não minha. Ela estava ansiosa demais para conhecer minha magia naquele dia.

— Você matou a amiga dele — ela disse. — Concordo que Jonas mereça se vingar por isso.

— Mortais e sua necessidade idiota de vingança... A morte faz parte da vida de vocês. Nada vai mudar isso. Ainda assim, ofereci imortalidade a você, pequena feiticeira, como recompensa por me ajudar.

— Ajudá-lo a destruir o mundo, é o que quer dizer.

— Este mundo merece ser destruído.

— Discordo.

— Não importa o que acha. Estou tão perto disso agora, pequena feiticeira... Você não faz ideia. Não preciso de sua ajuda para nada. Já dei outro jeito. Tudo está se alinhando perfeitamente. Está acontecendo como se já estivesse escrito.

Pensar que Kyan tinha encontrado outro jeito de levar adiante sua missão de destruir o mundo a deixou enojada. Mas talvez ele estivesse apenas blefando.

— Então essa é só uma visita de velhos amigos? — ela perguntou.

— *Talvez.* — A voz se movimentava ao redor dela, e Lucia girava para manter o som à sua frente. Não gostava de imaginar que havia um deus de fogo atrás de si. — *Você está grávida. De Ioannes, não é?*

Lucia não disse nada. Esperava que sua barriga ficasse escondida pelo manto.

— *Dizem que as mães são guerreiras na hora de proteger os filhos. Vou lhe dar mais uma chance, pequena feiticeira. Ofereço imortalidade para você e seu filho. Vocês vão sobreviver e ajudar a construir o próximo mundo ao meu lado.*

— Você não tinha dito que podia fazer o mal sem mim?

— Não é o mal. É o destino.

— Destino... — ela murmurou. — Sim, acredito no destino, Kyan. Acredito que era meu destino possuir isto.

Lucia pegou a esfera de âmbar de dentro do bolso e a segurou na palma da mão. Concentrou-se e respirou devagar. Seus *elementia* eram mais fáceis de acessar quando suas emoções estavam elevadas — o ódio e o medo eram as mais úteis para liberar sua magia.

Mas naquele momento, mesmo enfraquecida, com o anel de Eva no dedo, ela poderia tirar a fera da jaula. Os pelos finos de seu braço se eriçaram, e Lucia sentiu a combinação de ar, terra, água e fogo dentro dela subir para a superfície da pele — uma pressão nas veias que insistia em se libertar. Naquele dia, ela não queria soltá-la no mundo à sua volta — queria alimentá-la.

Ela desejava roubar magia.

Assim como tinha feito com Melenia, concentrou-se na magia que existia no ar à sua frente, enxergando-a com uma visão que ia muito além do comum. Era um brilho vermelho girando ao redor dela, incorpóreo, etéreo. E ela sentia, sem dúvida, que estava vulnerável naquele momento.

A própria essência de Kyan. *Fogo.*

A esfera começou a brilhar e Kyan emitiu um som abafado de dor.

— *O que você está fazendo?*

— Parece que Timotheus não é o único que você deve temer, não é? — ela comentou.

O fogo surgiu em um círculo ao redor de Lucia e de Jonas. Estava tão quente e forte que ela perdeu a concentração, e a chama pegou na manga de seu manto.

Aquela era a magia de Kyan ou dela mesma?

Jonas apagou a chama com o próprio manto, o mais rápido que conseguiu. Ela sumiu tão depressa quanto aparecera, deixando um círculo preto ao redor deles.

— Deu certo? — ele perguntou. — Você tentou prendê-lo, não tentou?

Lucia confirmou e observou a esfera de âmbar.

— Não sei.

Jonas olhou para o cristal.

— Não consigo ver a coisa preta girando.

— *Seu companheiro fala demais, pequena feiticeira* — Kyan sibilou. — *Sua magia continua formidável, mas você falhou.*

— Então vou tentar de novo. — Lucia pegou a esfera e tentou acessar sua magia, mas já tinha enfraquecido muito. — Droga!

— *Minha pequena feiticeira, você sem dúvida não é a garota inocente e sofrida que conheci em seu pior momento, não é?*

— Não, sou a feiticeira que vai acabar com você.

— *Veremos. Você está procurando seu pai e seu irmão? Sugiro que se apresse para encontrá-los antes que a imperatriz arranque o coração dos dois.*

27
AMARA

PAELSIA

— Cinquenta e três morreram no ataque dos rebeldes, imperatriz, muitos deles pisoteados pela multidão.

— Que pena. — Amara tomou um gole de vinho enquanto Kurtis lhe dava as notícias do dia. — Eles me odeiam? Esses pobres violentos?

— Não. A simpatia entre os paelsianos por você continua alta.

— Ótimo.

— Quer que executemos os prisioneiros? — Kurtis perguntou enquanto cutucava o curativo. — Eu sugiro uma decapitação rápida em público, e também fincarmos a cabeça dos outros rebeldes mortos em lanças, para mostrar a todo mundo que crimes assim não serão tolerados.

Amara arqueou uma sobrancelha enquanto pensava na sugestão.

— É assim que as execuções públicas são feitas aqui?

Ele confirmou.

— Em Limeros, sim, imperatriz.

— Em Kraeshia, meu pai gostava de amarrar os prisioneiros em postes, arrancar a pele deles vivos e os deixar ali até pararem de gritar. Não costumava demorar muito. Testemunhei muitas dessas execuções em minha vida.

Kurtis empalideceu.

— Isso pode ser feito se a imperatriz desejar.

Ela o encarou.

— Não, *não* é o que a imperatriz deseja.

A única coisa que a imperatriz desejava era que Kyan finalmente voltasse de suas viagens e lhe desse mais informações sobre como liberar o ser poderoso dentro de seu cristal da água.

Apesar de ser uma pena, no fim das contas a vida de alguns paelsianos não importava. E uma tentativa fracassada de assassinato cometida por um ex-amante também não importava.

Só a magia importava.

Em silêncio, Nerissa encheu a taça de vinho de Amara.

— Sem execução — Amara disse a Kurtis, correndo o dedo pela borda da taça. — Eles podem ficar no buraco até eu decidir o que fazer com eles.

Chefe Basilius tinha sido gentil o bastante em deixar uma prisão engenhosa. No centro de seu complexo cercado por muros, havia um grande fosso de nove metros de profundidade, com paredes de arenito. Não havia como escapar dali, mas Amara tinha pedido a dez guardas para vigiar Felix e Taran caso conseguissem criar asas e voar.

— Perdoe-me por dizer isso, imperatriz — Kurtis continuou —, mas devo expressar minha preocupação mais uma vez a respeito de permanecer em Paelsia por muito mais tempo. Como pôde testemunhar, apesar de ter ganhado o povo com as promessas que fez, os paelsianos são muito perigosos e partem para a violência depressa, como animais encurralados e feridos. E se houver mais facções rebeldes aqui em Mítica... sem falar das que podem chegar de fora... — Ele estremeceu. — Este lugar é perigoso demais.

Amara fechou os olhos com força quando sua cabeça começou a latejar por causa do som agudo da voz dele.

— E o que sugeriria, lorde Kurtis?

— Sugiro seguir até Auranos, para a Cidade de Ouro e o palácio real de lá. Garanto que seria muito mais adequado para vossa grandeza.

— Sei que o palácio é lindo, lorde Kurtis. Já estive lá.

— Já escrevi a meu pai a respeito dessa possibilidade, e ele a aprova com entusiasmo. Haverá um grande banquete em sua homenagem, e o maior alfaiate do Pico do Falcão, Lorenzo Tavera, será contratado para criar uma roupa esplendorosa para que receba seus súditos auranianos.

Amara olhou para Kurtis com tanta intensidade que ele deu um passo para trás, hesitante.

— Não sei — ela disse em voz baixa, ainda passando o dedo devagar pela borda da taça. — O que acha, Nerissa?

Nerissa demorou um pouco para responder.

— Acho que o lorde Kurtis tem razão quando diz que Lorenzo Tavera criaria uma roupa magnífica. Foi ele quem fez o vestido de noiva da princesa Cleiona.

— Mas e a mudança para lá?

— Acho que isso depende da senhora, vossa graça.

— Lorde Kurtis. — Amara inclinou para a frente para observar o grão-vassalo, agarrando-se ao resto de paciência que ainda tinha dentro de si. — Acho uma ótima ideia. No entanto, não estou pronta para sair de Paelsia ainda. Você pode ir em meu lugar para supervisionar pessoalmente a criação desse vestido e a preparação do banquete. E vá agora.

— O quê? — Kurtis franziu a testa. — Eu... eu quis dizer que todos nós deveríamos ir. Sou seu conselheiro real e...

— E é exatamente por isso que é tão importante que seja a pessoa que vai me representar lá.

— Mas eu esperava estar presente quando o príncipe Magnus finalmente fosse preso.

— Imagino. Mas como você disse de modo tão gracioso, outros

assuntos são muito mais importantes para mim, como vestidos e banquetes em Auranos. — Amara balançou a mão para afastá-lo. — Você deve deixar o complexo ao anoitecer. É uma ordem, lorde Kurtis.

Ele contraiu o maxilar, e por um momento, Amara achou que fosse contra-argumentar. Esperou, considerando tirar a outra mão dele como castigo pela insubordinação.

Mas o grão-vassalo assentiu com firmeza.

— Sim, imperatriz. Como quiser.

Kurtis saiu da sala.

Amara fez um gesto para um guarda perto da porta.

— Cuide para que ele faça exatamente o que ordenei.

O guarda fez uma reverência e seguiu Kurtis.

— *Bem, pequena imperatriz, parece mesmo que você tem tudo sob controle por aqui.*

Amara segurou com força a taça dourada ao ouvir a voz de Kyan, algo inesperado depois de três dias de silêncio.

— Você também pode sair, Nerissa — disse Amara.

— Sim, imperatriz. — Nerissa fez uma reverência e obedeceu.

Se todo mundo fosse tão obediente e tão disposto como Nerissa Florens, a vida seria muito mais tranquila e simples, Amara pensou enquanto observava a adorável criada sair da sala e fechar a porta.

— Quando realizaremos o ritual? — ela perguntou.

— *É com essas palavras que você me recebe depois de minhas andanças? Devo dizer que estou decepcionado, pequena imperatriz.*

— Não sou uma *pequena imperatriz* — ela falou mais alto. — Sou a imperatriz.

— *Você está incomodada. Comigo ou com o mundo em geral?*

— Quase morri enquanto você estava longe. Rebeldes tentaram me assassinar aqui, para onde você me disse para vir. O lugar onde você prometeu que eu me tornaria mais poderosa do que qualquer um.

— *Mas você está viva e parece muito bem. Obviamente, fracassaram.*

— Não graças a você. — Ela parecia não conseguir controlar a impaciência naquele dia, nem mesmo na presença de um deus.

— E o que gostaria que eu fizesse se estivesse a seu lado? Você tinha uma tocha que eu poderia ter acendido para afastar os rebeldes? Já expliquei que o poder total do que sou está reprimido nessa forma incorpórea.

— Sim, você explicou. — Ela levantou para olhar pela janela para a arena onde cinquenta e três pessoas, incluindo Nic, o amigo de Cleo, tinham sido mortas. Havia manchas de sangue no chão. — Na verdade, além do fogo mais forte em minha lareira em Limeros e algumas velas acesas, não vi sinais de sua magia. Ouvi falar tanto a respeito da magia da Tétrade que devo confessar que estou decepcionada.

— Compreendo sua impaciência, pequena imperatriz, já que a vida de um mortal é curta, mas faço um alerta para que não fale com tanto desrespeito comigo.

Amara se esforçou para controlar a raiva que só aumentava.

— Preciso voltar para Kraeshia e para a minha avó para ajudá-la a lidar com os últimos vestígios da revolução lá. Ela está velha... não deveria ter que assumir tanta responsabilidade com a idade que tem.

— O ritual está mais próximo do que você pensa. Consegui reunir as peças de que vamos precisar. Mas precisaremos de sacrifícios. O sangue será necessário para fortalecer essa magia, já que ela não vem da própria feiticeira.

— Há possíveis sacrifícios esperando. — Ela detestava ficar esperançosa, mas as palavras dele apertaram seu coração. — Quando começamos?

— Quando a tempestade vier, tudo será revelado.

Amara estava prestes a falar mais, talvez jogar a taça do outro lado da sala, frustrada, e exigir uma explicação mais clara, mas uma batida à porta interrompeu seus pensamentos.

— O quê? — ela perguntou.

Um guarda abriu a porta e fez uma reverência para ela.

— Imperatriz, a princesa Cleiona de Auranos está nos portões do complexo e pediu para vê-la. Deseja recebê-la ou devemos jogá-la no fosso com os outros?

Amara encarou o homem, sem saber se tinha ouvido direito.

— Ela está sozinha?

— Trouxe um guarda limeriano.

— Mais ninguém?

— Mais ninguém, imperatriz.

— Quero vê-la. Pode trazê-la agora mesmo.

— Sim, imperatriz.

— Então, parece que ela sobreviveu... — Amara disse bem baixo. — E depois de tudo, vem a mim?

O que aquilo significava? Cleo devia saber que Amara a queria morta pelo que tinha acontecido entre as duas.

— *Princesa Cleiona* — Kyan disse. — *Conheço esse nome. Eu já a vi. A feiticeira a detesta.*

— Tenho certeza de que muitas pessoas detestam Cleo.

— *Você acredita que a chegada dela seja algum truque?*

— O que você acha?

— *Quero saber o que você acha.*

Amara lançou um olhar sério na direção de onde vinha a voz sem corpo.

— Estou começando a achar que Cleo pode ser mais útil do que você. Quando essa tempestade misteriosa de que você fala vier, me avise, por favor.

Amara esperou a resposta dele, mas não recebeu. E se amaldiçoou por ter sido sincera com uma criatura tão imprevisível.

Não importava. Ainda que ela o tivesse desagradado de alguma forma, Kyan logo lembraria que, se quisesse completar o ritual sanguinário ali, precisava da ajuda dela tanto quanto ela precisava dele.

Não demorou muito para Cleo entrar na sala, acompanhada dos guardas de Amara. Seu rosto estava vermelho; o olhar, furioso. O vestido que usava estava rasgado e havia manchas de sujeira em seu rosto e nos braços nus.

— Você lutou contra meus guardas? — Amara perguntou, erguendo uma sobrancelha.

— Tratada com tamanho desrespeito, eu lutaria com qualquer um — Cleo respondeu com seriedade.

Amara olhou para o guarda.

— Onde está o subordinado dela?

— Está sendo mantido em uma sala de interrogatório — o guarda respondeu.

— Não precisa fazer isso. Deixem-no com os outros prisioneiros, mas não o machuquem. Ainda não.

— Sim, imperatriz.

— Deixem-nos a sós. E fechem a porta.

Os guardas se entreolharam, e Amara percebeu que os dois tinham arranhões recentes no rosto.

— Tem certeza de que não quer proteção? — um deles perguntou.

— Façam o que mandei — Amara disse entredentes.

— Sim, imperatriz.

Eles saíram e fecharam a porta.

Amara sentou e encheu mais uma taça de vinho.

— Eu ofereceria um pouco a você, Cleo, mas receio que tente quebrar essa garrafa na minha cabeça de novo. — Ela fez uma pausa para tomar um gole da taça de vinho doce. — Você veio aqui para pedir desculpas e para implorar minha misericórdia?

— Não — Cleo respondeu apenas.

— Pensei que estivesse morta, enterrada sob a neve perto da quinta do lorde Gareth.

— Como pode ver, estou muito viva.

— Com certeza está. — Amara a observou por cima da borda da taça. — Muitos de meus soldados foram mortos na noite da sua fuga. Foi você quem fez isso?

— Se eu responder a essa pergunta com sinceridade, vou ganhar seu respeito ou você vai me jogar em sua masmorra?

— É um fosso, na verdade. Bem eficiente. E isso depende da resposta.

— Ótimo. — Cleo assentiu. — Eu precisava me defender. Então, sim, eu os matei.

— Com arco e flecha.

— Só a flecha. Admito que ainda preciso dominar a arte do arco e flecha.

— Como conseguiu matar homens com o dobro do seu tamanho só com uma flecha?

— Minha aparência faz os homens pensarem que sou inofensiva.

— Mas está longe disso, não é? — Amara não conseguiu deixar de sorrir quando recostou na cadeira, tomou mais um gole da taça e observou a moça à sua frente, que a havia surpreendido com sua sede por sobrevivência a qualquer custo. —Você não parece mais da realeza. Seu vestido está rasgado, o cabelo está despenteado. Você parece mais uma camponesa.

— Para parecer membros da realeza, precisamos de tempo e criados. Ultimamente, tenho apenas tentado sobreviver para ver o sol nascer no dia seguinte e, claro, lutado contra seus guardas quando tentam me arrastar por aí como se eu fosse uma boneca de pano.

Algo naquela reunião, na coragem de Cleo ao visitar uma inimiga sem qualquer vestígio de medo nos olhos, conquistou o respeito de Amara.

— Ofereci uma aliança quando conversamos pela última vez. Acredito que você já me deu sua resposta. — Ela esfregou a nuca depressa, que tinha cicatrizado, restando só a lembrança do ferimento. — Fiquei muito irritada com sua escolha, já que achava que poderíamos ser uma boa equipe.

— Ainda podemos — Cleo respondeu de imediato.

Não surpreendia que a garota tivesse mudado de ideia depois de perder tudo o que valorizava.

— Peço desculpas — Cleo disse um momento depois —, mas estou viajando há tanto tempo que tenho a sensação de que meus pés cairão se eu não sentar agora mesmo.

Amara indicou uma cadeira próxima.

— Por favor.

Cleo sentou largando o peso do corpo sobre a cadeira.

— Não estou aqui para perder mais tempo. Suas palavras podem ter sido incentivadoras da última vez em que conversamos, mas suas atitudes nunca me deram muita esperança de uma aliança entre nós. Você me culpa de verdade pelo modo como reagi, independentemente do que me prometeram?

— Agradeço sua sinceridade. Não, acho que quanto mais penso nisso, menos culpo você por quase ter estourado minha cabeça. — Ela forçou um sorriso. — Acredito que eu teria feito a mesma coisa se estivesse no seu lugar.

— Não sei se você teria feito.

Amara balançou o vinho na taça meio distraída, observando o líquido.

— Nunca fui sua inimiga, Cleo.

— Você queria a Tétrade e estava disposta a fazer o que fosse preciso para tê-la.

— Verdade. — Amara olhou para ela por um momento. — Você proclamou Magnus como rei durante seu discurso aos paelsianos, apesar de a família dele ter roubado seu trono. Por quê?

A expressão de Cleo ficou séria.

— Porque odiei o pai dele por ter entregado Mítica a você com tanta facilidade. O povo limeriano não estava pronto para me aceitar como rainha, por isso mostrei a eles um rei um pouco menos repugnante do que o pai de Magnus.

— Então não foi porque você se apaixonou por ele.

— Amara, quer que eu seja direta? Serei. Política e amor não deveriam se misturar. Você discorda?

— Não discordo. — Ela observou a garota loira por um momento, em silêncio. — Por que está aqui, Cleo?

— Porque soube que você não confia nos homens... em nenhum homem. Mas parece que está cercada por eles. Poucas mulheres têm posições importantes neste mundo, além de serem esposas ou mães de homens importantes. Acho que isso deveria mudar. Você controla um terço do mundo todo aqui, uma parte que sem dúvida crescerá nos anos que virão. Acho que você vai precisar de ajuda.

— E está me oferecendo essa ajuda.

Cleo levantou o queixo.

— Isso mesmo.

— Ou... talvez seja apenas uma artimanha para me distrair.

— Distrair você do quê? — Cleo disse sem alterar a voz.

— De exigir sua cabeça. Você entra aqui como se tivesse o direito de estar a poucos metros de mim. Está tão desesperada a ponto de arriscar tanto vindo aqui e esperando que eu seja gentil?

— Gentileza não é uma coisa que espero de você, Amara. E se você falasse comigo com gentileza hoje, eu pensaria que está mentindo. Muito bem, o que posso fazer para provar meu valor?

Amara a analisou com cuidado.

— Informação. Diga alguma coisa que eu ainda não saiba e que possa afetar meu reinado como imperatriz.

Cleo mordeu o lábio enquanto Amara esperava com o máximo de paciência. Então, os olhos azul-claros da moça se fixaram nos dela.

— Seu irmão Ashur está vivo. — Cleo observou a expressão de choque de Amara. — Imagino que ainda não tenha chegado.

Amara sentiu um aperto no peito diante da possibilidade, mas estreitou os olhos para a princesa.

— Impossível. De todas as mentiras que podia me contar, essa não é uma que vai servir. Minha paciência com você acabou. Guarda!

A porta se abriu, e Amara ficou surpresa ao ver Carlos, não um outro guarda.

— Imperatriz, estou aqui para anunciar que mais uma pessoa chegou — ele informou.

Ela franziu a testa.

— Mande essa pessoa embora. Não quero mais nenhuma visita inesperada. E leve esta criatura odiosa daqui. Deixe-a com os outros enquanto decido como quero que ela morra.

— Como desejar, vossa graça. — Carlos hesitou, mas só por um momento. — Mas acho que deveria receber o visitante.

— Quem quer que seja, pode esperar.

— Não vai esperar, vossa graça. — Carlos olhou para a esquerda antes de cair de joelhos, abaixando a cabeça.

E então, Amara viu, sem acreditar, seu irmão morto entrando na sala.

28

CLEO

PAELSIA

Amara encarou Ashur em silêncio por tanto tempo que Cleo pensou que ela tinha virado pedra.

— Irmã, tenho certeza de que está surpresa em me ver — ele disse antes de levantar uma sobrancelha para Cleo. — Você também está aqui.

— Sim, estou aqui — Cleo confirmou, o coração batendo rápido. — Acho que cheguei antes de você.

— Chegou. Mas não me apressei. Precisava de tempo para pensar.

— Que estranho. Os ladrões costumam ter muito mais pressa.

Ele franziu a testa.

— Sim, com certeza.

— Imperador Cortas, o que deseja que eu faça com a prisioneira? — o guarda perguntou.

Prisioneira. Cleo sentiu o estômago revirar quando pensou que sua viagem seria interrompida antes que pudesse fazer qualquer diferença. Ela precisava pensar, encontrar uma maneira de lidar com esse resultado. A manipulação era sua melhor arma. Precisava ganhar a confiança de Amara, se aproximar da mulher mais poderosa do mundo para conseguir destruí-la.

— Quero que você... — Amara começou e franziu a testa. — Você disse "imperador"?

O guarda a ignorou, voltando sua completa atenção para Ashur.

— Imperador?

— Deixe-nos conversar a sós — Ashur respondeu.

O guarda se afastou, fazendo uma reverência até sair.

Ashur olhou para a irmã.

— Parece que agora que nosso pai e nossos irmãos morreram, sou o próximo da linha de sucessão. Você sabe muito bem que nunca quis essa responsabilidade, mas farei o que for preciso. — Ela não respondeu, e Ashur continuou: — Não tem nada a dizer para mim depois de todo esse tempo, minha irmã?

Amara balançou a cabeça devagar.

— Não é possível.

Cleo quis morder a língua para não dizer qualquer coisa que pudesse chamar atenção e fazer Amara lembrar que desejava sua morte.

Mas não conseguiu.

— É possível, sim — Cleo disse. — Ashur está vivo e bem. Foi uma surpresa para mim, mas tenho certeza de que é um choque para você. Afinal, você o matou a sangue-frio, não?

— Claro que não — Amara disse, as palavras mais frias e duras do que Cleo esperava, levando em conta a expressão assustada da imperatriz.

— Matou — Ashur confirmou, passando a mão no peito, distraído. — Não houve como não sentir a dor da lâmina cortando minha pele e meus ossos. Seu olhar frio que eu já tinha visto direcionado a outros, mas nunca a mim. A terrível sensação de traição que despedaçou meu coração quando você me apunhalou sem hesitar.

— Como? Diga como isso pode ter acontecido!

— Preciso dizer que não estou aqui por vingança. Apesar de suas decisões precipitadas e questionáveis, compreendo muito mais do que você pode pensar. Você não é a única de nossa família que foi deixada de lado por nosso pai por diferenças inaceitáveis.

— Elan era diferente — ela sussurrou.

— Elan olhava para nosso pai como quem olha para um deus. Acredito que isso perdoava muitas de suas imperfeições.

— Isso está acontecendo mesmo? — Os olhos de Amara ficaram marejados. — Você não vai acreditar em mim, mas só me arrependo de uma de minhas decisões: o que fiz com você. Eu estava irritada, me sentindo traída... por isso reagi.

— Sim, reagiu.

— Não o julgaria se quisesse minha morte.

— Não quero sua morte, Amara. Quero que você continue viva, bem e disposta a ver tudo neste mundo com mais clareza do que nunca. O mundo não é um inimigo a ser derrotado a qualquer custo, não importa o que nossa *madhosha* possa tê-la feito pensar.

— Nossa *madhosha* foi a única pessoa que acreditou em mim. Ela tem me guiado e tem sido minha mais importante conselheira.

— Então foi ela quem aconselhou você a acabar com minha vida.

Amara entrelaçou os dedos.

— Mas fui eu quem agiu guiada por esse conselho. Por um tempo, pensei que você estaria ao meu lado, mas você escolheu aquele garoto... aquele garoto ruivo... depois de ter se apaixonado por ele por quanto tempo? Um mês?

— Nic — Cleo disse, a garganta apertada. — O nome dele era *Nic*.

Ashur a encarou sério.

— Como assim, o nome dele *era* Nic?

Cleo se controlou para não chorar. Ela se recusava a demonstrar fraqueza ali, a menos que fosse em benefício próprio. Queria odiar Amara, fazer aquele ódio servir de combustível para fortalecê-la, mas naquele momento, só queria machucar Ashur.

— Quando você partiu, ele o seguiu — ela disse com calma. — Ele estava aqui no complexo quando um conflito começou.

— E daí? — ele perguntou em voz baixa.

— E... ele morreu. — Parecia horrível demais dizer em voz alta, mas ela precisava fazer aquilo. Queria fincar as palavras em Ashur para ver se o príncipe era mesmo feito de aço, alguém que não se importava com quem feria, usava ou abandonava.

— Não. — Ashur balançou a cabeça, franzindo a testa. — Não pode ser.

— É verdade. — Amara confirmou. — Eu vi acontecer.

— Você mesmo disse — Cleo falou, com um nó na garganta. A confirmação roubou qualquer esperança que ela ainda tinha de que aquilo fosse mentira. — Todo mundo que se importa com você acaba morrendo. Não acredito que esteja tão surpreso.

— *Não* — Ashur repetiu ao pressionar as costas da mão contra os lábios e fechar os olhos com força.

— Ah, por favor, Ashur. — Amara o ignorou com um aceno. — Você mal conhecia aquele garoto! Está tentando me dizer que está chateado com essa notícia?

— Cale a boca! — Cleo vociferou, surpresa com a própria raiva repentina. Amara a encarou, chocada. — Ele era meu amigo, meu *melhor amigo*. Eu o amava, e ele me amava. Ele era a minha família, e por causa de você e de seu irmão, Nic está morto!

— Por causa de nós? — Amara repetiu com a voz baixa. — Você tentou impedi-lo de ir atrás de meu irmão como um ex-namorado ridículo e descartado?

— Eu só soube quando ele já tinha partido!

— Talvez você devesse ter cuidado melhor de alguém que afirma ter amado.

Cleo partiu na direção dela, querendo arrancar todos os fios de cabelo de sua cabeça, mas Ashur estava atrás, segurando seus braços e mantendo-a sob controle.

Ela lutou, como tinha feito antes com os guardas, tentando arranhar o rosto do príncipe também.

— Me solte!

— Violência não se responde com violência — ele disse, soltando-a para que sentasse em uma cadeira. — Sente e fique quieta, a menos que queira ser retirada desta sala.

Cleo fez o melhor que pôde para se controlar, amaldiçoando o dia em que aqueles irmãos horrorosos pisaram em solo mítico.

— Quer saber por que estou vivo, irmã? — Ashur perguntou, rangendo os dentes. — Porque soube o que aconteceu com você na infância. Sei que nosso pai tentou matar você. E não sou nem surdo nem cego; já ouvi você e nossa avó conversando, planejando o que aconteceria e definindo quem estava atrapalhando. Quando percebi que minha vida podia estar em perigo, apesar de não acreditar totalmente que você faria algo assim, não *comigo*, fui ao boticário de nossa avó...

Uma brisa quente soprou pelos braços nus de Cleo.

— *Minha nossa, que drama, não é, pequena rainha?* — uma voz sussurrou no ouvido dela.

Ela se assustou.

— *Seria melhor não reagir. Não quero interromper o príncipe e a princesa nesse encontro tão esperado. Ou seriam o imperador e a imperatriz?*

Cleo ficou observando Amara e Ashur enquanto o rapaz explicava por que tinha sido ressuscitado e por que acreditava ser a fênix lendária que traria a paz.

— Quem é você? — ela sussurrou.

— *Shiu. Não fale nada. Amara vai sentir muito ciúme se souber que estou conversando com outras garotas bonitas sem que ela saiba. Mas talvez eu não me importe com o que ela pensa sobre mim. Ela tem sido uma decepção agora que a tempestade se aproxima.* — Ele fez uma pausa. — *Sou o deus do fogo, pequena rainha, liberto de minha prisão, finalmente.*

Cleo começou a tremer.

— *Não precisa ter medo de mim. Agora percebo que deixei de ver muitas coisas em nosso último e breve encontro. Eu estava prestando atenção em Lucia e no irmão dela, e na busca de minha roda especial e mágica. Mas você... seus olhos...*

Ela sentiu o calor no rosto e seus músculos ficaram tensos.

— *São da cor da água-marinha. Da cor da esfera de cristal de minha irmã. Por favor, balance a cabeça se consegue me entender.*

Ela meneou discretamente, quase sem conseguir respirar.

— *Há poder dentro de você, pequena rainha. E um desejo por mais. Você sabia que descende de uma deusa? Você gostaria que eu desse a você toda a magia com a qual sonhou?*

Cleo sabia muito bem o que Kyan tinha feito com Lysandra e o que ele e Lucia tinham feito com muitos vilarejos em Paelsia. Apesar de seu medo e ódio por aquela criatura que não conseguia ver, parecia não haver outra resposta no momento que o satisfizesse e a mantivesse ilesa.

Então, ela assentiu.

— *Amara não vale nada, consigo perceber agora. Ela só quer poder, mas se engana dizendo que quer mais do que o pai queria. Mas você sacrificaria a si mesma para salvar aqueles que ama, não é mesmo?*

Cleo se forçou a assentir de novo, apesar de sentir um arrepio na espinha. Com o que estava se comprometendo?

Será que o deus do fogo de fato via algo nela, algo especial, poderoso e que valesse a pena para ter magia de verdade?

Talvez seu desejo finalmente fosse se realizar.

— *Vou voltar com a tempestade. Está muito perto agora, pequena rainha. Não conte a ninguém o que contei a você. Não me decepcione.*

O calor que a fez começar a suar desapareceu, e Cleo percebeu que Amara estava falando com ela.

— Cleo — ela chamou. — Está me ouvindo?

— Sim, estou.

— Você também ouviu o que o Ashur sugeriu?

— Não — ela admitiu.

— Ele acredita que juntos, ele e eu podemos governar Kraeshia pacificamente. O que você acha? É um bom plano?

Cleo se viu momentaneamente sem voz, mas então algo começou a subir por sua garganta... uma risada.

— Perdoe-me por dizer isso, Amara, mas que plano absurdo. Duas pessoas não podem governar em igualdade. É impossível.

Amara arqueou as sobrancelhas.

— Agradeço pela sinceridade.

— Discordo muito — Ashur resmungou.

Cleo levantou da cadeira, usando sua raiva, seu pesar e sua necessidade de sobrevivência para ganhar força.

— Onde está, Ashur?

Ele franziu a testa.

— O quê?

— O que você roubou de mim.

— Não roubei nada de você. — O príncipe contraiu a mandíbula. — Sei que você me culpa pela morte de Nicolo. Também me culpo. Se pudesse voltar e fazer as coisas de outro jeito, eu voltaria.

— A partir de quando? De quando você tomou a poção de ressurreição ou quando forçou Nic a beijar você aquela noite em Auranos? Os dois erros foram terríveis, na minha opinião.

— Palavras cruéis e insensíveis não combinam com você, princesa. — Ashur se virou para a irmã. — A decisão está em suas mãos, Amara, e sei que você vai escolher bem. Vim aqui para mostrar outro caminho, diferente daquele em que está. Um melhor.

— E mostrou. — Amara assentiu. — Pude escolher o caminho de ser gentil, doce e mais agradável, como todas as moças boazinhas deveriam ser, certo?

— Você fala com sarcasmo, mas uma visão mais delicada poderia lhe trazer mais do que pensa. Podemos governar Kraeshia juntos ou governarei sozinho como imperador.

— Se você acha que eu concordaria com isso, irmão, então não me conhece nem um pouco. Guardas!

Os olhos arregalados de Cleo se voltaram para a porta quando vários guardas entraram na sala, olhando para Ashur e para Amara, sem saber para quem voltar a atenção.

Amara apontou para Ashur.

— Meu irmão confessou que conspirou com o rebelde que matou nossa família. Ele deseja ajudar a rebelião a acabar com o Império Kraeshiano que meu pai construiu.

— Não fiz nada disso — Ashur disse, indignado.

— Errado — Cleo disse, enojada com as mentiras de Ashur. Ele tinha escondido os cristais da Tétrade em algum lugar, guardando-os para seu próprio benefício. — Confessou, sim. Eu mesma ouvi.

Ashur encarou a princesa furioso.

Apesar de ter desejado que Ashur fizesse Amara ouvir a razão, tal desejo parecia ser em vão. Amara tinha a brutalidade que faltava ao irmão. Ela era a predadora, e Ashur, naquele dia ou dali a um ano, acabaria sendo a presa dela de novo.

Ainda que fosse apenas um conflito temporário, Cleo tinha que se alinhar com a força, agora mais do que nunca.

Ela tinha que se alinhar com Amara.

— Você não está mais tão pacífico, não é, Ashur? — Cleo perguntou com firmeza. — Engraçado como isso muda depressa.

— Deixem-no com os outros prisioneiros — Amara disse aos guardas.

— Amara! — Ashur vociferou. — Não faça isso!

A imperatriz manteve a calma.

— Você veio aqui para me dizer, com orgulho, que é a fênix da lenda, mas está enganado. *Eu* sou a fênix. — Ela sinalizou para os guardas. — Levem-no daqui.

Os guardas tiraram Ashur da sala enquanto Amara sentava na cadeira.

— Você mentiu sobre Ashur para os guardas — ela disse.

Cleo mal conseguia acreditar.

— Menti.

— Ele poderia ter tirado tudo de mim: meu título, meu poder. Tudo. Porque é meu irmão mais velho.

— Sim, poderia ter feito isso. — Cleo manteve o olhar firme. — E agora, o que pretende fazer comigo?

— Para ser sincera, ainda não decidi.

Cleo mordeu o lábio, tentando manter a confiança diante de tamanha incerteza.

— Você acredita mesmo que é a fênix?

Amara levantou uma sobrancelha.

— Isso importa?

Um guarda continuava na porta. Quando Amara virou, ele endireitou os ombros.

— Imperatriz, tenho informações para a senhora.

Amara o encarou com impaciência.

— O que é?

— Os rebeldes foram capturados. Esperam ser interrogados.

Cleo ficou zonza. Seriam Jonas e Felix? Taran? Quem mais?

— Cleo, quero que você venha comigo interrogá-los — Amara disse. — Quero que você me prove que é capaz de recuperar um pouco de minha confiança, quem sabe? Pode fazer isso?

O deus do fogo tinha feito uma promessa tentadora. Mas ela daria as costas para Jonas, Felix e Taran se, com isso, pudesse reaver o trono?

Se não desse, haveria uma maneira de convencer Amara a soltá-los antes de roubar o cristal da Tétrade dela?

Não havia tempo para essas decisões no momento, não sobre algo tão importante. Ela só podia ganhar o máximo de tempo possível.

Cleo assentiu.

— Claro que posso fazer isso, imperatriz.

29
MAGNUS

PAELSIA

Magnus e Gaius passaram o dia todo acorrentados como prisioneiros comuns na parte de trás de uma carroça que partia de Basilia rumo à direção oeste. Magnus sabia exatamente aonde estavam indo e, quando finalmente chegaram ao antigo complexo do chefe Basilius ao anoitecer, não sabia ao certo se veriam o sol nascer no dia seguinte.

O pequeno, mas impressionante, exército de Amara cercava o perímetro do complexo, e Magnus e seu pai foram levados portões adentro pelos guardas. Lá dentro, foram empurrados e arrastados por um corredor estreito e comprido e jogados em uma sala com paredes de pedra e sem mobília. Guardas prenderam correntes novas em seus tornozelos. Não havia nada a fazer além de sentar e esperar no chão manchado de sangue.

A porta tinha uma trava que só abria pelo lado de fora.

Sim, Magnus pensou, *isto aqui pode ser chamado de masmorra*.

— Eu não queria isso — o rei disse quando ficaram a sós.

— Não? Não queria que fôssemos acorrentados e ficássemos à mercê dos caprichos de Amara? Soube como os kraeshianos lidam com os prisioneiros. Faz o tratamento que você dá a eles parecer quase benevolente.

— Este não será nosso fim.

— Que engraçado, pai, pois parece que será. Sabe o que seria muito útil agora? A ajuda de uma bruxa. Mas você também a mandou embora, não é?

— Sim. E não me arrependo. Minha mãe é uma mulher cruel.

— Então, acho que você nasceu dessa mesma crueldade naturalmente, sem precisar de poções.

Magnus tinha tido muito tempo para pensar durante o trajeto. Pensou principalmente em Cleo, e se perguntou se as coisas seriam diferentes se não tivesse mandado Nic atrás de Ashur.

Provavelmente não. Porque nesse caso, Cleo poderia estar com ele e com seu pai, e Magnus não conseguiria fazer nada para ajudá-la. O príncipe esperava muito que ela finalmente tivesse conseguido fazer o que deveria ter feito desde o começo: partido para Auranos em busca de aliados, rebeldes, ou qualquer outro tipo de ajuda.

Cleo estava muito melhor o mais distante possível dele.

O tempo passava devagar, e a noite voltou a ser dia quando os raios de sol entraram na masmorra escura por uma janela minúscula. O barulho de uma trava na porta chamou sua atenção, e Magnus protegeu os olhos da luz forte do sol quando a porta foi aberta e vários guardas entraram. Depois deles, a imperatriz apareceu.

Ela meneou a cabeça para ele.

— Magnus, que ótimo vê-lo de novo.

— Bem, para mim é muito desagradável revê-la.

Amara manteve o sorriso frio.

— E Gaius, estava muito preocupada com você. Não tenho notícias suas desde que partiu em busca de seu filho traidor para puni-lo. Não deu certo?

— Meus planos mudaram — o rei disse.

— Compreendo.

— É assim que você recebe seu marido, Amara? — Magnus perguntou. — Acorrentando-o em uma masmorra?

— Certa vez, minha mãe fugiu de meu pai. Soube que ele a arrastou de volta e a trancou em uma sala pequena e escura. Durante um ano inteiro, se não me engano. Ela também perdeu um dedo como castigo por tentar fugir. Foi obrigada a decepá-lo sozinha.

Ela contou a história sem nenhuma emoção.

— Esse será meu destino? — Gaius perguntou. — Perder um dedo?

— Não decidi o que gostaria de arrancar de seu corpo por todas as suas mentiras e trapaças. Mas tenho certeza de que pensarei em alguma coisa. Enquanto isso, trouxe alguém que tenho certeza de que vocês gostariam de ver.

Ela deu um passo para o lado, e Magnus, ainda protegendo os olhos do sol, percebeu, incrédulo, que Cleo estava parada na porta.

A expressão dela era totalmente indecifrável.

— Achei que você tivesse dito que havia rebeldes presos aqui — Cleo comentou.

Amara virou para ela.

— Eles são rebeldes, já que estão trabalhando contra mim para roubar o que agora me pertence. Estou errada?

— Não, acho que não. — Cleo inclinou a cabeça. — Mas é estranho pensar neles como rebeldes. A palavra não parece se encaixar.

— Se somos rebeldes, princesa — o rei sibilou —, o que você é, então?

— Uma prisioneira de guerra — Cleo respondeu com calma. — Forçada a me casar contra a minha vontade quando minha liberdade foi roubada junto com meu trono. Este ano tem sido muito longo e doloroso para mim.

Magnus não tinha dito nada desde que Cleo entrara na masmorra, surpreso com cada movimento e palavra dela. Aquela não podia ser a mesma garota que ele conhecia, cheia de entusiasmo e energia na noite em que seus caminhos se cruzaram no chalé da floresta tomado pela neve. A garota cheia de ódio e fúria quando soube da morte de Nic.

A impecável expressão de indiferença da princesa se opunha à dele.

— Eu lhe dei muitas chances de ir embora — Magnus disse. — Você não era uma prisioneira.

— Fui prisioneira das escolhas que seu pai tirou de mim. Quantas vezes ele teria gostado de ver essa mesma situação invertida, de me ver acorrentada e entregue à sua boa vontade? *Boa vontade.* — Ela riu. — Eu nunca usaria essas palavras para descrever seu pai.

— Você devia ter me acordado — Magnus disse. — Meu pai não devia ter mandado você embora. Sei que está brava comigo.

— Brava? Você acha que eu estava...

— Mas vir até aqui? — ele a interrompeu. — Para quê? Tentar uma aliança com Amara?

— Talvez — ela admitiu. — Ela é a única que tem poder aqui. Você me julgaria por isso?

— O que devo fazer com eles, Cleo? — Amara perguntou. — Quer que eu considere poupar a vida de Magnus?

— Vou pensar um pouco — Cleo respondeu.

Magnus a encarou com os olhos semicerrados.

— Pensar um pouco? A princesa precisa *pensar um pouco* para decidir se vou morrer ou não? Será que preciso lembrar que perdi a conta de quantas vezes salvei sua vida?

— Não é o momento para analisarmos essas coisas. Estamos em guerra. E na guerra, precisamos fazer o que for necessário para sobreviver.

Magnus olhou para ela e, em seguida, para Amara.

— Então, talvez, eu deva formar uma aliança com você.

Amara riu.

— É mesmo? Que tipo de aliança?

— Lembro muito bem da noite que passamos juntos. Você é... uma mulher incrível, que eu adoraria levar para a cama de novo.

De canto de olho, Magnus viu Cleo se mexer desconfortável.

— É mesmo? — Amara enrolou uma mecha de cabelo no dedo.
— E você não se importa que eu tenha estado com outros homens desde que ficamos juntos? Incluindo seu pai?

— Prefiro mulheres experientes. Muitas são muito... desajeitadas e esquisitas em sua inocência. — Ele virou para Cleo para ver se suas palavras totalmente falsas surtiam algum efeito nela. — Não acha, princesa?

— Ah, sem dúvida — Cleo concordou, apesar do tom sarcástico. — Você deve procurar apenas as mulheres mais experientes. Talvez aprenda muito com elas.

Amara manteve um sorriso discreto.

— Acho que tais convites não cabem aqui, Magnus, mas agradeço pela oferta generosa. No momento, meu maior interesse é obter o cristal do ar. Eu quero o cristal.

— Imagino que queira — o rei disse. — Como sempre quis tudo o que tenho.

— Nem tudo. Não quero mais você como marido, por exemplo. Pode me dizer onde está?

— Não.

— Não tenho paciência para isso. — Amara fez um gesto aos guardas. — Levem os dois para o buraco.

— Sim, imperatriz.

As duas moças viraram para a porta.

— Princesa... — Magnus disse, detestando o tom fraco de sua voz. Os ombros de Cleo ficaram tensos quando ouviu a voz dele.

Ela olhou para trás.

— Achei que tivesse dito para você me chamar de Cleiona.

Magnus ficou observando Cleo e Amara saírem sem mais nenhuma palavra.

Cleiona... Ela queria ser chamada de *Cleiona*.

O nome de uma deusa. Seu nome completo e correto, não um

apelido. O nome que ele havia escolhido para mostrar que a desejava, que a amava.

Que ela o amava.

Podia ainda haver esperança de que ela não o tivesse abandonado àquele destino? De que tivesse perdoado seus muitos erros?

Os guardas soltaram Magnus e o rei e começaram a arrastá-los da masmorra até a luz. Eles entraram em uma construção e então caminharam por um corredor que fazia eco, sem teto.

Uma garota bonita com cabelo curto e preto e corpo bem torneado estava recostada na parede mais à frente.

— Olá — ela disse aos guardas. — Estou vendo que vocês têm os prisioneiros sob controle. Muito bem.

— Sim, Nerissa. Você está linda hoje.

— Você acha? — Ela sorriu de modo sedutor, e os guardas retribuíram.

— Está bem integrada aqui, pelo visto — Magnus comentou com frieza.

— Muito bem, obrigada. — Nerissa começou a caminhar para perto deles, e passou a mão pela manga do uniforme do guarda. — Preciso pedir um favor a você, meu querido.

O guarda de Magnus diminuiu o passo, enquanto os guardas do pai dele seguiam pelo corredor.

O guarda a olhou cheio de desejo.

— Sim?

Ela sussurrou alguma coisa em seu ouvido, e o homem riu.

— Esse é um favor que ficarei muito feliz em fazer, minha querida. Diga quando e onde.

O rei e os guardas sumiram mais adiante.

— Em breve. Talvez só um beijo por enquanto para você lembrar de mim.

— Como se fosse possível esquecer você.

A garota puxou o guarda e encostou os lábios nos dele. Magnus viu quando ela enfiou a mão entre as dobras do vestido. Nerissa encarou os olhos de Magnus enquanto cravava uma adaga na barriga do homem. O guarda imediatamente o soltou, levando a mão ao abdômen.

— O que você... — ele disse, ofegante.

Ela o apunhalou, rápido e fundo, várias outras vezes até o guarda cair no chão sobre uma poça de sangue.

Magnus olhou para a garota, chocado pelo que acabara de testemunhar.

Nerissa fez um gesto para alguém atrás de Magnus.

— Depressa. Solte o príncipe.

A pessoa cortou as cordas que amarravam os braços dele, e Magnus se virou. Encontrou um rosto familiar e irritado emoldurado por cabelos ruivos.

— Nic — ele disse.

Nic balançou a cabeça.

— Sou contra salvar sua pele, mas vamos lá.

Magnus não acreditou no que viu.

— Você deveria estar morto.

— E estaria, se não fosse a magia de sua irmã. Eu estava preparado para odiar vocês dois pelo resto da vida. Ainda não me decidi quanto a você. Mas quanto a ela... agora devo a minha vida. — Ele olhou para Nerissa. — O que vamos fazer com o guarda?

— Por aqui. — Ela pegou a manga do uniforme do guarda morto, e ela e Nic o puxaram pelo corredor, levando-o a uma alcova escura.

— Isso deve bastar. Precisamos sair rápido.

Magnus, ainda assustado, se esforçou para recuperar a compostura.

— Aonde vamos?

— Vamos ao quarto de Amara pegar o cristal da água — Nerissa sussurrou. — Ela sabe realizar o ritual para liberar sua magia. Não sei como aprendeu, mas tem certeza de que vai funcionar. O sangue dos prisioneiros será usado para fortalecer a magia. Quero fazer o que puder para ajudá-los, mas, no momento, precisamos daquele cristal da Tétrade em nossas mãos, não nas dela.

Magnus assentiu.

— Então vamos parar de falar e começar a agir.

Nerissa atravessou o corredor às pressas, e Nic e Magnus a acompanharam. Por fim, chegaram a uma porta. Nerissa olhou para os dois lados do corredor antes de destrancar a porta. Os três entraram em uma sala elegante com várias outras salas interligadas, repletas de janelas com vista para a pequena cidade murada.

Nerissa foi direto ao armário, conferindo os bolsos de vários vestidos e casacos compridos.

— Procurem em tudo, ela pode ter trocado de lugar.

Magnus e Nic entraram em ação, conferindo estantes, armários e até embaixo das almofadas das poltronas.

— Tem certeza de que está aqui? — Magnus perguntou.

— Tenho certeza de que ela não estava com o cristal mais cedo.

— Como sabe?

— Eu a ajudei a se vestir, e com certeza não estava em nenhum dos bolsos. Procurem no outro quarto.

Magnus não sabia muito bem como se sentia recebendo ordens de uma criada, mas continuou obedecendo. Aquela garota tinha muitos outros talentos além dos de uma serva particular.

Mas, claro, Magnus se deu conta de que Nerissa Florens não era apenas uma criada. Era uma rebelde.

Não encontrou nada na busca e voltou para o quarto, mas não viu Nic nem Nerissa.

— Aonde vocês foram? Nic? Nerissa?

Ele observou o espaço amplo até encontrar dois corpos no chão.

Os olhos de Nic estavam fechados, e ele tinha uma marca vermelha na têmpora. A alguns metros, Nerissa gemia de dor.

Ela encarou os olhos de Magnus e ficou aterrorizada no mesmo instante.

Magnus sentiu uma dor aguda na nuca e, então, tudo se apagou.

30
AMARA

PAELSIA

— *Pequena imperatriz.*

O som da voz de Kyan a surpreendeu, mas Amara ficou aliviada ao ouvi-la. Ela tinha certeza de que o deus tinha partido depois da discussão do dia anterior.

— Você ainda está aqui — ela sussurrou. Ela estava na pequena sala adjacente a seus aposentos, que tinha se tornado uma sala de meditação, sem nenhum objeto além do tapete sobre o qual sentou.

— *A tempestade está quase chegando. Está na hora de eu retomar meu poder e de você colher todas as recompensas que tanto merece.*

O coração dela disparou.

— Os prisioneiros estão esperando — ela informou.

— *Excelente. O sangue deles selará o ritual e o tornará permanente.*

Amara afastou todas as poucas dúvidas que restavam. Agir com receio agora seria a maior fraqueza depois de tudo o que tinha sacrificado por aquele dia.

— *Espere por mim do lado de fora com o cristal da água.*

Ela concordou sem hesitar.

Amara queria Cleo ao seu lado, para incentivá-la e, se fosse preciso, seria um sacrifício a mais. Juntas, elas deixaram os aposentos reais e saíram, rumo ao centro do complexo, onde ficava o fosso. Amara instruiu uma dúzia de soldados a cercar o fosso, metade com flechas apontadas para os prisioneiros ali dentro.

Nada poderia dar errado.

— Puxa, veja quem veio nos visitar. — Felix a encarou, protegendo o olho bom da luz do céu claro que tinha acabado de começar a escurecer com as nuvens carregadas. — A grande e poderosa imperatriz. Desça aqui, vossa graça. Eu adoraria conversar. Tenho certeza de que seu irmão também gostaria!

Amara olhou para Ashur sentado ao lado de Felix e do outro rebelde, Taran. O irmão a encarou de volta, não com ira nem ódio, mas com uma decepção profunda nos olhos azuis-acinzentados.

— Minha irmã, você ainda pode mudar seu caminho — ele disse.

— Infelizmente, você não pode mudar o seu — ela respondeu. — Não devia ter voltado.

— Não tive escolha.

— Sempre existe uma escolha. E eu fiz a minha.

Gaius estava sentado com as costas para a parede do fosso, os braços cruzados sobre o peito. Ele não disse nada, só olhou para ela de uma maneira inexpressiva que a deixava indignada. Era triste ver o antigo rei tão derrotado — mas, ainda assim, profundamente gratificante.

Também havia outro jovem no fundo do fosso, que Amara reconhecia vagamente do dia em que Nerissa se tornara sua criada. Ela achava que seu nome era Enzo.

Cleo espiou dentro do fosso.

— Onde está Magnus?

Quando percebeu que o príncipe não estava com os outros, Amara franziu a testa e virou para um guarda.

— E então, onde ele está?

O guarda fez uma reverência.

— Parece que ele conseguiu escapar. Uma busca está sendo realizada, e garanto que será encontrado.

— Magnus escapou? — Cleo perguntou, sem fôlego.

Amara ficou tensa.

— Encontre-o — ela disse ao guarda. — Traga-o aqui vivo. Você será responsabilizado se ele não for encontrado.

— Sim, imperatriz. — O guarda se curvou e saiu correndo.

— Ele não importa mais — Amara disse para si mesma, principalmente. — Está tudo bem.

— *Sim, pequena imperatriz. Está tudo bem.*

Um momento depois de Kyan falar, um trovão retumbou no céu. As nuvens se fechavam, cada vez mais escuras. O vento ganhou força, soprando o cabelo de Amara para trás.

— Então é uma tempestade de verdade — ela disse, a pele formigando de ansiedade com o que estava por vir.

— *Sim. Criada com todos os elementos combinados pela poderosa magia do sangue.*

Dois guardas se aproximaram do fosso com prisioneiros que Amara não esperava ver.

Cleo se sobressaltou.

— Nic! Você está vivo!

O rapaz estava ensanguentado, cheio de hematomas e desgrenhado, mas o amigo de Cleo estava bem vivo. Amara sinalizou para o guarda, que soltou Nic por tempo suficiente para Cleo correr direto para seus braços.

— Pensei que tivesse morrido! — ela gritou.

— Quase morri. Mas... me recuperei.

Cleo segurou o rosto de Nic entre as mãos, olhando para ele como se não conseguisse acreditar no que via.

— Estou tão irritada com você que quero gritar!

— Não grite. Estou com muita dor de cabeça. — Ele tocou a marca vermelha na têmpora.

— Como você pode estar vivo? Amara disse que viu você morrer.

— Acredite ou não, foi graças à Lucia.

Amara tinha certeza de que tinha ouvido mal.

— A feiticeira esteve por aqui? — ela perguntou.

Nic lhe lançou um olhar de ódio.

— Por quê? Teme que ela derrube este lugar sobre a sua cabeça? Podemos torcer para que faça isso, não?

Amara estava prestes a responder, ou talvez pedir para que Nic fosse morto logo, mas outro prisioneiro chamou sua atenção.

— Nerissa? — Ela encarou a criada com a expressão chocada, e então virou para o guarda que a segurava. — O que isso significa?

— Ela ajudou na fuga do príncipe Magnus, junto com o rapaz — o guarda explicou. — Juntos, estavam tentando sair da propriedade.

Amara hesitou surpresa ao assimilar a notícia.

— Por que você faria isso comigo? Pensei que fôssemos amigas.

— Pensou errado — Nerissa disse. — Tenho certeza de que você não vai acreditar em nada do que eu disser agora, por isso prefiro não dizer nada.

— *Não se pode confiar em ninguém, pequena imperatriz. Essa garota que você valorizava conseguiu enganar até mesmo você.*

Amara levantou o queixo, sentindo a traição doer mais do que pensou que doeria.

— Deixe essa vadia com os outros. O outro também.

— Amara! — Cleo gritou.

— Dobre a língua, a menos que queira ir com eles — Amara disse. — E juro que essa não seria uma decisão boa para ser tomada hoje. Escolha de que lado pretende ficar, Cleo, do meu ou do deles?

Cleo estava ofegante, mas não disse mais nada quando Nic e Nerissa foram forçados pelos guardas a descer a escada de corda que levava para dentro do fosso.

Amara olhou para dentro do fosso para ver a reação de Ashur ao descobrir que Nic tinha ressuscitado, querendo esquecer a traição de Nerissa.

— Você está vivo — Ashur disse, surpreso.

— Estou — Nic respondeu tenso.

Os olhos de Ashur estavam marejados quando caiu de joelhos.

Você se tornou um fraco, irmão, ela pensou com nojo e alguma tristeza por tudo o que tinha se perdido entre eles.

— O que houve com você? — Nic perguntou a Ashur, franzindo a testa.

— Você... sei que você veio atrás de mim, para tentar me convencer a não fazer o que eu achava ser o certo. E... pensei que você estivesse morto.

Nic o observou com atenção.

— Parece que muitos pensavam isso. Mas não estou.

Ashur assentiu.

— Que bom.

— Fico contente por você estar contente. — Nic franziu a testa ainda mais. — Posso ser sincero? Não imaginei que você se importaria, de qualquer modo. Mas... — Ele observou os outros dentro do fosso com nervosismo. — Por favor, fique de pé agora.

Ashur obedeceu, aproximando-se de Nic.

— Sei que meu comportamento tem sido imperdoável. Eu queria afastar todo mundo... principalmente você. Não queria que você se magoasse. Mas eu estava errado em relação a tudo. Em relação a mim, minhas escolhas, meu destino... Achei que eu fosse importante.

— Você *é* importante.

— Não sou a fênix. Entendo isso agora. — Ashur abaixou a cabeça, e o cabelo, escapando da tira de couro que usava para prendê-lo para trás, cobriu seu rosto. — Por favor, me perdoe, Nicolo.

Um pouco hesitante, Nic arrumou o cabelo do príncipe atrás da orelha.

— Tudo isso porque você pensou que eu estivesse morto? Detesto ter que dizer isso, mas hoje não está sendo um dia bom para nenhum de nós.

— Você tem razão. A vida não é uma garantia, em nenhum momento, para ninguém. Cada dia, cada momento, pode ser o último.

— Ah, infelizmente, sim.

Ashur olhou para Nic.

— Isso quer dizer que devemos ir atrás do que mais queremos nesta vida mortal e curta enquanto podemos.

— Concordo plenamente.

— Ótimo. — Ele levou a mão à nuca de Nic e o beijou com intensidade. Quando se afastou, as bochechas de Nic estavam quase tão vermelhas quanto seu cabelo.

— Ha! — Felix disse, apontando para eles. — Eu sabia! Eu tinha *certeza!*

Amara observou tudo aquilo sentindo o coração pesado ao ver o irmão finalmente admitir seus sentimentos. Ela não sabia se estava contente ou triste.

— Que ótimo para todos vocês. Meu irmão sabe interpretar, não?

— Não estou fingindo ser alguém que não sou — Ashur resmungou para ela. — Não mais. Não como você.

— Pode acreditar, meu irmão. Hoje sou exatamente quem eu tinha que ser. — Ela olhou para um guarda. — Se conseguiu prender Nicolo e Nerissa, onde está Magnus?

O guarda fez uma reverência.

— Preso em outro lugar, vossa graça.

— Onde?

— Receio ter me afastado dos guardas que o arrastaram de seus aposentos. Mas garanto que ele não é uma ameaça à senhora.

Talvez não, mas Amara preferiria manter todos os prisioneiros em um só lugar.

— *Muito bem, pequena imperatriz. Você está demonstrando muita força hoje.*

Amara queria que aquilo terminasse de uma vez por todas, queria finalmente esquecer os sacrifícios que tinha sido forçada a fazer durante toda a vida.

— Fico feliz por saber que aprova — Amara respondeu, e a impaciência cresceu dentro dela quando a primeira gota de chuva caiu das nuvens escuras. — Está na hora de começar?

— *Sim, está na hora. Ela finalmente está aqui.*

Com mais um trovão e um raio cortando o céu da noite, uma mulher se aproximou deles, o manto preto esvoaçando ao vento. Os guardas se afastaram para abrir caminho para ela, dando um passo para trás, sincronizados.

— Lucia? — Amara perguntou, tensa.

— *Não, não é a Lucia.*

A mulher que se aproximava tinha um rosto maduro e cabelo grisalho comprido com uma mecha branca na parte da frente. Os olhos escuros, quase pretos, percorreram os guardas e a beirada do fosso, e em seguida se voltaram para Amara.

O raio cortou o céu atrás dela.

— Selia! — Cleo gritou. — O que está fazendo aqui?

— Você conhece essa mulher? Quem é ela? — Amara quis saber.

— É a mãe de Gaius Damora — Cleo disse e em seguida teve um sobressalto. — Olivia!

Outra mulher apareceu atrás de Selia, uma moça linda de pele escura e olhos verdes que observavam o local com nervosismo.

— Cleo — ela disse com delicadeza. — Eu... eu sinto muito por isso.

— Sente muito? Sente muito pelo quê?

— Pelas marcas. — Olivia esticou os braços para mostrar símbolos pretos pintados na pele.

— Sim — Selia disse. — Marcas mágicas antigas que farão até uma imortal obedecer às minhas ordens.

— Você é a mãe de Gaius. — Os pensamentos de Amara não paravam. — E também é a bruxa que Kyan trouxe aqui.

— Sou. É a maior honra da minha vida usar minha magia para ajudar o deus do fogo no lugar da minha neta, que, em sua tolice, voltou-se contra ele. Para que esse ritual libere a magia da Tétrade, é necessário o sangue da feiticeira e o sangue de um imortal.

— Selia... — Cleo começou, franzindo a testa. — Por que você faria isso?

— Porque sou uma Vetusta, é por isso. Adoramos a Tétrade por inúmeras gerações, e hoje ajudarei a libertar seus deuses.

— Mais de um? — Amara inclinou a cabeça. — Só tenho o cristal da água.

Selia sorriu.

— E eu tenho o da terra e o do ar.

De seu manto, ela tirou duas pequenas esferas de cristal — uma de obsidiana e uma de selenita

Cleo levou um susto.

— Você... Foi você!

— Incrível. — A frustração e a dúvida de Amara desapareceram como névoa ao vento. — Admito que tive receio, mas agora vejo que tudo está como deve ser. Depois de todos os meus sacrifícios, finalmente vou receber tudo o que sempre quis.

— Vai? — Selia perguntou, arqueando as sobrancelhas finas e escuras. — Na verdade, isso não tem nada a ver com você, mocinha.

Amara fez um gesto na direção dos guardas.

— Tirem as esferas dela e tragam-nas para mim. Cuidem para que essa mulher faça só o que receber ordem para fazer. Amarrem a bruxa, se for preciso.

Antes que alguém pudesse se mexer, os doze guardas que cercavam o fosso levaram as mãos à garganta. Amara observou horrorizada enquanto os homens tentavam respirar em vão, caindo no chão. Estavam todos mortos.

— Kyan! Faça essa bruxa parar!

— *O que começou não pode ser interrompido.* — O calor passou por ela, soprando por sua orelha esquerda. — *Você quer a magia da Tétrade para usar em seu benefício, como já fez várias vezes. Mas não pertencemos a ninguém.*

Selia moveu o dedo na direção de Cleo, e a princesa tombou para trás, caindo dentro do fosso. Amara correu para o lado para olhar para baixo e viu que Taran tinha conseguido segurá-la antes que batesse no fundo.

Amara se virou chocada para a bruxa.

— Como ousa...?

Selia mexeu o dedo de novo, e parecia que uma mão grande e invisível a empurrava. Amara perdeu o equilíbrio e caiu no fosso. Quando bateu no chão, um osso de sua perna quebrou com um barulho horroroso.

Felix olhou para ela, os braços cruzados à frente do peito largo.

— Ops — ele disse. — Esqueci de segurar você. Machucou?

Cegada pela dor e sem conseguir se mexer, os olhos marejados, Amara viu Selia à beira do fosso, sorrindo para todos.

— *Excelente* — Kyan disse. — *Agora, vamos começar.*

31
JONAS

PAELSIA

Lucia insistiu para que ela e Jonas fossem ao complexo da imperatriz o mais rápido possível. Isso significava ir a cavalo, o que Jonas soube, antes mesmo de começar a jornada, que era uma péssima ideia para alguém na situação da princesa. Mas Lucia não reclamou nem uma vez enquanto seguiam para o sudeste o mais depressa que conseguiam.

Mas então Lucia parou no meio de uma floresta — ou onde já tinha sido uma floresta um dia. Jonas viu que, ao seu redor, os arbustos e as árvores que antes eram altos e frondosos estavam agora marrons e murchos, e olhou para Lucia. A pele dela estava muito pálida, como a de um cadáver.

— Posso continuar — ela murmurou.

— Acho que não.

— Não discuta comigo, rebelde. Minha família...

— Sua família pode muito bem esperar. — Ele desceu do cavalo num pulo e estava ao lado de Lucia quando ela soltou as rédeas e escorregou.

O céu escureceu logo em seguida.

— Malditas tempestades paelsianas — Jonas resmungou, olhando para cima. — Não dá para saber quando vêm.

Um trovão alto bastou para assustar os cavalos. Antes que Jonas pudesse impedi-los, os animais fugiram.

— Não me surpreende — ele resmungou. — Uma coisa ruim chama outra.

Lucia segurou a mão dele quando Jonas tentou colocá-la de pé.

— Jonas...

— O que foi?

— Ah, minha nossa, acho... — Ela soltou um grito de dor. — Acho que está na hora.

— Na hora? — Ele balançou a cabeça, olhando para Lucia em negação. — Não, não está na hora de nada além de encontrar outro meio de transporte.

— O bebê...

— Não, eu repito, você não vai fazer isso agora.

— Acho que não tenho escolha.

Jonas a segurou pelos ombros.

— Olhe para mim, princesa. Olhe para mim!

Lucia o encarou com uma expressão de dor.

— Você não vai dar à luz agora porque Timotheus apareceu em meu sonho... só uma vez, mas tempo suficiente para me dizer que teve uma visão comigo. Estarei com você quando você morrer dando à luz. E vou criar seu filho.

Lucia o encarou, arregalando os olhos.

— Ele disse isso?

— Sim.

— Você vai criar meu filho?

— Sim, ao que parece.

— O filho de um vendedor de vinho paelsiano vai criar *meu* filho?

Jonas estava cansado demais para se importar com a ofensa.

— Não ouviu que acabei de dizer que você vai morrer?

— Mereço morrer por tudo o que fiz. Com certeza não escolheria nem aqui nem agora, mas sabia que a hora estava chegando. Aceito que não tenho escolha. — Ela gritou de novo. — E você deve aceitar seu destino, porque acho que você também não terá escolha.

Ele bufou.

— Eu deveria deixar você aqui e dar as costas para tudo isso. Mas não farei isso.

— Ótimo.

— Você tem certeza de que realmente é agora?

Ela assentiu.

— Tenho certeza.

Jonas a segurou no colo e tentou encontrar abrigo na floresta deserta antes que o céu desabasse. Ele tirou o manto que vestia e o usou para cobrir Lucia e esquentá-la.

— Não sei o que fazer — ela disse.

— Aprendi uma coisa com minha mãe quando era criança — Jonas respondeu. — Ela ajudava outras mulheres a dar à luz em nosso vilarejo. E dizia que a natureza tem um jeito de fazer acontecer, quer saibamos o que estamos fazendo ou não. Mas acha que pode fazer alguma coisa para aliviar a dor com sua magia da terra?

Lucia balançou a cabeça.

— Estou esgotada. Fraca. Minha magia se foi. Timotheus tinha razão. Agora entendo por que ele não queria me contar. Ele me fez acreditar que eu poderia impedir Kyan, mas agora vejo que essa missão é sua. — Ela deixou na mão de Jonas. Ele olhou para baixo e viu que era uma esfera de âmbar. — Kyan precisa ser aprisionado de novo. Você tem magia dentro de si, Jonas. Tudo faz sentido agora. — Enquanto falava, sua voz foi ficando cada vez mais fraca até ficar quase inaudível com o estrondo da tempestade. Ele se esforçou para se apoiar no chão cheio de lama quando se agachou ao lado da princesa.

— Você acha que posso aprisionar um ser como ele? *Você é a feiticeira profetizada.*

— Não por muito tempo pelo jeito. Jonas... — Ele teve que se aproximar para ouvi-la sussurrar. — Diga a meu irmão e a meu pai... diga a eles que sinto muito por tê-los magoado. Diga que eu os amo e que sei que me amaram. E diga... diga ao meu filho, quando ele for grande para entender, que o bem existia dentro de mim. — Ela sorriu sem forças. — Bem no fundo, pelo menos.

Jonas tinha começado a acreditar nisso, por isso não tentou discutir com ela.

— Você será um bom pai para meu filho — Lucia disse. — Pode não acreditar agora, mas eu vejo. Você é forte, sincero e trabalhador. Faz o que acha que é certo, ainda que isso custe muito caro.

— Não esqueça que sou lindo.

Ela sorriu.

— Isso também.

Ele balançou a cabeça, querendo discutir. Ele não era forte nem fazia o que era certo. Muitos de seus amigos tinham morrido por causa de suas escolhas e de seus planos.

Lucia segurou a mão dele. Sua pele estava muito fria; ele ficou chocado ao perceber.

— Você nasceu para ser grande, Jonas Agallon. Consigo ver seu destino tão claramente quanto Timotheus.

— Escute — Jonas disse, afastando o cabelo comprido e molhado da testa de Lucia —, nunca acreditei em magia nem em destino até um ano atrás.

— E agora?

— Acredito em magia. Em feiticeiras más que no fundo são princesas muito lindas. Acredito em imortais que vivem em um mundo diferente deste, acessível por rodas de pedra mágicas. Mas sabe no que não acredito?

— Não.

— Me recuso a acreditar que não temos controle sobre nosso futuro, porque no momento, vou controlar o meu. Não quero ser pai. Ainda não, pelo menos.

— Mas você precisa ser! Meu filho está...

— Seu filho vai ficar bem. E você também. — Ele apertou a mão dela. — Você disse que Ioannes ensinou você a roubar magia. Então roube a minha. Roube o suficiente para se curar, para passar por esse parto sem morrer. Faça isso, e pode mandar Timotheus se lascar quando chegar a hora de assumir seu futuro no pequeno santuário dele.

Lucia o encarou confusa por um momento.

— Não é assim que deve ser.

— Exatamente — ele disse, sorrindo. — Não gosta da ideia de poder escolher seu futuro?

— Eu... eu não sei se consigo.

— Tente — ele disse. — Tente e pare de discutir sobre cada coisa que digo, droga!

A expressão de medo de Lucia foi substituída pela fúria.

— Você é muito grosseiro comigo!

— Ótimo. Fique brava comigo... tão brava que possa roubar minha magia. Pode me estapear por ser grosseiro mais tarde. Vamos, princesa. Pegue a magia.

Ela franziu a testa enquanto se concentrava. *Isso vai funcionar*, Jonas pensou. *Tem que funcionar.*

E então ele sentiu — uma sensação de esgotamento que o fez ofegar. Não era dor, exatamente. Parecia mais uma força magnética puxando suas entranhas.

Seus batimentos cardíacos começaram a diminuir e sua visão começou a escurecer.

— Faça um favor — Jonas conseguiu dizer.

— Qual? — Lucia perguntou, e ele notou que a voz dela já soava mais forte, enquanto ele se sentia mais fraco e mais gelado.

— Tente não... me matar...

*

Quando acordou com a chuva ainda encharcando seu corpo, Jonas percebeu que tinha desmaiado. O manto molhado tinha sido jogado sobre ele como um cobertor, e lenta, muito lentamente, ele conseguiu sentar.

— As tempestades costumam durar tanto assim por aqui? — Lucia perguntou.

Jonas olhou para ela. Lucia segurava um pacotinho nos braços.

— Tem... tem um bebê aí.

— Tem. — Ela inclinou o pacotinho o suficiente para que ele conseguisse ver um rostinho rosado olhando para ele.

— Um bebê, sem dúvida — ele disse, assentindo. — Você está viva.

— Graças a você. Não sei dizer como estou grata, Jonas. Seu sacrifício salvou minha vida.

— Sacrifício? — ele repetiu. — Não foi sacrifício nenhum. Nunca quis ter essa magia.

— Bem, não peguei toda a sua magia. Como você pediu, não quis matá-lo. Afinal, você prometeu que eu podia estapeá-lo quando me sentisse melhor. — Ela sorriu. — Estou ansiosa para fazer isso.

Ele tentou não rir.

— Eu também.

— Parece que Timotheus estava enganado sobre muitas coisas — Lucia disse. — E o destino não está traçado, como você disse.

— Muitas coisas? Sobre o que mais ele estava enganado?

— Sobre o meu filho. — Ela beijou a testa do bebê. — É uma menina, na verdade.

— Uma menina? — Jonas não conseguiu conter o sorriso ao ouvir aquilo. — Muito bem, princesa.

— Por favor, pode me chamar de Lucia. Acho que você conquistou esse direito.

— Certo. O que vamos fazer agora, Lucia? — ele perguntou.

— Ela tem nome. Quer saber qual é?

Ele assentiu.

— Dei a ela o nome de Lyssa — Lucia anunciou, encarando-o. — Em homenagem a uma garota corajosa chamada Lysandra que eu gostaria de ter conhecido.

Os olhos de Jonas começaram a arder.

— Um excelente nome. Eu aprovo — ele disse, engolindo o nó que tinha se formado em sua garganta. — Certo. Antes que você destrua o resto de Paelsia, vamos encontrar uma hospedaria para você e para Lyssa, assim você vai recuperar o resto de suas forças.

32

CLEO

PAELSIA

Cleo observou os rostos que a cercavam no fosso de pedra com o coração na boca. Não era para ser assim. Não sabia ao certo como pretendia deter Amara, pegar os cristais da Tétrade e salvar a todos, mas não era daquele jeito.

— Não tema, pequena rainha. Estou com você.

Ela perdeu o fôlego. De algum modo, Kyan ainda achava que eles estavam juntos naquilo. Mas por que precisaria dela? Ela nunca tinha se sentido tão impotente como naquele momento, mesmo cercada por jovens fortes que normalmente seriam mais do que capazes de protegê-la de qualquer mal.

Menos Magnus. Cleo sentiu o estômago revirar. Onde ele estava? Preso em outro lugar? Mas onde?

Ela observou Selia levitar devagar, entrando no fosso como se estivesse de pé sobre uma plataforma invisível de magia do ar. Ela torcia para Felix, Taran e Enzo não serem tolos a ponto de tentar atacar a bruxa. Cleo não tinha dúvidas de que fracassariam rápido.

Felizmente, eles não se mexeram.

— Há quanto tempo planeja isso, mãe? — o rei Gaius perguntou de onde estava. Ele não tinha movido nem um centímetro desde que Cleo e Amara foram jogadas dentro do fosso.

— Há muito tempo, meu filho — Selia respondeu, passando

os dedos pelo pingente de serpente. — Minha vida inteira, ao que parece.

— Foi a senhora quem me ensinou sobre a Tétrade, a me empenhar em encontrar os cristais.

— Sim. E você aceitou essa promessa de poder como eu esperava que faria.

— Mas a senhora não me contou tudo.

Selia encarou o filho.

— Não. Tive que guardar segredo até agora.

— Quando eu era mais jovem, achava que a senhora só queria a magia da Tétrade, como qualquer pessoa que tinha ouvido a lenda. Mas sempre foi mais do que isso, não foi? Queria ajudar a libertá-los.

Ela se agachou ao lado de Gaius e tocou seu rosto.

— Eu não estava mentindo para você. Você vai dominar o mundo, só que de um jeito diferente do que planejei. O deus do fogo precisa de um novo veículo corpóreo. Acredito que só você é grande e digno o suficiente para ter esse poder onipotente dentro de si.

Antes que o rei pudesse responder, Cleo sentiu um sopro de vento quente passar por ela.

— *Não, pequena bruxa* — Kyan disse. — *Esse rei caído não serve. Ele está velho demais. Doente demais.*

— Quem disse isso? — Nic perguntou, observando em volta.

Cleo arregalou os olhos para ele.

— Você também consegue ouvi-lo?

Nic assentiu.

— Também consigo — Taran disse, observando o fosso. Felix e Enzo estavam ao lado dele, com uma expressão tensa, mas concordando.

— *Só por que eu permito* — Kyan disse. — *Como o irmão da pequena imperatriz disse antes, não há mais motivos para me esconder.*

— Gaius está melhorando, Kyan — Selia garantiu. — Foi ferido gravemente e quase morreu. Vai demorar para se curar por completo, mas está progredindo.

— *Não. Eu quero um veículo diferente.*

— Claro. — Selia franziu a testa, o único sinal de decepção ao olhar para os outros. — E este kraeshiano, o príncipe Ashur? Jovem, bonito, forte...

— *Não, repito. Preciso de alguém já possuído por uma alma de fogo.* — Eles ficaram em silêncio por um momento enquanto a sensação de calor tomava conta do espaço do fosso. — *Este. Sim, este é perfeito. Sinto a grandeza dentro dele, a grandeza protegida do mundo.*

Quem?, Cleo pensou desesperada. Não havia como saber a quem o deus do fogo se referia.

— Então vamos começar — Selia disse.

A bruxa estendeu a mão e as três esferas de cristal que Amara tinha escondido no bolso da túnica voaram pelo fosso e foram parar nas mãos de Selia.

Cleo observou, tensa, quando a bruxa deixou a água-marinha, a obsidiana e a selenita com cuidado no centro do fosso.

— Onde está o cristal de âmbar? — Selia perguntou.

— *Não está aqui* — Kyan respondeu.

— Onde está?

— *Já estou liberto de minha prisão, não preciso mais do cristal. O ritual deve funcionar sem ele. Continue.*

Selia tirou a corrente prateada do pescoço e Cleo percebeu, chocada, que o grande pingente de serpente que usava não era apenas uma joia — era um recipiente com uma pequena rolha.

A bruxa inclinou o recipiente de prata sobre os três cristais para despejar um líquido vermelho sobre eles. A cada gota, as esferas clareavam, brilhando por dentro.

— Você tem o sangue de Lucia — o rei perguntou, com a voz rouca. — Como?

Ela levantou uma sobrancelha.

— Tirei sangue dela quando era criança, antes de meu exílio. Só precisei de um pouco de magia da terra para mantê-lo fresco todo esse tempo. — Selia olhou para Olivia. — Venha aqui e estenda o braço.

Olivia foi em direção a Selia e fez exatamente o que foi mandado. A bruxa pegou uma adaga e cortou o braço da imortal. Quando o sangue de Olivia se uniu ao de Lucia sobre as esferas, as pedras brilharam ainda mais.

Cleo quis se atirar para a frente, derrubar a adaga da mão da bruxa, mas sabia que seria a última coisa que faria. Sentia-se totalmente impotente ao observar aquele ritual sombrio acontecer diante de seus olhos.

Mas, apesar da raiva que sentia de Magnus por tantas coisas, Cleo sabia que ele não deixaria o complexo se conseguisse escapar dos guardas de Amara de novo. Ele não se concentraria em salvar apenas a si mesmo.

Não. Ele interviria quando parecesse que não havia mais esperança.

Será que tinha compreendido o sinal que ela tinha tentado passar ao pedir para ser chamada de Cleiona? Ela precisava que Magnus soubesse que ela tinha tentado se aliar a Amara apenas por necessidade. Cleo pretendia usar aquela aliança para reaver seu poder.

Para reaver o poder de Magnus também.

A tempestade se tornou mais violenta. A chuva começou a cair sem parar, encharcando Cleo.

Selia levantou as mãos, olhos brilhando. Os cristais se acendiam como pequenos sóis. Cleo se assustou e ficou ofegante quando os filetes de magia que estavam dentro das esferas saíram.

Três cristais. Mas havia quatro filetes espalhados pelo ar ao redor deles: vermelho, azul, branco e verde.

Por que Selia pensava que a esfera de âmbar era necessária para o ri-

tual se Kyan já estava ali?, Cleo se perguntou. *Importava? Poderia fazer diferença para deter aquilo?*

— Deus do fogo — Selia disse. — Você escolheu. Agora está na hora de entrar em seu novo veículo de carne e osso.

O filete de magia vermelho vivo rodopiou com força pelo fosso até finalmente entrar no peito de Nic.

— Nic, não! — Cleo gritou.

Nic arregalou os olhos e gritou. Engasgando, ele caiu no chão.

Em seguida, seu querido amigo virou aos poucos para encará-la.

— Nic — Cleo chamou, ofegante. — Você está bem?

Ele franziu a testa.

— Assumi o nome de meu último hospedeiro, Kyan. Gosto mais do que de *Nic*. Vou mantê-lo.

Ela o observava incrédula.

— O que foi? O que você fez? Nic, está me ouvindo? Você precisa lutar contra isso!

— Nic se foi — o garoto que se parecia com Nic lhe informou. — Mas garanto a você que ele foi sacrificado pelo bem do mundo.

Lágrimas quentes escorreram pelo rosto dela. Seu amigo tinha acabado de voltar para ela e agora partira de novo.

— Deusa da terra — Selia chamou, tirando a atenção que Cleo dava a Nic. — Está livre. Escolha seu veículo de carne e osso.

O filete verde de magia rodopiou pelo fosso, e dessa vez todo mundo deu um passo para trás, observando com medo.

Olivia ficou ofegante quando a magia entrou em seu corpo.

Nic... ou Kyan... ou... — Cleo não sabia o que pensar — foi diretamente até Olivia e segurou suas mãos.

— Irmã?

— Sim. — Ela o encarou no fundo dos olhos. — Você fez o que prometeu. Estou livre, finalmente!

— Sim. E escolheu um ótimo veículo.

— Qual era o nome dela? — a deusa perguntou.

— Olivia — o deus do fogo respondeu.

— Olivia — ela repetiu, assentindo. — Sim, Olivia será meu nome de agora em diante.

— Mãe. — Gaius tinha andado até ficar ao lado de Selia, o cabelo preto molhado jogado para trás.

— Sinto muito, meu filho — ela respondeu, balançando a cabeça. — Você está com a pedra sanguínea. Vai ter que bastar.

Ele assentiu.

— Você sempre me põe em primeiro lugar, não importa o que tenha que fazer.

Selia o observou.

— Eu não devia ter feito o que fiz com Elena. Vejo agora que isso machucou você mais do que pensei que machucaria. Só queria que você fosse livre.

— Eu sei. E você estava certa. Meu amor por ela confundiu minha cabeça e ameaçou destruir minha sede por poder. — Gaius segurou o rosto dela com delicadeza entre as mãos e se inclinou para beijar sua testa. — Obrigado por me ajudar a me tornar o homem que sou hoje.

Ela tocou a mão do filho, e então franziu a testa.

— Espere. Onde está o...?

Virando-se depressa, ele quebrou o pescoço da mãe e deixou o corpo cair no chão.

Kyan olhou para a bruxa e depois olhou furioso para o rei.

— O que você fez?

— Interrompi seu ritual egoísta — Gaius disse, observando o corpo da própria mãe. — Eu sabia que havia um bom motivo para eu ainda não tê-la matado.

Kyan observou para os dois filetes de magia restantes com raiva nos olhos castanhos e furtivos.

— Pequena rainha, preciso de você agora. Preciso do sangue de um descendente de feiticeira... de seu sangue. A magia dele bastará por ora. Depois, encontrarei outra Vetusta obediente para selar o que foi feito aqui.

Ele estava ao lado de Cleo, segurando a adaga de Selia.

— Darei a você seu trono. Toda Mítica. Todo este mundo e mais. O que quiser.

As lágrimas se misturaram com a chuva que escorria pelo rosto de Cleo.

— Me dê a adaga.

Ele fez o que ela pediu e Cleo olhou para a adaga em sua mão, sabendo que tinha que fazer aquilo, sabendo que não havia escolha.

Kyan não podia sair dali, independentemente do corpo que tivesse roubado. Mas assim que ela levantou a adaga para cravar a lâmina no coração de Nic, Ashur segurou seu braço.

Ela o encarou enquanto a chuva caía torrencialmente sobre eles.

— Não — Ashur disse. A resposta não deixava espaço para discussões. Ele apertou seu braço até Cleo ofegar de dor e largar a arma.

Quando Cleo virou para Kyan de novo, ele lhe deu um tapa tão forte que seu corpo girou e bateu na parede do fosso.

— Você me decepciona, pequena rainha — ele vociferou.

Magnus, ela pensou em pânico. *Agora seria o momento perfeito para você salvar o dia.*

As paredes do fosso começaram a ruir. Os filetes azuis e brancos de magia — os deuses da água e do ar — continuavam a rodopiar pelo fosso.

— Irmão, temos um problema — Olivia, agora possuída pela deusa da terra, vociferou. — Os outros estão prontos e o tempo está acabando. Como terminar o ritual sem uma bruxa para nos ajudar?

Como se fosse uma resposta, o filete branco foi em direção ao hospedeiro escolhido, entrando no peito de Taran. Ele arfou e caiu de joelhos.

Antes que Cleo pudesse dizer alguma coisa, gritar ou se afastar do rebelde, o filete azul apareceu em sua frente.

Parecia que ela tinha sido atingida por uma onda de dez metros de altura que a jogou para trás e a afogou com a água salgada.

A divindade da água a tinha escolhido como veículo.

Cleo olhou para cima, para o céu tempestuoso, e a chuva a molhava enquanto se esforçava para manter o controle sobre o próprio corpo. Sabia que não podia fraquejar naquele momento, mas como lutaria contra uma divindade?

— Vamos voltar para consertar isso — Kyan vociferou com raiva antes de se transformar em uma coluna de chama e sair do fosso. Olivia, lançando um olhar de ódio a Cleo, desmoronou como se fosse feita de areia e desapareceu no chão.

Taran estava ao lado de Cleo, ajudando-a a sentar.

Ela o encarou, confusa.

— Taran...

— Você ainda é você? — ele perguntou. Ela não respondeu, e Taran a chacoalhou com força. — Responda. *Você ainda é você?*

Ela assentiu.

— Eu... ainda sou eu.

— Eu também sou. — Taran franziu a testa e estendeu a mão direita. Uma espiral simples, a marca da magia do ar, estava na palma da mão dele, como se tivesse sido gravada ali.

Cleo olhou para a palma da mão esquerda e viu duas linhas onduladas paralelas que indicavam o símbolo da água.

— A bruxa morreu antes de torná-la permanente em nós — ela disse. — Temos a magia elementar dentro de nós, mas não perdemos a mente nem a alma.

Ele analisou o rosto de Cleo, franzindo a testa.

— Você acha mesmo?

Ela balançou a cabeça com a mente confusa.

— Não sei. Não tenho certeza de nada no momento.

Cleo procurou Magnus de novo, espiando à beira do fosso e esperando que ele aparecesse de repente. O príncipe não apareceu, e ela estendeu a mão para Taran.

— Ajude-me a subir.

Taran obedeceu.

— O que acontece?

A chuva ainda os castigava. Novos guardas chegaram e olharam para o grupo no fundo do fosso.

— Imperatriz? — um deles perguntou, hesitante.

Amara desviou o olhar chocado de Cleo, franzindo a testa, e virou para os homens.

— Tirem-nos daqui.

Os guardas pegaram uma escada, que afundou na lama do fundo do fosso. Um por um, o grupo saiu em silêncio. Com a perna quebrada, Amara precisou de dois guardas para auxiliá-la.

— Kyan queria matar todo mundo. — Amara explicou fora do fosso, sem qualquer emoção na voz. — Isso, com a magia da bruxa, teria tornado o ritual permanente.

— E você concordou com isso... em matar todos nós — Felix comentou, os punhos cerrados. — Por que não estou surpreso?

Amara se encolheu.

— Não aconteceu, não é?

— Você não ajudou em nada — ele disse com uma expressão feroz. — Não se preocupe, vou cuidar para que você pague pelo que fez hoje.

— O que isso significa? — Nerissa perguntou. Enzo estava ao lado dela de modo protetor, a mão em sua cintura. — Nada que a bruxa fez é permanente? Nem mesmo com Nic e Olivia?

Amara balançou a cabeça.

— Não sei.

— Você me impediu — Cleo disse a Ashur, que não tinha dito nada desde que eles saíram do fosso.

— Você ia apunhalar Nicolo. Eu não podia permitir isso.

— Ele se perdeu — a voz dela falhou. — Ele se foi.

— Tem certeza? — A expressão dele ficou mais séria. — Eu não tenho. E se houver um jeito, vou trazê-lo de volta para nós. Está ouvindo?

Ela só conseguiu assentir, esperando que Ashur estivesse certo.

O rei foi o último a sair do fosso.

— Onde está meu filho, Amara? — Gaius perguntou.

— Também não sei — Amara respondeu.

A ausência de Magnus por tanto tempo não era normal. Ele já tinha que ter sido encontrado.

— Você precisa encontrá-lo — Cleo disse, e uma nova onda de pânico cresceu dentro dela.

— Vou fazer isso — disse Amara.

— Mas você não parece se importar. Ouça com atenção: você *precisa* encontrá-lo.

— Ele deve estar morto — Amara disse sem rodeio. Em seguida, ela engasgou e começou a cuspir água. — O que... o que você está fazendo?

Cleo percebeu que suas mãos estavam tão fechadas que as unhas afundavam na pele. Ela tinha a sensação de estar girando. Forçou-se a abrir a mão e viu que o símbolo da água tinha começado a brilhar.

Magia da água. A divindade da água estava dentro dela, mas não no controle de suas atitudes.

Ela sentiu algo quente embaixo do nariz e quando tocou o rosto, viu que era sangue.

— O poder de um deus dentro de um mortal — Gaius disse surpreso. — Sem o ritual finalizado... é uma posição perigosa para você, princesa. Para você também, Taran. Mas tem razão: precisamos encontrar meu filho.

Nerissa deu um passo para a frente, segurando as mãos de Cleo com hesitação e apertando-as. Cleo viu seu olhar angustiado.

— Vi um guarda agredi-lo, princesa — ela sussurrou, balançando a cabeça. — Ele bateu no príncipe com força e o arrastou para longe. Eu... eu temo que Amara possa estar certa. Sinto muito.

Cleo encarou a amiga, seus olhos ardiam.

— Não — ela disse. — Não, por favor, não. Não pode ser verdade. Não pode ser.

Taran e Felix se entreolharam preocupados. O rebelde olhou para baixo com nervosismo, para a palma da mão, onde estava o símbolo da magia do ar.

— Por que se importa com o destino de Magnus, Cleo? — Amara perguntou, com a voz trêmula como Cleo nunca ouvira. — Pensei que você o detestasse.

— Você está enganada. Não o detesto — Cleo disse em voz baixa. E então, mais forte: — Eu o amo. *Amo* Magnus do fundo do coração. E juro, se ele... morrer... perdi Nic *e* Magnus hoje... — Sua voz falhou quando virou para a frente, vendo que os outros a observavam com medo no olhar. A sensação da forte magia da água fluía sob a superfície de sua pele, como se esperasse ser libertada. — Acho que este mundo não sobreviverá à minha dor.

33

MAGNUS

PAELSIA

Magnus piscou e abriu os olhos, franzindo a testa, confuso com a dor que sentia nos braços. Demorou um pouco para perceber que estava deitado. Seus braços estavam erguidos acima da cabeça, presos e acorrentados ao teto.

Ele estava em uma sala escura iluminada apenas por algumas tochas.

— Ele despertou. Finalmente. Eu estava prestes a mandar buscarem sais aromáticos.

Ele franziu a testa, sem entender, ainda zonzo.

— Olá, meu velho amigo. — A voz era familiar. Dolorosamente familiar.

E então, entendeu tudo muito bem.

— Kurtis — Magnus disse, sentindo gosto de sangue na boca. — Que incrível vê-lo de novo.

— Ah, você diz isso, mas, no meu coração, sei que está mentindo. — O ex-grão-vassalo deu uma volta lenta ao redor de Magnus com um sorriso contido.

— O que você fez com Nerissa e Nic?

— Não se preocupe com eles, amigo. Preocupe-se consigo mesmo.

Magnus tentou entender onde estava observando ao redor. Era difícil, uma vez que um de seus olhos estava inchado e fechado.

— Vi sua adorável esposa mais cedo — Kurtis disse. — Ela não me viu, claro. Por causa de como as coisas ficaram entre nós, acho que Cleo pode estar irritada comigo.

— Não ouse falar o nome dela — Magnus resmungou.

Kurtis parou na frente de Magnus e inclinou a cabeça, ainda com aquele maldito sorriso.

— Cleo. Cleo, Cleo, Cleo... Sabe o que vou fazer com ela? Eu adoraria, de verdade, que você pudesse estar presente para ver.

Ele se inclinou para a frente e sussurrou no ouvido de Magnus uma lista de horrores que faria qualquer pessoa — homem ou mulher — implorar para morrer muito antes do alívio finalmente chegar.

— Juro pela deusa — Magnus disse —, que vou matar você muito antes que encoste um dedo nela.

— Achei que estava chegando perto de fazer isso quando ministrava aulas de arco e flecha à princesa. Sei que você nos observava. Era ciúme no seu olhar? Parece que os boatos de ódio entre vocês estão longe de ser verdade, não é? Mas por que se importa com o destino dela? Ela traiu você por uma chance de se alinhar com a imperatriz.

— Eu não me importaria nem um pouco se ela me traísse para se alinhar com todos os demônios das sombras, mas mato você se olhar para ela de novo.

— Mas, em sua atual situação... — Kurtis olhou para as correntes. — Eu gostaria muito, muito, de vê-lo tentar.

— Quer me torturar? Uma espécie de vingança pelo que fiz com você?

— Isso, quero torturar você. E depois quero matar você bem devagar. — Ele levantou o coto onde antes ficava sua mão. — E o aconselharia a economizar saliva em vez de implorar por sua vida. Vai precisar dela para todos os gritos que vai soltar.

No fundo, o príncipe conhecia a verdade do que via nos olhos de

Kurtis. Não haveria misericórdia ali. Mas Magnus Damora não imploraria pela própria vida.

— Eu seria um aliado vivo melhor do que um inimigo morto — ele disse. — Lembre, você é, no momento, um limeriano no meio de milhares de kraeshianos e de dezenas de milhares de paelsianos.

Kurtis mostrou os dentes em um sorriso sinistro.

— Um problema por vez, meu velho amigo. Diga, quando você voltou ao palácio e me tirou do trono, eu poderia ter jurado que seu braço estava quebrado. Foi sua irmãzinha feiticeira quem o curou?

— Talvez eu tenha alguns truques próprios que você não conhece — Magnus blefou.

— Para ser sincero, espero que tenha. — Kurtis olhou para os dois guardas kraeshianos que estavam atrás dele nas sombras. — Quebrem os dois braços dele, por favor. E acho que a perna direita também.

Os guardas avançaram sem hesitar.

— Kurtis — Magnus disse, alternando o olhar entre o grão-vassalo e os guardas que se aproximavam. — Você acha que vai me matar aqui hoje, e ninguém vai ficar sabendo?

— Hoje? Você acha que vou matar você hoje? Não. Sua morte deve demorar para você sofrer bastante. — Ele meneou a cabeça. — Até logo.

Magnus jurou para si mesmo que não ia implorar. Não pediria.

Mas Kurtis estava certo em relação aos gritos.

Quando Magnus abriu os olhos, viu um pedaço da lua no céu escuro. A consciência era sinal de que estava vivo, mas também trazia uma dor sem fim devido às lesões causadas pelas ordens sádicas de Kurtis.

Onde estava? Do lado de fora, sim. Se via a luz da lua, estava do lado de fora. E ainda estava em Paelsia, já que o ar frio não combinava bem com o frio severo de Limeros, nem com o calor de Auranos.

Percebeu que estava em uma caixa de madeira.

— O que é isso? — ele perguntou.

— Você está acordado — Kurtis disse, e seu rosto odioso apareceu diante de Magnus. — Você dorme pesado. Como um morto, devo dizer.

— Eu... não consigo me mexer.

— Imagino que não. Você está péssimo, meu amigo. Mas é forte. Já vi esse tipo de tortura matar homens e mulheres. Muito bem.

— Você é um lorde e um grão-vassalo, Kurtis. Um limeriano. Também é ridículo, um merda, mas precisa perceber que o que está fazendo é errado. Ainda dá tempo de parar.

— Todos esses elogios, Magnus, estão entrando em minha mente. Nunca gostei de você, mas eu o tolerava por causa do poder de seu pai. Agora esse poder não existe mais, assim como minha mão. Tudo devido a ordens. — Kurtis arregalou os olhos e seu rosto ficou vermelho. — Diga, o boato de que você tem medo de lugares pequenos e fechados é verdadeiro?

— Não, não é.

— Imagino que logo se tornará verdade. — Kurtis sorriu. — Guardarei essa lembrança pelo resto da vida, meu velho amigo. Adeus.

Magnus tentou sentar, mas a dor tomou conta de seu corpo, cegando-o como um raio.

E então, veio a luz, a noite, e Kurtis Cirillo desapareceu quando uma tampa de madeira se fechou sobre ele.

Um caixão. Ele tinha sido colocado dentro de um caixão.

Pregos foram martelados. Magnus sentiu que estava sendo levantado por um milésimo de segundo, e então desabou com força, batendo as costas no fundo de madeira.

E então veio o raspar de pás e a batida leve da terra enchendo a cova enquanto Kurtis e seus guardas leais o enterravam vivo, debaixo da terra paelsiana.

AGRADECIMENTOS

Assim como em Mítica, há um trio de reinos na carreira de Morgan Rhodes, e eu não sobreviveria se eles não existissem em harmonia.

O primeiro reino se chama *Razorbillia*

Minha família editorial na Razorbill e na Penguin Teen torna a série A Queda dos Reinos possível (e aproveito para mandar um olá para a trilogia-irmã, *A Book of Spirits and Thieves*). Obrigada a Liz Tingue, Jess Harriton, Ben Schrank, Casey McIntyre e ao resto da equipe fantabulosa que tem minha gratidão eterna por permitir minha entrada nesse palácio de ouro. E obrigada a Jim McCarthy, sempre, meu agente incrível e matador de dragões por meio período.

O segundo reino se chama *Vidalândia*

Obrigada a meus amigos e familiares incríveis que ajudam a me manter no mundo real quando estou em minha mansão comendo bombons, bebendo champanhe caro e recebendo uma massagem de Ian Somerhalder, meu criado e futuro marido, todos os dias, à beira da piscina...

Espere aí, isso não acontece? Certo, TUDO BEM. Mas ainda assim eles são maravilhosos com seus incentivos, suas dicas de compras, sua diversão, comida e suas margaritas quando consigo uma folga por bom comportamento.

O terceiro reino se chama *Leitorlândia*

Obrigada a meus leitores incríveis que fazem este trabalho valer a pena. E, sim, escrever livros às vezes é trabalhoso... mesmo que seja escrever sobre o príncipe Magnus. Eu sei, é difícil de acreditar. Não deixem de acreditar em mágica. E nos livros. Mágica + livros... quem precisa de mais alguma coisa? (P.S.: Me perdoem pelo suspense no final! *risada maligna*)

ESTA OBRA FOI COMPOSTA PELA VERBA EDITORIAL EM ADOBE JENSON PRO
E IMPRESSA PELA GRÁFICA BARTIRA EM OFSETE SOBRE PAPEL PÓLEN SOFT DA
SUZANO PAPEL E CELULOSE PARA A EDITORA SCHWARCZ EM ABRIL DE 2017

A marca FSC® é a garantia de que a madeira utilizada na fabricação do papel deste livro provém de florestas que foram gerenciadas de maneira ambientalmente correta, socialmente justa e economicamente viável, além de outras fontes de origem controlada.